W0395978

Sons of Hel - Nomad
Tyr & Faith

Daphne Bühner

SoH - Reihe
Band 1

Sons of Hel - Tyr & Faith
Roman

2. Auflage

Copyright:
Daphne Bühner, 2019, Deutschland
Bildmaterial: Shutterstock, iStock, pixabay
Konzept & Beratung: Jaqueline Ritter,
Ann-Christin Matthiesen
Korrektorat: Kerrin Gossow, Sylvia Petersen,
Anna (Korrekturleserlich),
Steffis Korrekturecke

Sämtliche Texte, Illustrationen sowie das Cover dieses Buches sind urheberrechtlich geschützt.Ähnlichkeiten von Romanfiguren mit real existierenden Personen sind rein zufällig und nicht beabsichtigt. Die Biker Clubs und deren politischen Verhältnisse sind frei erfunden.

Daphne Bühner
Am Sandwall 16
25980 Sylt/ OT Rantum

sohnomad@hotmail.com

Für die,
die nicht mehr da sind,
aber für immer in unserem

bleiben.

Soundtrack

Blue On Black
Five Finger Death Punch
Demons Are A Girl's Best Friend
Powerwolf
We Drink Your Blood
Saltatio Mortis
Lift Me Up
Five Finger Death Punch
To Old To Die Young
Brother Dege
First Kill
Amon Amarth
Army Of The Night
Powerwolf
The River
Blue Saraceno
Heimdall
Saltatio Mortis

& weitere

Warnung

Liebe Leser, lieber Leser,
dieses Buch enthält explizite Szenen, derbe Aussprache, Gewalt und die Schilderung von sexuellen Übergriffen. Ebenso gibt es in der Geschichte Rassenkonflikte, weshalb Wörter wie beispielsweise „Schwarzer“ verwendet werden, um es authentischer zu machen.
Leser*innen, die derart heftige Darstellungen nicht lesen möchten oder duch sie eventuell getriggert werden könnten, bitte ich darum, von diesem Buch Abstand zu nehmen.
Alle sexuelle Handlungen zwischen Held und Heldin sind einvernehmlich.

Prolog

Mila

Vor Aufregung ganz hibbelig, öffne ich meine E-Mails auf dem Tablet. Eine Arbeitskollegin aus der Klinik und ich haben vor drei Tagen ein Fotoshooting gemacht und diese Bilder sind vor fünf Minuten per Mail angekommen.

Julian, mit dem ich seit knapp einem Jahr eine glückliche Beziehung führe, ist gerade aus dem Haus gegangen, um spontan etwas mit seinen Kumpels zu unternehmen. Mir kommt das ganz gelegen. Morgen hat er Geburtstag und bis dahin will ich noch eine Zeichnung von einem der Bilder erstellen.

Gespannt öffne ich jedes einzelne Bild und schaue es mir kritisch an. Welches soll ich bloß nehmen? Das mit den Dessous und den High Heels oder das á la Titanic, wo ich nackt auf der Couch posiere? Nach langem Überlegen entscheide ich mich für das á la Titanic.

Aus der Handtasche nehme ich mir meine Zeichenutensilien und lege alles auf dem Tisch bereit. Ohne meine Bleistifte und meinen Zeichenblock gehe ich nirgendwo hin, denn das Zeichnen ist ein fester Bestandteil von mir. Zu meiner Schande habe ich aber den vollen Zeichenblock Zuhause eingepackt. Mist! Wo bekomme ich jetzt nur Papier her? Hier in der näheren Umgebung haben alle Läden zu.

Suchend sehe ich mich im Wohnzimmer um, kein Papier weit und breit in Sicht. Verzweifelt mache ich mich auf die Suche. Nachdem ich alle Räume erfolglos durchsucht habe, bleibe ich vor der letzten Tür stehen. Shit, Julian hat mir ausdrücklich verboten, diesen Raum zu betreten. Wieso? Keine Ahnung, aber das ist der einzige Raum, wo noch Papier zu finden sein könnte und genau das brauche ich dringend, um die Überraschung fertig zu bekommen. Ach egal, Julian wird es nicht merken, wenn ich in diesem Raum war, um mir ein paar Blätter zu stibitzen.

Langsam drücke ich die Klinke runter, schiebe die Tür auf und bleibe erstaunt darüber, dass sie wirklich aufgeht, auf der Schwelle stehen. Merkwürdig … Wenn ich nicht will, dass jemand diesen Raum betritt, schließe ich doch ab, oder?

Neugierig sehe ich mich um, es sieht wie ein ganz normales Büro aus. Es steht ein großer Schreibtisch mit einem Bürostuhl vor einer riesigen Bücherwand und auf der gegenüberliegenden Seite stehen zwei schwarze Ledersofas mit einem Glastisch davor. Das Highlight des Raumes ist die bodentiefe Glasfront, die einen herrlichen Blick auf den Garten bietet.

Mit großen Schritten laufe ich zum Schreibtisch und suche diesen nach Papier ab. Gerade als ich die eine Schranktür vom Tisch öffne, vernehme ich ein Räuspern. Erschrocken über das Geräusch, spähe ich über den Schreibtisch in Richtung Tür. Ach du Scheiße! Niemand Geringeres als ein angepisster Julian steht in der Tür. Mit weit aufgerissenen Augen sehe ich zu, wie er mit wütenden Schritten auf mich zukommt. Schnell komme ich hinter dem Schreibtisch hervor und trete ihm gegenüber.

»Was hast du hier verloren?«, donnert er auch sofort los. Erschrocken über seinen harten Tonfall zucke ich zusammen. »Es tut mir leid, Julian, ich weiß ich soll nicht in diesen Raum, aber ich habe weißes Papier zum Zeichnen gesucht und nirgends etwas gefunden«, entschuldige ich mich. Julian holt aus, schlägt mir mit der flachen Hand mitten ins Gesicht und brüllt: »Ganz genau, du hast in diesem Raum nichts zu suchen!« Erschrocken darüber, dass er mich geschlagen hat, halte ich meine schmerzende Wange fest.

»Es ... es tut mir leid, Julian«, stottere ich eine Entschuldigung.

»Was genau tut dir leid? Dass du meine Anweisung nicht befolgt hast, oder dass du in meinen Sachen geschnüffelt hast?«

»Ich habe nicht in deinen Sachen geschnüffelt. Ich habe lediglich ein Blatt Papier gesucht«, versuche ich ihm zu erklären, warum ich hier im Raum bin. Auch der nächste Schlag trifft mich unvorbereitet. Ich verkneife mir die Tränen und sehe ihn trotzig an.

»Für wen arbeitest du, Mila? Wieso bist du hier in meinem Büro und durchsuchst den Schreibtisch?«, fragt er mich mit eiskalter Stimme. Ein Schauer läuft mir über den Rücken. Wo ist nur mein liebevoller Julian hin?

»Antworte mir, Mila!«, fordert er mich auf.

»Ich arbeite im Krankenhaus und das weißt du ganz genau.«

»So weiß ich das? Da bin ich mir mittlerweile nicht mehr so sicher. Du benimmst dich seit ein paar Tagen merkwürdig, hast Geheimnisse vor mir und jetzt finde ich dich hier, in meinem Büro.« Die letzten Worte schreit er. Am liebsten hätte ich ihm erzählt, wieso ich mich so merkwürdig verhalte, aber dann würde ich die Überraschung verderben.

»Es ist nicht so, wie es aussieht, du musst mir glauben, Julian.«

»Es ist nicht so, wie es aussieht?«, äfft er mich nach und lacht laut auf. »Es ist immer so, wie es aussieht, meine Schöne. Also noch mal von vorne, für wen arbeitest du?« Sein Ton ist so kalt wie der Nordpol.

»Julian, bitte, das weißt du doch«, antworte ich mit zittriger Stimme. Den nächsten Schlag sehe ich kommen, kann aber nicht schnell genug ausweichen. Mein Kopf fliegt zur Seite und das Brennen meiner Wange jagt mir die Tränen in die Augen.

»Ja, ich weiß, für wen du arbeitest, aber die Frage bleibt: Was glaubt ihr bei mir zu finden? Aber genau das werde ich jetzt erfahren.« Sein kaltes Grinsen macht mir eine höllische Angst. Wieder schlägt er mich, diesmal aber mit der Faust. Von der Wucht des Schlages lande ich auf dem Boden. Mit einem Tritt in meinen Magen befördert er mich weiter nach hinten.

»Gut, dann eben auf die harte Tour. Was hast du gesucht? Welche Informationen hast du weitergegeben?«

»Ich weiß nicht, wovon du redest, Julian.« Irgendwo habe ich mal gelesen, dass man seinen Peiniger immer mit dem Vornamen ansprechen soll. Er beugt sich zu mir runter und sieht mir mit geweiteten Pupillen und kalten Augen in meine verängstigten. Mir ist nie aufgefallen, wie kalt diese braunen Augen sind, kein Funken Liebe ist darin zu erkennen.

»Verdammte Schlampe, rede endlich!« Diesmal trifft seine Faust mein linkes Auge. Augenblicklich merke ich, wie es anschwillt.

»Julian bitte, ich weiß wirklich nicht, wovon du redest«, flüstere ich.

»Lüg mich verdammt noch mal nicht an. Ich weiß genau wer du bist und für wen du arbeitest, also sag mir, was sie wissen wollen.« Ich kann mich nur wiederholen und ihm beteuern, dass ich nicht weiß, wovon er redet. Immer wieder fragt er mich ein und dieselbe Frage, und wenn ich nicht zu seiner Zufriedenheit antworte, bekomme ich einen Schlag oder Tritt.

Nach gefühlten Stunden, die bestimmt nur wenige Minuten waren, steigt Julian über mich hinweg. Mit fest zusammengekniffenen Augen warte ich auf den nächsten Tritt, aber es kommt keiner. Mit der rechten Hand wische ich mir die Haare aus dem Gesicht und befühle meine Augen und Nase. Julian hat ganze Arbeit geleistet, ein Auge ist fast komplett zugeschwollen, und als ich meine Nase berühre, kann ich mir einen Schmerzenslaut nicht verkneifen. Scheiße tut das weh, die ist bei meinem Glück bestimmt gebrochen.

Hinter mir höre ich ein Piepen, anschließend öffnet sich scheinbar etwas mit einem „Klick“. Was hat er jetzt vor? Ängstlich versuche ich, leise vor ihm davon zu krabbeln.

»Glaubst du, ich merke nicht, dass du abhauen willst?«, schreit Julian und drückt mich mit einem Fuß auf den Boden. Kaum liege ich flach, tritt er mir in meine Rippen. Das Knacken und der darauffolgende Schmerz lassen mich für einen Augenblick Sterne sehen. Etwas Kaltes in meinem Nacken lässt mich sofort erstarren.

»Wenn du mir nicht sofort sagst, was du gesucht hast, werde ich dich hier und jetzt umbringen«, droht Julian mir. Ich bekomme Panik, als ich realisiere, dass er mir ein Messer in den Nacken drückt. Das würde er nicht tun, oder? Doch das wird er, beantworte ich mir meine Frage selbst.

Das Atmen fällt mir schwer und mein Sichtfeld wird immer kleiner. Gleich… denke ich, gleich wird mich die erlösende Schwärze zu sich ziehen und mir die Schmerzen nehmen.

Ein Klingeln holt mich wieder ins Hier und Jetzt. Was war das? Julian lässt fluchend von mir ab und geht zur Tür. Auf der Schwelle dreht er sich zu mir um und sagt mit liebevoller Stimme, so als wäre nichts passiert:

»Liebling, jetzt musst du ganz leise sein, das sind bestimmt meine Jungs, die wissen wollen, was los ist. Und wenn sie hiervon erfahren, werden sie dich sofort umbringen, aber ich bin noch nicht bereit, dich gehen zu lassen. Du gehörst zu mir und du weißt, dass ich dir nie so etwas antun würde, oder, meine Schöne? Also sei ganz brav, dann passiert dir auch nichts.« Verwirrt von seinem Umschwung, nicke ich ganz brav.

Mit einem Lächeln dreht Julian sich um und geht zur Haustür. Sobald er aus dem Raum ist, hieve ich mich hoch. Der Schmerz, der durch meinen Körper zieht, ist fast unerträglich, aber ich beiße meine Zähne zusammen. Was soll das Ganze? Er ist doch krank.

Schnell sehe ich mich um. Mein Blick fällt auf den offenstehenden Safe. Das war also vorhin das Piepen und Klicken. Dort muss er wohl sein Messer rausgeholt haben. Mit schwerfälligen Schritten laufe ich zum Safe. Es liegen ein Bündel Geldscheine und eine Pistole darin. Kurzentschlossen greife ich danach und nehme es an mich.

Den Schmerz unterdrückend laufe ich zur Tür, spähe in den Flur und gehe dann weiter zum Esszimmer, wo meine Handtasche liegt. Leise schnappe ich sie mir und schleiche wieder zurück in Richtung Büro. Die Stimmen von Julian und seinen Kumpels lassen mich kurz stocken. Wie kann er nur so wie immer sein, wenn er mir kurz zuvor die Seele aus dem Leib geprügelt und mir gedroht hat, mich umzubringen?

An der Fensterfront suche ich nach einem Griff, um die Terrassentür zu öffnen. Mit einem Klicken drehe ich den Schlüssel um und öffne die Tür. In der Hoffnung, nicht gesehen zu werden, renne ich ohne zurückzublicken durch den Garten. Mein Überlebenswille lässt mich meine Schmerzen ignorieren. Ich kann mein Glück, dass ich es geschafft habe, kaum fassen und mir das hysterische Lachen nicht mehr verkneifen.

Sobald ich an der Straße angekommen bin, renne ich zum nächsten Haus und klingle mehrfach. Erleichtert, dass mir jemand die Tür öffnet, falle ich dem älteren Mann beinahe vor die Füße. Mit Panik in der Stimme erzähle ich ihm, was passiert ist. Hilfsbereit bietet er mir an, die Polizei zu rufen, dieses lehne ich aber dankend ab, denn wer weiß, was Julian mit denen anstellt oder ihnen erzählt.

Nach kurzem Hin und Her haben wir uns geeinigt, dass er mich zum Bahnhof fährt, von dem aus ich dann zum nächsten Krankenhaus fahren würde. Dass ich nicht vorhabe, mich behandeln zu lassen, muss der alte Mann ja nicht wissen. Nach Hause kann ich nicht mehr, Julian weiß, wo ich wohne, also bleibt mir nur die Möglichkeit, zu einer alten Bekannten nach Berlin zu fahren. Von dort aus würde ich dann weitersehen. Wie kann mein Leben nur wegen eines Blattes Papier innerhalb von Minuten zerstört werden?

Kapitel 1

Tyr

3 Monate später

WhatsApp

7:59 Gram:
Euer Mother Chapter braucht euch …

8:25 Gram:
Wir brauchen euch in Bellfort …

8:46 Gram:
Tyr? Melde dich bitte …

9:11 Gram:
Verfickte Scheiße!! Tyr, melde dich!!

9:23 Gram:
Wenn du dich nicht sofort meldest, reiße ich dir deinen gottverdammten Arsch auf, sobald ich dich sehe …

9:36 Gram:
?!?!

10:03 Tyr:
Was ist los?

10:04 Gram:
Wenn ich dir schreibe, dass wir euch brauchen, dann hast du gefälligst mit ›Ja, sind auf dem Weg‹ zu antworten!

10:17 Gram:
Tyr?

10:58 Tyr:
Sorry, Gram, habe gerade Besuch da ;)

10:59 Gram:
Scheiß auf deinen Besuch … Schwingt eure Ärsche auf die Bikes und kommt her … Hier ist die Kacke gewaltig am Dampfen.

11:02 Tyr:
Okay, was ist los bei euch?

11:05: Gram:
Keine Infos per Handy … Ich erzähle euch alles, sobald ihr da seid … Wann kann ich mit euch rechnen?

11:08 Tyr:
Circa in einer Woche … Sind hier noch nicht fertig …

11:10 Gram:
Scheiße! Geht's nicht früher?

11:11 Tyr:
Sorry geht nicht, in zwei, spätestens drei Tagen sind wir hier durch und machen uns sofort auf den Weg nach Bellfort …

11:34 Gram:
Okay meldet euch, sobald ihr wisst, wann, damit hier alles vorbereitet ist …

11:42 Tyr:
Wird erledigt, Gram …

Faith

Erschöpft von der langen Fahrt schließe ich meine Augen. Die Frau, bei der ich im Auto sitze, nimmt mich schon seit zwei Stunden mit. Kurz vor der Grenze Texas hat sie mich aufgegabelt, als ich mit einem Daumen nach oben am Straßenrand stand.

Ich bleibe nie länger als eine Woche an einem Ort, die Angst, dass er mich findet und das zu Ende bringt, was er vor drei Monaten versucht hat, ist zu groß. Selbst meinen Zweitnamen Faith, den ich nie benutze und Julian dementsprechend nicht kennt, verwende ich. Mit Tagesjobs halte ich mich über Wasser. Das Geld, das ich von Julian mitgenommen habe, teile ich mir sparsam ein und gebe es nur im absoluten Notfall aus.

Es war eine Kurzschlussreaktion gewesen, in die USA zu fliegen, aber es war auch die einzige Chance, nicht sofort entdeckt zu werden. Er kannte schließlich alle meine Freunde, nur meinen Bruder Lars, der am anderen Ende von Deutschland lebt, hat er nicht kennengelernt. Aber ihn wollte ich nicht mit in die ganze Sache hineinziehen. Zu Lars habe ich nur gesagt, dass ich eine Tour durch die USA machen möchte, dass ich auf der Flucht vor meinem gewalttätigen Ex bin, muss er nicht unbedingt wissen.

»Miss, hier muss ich Sie leider rauslassen. Das ist die letzte Kleinstadt mit einem Motel in der Gegend, bevor ich Zuhause bin«, holt mich die Frau aus meinen Gedanken. Mit einem Nicken signalisiere ich ihr, dass ich verstanden habe.

Keine zehn Minuten später lässt sie mich auf meinen Wunsch vor einer Kneipe raus. Nochmals bedanke ich mich fürs Mitnehmen, schließe die Autotür und sehe dem Auto beim Wegfahren zu, bis es nicht mehr zu sehen ist. Mit gestrafften Schultern und meinem schweren Backpacker-Rucksack auf dem Rücken gehe ich zur gegenüberliegenden Kneipe und öffne die Tür.

Der Innenraum ist wie die Außenfassade heruntergekommen. Abgewetzte Polsterstühle und dreckige Tische reihen sich aneinander. Ekel überfällt mich und ich muss mir das Würgen verkneifen. Am Tresen frage ich die Bedienung, ob sie eine Tresenkraft für ungefähr eine Woche brauchen. Miss Du-bist-nicht-gut-genug-für-den-Schuppen-hier guckt mich nur schief an und verneint meine Frage.

Der ältere Herr, der neben mir am Tresen sitzt, gibt mir den Tipp, im Clubhaus drei Häuserblocks weiter zu fragen. Dankend verabschiede ich mich von ihm und verschwinde aus dem Drecksloch.

Wie beschrieben, laufe ich die drei Häuserblocks zum Clubhaus. Zuerst etwas skeptisch begutachte ich das Gebäude. Mit seinen alten und grauen Steinen sieht es ein wenig in die Jahre gekommen aus. An der Wand zur Straße ist ein riesiges Logo angebracht. Fasziniert starre ich es an.

Das Logo besteht aus einem schwarz-weißen Totenkopf mit einem Bandana über Mund und Nase. Die eine Hälfte des Totenkopfs ist schwarz, die andere weiß. Beim Bandana ist es genauso, nur, dass die Seiten spiegelverkehrt sind. Dort, wo der Totenkopf weiß ist, ist das Bandana schwarz und andersherum. Die Engelsflügel, die von dem Schädel abgehen, runden das Gesamtbild ab. Erst auf dem zweiten Blick fällt mir der Schriftzug ›Sons of Hel‹ über dem Logo auf.

›Söhne der Hel‹ ... Was für ein komischer Name für eine Kneipe. Gespannt, was mich drinnen erwartet, laufe ich um die Ecke und entdecke die Eingangstür.

Zwei grimmig blickende Männer stehen davor und gucken in meine Richtung. Am liebsten würde ich auf der Stelle umdrehen und verschwinden, aber ich brauche unbedingt einen Job. Entschlossen laufe ich zu den beiden Männern und betrachte sie dabei eingehend.

Beide tragen schwarz und über ihrem T-Shirt eine Lederweste. Vorne auf der linken Seite der Weste steht ›Prospect‹. Mit einem Lächeln auf den Lippen und einem knappen Nicken will ich an den beiden vorbeigehen, werde aber aufgehalten. Nachdem sie gefragt haben, was ich vorhabe und ich es ihnen erklärt habe, lassen sie mich eintreten.

Wie vom Schlag getroffen, bleibe ich auf der Schwelle stehen. Der Geruch nach abgestandenem Bier und Rauch ist so intensiv, dass ich das Würgen bekomme. Vom Tresen kommt ein »Alles klar, Schätzchen?« Mit einem Daumen nach oben signalisiere ich, dass alles in Ordnung ist.

Ein paar Sekunden später habe ich mich an den Geruch gewöhnt und gehe zum Tresen. Der ist in einem dunklen Braun und nimmt die komplette rechte Seite des Raums ein. In einem Regal, das genauso lang wie der davorstehende Tresen ist, reihen sich die Schnapsflaschen aneinander. In keiner Bar oder Kneipe, in der ich bis jetzt gearbeitet habe, habe ich so eine Menge an Alkohol in den Regalen gesehen. Hinter dem Tresen steht eine schlanke, vollbusige Frau. Ihr zu stark geschminktes Gesicht lässt nicht erkennen, wie alt sie ist.

»Was kann ich für dich tun, Schätzchen?«, fragt sie mich auch prompt.

»Ich bin auf der Suche nach einem Job für ein paar Tage«, antworte ich ihr.

»Ahh … da bist du zu früh dran. Gestern ging hier die Post ab. Der Pres oder eine der Old Ladys werden nicht vor vier Uhr hier sein.« Mit einem Blick auf die Uhr stelle ich fest, dass es erst in drei Stunden soweit ist.

Mist, was soll ich bis dahin machen? Die Frage muss mir auf der Stirn geschrieben stehen, denn sofort bietet mir die Frau an, dass ich hier auf den Pres warten kann. Erleichtert nehme ich mir meinen Backpacker-Rucksack vom Rücken und setze mich an den Tresen.

Gedankenverloren hole ich meine Zeichenutensilien raus und fange an, irgendetwas zu zeichnen. Dass die Frau um mich herum sauber macht, bekomme ich zuerst nicht mit, erst, als es immer kühler wird und ich mich umsehe wieso. Sie muss anscheinend irgendwann die Fenster geöffnet haben. Der Gestank von vorhin ist kaum noch da. Fröstelnd ziehe ich mir meinen schwarzen Cardigan über und zeichne weiter.

Als eine Stimme mir sagt, dass ich die Frau in meiner Zeichnung gut getroffen hätte, schrecke ich zusammen. Mein Bleistift fliegt aus meiner Hand und kullert vom Tresen runter auf den Boden. Na großartig, jetzt ist auch noch meine gute Mine abgebrochen. Etwas grimmig über die Störung drehe ich mich zu der Person neben mir um.

Eine wunderschöne, hochgewachsene Frau Mitte dreißig steht neben mir und lächelt mich freundlich an.

»Tut mir leid, ich wollte dich nicht erschrecken«, entschuldigt sie sich.

»Kein Problem, ist ja nichts passiert.« Außer, dass mein Bleistift kaputt ist.

»Cindy hat mir gesagt, dass du einen Job suchst?« Ich nicke zur Bestätigung und sage: »Ja, aber nur für ein paar Tage. Ich bin auf der Durchreise und könnte gut noch ein wenig Geld dazu verdienen.« Jetzt ist sie es, die nickt. Den Kopf leicht schief gelegt, den Blick nach oben gerichtet und Daumen sowie Zeigefinger ans Kinn gedrückt, scheint sie zu überlegen.

»Hätten Sie denn einen?«, frage ich nach einer Weile.

»Ja, tatsächlich hätte ich einen passenden Job für dich.« Während ich darauf warte, welchen Job sie mir wohl anbietet, betrachte ich sie genauer.

»Die *Sons of Hel* haben ein Tattoostudio und könnten noch jemanden am Empfang gebrauchen.« Wow! In einem Tattoostudio, passender hätte es nicht sein können.

Seit ich auf der Flucht bin, hatte ich immer nur irgendwelche Kellner- oder Putzjobs, aber nie einen Job, der mich wirklich interessierte. In einem Tattoostudio zu arbeiten könnte tatsächlich mal ein Job sein, der zu mir passt. Alle Arten der Zeichenkunst, vereint in einem Laden. Besser könnte es nicht sein. Begeistert nehme ich das Angebot an.

»Wo hast du so zeichnen gelernt? Das ist doch Cindy, oder?«, fragt mich die Schönheit mit deutlichem Interesse in der Stimme.

Es ist lange her, dass sich jemand für meine Zeichnungen interessiert hat. Ich denke an die Zeit zurück, wo meine Eltern und meine Schwester noch lebten. Sie haben mich immer ermutigt, weiter zu zeichnen, bis ich die noch so schwierigen Motive hinbekommen habe. Nachher hatte ich nur noch meinen jüngeren Bruder Lars. Für Lars jedoch ist Zeichnen genauso spannend, wie für mich das Zocken an der Konsole, nämlich gar nicht. Bei dem

Gedanken, wie er mir zuliebe versucht hat zu zeichnen, muss ich schmunzeln. Bis heute weiß ich nicht, was es darstellen sollte. Ich schüttele die Erinnerungen ab und sehe erneut zur Frau, bevor mir wieder einfällt, dass sie mich eben etwas gefragt hat.

»Das habe ich mir als Kind selbst beigebracht und mit den Jahren hat sich mein Können verbessert. Bis gerade eben wusste ich noch nicht, was ich gezeichnet habe, ich falle immer in so eine Art Trance und zeichne das, was mir so vor die Augen kommt«, erkläre ich ihr mit einem Zwinkern.

»Wahnsinn, ich habe noch nie jemanden gesehen, der eine Person so exakt zeichnen kann. Du wärst definitiv eine Bereicherung für das Studio.« Über ihr Kompliment freue ich mich sehr.

»Oh mein Gott!« Die Frau schlägt sich die Hände vor den Mund und sieht mich mit großen Augen an. »Ich habe mich noch nicht mal vorgestellt, quetsche dich aber über deine Zeichnung aus, wie peinlich.« Beschämt sieht sie mich an. Kurz lache ich auf. Mir ist gar nicht aufgefallen, dass wir uns nicht mal vorgestellt haben.

Freundlich sehe ich sie an und strecke ihr die rechte Hand hin, die sie sofort in ihre nimmt. Mit einem knappen »Ich bin Faith Andersen«, stelle ich mich ihr vor.

»Das ist aber ein schöner Name. Ich bin Heather, die Old Lady von Crown und momentan die einzige in diesem Chapter.« Chapter? Old Lady? Was in Teufels Namen ist ein Chapter und eine Old Lady? Anscheinend muss ich meine Gedanken laut ausgesprochen haben, denn sofort erklärt mir Heather, was ein Chapter ist.

»Chapter sind die Ortsgruppen der jeweiligen Clubs. Die *Sons of Hel* haben insgesamt dreizehn Chapter und noch einige Supporter. Aber frag mich nicht wie viele, das können dir die Jungs besser erklären als ich.« Sie macht eine kurze Pause, bevor sie weiter erklärt. »Und eine Old Lady ist die Frau eines Members.«

»Ich verstehe das Ganze nicht. Es ist wirklich sehr lieb von dir, mir dies erklären zu wollen, aber ich kann so gar nichts mit den Begriffen anfangen. Was seid ihr für ein Club?« Heather fängt an zu lachen.

»Du weißt nicht, wer die *Sons of Hel* sind?«

Mit einem Kopfschütteln gebe ich ihr zu verstehen, dass ich es nicht weiß. Ihr Lachen verebbt und sie sieht mich mit ihren großen Augen schockiert an.

»Oh Süße, die *Sons of Hel* sind der berüchtigtste Motorcycle Club in den ganzen USA. Wo kommst du her, dass du das nicht weißt? « Ah, jetzt weiß ich zwar, was das für ein Club ist, habe aber nicht wirklich viel Ahnung von Motoradclubs. Bei uns in Hamburg gab es zwar einige solcher Clubs, aber ich habe nie einen davon kennengelernt.

»Nicht von hier«, murmle ich eine Antwort, weil Heather mich immer noch neugierig mustert.

»Dass du nicht von hier bist, ist mir klar. Dein Amerikanisch ist zwar gut, aber man merkt, dass es nicht deine Muttersprache ist.«

»Stimmt, ursprünglich komme ich aus Deutschland und bin erst vor kurzem in die USA gekommen«, erkläre ich ihr. Heathers Blick wandert über mich und dann zu meinem Rucksack.

»Ah! Jetzt verstehe ich, du bist eine Backpackerin, deswegen auch nur Tagesjobs. Schade, ich dachte, mit dem Job im Tattoostudio könnte ich dich ein bisschen länger hier in Bellfort halten. Wir sind schon länger auf der

Suche nach einer Angestellten, aber sie sind schwer zu finden.« Dass ich keine Backpackerin, sondern eine Frau auf der Flucht vor ihrem Ex bin, verschweige ich ihr. Ich lasse sie lieber in dem Glauben, dass ich eine von den Rucksack-Reisenden bin, so kommen wenigstens keine unangenehmen Fragen auf.

Während unseres Gespräches kommen nach und nach immer mehr Leute in das Clubhaus und begrüßen Heather freundlich. Bis auf zwei Frauen, die Heather aus dem Weg gehen. Erst als ein Mann mit kurz geschorenen Haaren sowie einer Kutte, auf der Vize steht und einem Lächeln im Gesicht auf uns zukommt, hören wir mitten in unserem Gespräch auf.

Besitzergreifend schlingt er seinen Arm um Heathers Schultern, zieht sie an sich und gibt ihr einen sehr intimen, nicht jugendfreien Kuss. Verlegen schaue ich weg und entdecke die ganzen Blicke, die auf uns ruhen. Erst denke ich, dass sie Heather und wie ich vermute ihren Mann ansehen, bis mir einer der Männer zuzwinkert. Meint der wirklich mich?

Mit einem kurzen Blick über die Schulter stelle ich fest, dass da niemand steht. Verlegen blicke ich an ihm vorbei. Mein Blick fällt genau auf das Fenster und durch dieses sehe ich nichts als Schwärze.

»Fuck, fuck, fuck!«, fluche ich und überlege fieberhaft, wo ich jetzt noch eine Unterkunft zum Übernachten finde.

So wie es aussieht, ist es bereits abends. Wo ist nur die Zeit geblieben? Erschrocken von meinem kleinen Ausbruch lassen Heather und der Mann voneinander ab und sehen mich an.

»Was ist los?«, fragt Heather auch sofort und folgt meinem Blick zum Fenster.

»Scheiße, ich habe vergessen, mir eine Unterkunft zu besorgen, und jetzt ist es schon mitten in der Nacht. Wie konnte die Zeit nur so vergehen?«, erzähle ich ihr verzweifelt mein Dilemma.

Heather schlägt sich gegen die Stirn.

»Natürlich wirst du für die Zeit, während du hier arbeitest, nebenan in einem der Gästezimmer wohnen, das habe ich wohl vergessen zu sagen.« Stürmisch umarme ich Heather daraufhin und bedanke mich. Erleichtert, dass ich doch eine Unterkunft für die Nacht oder eher für die gesamte Zeit habe, fühle ich, wie mir ein riesengroßer Stein vom Herzen fällt.

»Da meine Frau es nicht für nötig hält, stelle ich mich eben selbst vor. Ich bin Crown, der Vize dieses Chapters«, stellt er sich vor und reicht mir seine rechte Hand.

»Nett dich kennenzulernen, Crown, ich bin Faith«, erwidere ich und reiche ihm meine Hand.

Optisch passen die beiden super zusammen. Beide extrem hübsch, aber jeder auf seine eigene Art. Heather ist eher schmal und Crown breit und durchtrainiert. Ein wenig Neid kommt bei mir auf. Julian und ich passten auch optisch immer zusammen, aber anscheinend hätten wir charakterlich nicht unterschiedlicher sein können.

»Wie kommt es, dass so ein hübsches Mädel ganz allein durch die Weltgeschichte reist?«, fragt Crown mich unerwartet.

»Ganz einfach, ich wollte die Welt sehen und da niemand sich angeboten hat mit mir zu reisen, bin ich allein los«, erkläre ich mit einem Zwinkern. Die Köpfe der Männer in der Umgebung drehen sich bei meinen Worten schlagartig in unsere Richtung.

»Oh, oh Süße, jetzt hast du etwas losgetreten«, grinst Crown neckisch. Wie meint er seine Worte? Ein etwas breiterer Mann stellt sich mit unverhohlenem Verlangen in den Augen neben mich und sieht mich anzüglich an. Oh mein Gott! Das kann doch nicht wahr sein.

Mit tiefer Stimme spricht er mich an. »Hey Püppchen, wenn du noch eine Begleitung für deine Reise brauchst, ich stehe dir gerne zur Verfügung.« Geschockt sehe ich ihn an.

»Das kann nicht sein Ernst sein, oder? Ich gehe doch nicht mit wildfremden Männern auf Reisen«, frage ich Heather und Crown panisch und ignoriere den Kerl neben mir. Crown fängt laut an zu lachen und schiebt den unverschämten Mann von uns weg.

»Keine Sorge, solange du bei mir oder meiner Frau bleibst, bist du sicher. Wenn du allerdings allein hier rumsitzt, kann ich dir nichts versprechen. Es kommt nicht oft vor, dass ein hübsches Mädchen sich hierher verirrt«, erklärt mir Crown. Nickend nehme ich es zur Kenntnis und verdränge den Impuls sofort von hier zu flüchten. Es ist schließlich nicht mein erster Tag auf der Flucht und somit weiß ich genau, was er meint. Ein allein reisendes Mädchen wird gerne von den Männern angegraben.

Der Abend mit Heather und ihrem Mann neigt sich dem Ende zu. Beide haben mir noch so einige Sachen über ihren Club erzählt, damit ich mich hier zurechtfinde. Bis auf die schmachtenden und anzüglichen Blicke von den anderen Bikern war der Abend sehr schön. Heather ist die erste Frau auf meiner Flucht, von der ich behaupten kann, dass sie eine grandiose Freundin werden könnte. Leider ist es mir nicht möglich, Freundschaften zu schließen. Dafür bin ich einfach nicht lange genug an einem Ort.

Gegen halb eins zeigt mir Heather, wo mein Zimmer ist. Es ist ein kleines schlichtes Zimmer mit einem großen Bett, einem Kleiderschrank und einem Schreibtisch. Separat geht noch eine Tür zu einem kleinen Bad mit Dusche, Toilette und Waschbecken ab. Gott sei Dank ein eigenes Bad, denke ich nur, als ich es sehe. Es ist für mich nichts Selbstverständliches mehr. In manchen Unterkünften musste ich mir die Duschen und Toiletten mit anderen Menschen teilen, was mich manchmal an meine Grenzen gebracht hat, denn nicht jede wird regelmäßig gereinigt.

Nachdem Heather mir alles Wichtige gezeigt und mir auch noch Bettwäsche in die Hand gedrückt hat, verabschiedet sie sich und verlässt das Zimmer. Sofort beziehe ich das Bett und lasse mich erleichtert mit einem Seufzen darauf plumpsen.

Es war ein anstrengender Tag, erst die stundenlange Fahrt mit der älteren Dame und dann noch das Zusammensitzen mit Heather und Crown. Müde schließe ich die Augen. Nur einen Moment ausruhen, bevor ich mich bettfertig mache, denke ich noch, bevor ich tief und fest einschlafe.

Kapitel 2

Tyr

WhatsApp

15:31 Tyr:
Kommen morgen um diese Zeit bei euch an.

15:45 Gram:
Wird auch Zeit, wird langsam sehr brenzlig hier. Die Mädels bereiten eure Zimmer vor.

17:02 Tyr:
Danke, Gram.

17:08 Gram:
Gibt ein Problem, dein Zimmer ist bewohnt.

19:59 Tyr:
Fuck ... Seht zu, dass ich da pennen kann. Ich beziehe ganz bestimmt keines dieser Fickzimmer.

Faith

Orientierungslos wache ich auf. Panisch setze ich mich hin und sehe mich um, um herauszufinden, wo ich mich gerade befinde. Die Angst, von Julian gefunden worden zu sein, ist viel zu groß. Seit sieben Tagen bin ich schon in Bellfort und am liebsten würde ich für immer hierbleiben. Die *Sons of Hel* sind einfach klasse, sie haben mich herzlich in ihre Reihen aufgenommen. Na gut, an die anzüglichen Sprüche und an das unverhohlene Verlangen in ihren Augen muss ich mich erst noch gewöhnen, aber keiner der Biker ist mir je zu nahegekommen, ohne dass ich es erlaubt habe.

Saint und Gun, beides Prospects der *Sons*, bringen mich jeden Tag zum Tattoostudio und holen mich wieder ab. Mit den beiden verbringe ich auch die meiste Zeit, wenn Gram, Crown und Heather nicht im Clubhaus sind.

Gram ist der President des Chapters hier in Texas und in der kurzen Zeit wie ein Freund für mich geworden. Er ist schon ein wenig älterw als die anderen Member, so um die fünfzig würde ich ihn schätzen, aber das tut seiner Schönheit keinen Abbruch.

Allgemein sind die meisten Biker in diesem Club wahre Hingucker, aber wie ich selbst schmerzlich erfahren musste, ist gutes Aussehen nicht alles im Leben. Der Charakter spielt eine große Rolle und genau diesen kenne ich bei den meisten Membern nicht. Das, was ich bis jetzt von ihnen gesehen habe ist, dass sie nicht ins Glas spucken, gerne Metal hören und jede Gelegenheit nutzen, um eine Frau flachzulegen. Sie schrecken nicht einmal davor zurück, es im Clubhaus vor aller Augen zu machen.

Nur Crown und Heather sind eine Ausnahme, die beiden verziehen sich jedes Mal. Gram vermeidet solche Aktionen immer, wenn ich mit im Clubhaus bin, aber ich kann mir vorstellen, dass er das auch macht, wenn ich nicht da bin.

Fertig angezogen mache ich mich auf den Weg nach unten, damit die beiden Prospects mich zum Studio bringen können. Wie jeden Morgen der letzten sieben Tage begrüßen sie mich mit einer Umarmung. Saint reicht mir einen Coffee to go Becher mit Rooibos Tee, Milch und Zucker, genauso wie ich ihn am liebsten mag, in die Hand.

»Morgen Süße, gut geschlafen?«, fragt mich Gun.

»Hätte besser sein können und ihr beide?«

»Ich habe wie ein Baby geschlafen«, antwortet Saint. Die beiden sind wahre Schätze. Wie immer fahre ich bei Saint hinten auf dem Bike mit und mittlerweile muss Gun mir nicht mehr helfen, auf den Sozius zu kommen.

Wie ein kleines Dummchen stand ich das erste Mal vor dem Bike und habe mich gefragt, wie ich drauf kommen soll. Gun hat es mir genau erklärt und mir dann die Hand hingehalten, damit ich mich festhalten kann, während ich mein Bein über das Bike geschwungen habe. Saint hat noch die ganze Fahrt, die genau genommen nur fünf Minuten dauerte, gelacht.

Vor dem Studio angekommen, steigen wir ab, Gun und Saint bringen mich rein und verabschieden sich mit einer Umarmung sowie einem Kuss auf die Wange von mir.

Hater, einer der Member, steht hinter dem Tresen und schaut sich seine heutigen Termine an. Mit einem Lächeln auf den Lippen gehe ich zu ihm und nehme ihn in den Arm. Er hasst es und sieht mich jedes Mal grimmig an, aber genau diesen Spaß kann ich mir nicht entgehen lassen.

»Morgen, Zwerg«, begrüßt er mich brummig und wuschelt mir durch mein frisch gefärbtes schwarzes Haar, das ich alle zwei Wochen am Ansatz nachfärbe, damit man mein blond nicht sieht. Hater weiß genau, dass ich den Spitznamen hasse. Jetzt liegt es an mir, ihn grimmig anzusehen.

»Das ist nicht nett von dir, mich so zu nennen, nur weil du ein Riese von einem Mann bist«, meckere ich gespielt eingeschnappt und strecke ihm wie ein kleines Kind die Zunge raus. Kopfschüttelnd lächelnd verschwindet er nach hinten. Hater ist niemand, der unnötig viel redet, nur das Wichtigste und kein Wort mehr.

Fröhlich mache ich mich an die Arbeit, lege schon mal die Mappe mit dem Motiv für das Tattoo der ersten Kundin auf den Tresen, bereite den Raum für das Stechen vor und setze Kaffee auf. Es ist deren Lebenselixier, ohne den Kaffee würden Hater und Gram sterben. Gram hat extra dafür gesorgt, dass die beiden Prospects einen Wasserkocher sowie meinen Tee für die Kaffeeküche besorgt haben. Gun und Saint haben nur gelacht und gemeint, dass ich den Pres, in der kurzen Zeit, die ich erst hier bin, schon ganz schön um den kleinen Finger gewickelt habe.

Nachdem alle Vorbereitungen für die erste Kundin abgeschlossen sind, setze ich mich an die Anmeldung. Mit einem Blatt Papier und Bleistift bewaffnet, fange ich an zu zeichnen.

Bis zum Mittag vergeht die Zeit rasend schnell, im Stundentakt versorge ich die Kunden, bis sie zum Stechen dran sind oder berate sie, wenn sie Fragen haben.

Jeden Moment müsste auch Gram endlich kommen, er hat heute erst ab Mittag Termine. Gram macht nur Tattoos und kann sich so seine Zeiten besser einteilen, während Hater nebenbei noch Piercings sticht. Immer wieder versucht er, mich zu überreden, dass er mir ein Piercing stechen darf und jedes Mal bekommt er ein »Nein« zu hören.

Im Hintergrund läuft ›Lift Me Up‹ von Five Finger Death Punch, Haters Lieblingsband. Leise singe ich mit.

Die Glöckchen von der Tür ertönen und kündigen einen Gast an. Shit, das passt gerade gar nicht, ich will meine Zeichnung noch schnell fertigbekommen.

Nach einem kurzen Blick auf die Uhr am Computermonitor bin ich der Meinung, dass es nur Gram sein kann, der gerade in den Laden kommt.

Meine Konzentration wieder auf die Zeichnung gerichtet, mache ich die letzten Schattierungen von dem Totenkopf. Ein Kunde, der vorgestern hier war, hat seine Wünsche an Gram geäußert, als ich neben den beiden stand. Sofort hatte ich das passende Tattoo für ihn im Kopf. Morgen will der Kunde wiederkommen, um den ersten Entwurf von Gram zu sehen, da werde ich den beiden meine Zeichnung zeigen.

Ein Räuspern erschreckt mich, ich zucke zusammen und verzeichne mich. Geschockt sehe ich das Bild an.

»Fuck, fuck, fuck … das kann doch nicht wahr sein!«, fluche ich und versuche, panisch die Zeichnung zu retten. Es ist nichts mehr zu machen, dass Kunstwerk ist ruiniert.

Tyr

In Bellfort angekommen, machen meine Jungs und ich uns auf den Weg zum Tattoostudio. Dort werden wir Gram, den Presidenten unseres Mother Chapters, am ehesten antreffen.

Mit Vorfreude darauf, meinen alten Herrn wieder zu sehen, öffne ich die Tür des Studios. Five Finger Death Punch ertönt aus den Boxen und wird von einer leisen, mir unbekannten weiblichen Singstimme begleitet. Suchend blicke ich mich um. Woher kommt die Stimme? Pitt und Terror, beides ebenfalls Nomads, müssen es auch hören, denn sie sehen sich ebenfalls um. Gerade als ich meinen Blick Richtung Anmeldung gleiten lasse, sehe ich etwas Schwarzes, das hinter den Tresen verschwindet.

In der Hoffnung, dort jemanden anzutreffen, gehe ich zielstrebig auf diesen zu, meine Jungs folgen mir. Tatsächlich, da sitzt eine kleine zierliche Frau und kritzelt irgendwas auf das Papier vor ihr. Was genau sie zeichnet, kann ich leider wegen ihrer langen schwarzen Haare nicht erkennen.

Nach fünf Minuten ignoriert werden, wird es mir zu bunt. Mit einem Räuspern will ich sie auf uns aufmerksam machen. Sie zuckt zusammen, hält kurz inne und sieht nur ihr Bild an, bevor sie panisch irgendetwas auf dem Papier versucht.

Ihr »Fuck, fuck, fuck … das kann doch nicht wahr sein«, begleitet ihre Versuche. Belustigt sehen wir ihr zu. Was in Hels Namen versucht sie da?

»Verdammte Scheiße, Gram, vielen Dank auch, jetzt ist es ruiniert.« Wütend blickt sie von ihrem Blatt Papier hoch und bleibt an meinem Gesicht hängen. Verwirrung zeichnet sich in ihrem Gesicht ab, bevor sie wieder einen wütenden Ausdruck einnimmt. Aus ihren eisblauen Augen sprühen nur so die Funken. Fasziniert von dieser Farbe kann ich meinen Blick erst nicht von ihren Augen wenden, bis mir wieder bewusst wird, wieso ich hier bin. Ihre Wut nicht weiter beachtend, frage ich: »Ist Gram da?«

»Nein ist er nicht«, antwortet sie kurz angebunden. Oh man, was für eine Zicke, geht es mir durch den Kopf.

»Wann kommt er?«, frage ich jetzt genauso kurz angebunden. Sie zuckt mit den Schultern.

»Ist Hater denn da?«

»Ja«

»Ist er frei?«

»Nein«, antwortet sie wieder kurz angebunden. Wütend über ihre Art, nicht ordentlich mit mir zu reden, würde ich am liebsten hinter den Tresen springen und ihr ihren hübschen kleinen Hals umdrehen. Wer zum Teufel hat nur diese Bitch hinter den Tresen gelassen? Wenn sie mit jedem Kunden so umgeht, ist es kein Wunder, wenn der Laden bald keine mehr hat.

»Holst du ihn bitte?«, befehle ich ihr mit harter Stimme und dennoch freundlich. Oh Fuck, das war wohl ein Fehler, sofort läuft ihr Gesicht vor Wut rot an.

»Bin ich dein beschissenes Dienstmädchen?« Ihre Stimme zittert vor Wut und in ihren Augen blitzt es gefährlich auf.

»Genau genommen, ja«, antworte ich ihr zuckersüß. Denn genau das ist sie, wenn sie hier arbeitet. Das Studio gehört offiziell mir und Gram, aber anscheinend hat sie keine Ahnung davon.

»Ach, bin ich das? Hmm ... lass mich mal überlegen ... nein, eindeutig bin ich das nicht und jetzt verschwinde, bevor ich gleich Hater hole und er dir deinen Arsch aufreißt.« Mutig mit verschränkten Armen steht sie hinter dem Tresen und droht mir mit Hater. Pitt, Terror und ich fangen an zu lachen. Sie weiß wirklich nicht, wer wir sind. Nicht ein einziges Mal ist ihr Blick auf meine rechte Brust zum Patch gewandert, um zu sehen, welchen Stand oder gar welchem Club ich angehöre.

»Schätzchen, genau das will ich ja«, sage ich in einem Ton, als würde ich mit einem kleinen Kind reden. Wütend will sie nach hinten zu den Räumen laufen, um Hater zu holen, als die Glöckchen an der Tür läuten.

Sie bleibt in der Bewegung stehen, dreht sich um und sieht zur Tür. Pitt, Terror und ich drehen uns in Richtung Tür, um ebenfalls zu sehen, wer eintritt. Ein Mädchen mit einem Hauch von nichts am Leib, stolziert zur Anmeldung. Mit einer freundlichen Stimme fragt Frozen - so nenne ich die Kleine hinter dem Tresen ab jetzt gedanklich -, was sie für das Mädchen tun könne. Hilfsbereit erzählt Frozen dem Mädchen die Risiken und vor allem die Pflege von einem Piercing. Erstaunt, dass sie so viel Ahnung davon hat, hören Pitt, Terror und ich ihr zu. Wenn sie nicht gerade wütend auf jemanden ist, kann sie ganz niedlich sein.

Während sie einen Termin mit der Kundin abstimmt, habe ich die Zeit, den Laden genauer zu betrachten. Es hat sich nicht viel geändert in den letzten zwei Jahren, in denen ich nicht mehr hier war.

Die Anmeldung steht immer noch gegenüber der Tür. Die Sofas, die auf der rechten Seite stehen, sind noch dieselben wie damals, nur die Bilder an den Wänden haben sich verändert. Kaum dass das Mädchen verschwunden ist, wird aus der lieben Frozen wieder eine Wütende.

»Könnte ich mir einen Kaffee nehmen?«, fragt Pitt und sieht dabei die Kleine hinter dem Tresen an. Erstaunt darüber, dass er erst fragt und sich nicht sofort eine Tasse nimmt, sehe ich zu, wie Frozen ihn daraufhin zuckersüß anlächelt.

Mit einem ironischen »Na klar, ich gebe ungehobelten Bikern immer gerne einen Kaffee«, dreht sie sich um und läuft zur Kaffeeküche. Gebannt starre ich ihr auf den schwingenden Arsch. Holy Shit, ist der geil. Nicht zu klein, aber auch nicht zu dick, genau richtig gerundet und trainiert. Fuck, wie er wohl aussehen würde, wenn ich ihr einen Klaps auf den Arsch geben würde? Bei dem Gedanken wird es eng in meiner Hose. Unauffällig richte ich meinen Schwanz in der Jeans. Wieder ertönen die Glöckchen an der Tür und reißen mich aus meinen Gedanken.

»Tyr, mein Sohn, was macht ihr denn schon hier? Ich habe nicht vor heute Abend mit euch gerechnet«, begrüßt mich mein Vater und President des Mother Chapters. Mit einem knappen Nicken begrüßt er Pitt und Terror.

In dem Moment, als Gram hinter den Tresen tritt, kommt Frozen aus der Kaffeeküche. Ihr Blick fällt auf Gram und sie fängt buchstäblich an zu leuchten. Kein Anzeichen von Wut ist noch in ihrem Gesicht zu sehen.

»Ach, da bist du, Faith. Habe mich schon gewundert, warum du nicht hinter dem Tresen bist«, begrüßt mein Vater die Kleine und geht zu ihr. Der Größenunterschied hätte nicht grotesker sein können, Gram überragt sie um eineinhalb Köpfe. Mit einem riesigen Grinsen im Gesicht nimmt Frozen meinen Vater in den Arm. Liebevoll streichelt er ihr den Rücken und murmelt ihr irgendwas ins

Ohr, was sie leise lachen lässt. Es sieht sehr vertraut aus. Neidisch beobachte ich die Szene. Hater kommt aus seinem Behandlungsraum und stört die Zweisamkeit der beiden.

»Mike war da und hat ein paar Infos gebracht«, teilt er Gram mit wenigen Worten mit. Uns nickt er nur kurz zu und wendet sich dann an Frozen.

»Wieso hast du nicht Bescheid gesagt, dass die Idioten da sind, Zwerg?«, fragt er die Kleine. Über den Spitznamen muss ich schmunzeln, aber Hater hat recht, sie ist wirklich ein Zwerg im Gegensatz zu uns Hünen. Keiner der hier anwesenden Männer ist unter eins neunzig.

»Warum hätte ich das tun sollen, Love?«, stellt Frozen eine Gegenfrage. Bei dem Spitznamen, den sie Hater gegeben hat, kann ich mir ein Lachen nicht mehr verkneifen. Laut hallt mein Lachen durch den Empfangsbereich, was Hater nur dazu bringt, mich wütend anzusehen. Wie kommt sie darauf, ihn Love zu nennen? Hater ist genau das Gegenteil von Liebe. Ich glaube, er weiß noch nicht einmal, was Liebe überhaupt ist.

»Weil ich dich vor denen beschützt hätte, frecher Zwerg«, antwortet er ihr, als wäre es das Selbstverständlichste auf der Welt, dass er sie beschützen würde, und wuschelt ihr durch ihre glatten langen Haare. Niedlich kräuselt sie ihre Nase und sieht Hater gespielt wütend an.

An mich gewandt sagt Hater nur: »Seid nett zu dem Zwerg« und verschwindet wieder in seinem Raum. Niemand stört sich daran, dass Hater einfach so abhaut, nachdem er gesagt hat, was er sagen wollte, denn normalerweise redet er nicht mal halb so viel an einem Stück.

»Ich glaube, ich habe Hater noch nie so viel auf einmal reden gehört«, spricht Terror meine Gedanken aus und schaut ungläubig, über die Szene von gerade eben, in die Runde.

»Mach dir aber nicht so viele Hoffnungen, das passiert nur, wenn er Faith ärgern will«, klärt Gram uns auf. Empört über die Erklärung boxt sie Gram. Pitt, Terror und ich halten die Luft an. Niemand, und damit meine ich wirklich niemand, schlägt oder boxt den Presidenten der *Sons of Hel Texas*. Mahnend sieht Gram Frozen an und sagt: »Nicht vor den Jungs Kleine, ich habe schließlich einen Ruf zu wahren.«

Okay, was hat dieses Mädchen nur an sich? Niemand hier ist so, wie er sonst ist, Hater ist auf einmal gesprächig und Gram ist fürsorglich zu einem Mädchen. Was zur Hel ist hier nur passiert, während ich weg war? Pitt und Terror scheinen auch nicht zu verstehen, was hier abgeht, denn sie gucken genauso verwirrt, wie ich mich fühle.

»So, Chef, ich mach mich dann vom Acker, ich soll Heather noch bei irgendwas helfen«, sagt Frozen, nachdem sie auf die Uhr über der Tür geschaut hat. Gram tut es ihr nach und nickt.

»Hast du Gun und Saint Bescheid gegeben?«, fragt Gram Faith, als sie im Begriff ist zu gehen. Sie schüttelt verneinend den Kopf und geht weiter Richtung Tür.

»Verdammt, Faith, du gehst nicht ohne die beiden«, ruft er ihr hinterher, aber sie ignoriert es einfach. Wütend stürmt Gram ihr nach. Pitt, Terror und ich gucken uns an und zucken mit den Schultern. Hater steckt seinen Kopf aus der Tür des Raums und fragt: »Ist sie wieder abgehauen?« Kurz streift sein Blick durch den Raum, aber als er Faith nicht sieht, zieht er seinen Kopf wieder in den Raum und schließt die Tür, ohne vorher eine Antwort von uns bekommen zu haben.

»Kommt, lasst uns zu den anderen in den Club fahren, wir sprechen nachher mit Gram.« Pitt und Terror folgen mir nach draußen. Dort platzen wir mitten in eine Diskussion zwischen Gram und Faith. Hades, Rage und Flame, die anderen Nomad, die draußen gewartet haben, sehen sich das Spektakel an und grinsen frech. Die Frau hat Feuer, das muss man ihr lassen, aber das heißt auch, dass sie eine Menge Ärger bedeutet. Mit einem Handzeichen gebe ich Gram Bescheid, dass wir uns später sprechen.

Im Clubhaus angekommen, werden wir von allen begeistert begrüßt. Genau so soll es sein, nicht so wie im Studio. Hier scheint noch alles normal zu sein. An der Bar bestelle ich eine Runde Bier für mich und meine Nomads. Kurz gehe ich im Kopf durch, was wir heute noch alles erledigen müssen, beschließe dann aber, dass morgen auch noch Zeit dafür ist. Mit einem Schluck ziehe ich das Bier auf Ex weg und ordere bei der Clubschlampe sofort ein Neues.

Kapitel 3

Faith

Artig warte ich auf Gun und Saint. Wieder habe ich die Diskussion mit Gram verloren. Denken denn alle, dass ich wie ein kleines Baby beschützt werden muss? Ich kann auf mich alleine aufpassen, schließlich mache ich das schon, seit meine Eltern vor sieben Jahren bei einem Autounfall gestorben sind. Es wird Zeit, dass ich von hier verschwinde, ich bin schon viel zu lange hier.

Nach wenigen Minuten höre ich das mittlerweile vertraute Knattern der Bikes, warte geduldig bis sie vor mir halten und springe dann auf den Sozius von Saint. Gram muss den beiden Bescheid gegeben haben, dass ich zu Heather nach Hause soll, denn sie fahren los, ohne zu fragen wohin es geht.

Heather und Crown wohnen ungefähr fünfzehn Minuten vom Studio entfernt in einem kleinen Bungalow. Die ganze Gegend sieht sehr idyllisch aus, kaum zu glauben, dass sich ausgerechnet hier ein knallharter Biker ein Häuschen kauft.

Kaum bin ich vom Sozius gestiegen, geht auch schon die Tür vom Bungalow auf. Heather steht freudestrahlend in der Tür und winkt mich zu sich. Gerne komme ich ihrer Aufforderung nach und gehe mit ihr ins Haus.

Gun und Saint nehmen vor dem Bungalow Stellung. Als ich das sehe, verdrehe ich genervt die Augen. Heather lacht nur und meint: »Die beiden Prospects tun nur, was ihnen aufgetragen wurde.«

»Ich weiß, trotzdem ist es nervig. Ich durfte nicht einmal allein zu dir kommen, Gram hat sofort eine Szene gemacht und die Prospects gerufen. Verdammt, ich bin kein kleines Baby mehr«, beschwere ich mich bei ihr.

»Ich weiß das und die Männer auch, aber für die zählt in erster Linie nur, die Mädels zu beschützen.«

»Aber ich gehöre doch gar nicht zum Club!«

»Oh Süße, da irrst du dich. Seit du hier bist, hast du allen den Kopf verdreht, sie vergöttern dich allesamt«, spricht Heather das aus, was ich nicht hören möchte und lächelt.

In den letzten Tagen habe ich die *Sons* und sie mich besser kennengelernt. Jeden Abend saß ich mit Gram, Crown und Heather im Club und habe mit ihnen gequatscht. Immer wieder bin ich auch mit den Membern ins Gespräch gekommen und musste feststellen, dass sie gar nicht so übel sind, wie ich zuerst gedacht habe. Sie können sehr freundlich und zuvorkommend sein, auch wenn ich der Meinung bin, dass sie es nur sind, weil ich sozusagen Freiwild bin.

»Ja, aber nur weil ich keine Old Lady und dadurch Freiwild in deren Augen bin«, gebe ich zurück.

»Ach Quatsch. So und nun Schluss mit dem Rumgejammere, wir haben noch eine Menge zu tun.«

»Apropos, wobei soll ich dir eigentlich helfen?«, frage ich sie neugierig.

»Heute kommen die Nomads von den Sons und wie immer gibt es eine Willkommensparty.«

»Warum das? Und was sind Nomads?« Manchmal komme ich mir völlig blöd vor, weil ich ständig irgendetwas, was mit dem Club zu tun hat, hinterfragen muss.

»Nomads sind diejenigen, die kein festes Chapter haben. Sie reisen von Ort zu Ort, meist dorthin, wo sie am dringendsten gebraucht werden. Frage mich aber nicht, wofür sie gebraucht werden, das ist eine Angelegenheit, die nur die Männer wissen. Clubgeheimnis und so«, erklärt sie mir und verdreht bei den letzten Worten die Augen.

Ich muss lachen. Wie oft habe ich das schon gehört, wenn ich gefragt habe, ob ich nicht wenigstens einmal ohne Babysitter den Club verlassen kann.

»Ach, und die Party geben wir, weil sie schon seit einem oder waren es sogar zwei Jahre, nicht mehr hier waren?« Heather legt ihren Kopf schief und denkt nach, bevor sie weiterspricht. »Ist ja auch egal. Auf jeden Fall ist es selten, dass sie zu uns kommen. Der Pres von den Nomads ist übrigens der Sohn von Gram.« Geschockt über diese Information reiße ich die Augen auf und mein Mund bleibt offenstehen. Heather lacht über meinen Gesichtsausdruck.

»Du willst mich doch verarschen, oder? Nie und nimmer hat Gram ein Kind, das erwachsen ist. Sieh ihn dir an, er sieht aus wie gerade einmal Anfang, Mitte dreißig.« Heather fängt noch lauter an zu lachen.

»Lass das nicht Gram hören, sein Ego ist schon groß genug.«

»Du meinst das wirklich ernst?«, frage ich lieber noch einmal nach. Sie nickt. Ach du heiliger Mist, damit hatte ich definitiv nicht gerechnet. Ich meine, er sieht schon etwas älter als die anderen aus, aber die meisten sind auch verdammt jung. Daher dachte ich, dass Gram einfach nur ein wenig erwachsener ist. Immer noch in Gedanken über Heathers Worte machen wir uns an die Arbeit.

Nach vier Stunden kochen, backen und basteln sind wir fertig. Lange hatte ich nicht mehr so viel Spaß wie heute mit Heather bei den Vorbereitungen. Sie ist ein wahrer Schatz und ich werde sie tierisch vermissen, wenn ich morgen aus Bellfort verschwinde, aber ich werde mich regelmäßig bei ihr melden, das habe ich mir fest vorgenommen. Gun und Saint kommen ins Haus und geben uns Bescheid, dass wir langsam losmüssten, wenn wir alles noch rechtzeitig aufbauen wollen. Heather und ich packen alles zusammen und geben es den Jungs in die Hand. Verwirrt darüber, dass sie zu einem schwarzen Lieferwagen statt zu ihren Bikes laufen, bleibe ich stehen und blicke von dem Wagen, zu den Bikes und wieder zurück. Gun muss meine Verwirrung bemerkt haben, denn sogleich erklärt er mir, dass Heather mit dem Auto fährt und ich mit den beiden Prospects auf den Bikes folge.

»Wieso darf Heather mit dem Auto fahren und ich nicht? Wieso sitzt sie nicht bei einem von euch hinten drauf?«, frage ich verwirrt.

»Oh Mann, Süße, ich wollte noch ein wenig leben«, lacht Gun.

»Ja, das ist ja schön für dich, aber ich verstehe nur Bahnhof.«

»Okay, Heather ist die Old Lady von Crown, das heißt auch, nur er nimmt sie auf seinem Sozius mit und niemand anderes.« Ich nicke zur Bestätigung, dass ich das verstanden habe, woraufhin er weiter erklärt. »Du bist keine Old Lady, also darfst du bei jedem von uns auf dem Sozius sitzen und mitfahren.«

»Und wieso darf ich nicht mit Heather im Auto fahren?«, frage ich diesmal angepisst, weil er mir wieder vor Augen geführt hat, dass ich Freiwild für die Sons bin.

»Gram hat uns explizit angewiesen, dass wir dich nicht aus den Augen lassen sollen und somit steht fest, dass du bei einem von uns mitfährst.« Mit einem Schnauben wende ich mich ab und steige bei Saint hinten auf das Bike drauf. Es ist ungerecht, ich gehöre Gram doch nicht.

Meine Wut auf Gram verfliegt während der zwanzigminütigen Fahrt. Es erstaunt mich immer wieder, wie befreiend es sein kann, auf einem Motorrad zu fahren. Na gut, mitzufahren.

Am Clubhaus angekommen, helfen Saint, Gun und ich Heather beim Ausladen. Noch ist es hier ruhig, die meisten Biker scheinen nicht hier zu sein, nur die Clubschlampen sind da. Sofort machen sie sich daran uns mit dem Aufbau zu helfen. Die Arbeit läuft Hand in Hand, sodass wir in kürzester Zeit komplett fertig sind. Erschöpft will ich einfach nur noch ins Bett, aber es wird noch lange dauern, bis ich mich ausstrecken kann.

»Sollen wir uns fertig machen?«, fragt Heather mich. Ich nicke ihr zu und gemeinsam laufen wir hoch zu meinem Zimmer. Sie hat extra ihre Kleidung für heute Abend mitgenommen, damit sie nicht wieder nach Hause fahren muss. Ich stehe vor meinem spärlich bestückten Kleiderschrank und weiß nicht, was ich von meinen paar Sachen, die ich nur dabei habe, anziehen soll. Heather erkennt mein Problem und zieht die passenden Sachen raus.

»Das wird super zum Abend passen und zieh bloß dieses megageile, weiße Oberteil an«, rät Heather mir.

»Weiß? Wirklich, Heather? Damit falle ich doch nur auf«, merke ich an.

»Ja und? Das Oberteil in Kombination mit der schwarzen, engen, kurzen Hose wird einfach grandios an dir aussehen.«

»Okay, du hast mich überredet, aber wehe dir, wenn ich die Biker nicht loswerde«, drohe ich ihr mit erhobenem Zeigefinger und einem Zwinkern.

»Keine Sorge, Gram wird ein Auge auf dich haben und zur Not bin ich immer an deiner Seite.«

Heathers Rat folgend ziehe ich die kurze schwarze Hose an, sie sitzt wie eine zweite Haut und betont meinen runden, trainierten Po. Das weiße, schulterfreie Oberteil macht mein Outfit komplett. Die Kombination zusammen hätte ich nie gewählt, davon einmal abgesehen, trage ich so oder so überwiegend nur noch Schwarz. Diese Farbe ist eben unauffälliger. Das weiße Oberteil ist noch ein Überbleibsel aus der Vergangenheit.

Ein »Heiß« kommt aus der Richtung der Tür, während ich mich gerade im Spiegel anschaue. Die Stimme hat Recht, das Outfit ist heiß. Um mich zu bedanken, drehe ich mich zur Tür um. Gram steht dort und starrt mich an. Es liegt kein Verlangen in seinem Blick, nur unendliche Bewunderung.

»Vielen Dank für das Kompliment«, sage ich verlegen zu Gram.

»Seid ihr Mädels fertig? Die meisten sind schon da.« Noch schnell Lipgloss auftragen und ich bin bereit für den Abend. Heather steht vor mir und wir mustern uns gegenseitig. Sie hat einen schwarzen Minirock und ein Top mit dem Abbild einer mir unbekannten Band darauf an, dazu trägt sie ihre hohen Stiefel sowie die schwarze Lederkutte mit dem Schriftzug „Old Lady“ hinten am Rücken drauf.

»Wow!«, kommt es gleichzeitig von uns und wir fangen an zu lachen.

Gemeinsam gehen wir mit Gram nach unten. Gram hat Recht, es sind schon reichlich Sons und Clubschlampen anwesend.

»Sollen wir an der Bar etwas trinken?«, fragt Heather mich. Ich nicke und wir machen uns auf den Weg zur Bar. Dort angekommen, bestellen wir uns jeder ein Bier und setzen uns auf zwei gerade frei gewordene Barhocker. Mit dem Rücken an den Tresen gelehnt versuchen wir, uns einen Überblick zu verschaffen. Mir fällt plötzlich auf, dass nicht nur Sons und Clubschlampen da sind, sondern auch mir völlig unbekannte Personen, mit anderen Patches auf dem Rücken.

»Welcher Club ist das, mit dem anderen Patch auf dem Rücken?«, frage ich Heather sogleich.

»Das ist ein befreundeter Club aus der Nähe von Texas«, antwortet sie beiläufig und schaut weiter durch den Raum.

Eine lange Zeit sitzen wir schweigend nebeneinander und sehen uns die Feiernden an, bis Saint und Gun auf uns zu kommen. Merkwürdig, sollten die nicht an der Tür stehen und aufpassen, wer reinkommt?

»Hey ihr beiden«, begrüßt Saint uns, während Gun nur nickt.

»Hey«, antworten Heather und ich gleichzeitig.

»Könnten wir kurz Faith ausleihen?«, fragt diesmal Gun Heather. Das gibt es doch nicht, wieso fragen die nicht mich?

»Warum fragt ihr sie nicht selbst?«, kontert Heather auch sofort und lächelt mich wissend an, schließlich hatten wir vorhin erst ein Gespräch darüber, wie mich die Männer behandeln.

»Faith, hättest du einen Moment für uns, Gram hat gefragt, ob wir wichtige Unterlagen, die er unbedingt für die Nomads braucht, aus dem Studio holen könnten, aber wir kennen uns da nicht aus und bräuchten deine Hilfe«, fragt Gun diesmal mich und setzt ein Es-tut-mir-leid Blick auf.

»Klar«, antworte ich und hüpfe vom Barhocker. »Ich muss nur meine Jacke holen.«

»Brauchst du nicht, kannst eben meine Lederjacke haben.« Erstaunt bleibe ich stehen.

»Was, deine heiß geliebte Jacke darf ich tragen?«, frage ich lieber nochmal nach, nicht, dass ich etwas Falsches verstanden habe. Saint nickt und reicht mir seine Jacke. Dankend nehme ich sie an und ziehe sie mir über. Schmunzelnd sehe ich an mir hinab, es sieht aus, als hätte ich keine Hose an. Die Jacke ist mir bestimmt drei oder vier Nummern zu groß. Schweigend folge ich Saint und Gun zu ihren Bikes und steige bei Saint hinten auf den Sozius.

Tyr

Gelangweilt stehe ich mit Terror und Pitt vor der Tür und rauche eine Zigarette. Von den Prospects, die hier normalerweise Wache stehen, ist weit und breit keiner zu sehen. Mit einem Blick zu den parkenden Harleys stelle ich fest, dass die Bikes von den Prospects weg sind. Verärgert über die Idioten gucke ich mich um. Nichts, kein Ersatz in Sicht. Darüber muss ich Morgen mit dem Pres sprechen. Das kann so nicht angehen, die Tür muss immer bewacht werden.

»Wo sind die Prospects?«, fragt Terror. Ich zucke mit meinen Schultern und antworte: »Kein Plan.«

»Merkwürdig. Wo ist überhaupt der Ersatz?«, fragt diesmal Pitt.

»Keine Ahnung. Sehe ich aus wie die verdammte Auskunft?« Genervt will ich ins Clubhaus gehen, als ich das Blubbern von Motorrädern höre. Ich schaue mich zum Tor um, sehe zu wie zwei Bikes auf den Hof fahren und neben den anderen Harleys parken. Terror, Pitt und ich gehen sofort auf die Bikes zu, um den Prospects eine Reise zu verpassen.

Als ich direkt vor ihnen stehe, fällt mir erst auf, dass noch eine dritte Person dabei ist. Die Frau in der übergroßen Lederjacke klammert sich vertraut an einen der Prospects. Ich glaube, er heißt Saint, bin mir aber nicht ganz sicher. Saint bleibt noch sitzen, bis die Frau vom Sozius gestiegen ist und steigt ebenfalls ab. Sie wirkt winzig im Gegensatz zu dem Prospect neben ihr.

Die große Lederjacke lässt ihren Körper bis zur Mitte der Oberschenkel quasi verschwinden. Schade, denke ich, bis mein Blick an ihren nackten Beinen hängen bleibt. Holy Shit, hat sie keine Hose an? Schnell reiße ich meinen Blick von ihren Beinen los und schaue auf einen schwarzen Vollhelm. Wer sie wohl ist?

Gebannt sehe ich zu, wie die Frau den Helm vom Kopf zieht. Zum Vorschein kommt ein süßes, weibliches Gesicht mit eisblauen Augen und einem sexy Lächeln. Heilige Hel, ist sie heiß.

Diese Augen sind einfach nur der Hammer. Moment, die kommen mir doch bekannt vor. Fuck, das sind die von Frozen. Was macht sie hier? Ich muss meine Frage anscheinend laut ausgesprochen haben, denn Frozen hört mitten im Gespräch mit dem Prospect auf zu reden und sieht mich wütend an.

»Dieselbe Frage könnte ich auch stellen«, giftet sie mich an.

»Bei mir ist es ja wohl klar, ich bin ein *Son of Hel*«, kläre ich sie überheblich auf und drehe mich um, sodass sie mein Patch auf dem Rücken sehen kann.

»Na und, das heißt ja nichts. Die letzten Tage habe ich dich hier auch nicht gesehen.«

»Oh Schätzchen, das heißt eine Menge und wie du auf meinem Patch bestimmt gesehen hast, bin ich ein Nomad und kein...« weiter komme ich nicht, da unterbricht sie mich mit einer wegwerfenden Handbewegung.

»Ich weiß was ein Nomad ist und verdammte Scheiße, ich bin nicht dein Schätzchen, also nenne mich gefälligst auch nicht so«, zickt sie mich an. Sie weiß was ein Nomad ist? Sie sieht nicht so aus, als hätte sie überhaupt eine Ahnung von Clubgeschichten.

»Psst, Faith. Weißt du eigentlich, mit wem du da sprichst?«, versucht der Prospect sie zu beruhigen und schiebt sie vorsichtshalber weiter hinter sich. Süß. Glaubt er wirklich, Frozen vor mir beschützen zu können? Mut hat er, das muss man ihm lassen.

»Was nicht ist, kann ja noch werden.« Mit diesen Worten ziehe ich die Aufmerksamkeit von Faith wieder auf mich.

»Was soll das heißen?«, fragt sie auch sogleich. Dass du mein Schätzchen wirst, würde ich am liebsten sagen, drehe mich aber mit einem »finde es selbst heraus«, um und gehe ins Clubhaus. Terror und Pitt folgen mir wortlos, bis Frozen nicht mehr in Hörweite ist, danach fangen sie an zu lachen.

»Fuck, Pres, die Frau hat es in sich«, presst Pitt heraus.

»Ja allerdings, aber das werde ich ihr noch austreiben.« Mit einem diabolischen Lächeln setze ich mich an die Bar. Kaum hat mein Arsch den Hocker berührt, klebt auch schon eine Clubschlampe an mir.

Es hat schon seine Vorteile ein Biker zu sein, denke ich und stecke der Schlampe die Zunge in den Mund. Irgendwann reicht die Zunge nicht mehr und die Hände kommen zum Einsatz. Meine wandern ihr an die Titten und kneten diese, während ihre meine Hose öffnen, meinen Schwanz rausholt und sie anfängt, ihn zu massieren. Niemand interessiert sich dafür, was wir hier treiben, es ist ganz normal, dass es hier zu fortgeschrittener Stunde hemmungsloser zugeht.

»Wollen wir nach hinten?«

»Ja«, schnurrt sie in mein Ohr, lässt von meinem Schwanz ab und läuft zu dem hinteren Bereich, wo sich die Tür zu den Fickzimmern befindet. Eilig ziehe ich meine Hose hoch, folge ihr und schiebe sie anschließend durch die Tür in den Flur. Dort öffnet sie die nächstbeste Tür und zieht mich ungeduldig in den Raum.

Die Fickzimmer sind nichts Besonderes, eigentlich sind sie ziemlich widerlich, aber sie erfüllen ihren Zweck.

Ungeduldig reiße ich ihr den Rock herunter und drücke sie auf das Bett. Sofort weiß sie, was sie zu tun hat und kniet sich aufs Bett. Meine Hose schiebe ich mir nur ein Stück runter, hole meinen Schwanz raus und rolle ein Kondom über. Mit einem festen Stoß bin ich ihn ihr. Scheißegal, ob sie feucht genug ist oder nicht. Sie krallt sich noch fester in die Laken und drückt mir ihren Arsch entgegen. Immer schneller dringe ich von hinten in sie ein. Meine Eier ziehen sich zusammen, kündigen den bevorstehenden Orgasmus an. Eine Hand schiebe ich zwischen ihre Beine und stimuliere ihre Fotze. Ich muss nicht lange warten und sie kommt mit einem spitzen Schrei. Der Schrei spornt mich an, ich stoße noch heftiger in sie, bis sie ein zweites Mal kommt, und lasse mich ebenfalls fallen. Pumpend spritze ich ab.

Außer Atem ziehe ich mich zurück, streife das Kondom ab und werfe es in den Mülleimer neben dem Bett. Die Schlampe legt sich auf den Rücken und sieht mich verträumt an. Schnell stehe ich vom Bett auf und schließe meine Hose. Die Enttäuschung darüber, dass ich nicht noch bei ihr bleibe, steht ihr ins Gesicht geschrieben, aber mal ehrlich, denken diese Clubschlampen wirklich, dass ein Member sie zur Old Lady machen würde? Nein, ganz bestimmt nicht.

Welcher Mann würde gerne eine Frau haben, über die schon alle seine Brüder rüber gerutscht sind? Richtig, niemand.

Befriedigt von der schnellen Nummer, gehe ich wieder zur Party zurück.

Wie vom Blitz getroffen bleibe ich stehen und sehe zu, wie Gram eng mit Frozen tanzt. Die Situation an sich ist schon absurd genug, aber die Wut, die auf einmal in mir hochkommt, ist noch viel absurder. Ich war noch nie wütend, wenn mein Vater mit einer anderen rumgemacht hat, aber dieses Mal macht es mich wütend.

Nie hat er mit irgendeiner Schlampe getanzt, das war nur meiner Mutter Christi Anne vorbehalten. Wer ist diese Eisprinzessin nur, dass mein Vater seine Prinzipien über Bord wirft und die Erinnerungen an meine Mutter mit ihr überlagert? Ich werde es herausfinden, schwöre ich mir in Gedanken.

Auf der Suche nach Terror und Pitt laufe ich durch das Clubhaus. Immer wieder werde ich von Leuten angesprochen. Irgendwann gebe ich genervt auf. Es macht keinen Sinn, sie weiter zu suchen. Bestimmt vergnügen sie sich mit den Schlampen in den Fickzimmern. Wir haben schließlich die letzten fünf Tage keine Frau mehr unter uns liegen gehabt.

Erschöpft von dem anstrengenden Tag, setze ich mich an den Tresen und bestelle ein Bier. Im Augenwinkel entdecke ich Frozen neben mir. Das ist meine Chance, herauszufinden, wer sie ist.

»Hey Schätzchen, keine Lust mehr zu tanzen?«, begrüße ich sie. Erschrocken dreht sie sich zu mir um. Holy Shit, ist die Kleine heiß. Frozen jetzt aus der Nähe ansehen zu können zeigt mir, dass sie nicht so wie die Clubschlampen ist. Frozen trägt kein Gramm Makeup auf ihrer makellosen Haut, nur ein wenig Lipgloss um ihre verführerischen, geschwungenen Lippen zu betonen.

»Nenn mich nicht ‚Schätzchen'!«, faucht sie mich an.

»Okay, ich versuche es, aber es wird mir bestimmt nicht leichtfallen.«

Und das stimmt, es wird mir sogar verdammt schwerfallen sie nicht so zu nennen, aber wenn ich herausfinden will, wer sie ist, muss ich nett zu ihr sein.

»Was willst du von mir?«, fragt sie immer noch biestig.

»Eine Menge Schätzchen, eine Menge«, gehe ich auf ihre Steilvorlage ein. Zur Belohnung kassiere ich einen bösen Blick, den ich mit einem breiten Lächeln erwidere. Frozen steht auf und will gehen. Schnell halte ich sie am Arm zurück.

»Okay sorry, das war nicht so gemeint«, rudere ich zurück und einladend klopfe ich auf den Sitz. Skeptisch schaut sie mich an und schüttelt mit dem Kopf. Dann halt nicht, soll sie doch stehen.

»Ich glaube, wir hatten nicht so den perfekten Start …«

»Perfekt ist was anderes«, unterbricht sie mich.

»Stimmt«, stimme ich ihr zu.

»Also gut, was möchtest du wirklich von mir?«, fragt sie etwas versöhnlicher und setzt sich doch auf den Hocker.

»Genau genommen wollte ich mich richtig vorstellen.«

»Okay, dann mach das und verschwende meine kostbare Zeit nicht«, sagt sie genervt und schaut zu den Tanzenden.

»Suchst du wen Bestimmtes?«, frage ich automatisch, vielleicht kann ich ihr ja helfen, schließlich bin ich eineinhalb Köpfe größer als sie.

»Ja!«, lautet ihre schlichte Antwort. Genervt will ich sie anfahren, zwinge mich aber, freundlich zu bleiben.

»Okay und wen, wenn ich fragen darf?«

»Gram, Heather, Crown oder einen der Prospects.« Gut, wenn sie meint. Suchend strecke ich meinen Hals weiter nach oben und versuche, über die Menge nach einer der gewünschten Personen Ausschau zu halten. Es gestaltet sich etwas schwierig, also richte ich mich zu meinen vollen zwei Metern auf und finde auch gleich Crown in der Menge. Er steht dort mit Pitt und Terror, die ich vorhin gesucht habe, und unterhält sich mit denen.

»Crown steht da hinten.« Mit der rechten Hand zeige ich in die Richtung, in der er steht. Entschlossen krabbelt Frozen auf den Sitz und stellt sich hin. Mit den Händen winkend macht sie auf sich aufmerksam. Crown sieht sogleich auch ihr Gewinke und eilt mit Terror und Pitt zu uns. Verwirrt über ihr Verhalten starre ich sie an.

»Crown, magst du diesem Vollidioten von Biker klar machen, dass ich nicht zu haben bin und vor allem, dass er mich in Ruhe lassen soll?«, fragt sie Crown. Was soll der Scheiß denn nun?

»Ähm … Faith das ist nicht so einfach«, antwortet Crown ihr. Ganz genau, da ich der Pres von den Nomads bin, stehe ich in der Rangordnung höher als er, somit hat er kein Recht, mir irgendwas zu befehlen, geschweige denn mir etwas klar zu machen.

»Warum nicht? Du hast gesagt du beschützt mich vor den Bikern«, fragt Frozen jetzt verwirrt. Ah! Er soll sie beschützen, das heißt also, dass sie Freiwild ist. Das wiederum bedeutet, sie gehört nicht Gram.

Crown muss meinen entschlossenen Blick gesehen haben, denn ein verzweifeltes »Fuck Faith, das hättest du nicht sagen dürfen«, entfährt ihm.

Zustimmend nicke ich. So Schätzchen, jetzt bist du dran. Aus dem Augenwinkel sehe ich, wie mehrere Männer sie interessiert angucken. Selbst Terror und Pitt steht der Hunger in den Augen geschrieben.

»Da muss ich Crown leider zustimmen, das hättest du nicht sagen sollen.« Ich zeige mit der Hand in die Runde zu den Bikern um uns herum. Mit Schreck geweiteten Augen starrt sie jeden einzelnen um uns herum an und drängt sich dichter an Crown. Eifersucht steigt in mir hoch. Sie soll sich an mich drängen, damit ich sie beschützen kann und nicht an Crown. Crown sieht von ihr zu mir und wieder zurück. Verzweifelt versucht er, eine Lösung zu finden.

»Bitte Tyr, sie ist keine von den Clubschlampen«, wendet er ein. In Frozens sonst blitzenden Augen ist jetzt nichts als Unbehagen zu sehen.

Kurz entschlossen ziehe ich sie in meine Arme und drücke ihr einen Kuss auf den Mund. Verzweifelt versucht sie, sich aus meinen Armen zu winden. Ich drücke sie fester an mich und versuche, mit meiner Zunge ihre Lippen zu öffnen. Nach anfänglicher Gegenwehr öffnet sie ihre Lippen. Schnell schiebe ich ihr meine Zunge in den Mund. Das war ein Fehler, denn im nächsten Moment spüre ich ihre Zähne an meiner Zunge. Mit voller Kraft beißt sie zu. Scheiße, tut das weh. Leicht zucke ich zusammen, zeige ihr und den anderen aber nicht, welche Schmerzen ich wirklich habe. Keine Sorge, ich werde dich schon zähmen, verspreche ich ihr in Gedanken.

Um mein Glück nicht weiter auf die Probe zu stellen, beende ich meinen Versuch, ihr die Zunge in den Hals zu stecken, und lasse von ihr ab. Sofort will sie von mir weglaufen, aber ich halte sie noch immer fest, drehe sie in meinen Armen, sodass sie mit dem Rücken an meiner Brust steht, und drücke sie fester an mich.

»Sie gehört mir!«, teile ich jedem in unseren Umkreis mit fester Stimme mit. Alle, bis auf Crown, Terror und Pitt, die schauen eher erschrocken, nicken und drehen sich mit enttäuschten Gesichtern von uns weg. Meine Ansage war klar, jeder der Hand an sie legt, läuft Gefahr von mir eine Lektion zu bekommen.

»Tja Schätzchen, jetzt gehörst du mir«, flüsterte ich in ihr Ohr. Frozen zuckt in meinen Armen zusammen und versucht nochmals, sich aus meiner Umarmung herauszuwinden. Ergeben dreht sich um und faucht mir ein »Nie im Leben!«, ins Gesicht. Lachend beuge ich mich zu ihr runter.

»Es ist aber gerade passiert, allen habe ich es mitgeteilt, also finde dich damit ab. Niemand wird sich dir jetzt nähern.« Sie muss mir ansehen, dass ich es ernst meine, denn sie hält ihre vorlaute Klappe. Gut so. Mit leichtem Druck bringe ich Frozen dazu, sich wieder auf den Barhocker zu setzen. Ich setze mich ebenfalls neben sie hin und bestelle uns beiden einen Kurzen.

Fuck, was habe ich nur gemacht? Mein Vater wird mir die Eier abreißen, ist mein letzter Gedanke, als von irgendwoher ein Schuss ertönt.

Reflexartig springe ich vom Hocker, reiße Faith mit mir und drücke sie schützend unter mir zu Boden.

»Bleib unten«, befehle ich ihr. Sobald ich sicher bin, dass Faith unten bleibt, stehe ich auf, ziehe meine SIG Sauer P226 hinten aus dem Hosenbund und stelle mich angriffsbereit hin. Mein Blick schweift durch den Club, mit dem Versuch mir einen Überblick über die Situation zu verschaffen.

Immer mehr Schüsse ertönen. Fensterscheiben zerspringen, Gläser auf den Tischen gehen zu Bruch, Frauen kreischen und die Befehle der Männer tönen durch den Raum. Aus dem Augenwinkel sehe ich wie Terror, Pitt, Hades, Rage und Flame auf mich zu kommen, um von mir ihre Befehle zu erhalten. Keiner von ihnen scheint verletzt zu sein.

»Pres, wie lautet unser Befehl?«, fragt mein Vize Hades.

»Wir gehen hinten raus, schnappen uns diese Wichser und finden heraus, was hier los ist!«, bekommen sie meine Order, die sie alle mit einem knappen Nicken bestätigen. Sofort versuchen wir, in geduckter Haltung zur Hintertür zu gelangen, ohne von einer Kugel getroffen zu werden.

Flame stößt die Tür auf, stellt sich breitbeinig mit gezückter Waffe davor und sieht sich links und rechts um, bevor er uns schließlich zu sich winkt. Entschlossen, uns diese Wichser zu holen, rennen wir zur Hausecke. Vorsichtig schaue ich um die Ecke und entdecke einen schwarzen Transporter sowie einige Motorräder.

Mit Handzeichen gebe ich meinen Nomads Bescheid, dass ich den Feind in Sicht habe und zeige ihre Anzahl an. Wir sind ein eingespieltes Team, jeder weiß, was er zu tun hat und begibt sich auf seine Position.

Flame und Hades schwärmen zur anderen Seite des Hauses aus und Rage und Terror laufen zur Hinterseite der Werkstatt, so können Letztere unbemerkt hinter den Feind gelangen. Pitt und ich machen uns bereit. Jeden Moment greifen wir an. Es bleibt nur zu hoffen, dass kein anderer Son auf die Straße geht.

Ein Pfiff ertönt, das ist unser Zeichen, Rage und Terror sind auf ihrer Position. Mein Adrenalin schießt in die Höhe. Mit einem Schritt treten Pitt und ich mit gezückter Waffe hinter der Hausecke hervor und eröffnen sofort das Feuer. Flame und Hades tun es uns gleich, nur von Rage und Terror ist nichts zu sehen. Scheiße! Verdammt, wo bleiben die beiden?

Einer Kugel ausweichend, rolle ich mich auf dem Boden ab und verstecke mich hinter der Hausecke. Kurz warte ich ab, bis ich diesmal kniend hervorkomme. Jetzt bemerke ich auch Rage und Terror endlich.

Zielen, schießen, in Deckung gehen und nachladen, sind meine einzigen Gedanken und Handlungen. Kein Schrei bringt mich aus der Ruhe.

Nach einigen Minuten fahren die noch überlebenden Feinde mit quietschenden Reifen davon.

»Fuck!«, rufe ich und verschieße mein halbes Magazin auf den Transporter.

»Lass uns zu den anderen gehen«, schlägt Pitt vor. Nickend folge ich ihm. Die anderen laufen ebenfalls zum Clubhaus zurück. Vor der Clubtür liegt ein Member, schnell bückt Rage sich zu ihm runter und fühlt nach dem Puls. Mit einem Kopfschütteln signalisiert er uns, dass der Mann vor ihm tot ist. Gemeinsam mit Rage trage ich den Member zur Werkstatt. Es muss ja nicht sofort jeder sehen, dass wir einen verloren haben.

Gemeinsam gehen wir zurück ins Clubhaus. Mit dem, was uns drinnen erwartet, hätte ich nie gerechnet.

Es ist das reinste Chaos. Überall sitzen Verletzte, einige Tote liegen auf dem Boden und die Clubschlampen hören nicht auf, zu schreien. Ich sehe zu dem Platz, wo ich Faith zuletzt gesehen habe, sie ist aber nicht mehr da. Panisch versuche ich, sie in dem Chaos auszumachen. Nichts, ich finde sie nicht.

»Faith!«, schreie ich durch den Club und benutze das erste Mal den Namen, den ich gestern im Tattoostudio aufgeschnappt habe. Terror und Pitt sehen mich an und schreien dann ebenfalls ihren Namen. Flame, Hades und Rage schauen mich nur verständnislos an.

»Wer ist Faith?«, fragt Hades, mein Vize, auch sogleich.

»Die Kleine aus dem Tattoostudio«, antwortet Terror für mich.

»Na und?«, fragt Hades immer noch verständnislos.

»Sie gehört mir«, antworte ich schlicht. Der Ausdruck in Hades Augen wechselt von Desinteresse zu Interesse.

»Scheiße, wann ist das denn passiert? Kaum lässt man dich mal fünf Minuten aus den Augen, hast du dir ein Mädchen geangelt«, lacht Flame. Böse starre ich ihn an, sodass ihm sein Lachen vergeht. Wie zwei Tiere, die herausfinden wollen, wer der Stärkere ist, unterbricht keiner von uns das Blickduell.

»Ich glaube, ich sehe die Kleine«, unterbricht Terror uns und zeigt mit seiner Hand in Richtung Tresen. Seinem Blick folgend entdecke ich zwei Paar Füße, die hinter dem Tresen hervorgucken. Sind das eine Paar etwa Faith´s Schuhe?

Schnell mache ich mich auf den Weg zu ihr, schiebe alle mir im Weg stehende beiseite. Am Ziel angekommen, zögere ich. Was ist, wenn ihr etwas passiert ist? Sie steht unter meinem Schutz und ich habe sie allein gelassen.

Die Nomads sind mir gefolgt und warten ab, was ich als Nächstes mache. Auf einmal hören wir nur ein »Butcher, beweg deinen fetten Arsch hierher!«, hinter dem Tresen schreien.

»Kann nicht, was ist los, Kleine?«, ruft Butcher zurück.

Faith

»Was heißt verdammt nochmal *du kannst nicht*?«, schreie ich wieder zu Butcher. Kaum, dass die Schüsse aufgehört haben, habe ich mich an die Arbeit gemacht. Zwar kenne ich mich nicht mit Kriegen zwischen Bikern aus, aber dafür mit medizinischer Versorgung.

»Versorge gerade einen Bauchschuss.«

»Fuck, fuck, fuck«, schreie ich und drücke weiter auf die Wunde von Dozer. Den Sergeant at Arms hat es ganz schön erwischt. Ein Schuss in die Schulter und einen in seinen Oberschenkel. Mit seinem Gürtel habe ich das Bein abgebunden, aber es hört nicht auf zu Bluten. Die Wunde an der Schulter ist nicht schlimm. Vertieft in meine Arbeit, bemerke ich die sechs Köpfe, die über den Tresen schauen, erst nicht.

»Heilige Scheiße, hat deine Kleine gerade ihre Hand in Dozers Wunde?«, fragt einer der Schwachköpfe über mir.

»Ja, das hat sie und sie würde sich freuen, wenn einer von euch Vollidioten mir Verbandszeug bringen könnte«, schreie ich sie an. Keiner von ihnen regt sich auch nur einen Millimeter.

»Jetzt sofort!«, befehle ich deswegen. Erstaunt sehen sie mich an, bis ein Kopf verschwindet.

»Kann ich dir helfen?«, fragt der Schwachkopf von vorhin.

»Ja, ich brauche Verbandszeug.«

»Terror holt das schon.«

»Gut! Gib mir dein Bandana und deinen Gürtel!«, fordere ich ihn auf. Anstandslos zieht er beides aus und reicht es mir. Mit dem Bandana drücke ich auf die Wunde und wickle den Gürtel darum, sodass ein provisorischer Druckverband entsteht.

Danach rutsche ich nach oben und taste Dozer ab, ob er eventuell noch weitere Verletzungen hat, die man nicht sofort sieht. Ein Biker kommt mit der Verbandstasche und stellt sie neben mich. Routiniert öffne ich diese und suche mir alles heraus, was ich benötige. Das Bandana ist schon vom Blut durchtränkt, als ich es von der Wunde nehme. Schnell drücke ich eine Kompresse darauf.

Zu der Gruppe von Bikern sage ich: »Einer muss ganz fest auf die Wunde drücken, bis Butcher Zeit hat und die restlichen kommen mit mir, falls ich weitere Hilfe brauche.« Mit einem letzten Blick auf Dozer versichere ich mich, dass er stabil ist, und wende mich zu den anderen Verletzten.

Die Nomads helfen mir, wo sie können, ich gebe ihnen Anweisungen, wie sie was zu machen haben und sie führen diese aus. Es sind viele bei dem Kugelhagel getroffen worden. Gram, Crown und Heather sind Gott sei Dank unverletzt geblieben. Heather kümmert sich genauso wie ich um die Leichtverletzten, um Butcher so viel Arbeit wie möglich abzunehmen.

Die Zeit rennt nur so dahin, die Erschöpfung macht sich in mir breit. Immer wieder wird mir schwarz vor Augen, aber das Adrenalin hält mich davon ab, ins Nichts zu driften.

»Faith, hast du Zeit? Ich brauche dich«, schreit Butcher von der anderen Seite des Raumes.

»Klar«, rufe ich zurück.

»Gut, komm mit«, fordert Butcher.

Wie ein Hund folge ich ihm in einen separaten Raum. Der ganze Raum sieht wie ein OP Saal in einer Klinik aus. Gram und Crown stehen in dessen Mitte und legen die letzten Utensilien für eine Not-OP auf einen mit Folie bedeckten kleinen Tisch. Daneben steht ein bestimmt drei Meter langer Tisch und auch dieser ist mit Folie bedeckt. Überall stehen medizinische Geräte herum.

»So wie ich es gesehen habe, hast du medizinische Kenntnisse.« Ich nicke und sehe Butcher abwartend an.

»Ich weiß zwar nicht wieso, aber das spielt jetzt auch keine Rolle. Du musst mir bei einer kleinen OP helfen. Die Kugel steckt noch in Dozers Bein und verhindert, dass die Wunde zu bluten aufhört«, erklärt er mir. Wieder nicke ich und sehe mich nach Desinfektionsmittel um. Ohne groß noch ein Wort zu reden, bereiten wir uns vor, desinfizieren uns und warten auf Dozer. Er wird von Crown und Gram reingetragen und auf dem großen Tisch abgelegt. Schnell verschwinden die beiden wieder.

Sofort bereite ich Dozer vor, schneide seine Hose auf, sodass wir einen besseren Zugang zu seiner Verletzung haben, und decke den Rest vom Körper mit einem OP-Abdecktuch ab. Butcher macht sich währenddessen daran, die Narkose einzuleiten. Es ist schon erschreckend, was die hier alles so haben. Wo haben sie nur das ganze Zeug her? Nicht mal eine kleine Praxis hat so viele medizinische Geräte wie dieser Club.

Gut eine Stunde hat die OP gedauert, in der Butcher und ich Hand in Hand gearbeitet haben. Die Kugel konnten wir ohne Probleme aus dem Bein entfernen und die Wunde schließen.

Beim Waschen meiner Hände wird mir wieder schwarz vor Augen. Langsam atme ich ein und aus, kämpfe gegen die Ohnmacht an, verliere aber den Kampf und sacke zusammen. Alles ist schwarz um mich herum, leise gedämpfte Stimmen sind zu hören. Verstehe aber nicht, was sie sagen. Scheiße, das war wohl ein bisschen zu viel für mich.

Kapitel 4

Tyr

Panisch kommt Butcher aus dem Raum gerannt und schreit hektisch herum. Erst können wir ihn alle nicht verstehen, bis er schließlich etwas ruhiger und langsamer spricht.

»Heather, du musst mir helfen.« Warum haben wir trotzdem noch nicht verstanden. Heather eilt zu Butcher und bleibt in der Tür stehen.

»Was soll ich tun?«, fragt sie den Doc neben sich.

»Komm mit rein, du musst mir bei Faith helfen.« Blitzartig reagiere ich und mache mich ebenfalls auf den Weg zum Doc und Heather.

»Was ist mit Faith?«, frage ich unruhig.

»Sie ist ohnmächtig geworden.«

»Wie, ohnmächtig? Sie konnte doch bis eben gerade noch munter die Leute zusammenflicken«, frage ich immer noch verwirrt. Wie kann das sein? Faith hätte doch bemerken müssen, dass sie selbst verletzt ist und was gesagt, oder? Die wichtigste Frage ist vor allem, wo ist sie verletzt? Auf ihrem weißen T-Shirt war kein großer Blutfleck zu sehen.

»Sie ist nach der OP bewusstlos zusammengesackt. Warum kann ich noch nicht sagen, deswegen soll Heather sie ausziehen und nach äußeren Verletzungen absuchen«, erklärt Butcher.

Fuck, ich habe schon wieder versagt. Erst teile ich mit, dass sie mir gehört, verlasse sie während der Schießerei und nun habe ich nicht mal erkannt, dass es ihr nicht gut geht. *Ich werde ab jetzt besser auf dich achtgeben und dich nicht mehr aus den Augen lassen, solange ich hier bin, kleine Frozen,* verspreche ich ihr in Gedanken.

Heather und Butcher verschwinden in dem Raum und schließen die Tür. Wie ein Tier im Käfig laufe ich vor der Tür auf und ab.

»Pres, es wird schon alles gut gehen, die Kleine ist zäher, als sie aussieht«, versucht Terror, mich aufzumuntern. Gram kommt zu uns und fragt, was los ist. Wir erzählen ihm kurz, was passiert ist.

»Na und, was interessiert es dich?«, brummt er.

»Sie gehört unserem Pres«, erzählt Flame, der zu uns gestoßen ist, ganz stolz. Er weiß ganz genau, dass jetzt die Scheiße am Dampfen ist. Gram sieht mich wütend an, während meine Jungs sich das Lachen verkneifen. Oh Fuck!

»Darüber sprechen wir nachher, wenn die Kleine wieder fit ist«, verspricht er mir mit wütender Stimme. Wieso ist er so wütend? Was ist Frozen für ihn? Will er sie haben? Eifersucht macht sich in mir breit. *Sie gehört mir,* grollt mein inneres Ich.

»Okay«, antworte ich und fahre fort, vor der Tür auf und ab zu laufen.

Eine verdammte Ewigkeit später geht die Tür auf und Butcher kommt heraus. Abwartend sehen wir ihn alle an.

»Sie hat sich zwei Rippen auf der rechten Seite geprellt, außerdem ein paar Schnittverletzungen, von dem Glas auf dem Boden, an den Beinen, aber sonst keine weiteren Verletzungen. Es war höchstwahrscheinlich zu viel für sie, da ihr Adrenalinspiegel nach der OP abgefallen ist, deshalb hat ihr Körper schlapp gemacht«, klärt er uns über Frozens Zustand auf. Geprellte Rippen? Mir weicht die Farbe aus dem Gesicht. Das kann nur passiert sein, als ich sie mit nach unten gezogen habe. Sie muss bestimmt auf etwas Hartem gelandet sein, ohne dass ich es bemerkt habe.

»Kann ich zu ihr?«, frage ich besorgt.

»Nein.« Kommt die schlichte Antwort. Mit zusammengekniffenen Augen sehe ich den Doc an.

»Wieso nicht?«

»Weil sie noch Ruhe braucht, Heather ist bei ihr.« Wütend darüber, dass Heather bei ihr sein darf und ich nicht, schiebe ich Butcher zur Seite und trete in den Raum.

Wie immer ist er mit irgendwelchen medizinischen Geräten vollgestopft und wirkt mit seinen weißen Wänden kalt und steril. Faith liegt auf dem großen Tisch, der als Behandlungstisch dient. Sie ist ein wenig blass um die Nase, sieht aber sonst wie ein schlafendes Schneewittchen aus.

Leise gehe ich zu ihrer rechten Seite, ziehe mir einen kleinen Hocker heran und setze mich. Vorsichtig nehme ich ihre Hand in meine und streiche mit dem Daumen über ihren Handrücken. Heather sieht kurz auf unsere Hände und guckt mich mit großen Augen an. Ich zucke nur mit den Achseln und lächle sie unsicher an. Ich weiß ja selbst nicht, was mit mir los ist. Diese kleine Person bringt hier eine Menge durcheinander. Sie ist anders als die anderen Frauen, die sonst hierherkommen. Man möchte sie vor allem beschützen, aber ebenso weckt sie auch das Verlangen nach ihr in einem.

Keine dreißig Minuten später kommt Frozen wieder zur Besinnung. Ihre eisblauen Augen treffen meine. Verwirrung macht sich darin breit.

»Du bist ohnmächtig geworden, kleine Frozen«, erkläre ich ihr mit sanfter Stimme. Sie reagiert auf meine Stimme mit einem Nicken. Heather sieht erst mich an, schaut dann aber zu Faith und fragt, ob es ihr gut geht. Wieder nickt sie und will aufstehen. Schmerzhaft verzieht sie ihr Gesicht.

»Nicht schon wieder«, stöhnt sie und kämpft sich in die Senkrechte. Ich strecke ihr meine Hand hin, damit sie sich festhalten kann. Nicht, dass sie gleich wieder auf dem Boden landet. Sie bedankt sich und lässt meine Hand los, als sie sicher steht. Mir kommt kurz die Frage auf, wieso sie »Nicht schon wieder« gesagt hat. Woher zum Teufel wusste sie, was ihr weh tut? Hatte sie schon mal geprellte Rippen?

Ihr »Mir geht's gut«, unterbricht meine Gedanken. Erstaunt sehe ich in dieselbe Richtung wie die kleine Frozen. In der Tür steht Butcher und hat sie anscheinend gefragt, wie es ihr geht.

»Gut, du hast zwei geprellte Rippen und einige Schnittwunden an den Beinen«, zählt Butcher ihre Verletzungen auf.

»Ja, das habe ich schon bemerkt«, erwidert sie niedergeschlagen.

»Eine Frage habe ich noch.« Faith nickt und signalisiert Butcher damit, dass er fragen darf.

»Woher hast du das medizinische Wissen?«, fragt er auch sogleich. Ertappt sieht sie einen nach dem anderen an, bis sie schließlich sagt: »Ich habe erst Medizin angefangen zu studieren, dann aber eine Ausbildung als OTA gemacht.« Erstaunt sieht Butcher sie an und sagt: »Ah, deswegen kanntest du dich vorhin so gut bei der OP aus.«

Was zur Hel ist eine OTA? Ich werde nachher Butcher fragen müssen, was die Abkürzung bedeutet.

»Wieso hast du nicht Medizin zu Ende studiert?«, fragt Butcher sie.

»Mir fehlte das Geld«, gibt sie beschämt zu und senkt ihren Kopf ein wenig.

»Wieso haben dir deine Eltern nicht geholfen?«, frage ich sie.

»Weil sie tot sind und mir nicht viel hinterlassen haben«, war ihre schlichte, kalte Antwort. Geschockt sehe ich sie an. Fuck! Wieso bin ich nicht eher darauf gekommen?

Pitt und ich sind im Club aufgewachsen. Unsere Väter waren Member, als wir fast zur gleichen Zeit zur Welt kamen, sie waren so wie Pitt und ich, beste Freunde. Als mein Vater später Pres von den Sons of Hel wurde, hat er Pitt´s Vater zum Vize ernannt.

Leider sitzt dieser im Knast wegen Mordes. Er hat die Schuld auf sich genommen, damit mein Vater nicht einfahren musste. Es gab einen Augenzeugen, der gesehen hat, wie er den Mörder meiner Mutter Christi Anne auf brutalste Weise umgebracht hat. Das Einzige, was meinem Vater noch blieb, waren der Club und ich und damit Pitt danach nicht zu seiner Cracknutte von Mutter musste, hat mein Vater dafür gesorgt, dass er bei uns bleiben konnte. Pitt und mir hat es nie an Geld, Fürsorge oder Sonstigem gefehlt. Alle hier im Club haben bei der Erziehung geholfen.

»Das tut mir leid, das wusste ich nicht«, entschuldige ich mich zerknirscht.

»Woher auch. Kann ich jetzt in mein Zimmer oder muss ich noch länger irgendwelche privaten Fragen beantworten?«, fragt sie ungeduldig und gereizt. Ich kann sie verstehen, sobald mich jemand auf meine Mutter anspricht, werde ich auch gereizt, oder sogar aggressiv.

»Klar kannst du auf dein Zimmer«, meldet sich Heather auch mal zu Wort. Die ganze Zeit saß sie nur auf der anderen Seite vom Tisch, hat beobachtet und zugehört. Faith läuft zur Tür und wird von Butcher durchgelassen. Sofort stehe ich vom Hocker auf und will ihr hinterher, doch Butcher versperrt mir den Weg und schüttelt den Kopf.

»Heather kann ihr helfen und ihr die Schmerzmittel verabreichen, die ich ihr gegeben habe. Wir müssen zu Gram.« Ich nicke und folge Butcher zur Kapelle.

In der Kapelle sitzen schon die unverletzten Fullmember und die Nomads und warten auf uns, damit sie mit dem Gottesdienst anfangen können.

Sobald Butcher und ich uns setzen, fängt Gram an, den Gottesdienst einzuläuten. Am Gottesdienst dürfen nur Fullmember teilnehmen. Old Ladys, Prospects, Clubschlampen und Fremde im Allgemeinen, außer den Nomads, dürfen nicht mal die Kapelle betreten, auch wenn kein Gottesdienst stattfindet. Beim Gottesdienst geht es nicht darum, dass wir zu Gott beten, sondern wichtige Gespräche führen oder gar Entscheidungen treffen, die diesen Raum nicht verlassen dürfen. Meist geht es auch um unsere Waffengeschäfte.

Die Zusammenkunft dauert schon die ganze Nacht. Bis jetzt kommen wir auf keinen gemeinsamen Nenner, wie wir nun weiter verfahren sollen, haben aber beschlossen, erstmal eine Pause einzulegen, um etwas zu schlafen. Es macht keinen Sinn, wenn wir alle mit dem Kopf auf dem Tisch einschlafen. Bevor ich aber in mein Zimmer gehe, genehmige ich mir noch einen Whisky an der Bar. Pitt gesellt sich zu mir, sagt aber kein Wort. Wir sind einfach nur müde. Erst die Schießerei, dann der Schock wegen der kleinen Frozen und der stundenlange Gottesdienst.

Erschöpft machen Pitt und ich uns auf den Weg zu unseren Zimmern im Club. Früher waren es unsere Kinderzimmer, mit der Zeit sind sie zu Kinderzimmern, Jugend- und danach zu Junggesellenzimmer geworden. Vor meinem angekommen, verabschieden Pitt und ich uns voneinander. Er geht nur ein paar Schritte weiter zu seinem Raum, der direkt an meinen grenzt.

Müde fummle ich meine Schlüssel aus der Hosentasche, schließe meine Tür auf und will reingehen. Plötzlich hellwach bleibe ich auf der Schwelle stehen. Holy Shit!

Die kleine Frozen steht splitterfasernackt mit nassen Haaren vor dem Bett, wippt mit den Hüften und summt das Lied aus der Musikanlage mit. Verdammt, ist das heiß. Ich kann den Blick nicht von der nackten Faith nehmen. Noch nie habe ich eine Frau gesehen, die sportlich ist und gleichzeitig die sinnlichsten Kurven überhaupt besitzt. Ich meine, in ihrer kurzen Hose und dem weißen Oberteil sah sie schon scharf aus, sie jetzt aber nackt zu sehen, raubt mir den Atem.

Ein Schrei holt mich in die Realität zurück. Faith sieht mich erschrocken an und versucht mit einem kleinen Handtuch, ihre Blöße vor meinem Blick zu verbergen. Es gelingt ihr nicht. Entweder sind ihre wohlgeformten - ich schätze mal B-Körbchen - Titten unbedeckt oder ihre kleine süße Pussy. Schließlich gibt sie es auf und sucht nach etwas Größerem.

Hungrig nehme ich noch mal ihren Körper in Augenschein, bis ich bei ihren Augen gelandet bin. Darin ist pure Angst zu erkennen. Ein kleiner Teil von mir will nicht, dass sie Angst vor mir hat, aber der größere Teil in mir will diese Frau, und zwar jetzt sofort.

Ich setze ein laszives Lächeln auf und schlendere raubtierhaft auf sie zu. Für jeden Schritt, den ich auf sie zugehe, geht sie einen zurück. Dabei starren wir uns weiterhin in die Augen, keiner senkt seinen Blick. Keiner will der Verlierer in unserem Duell sein. Es amüsiert mich, wie sie versucht, stark zu sein. Ihre Augen weiten sich, als sie merkt, dass sie nicht weiter nach hinten kann. Sie unterbricht unser Blickduell und sieht nach, was ihr im Weg steht. Sie ist gegen das Bett gelaufen. Entschlossen gehe ich weiter auf sie zu.

Mit der Hand ausgestreckt schreit sie: »Bleib da stehen.« Ich grinse nur und gehe weiter. Es ist ihr erstes Wort, seit sie mich entdeckt hat. Ich gehe ganz dicht an sie heran und lehne mich zu ihrem Ohr.

»Was machst du in meinem Zimmer, wenn du nicht mit mir ficken willst?«, frage ich sie mit vor Lust getränkter Stimme.

»Dein Zimmer?«, kreischt sie und schubst mich von ihr weg.

»Ja genau, mein Zimmer, also was machst du hier?«

»Das ist mein Zimmer, Arschloch«, faucht sie mich an und stemmt ihre kleinen Fäuste in die Hüften. So böse wie sie mich anguckt, macht sie mich noch mehr an. Denkt sie wirklich, dass ich Angst vor ihr bekomme, wenn sie mich so ansieht?

»Da liegst du falsch, Schätzchen, das Zimmer ist schon seit sechsundzwanzig Jahren mein Zimmer.« Ich zwinkere ihr zu und mache wieder einen Schritt auf sie zu. Sofort versucht sie, wieder zurückzugehen, fällt aber rücklings auf das Bett. Ein Schmerzenslaut kommt über ihre zarten Lippen. Ich eile zu ihr, um zu schauen, ob bei ihr alles okay ist. Schließlich hat sie zwei geprellte Rippen. Giftig sieht sie mich an.

»Wage es ja nicht, mir zu nahe zu kommen, und ich bin immer noch nicht dein Schätzchen.«

»Das glaubst aber auch nur du.«

»Das glaube ich nicht nur, das weiß ich sogar«, sagt sie trotzig.

Die Müdigkeit von eben kommt wieder und der Alkohol in meinem Blut tut sein Übriges. Entschlossen gehe ich zum Bett, ziehe mein T-Shirt samt Kutte aus. Kurz überlege ich, meine Hose anzubehalten, entscheide mich aber doch dafür sie auszuziehen. Nur mit meiner Boxershorts bekleidet, setze ich mich auf das Bett. Automatisch rutscht Frozen von mir weg und macht mir somit mehr Platz im Bett. Geschockt sieht sie mir dabei zu, wie ich mich hinlege.

»Was soll das werden, wenn du fertig bist?«, fragt sie mich ängstlich.

»Schlafen, kleine Frozen, einfach nur schlafen oder willst du doch noch eine Runde Spaß mit mir haben?«, frage ich schläfrig und kann kaum noch meine Augen offenhalten. Die stundenlange Fahrt auf dem Bike und dann noch die Schießerei, ist auch mir zu viel für einen Tag. Was Frozen noch sagt, bekomme ich nicht mehr wirklich mit, bin aber der Meinung, dass sie ebenfalls eine Runde Schlaf vertragen kann.

Kurz entschlossen ziehe ich sie in meine Arme und drehe sie mit mir auf die Seite, sodass sie vor mir in der Löffelchenstellung liegt. Dabei ist mir bewusst, dass die Kleine vor mir nackt ist, ignoriere aber den Zustand, um sie nicht noch mehr zu verschrecken. Die Schießerei und das Verarzten waren genug für einen Tag. Mein Gesicht vergrabe ich in ihrem nach Vanille und Kokos riechendem Haar und schließe die Augen.

Faith

Das ist doch nicht sein Ernst, oder? Wie vom Blitz getroffen liege ich mehrere Minuten in seinem Arm. Meine Bemühungen, mich da rauszuwinden hatten nur zur Folge, dass er mich noch enger an sich gezogen hat.

Überdeutlich wird mir sein nackter Oberkörper an meinem entblößten Rücken bewusst. Seine Wärme hüllt mich ein. Es ist ein komisches, aber auch ein schönes Gefühl, wieder in den Armen eines Mannes zu liegen.

Seine Atmung beruhigt sich und wird gleichmäßig. Ob ich es schaffe, aus seinem Klammergriff zu entkommen? Wieder versuche ich ganz vorsichtig, mich zu befreien. Kurz bevor ich es geschafft habe, zieht Tyr mich erneut an seinen Oberkörper zurück.

»Hör auf damit, ich will schlafen«, murmelt er in mein Haar. Das gibt es doch nicht, er hat doch schon geschlafen, wie kann er das also gemerkt haben?

Ergeben lege ich meinen Kopf auf seinen Arm. Da mir nichts anderes übrigbleibt, schließe ich ebenfalls meine Augen. Es funktioniert nicht, ich kann einfach so nicht einschlafen. Ich bewege mich ein wenig hin und her, um eine bequemere Position zu finden. Die Schmerzen meiner Rippen sind dank der Medikamente gedämpft und kaum spürbar.

Ein tiefes Grollen kommt von hinten und Tyr reibt seine Mitte an meinem Po. Damit habe ich nicht gerechnet und bleibe stocksteif liegen.

Ich horche auf seine Atmung, diese geht jetzt ein wenig schneller, aber er scheint immer noch zu schlafen. Mit einer Hand holt er mich noch näher an seinen Körper. Seine Erektion drückt gegen meinen Hintern. Ein Prickeln geht durch meinen Körper, Wärme breitet sich aus. Unruhig rutsche ich, soweit ich kann, von ihm weg. Wieder ertönt ein Grollen von Tyr. Seine rechte Hand, die auf meinem Bauch liegt, fängt an, mich dort zu streicheln. Die Wärme breitet sich noch weiter in meinem Körper aus.

Seine Hand wandert runter zu meinem Unterleib und streichelt unter meinem Bauchnabel weiter. Gespannt halte ich die Luft an. Ein Ziehen entsteht in meiner Mitte. Ungeduldig reibe ich mich an ihm. Feuchtigkeit sammelt sich zwischen meinen Beinen. Seine Finger streicheln tiefer runter, bis er auf meinen Kitzler trifft, und anfängt diesen zu stimulieren.

Ein Stöhnen kommt mir über die Lippen. Zuerst bearbeitet Tyr meine feuchte Höhle mit einem Finger und dann noch intensiver mit zweien. Währenddessen reibt er ununterbrochen meinen Kitzler. Viel zu lange ist es her, dass mich dort jemand berührt hat, somit dauert es nicht lange und ich komme mit einem langgezogenen Schrei.

Tyr dreht mich auf den Rücken, wandert mit seinem Körper nach unten. Kurz bevor er seinen Kopf senkt, brummt er: »Ich muss dich einfach kosten, Schätzchen.«

Sein Mund trifft auf meinen Kitzler und dieses Gefühl schnürt mir kurz die Luft ab. Abwechselnd leckend und saugend bringt er mich kurz vor den nächsten Höhepunkt. Tyr lässt von mir ab und rutscht hoch, ein frustriertes Stöhnen kann ich mir nicht verkneifen. Wie kann er es nur wagen, kurz vorher aufzuhören?

Nur nebenbei merke ich, wie Tyr in die Schublade des Nachtschrankes greift und danach seine Boxershorts runter schiebt. Das Zerreißen der Kondompackung und mein lautes Atmen erfüllen den sonst ruhigen Raum. Tyr rollt sich das Gummi über und positioniert sich zwischen meine Beine. Ich schlinge sie um seine Hüfte und ziehe ihn mit meinen Füßen runter zu mir. Unsere Blicke treffen sich, als er sich mit einem festen Stoß komplett in mir versenkt. Gleichzeitig stöhnen wir auf. *Holy Shit, ist der groß*, denke ich und atme den Dehnungsschmerz weg.

»Alles okay kleine Frozen?«, fragt er besorgt, fast schon zärtlich. Ich nicke und er macht weiter. Jeden Stoß heiße ich willkommen und öffne mich noch weiter für ihn. Tyr wird schneller und härter.

Unser Atem geht ungleichmäßig und abgehackt. Das Ziehen in meinem Unterleib wird stärker, meine Zehen rollen sich zusammen und Gänsehaut bereitet sich überall aus. Meine Sinne nehmen alles überdeutlich wahr, bis der Knoten in mir platzt und ich mit einem lauten Schrei komme. Tyr stößt noch zwei, dreimal in mich und folgt mir mit einem tiefen Knurren.

Erschöpft lässt er sich neben mir auf das Bett fallen und zieht mich sofort in seine Arme. »Wow! Was zur Hölle war das gerade?«, frage ich immer noch von den Gefühlen überwältigt.

Noch nie, und ich meine wirklich noch nie, habe ich so etwas erlebt, geschweige denn gemacht. Klar, Sex hatte ich schon, aber noch nie mit einem mir total Fremden, den ich eigentlich gar nicht mag.

»Keine Ahnung und jetzt schlaf«, brummt er mir ins Ohr.

Arschloch, denke ich und zeige ihm meinen imaginären Mittelfinger. Genau das will eine Frau hören, nachdem sie mit einem Mann Sex hatte.

Der Atem von Tyr geht wieder gleichmäßig ruhig, er scheint eingeschlafen zu sein. Den Versuch, mich aufs Neue davonzustehlen unternehme ich diesmal nicht, mir ist klar, dass ich es nicht schaffen werde.

Es dauert einen Moment, dann setzt auch bei mir die Müdigkeit ein. So richtig in den Tiefschlaf verfalle ich irgendwie aber nicht. Die Ereignisse, die in der Nacht geschehen sind, hängen mir noch in den Knochen und bereiten mir eine Mordsangst. Es wird Zeit, dass ich so schnell wie möglich von hier verschwinde, bevor mir noch etwas Schlimmeres passiert. Über das, was eben mit Tyr passiert ist, denke ich lieber nicht nach. Es ist sowie schon fraglich genug, wieso ich ihm erlaubt habe, mich zu berühren, schließlich kann ich ihn nicht einmal leiden.

Es dauert eine Ewigkeit, bis Tyr sich umdreht und mich somit freigibt. Ich warte noch einige Sekunden, bis ich mir ganz sicher sein kann, dass er auch tief und fest schläft, rutsche dann vorsichtig zum Fußende und klettere aus dem Bett. Tyr bewegt sich, mit angehaltenem Atem bleibe ich stehen und hoffe, dass er nicht aufgewacht ist, aber so wie es aussieht, schläft er weiter.

Auf Zehenspitzen laufe ich zum Schrank, hole meinen großen Rucksack raus und stopfe meine Kleidung rein. Danach gehe ich ins Bad und packe den Rest ein. Ich werfe einen letzten Blick aufs Bett, dann verschwinde ich aus dem Zimmer.

Puh, das wäre schon mal geschafft, jetzt bleiben nur noch Heather, Crown und Gram. Mit entschlossenen Schritten laufe ich zur Hintertür, in der Hoffnung, den

Dreien damit aus dem Weg zu gehen. Ich werde sie und die anderen Sons vermissen. Vielleicht finde ich woanders auch einen Job in einem Tattoostudio, denke ich und öffne die Tür.

Weit und breit ist niemand zu sehen, also trete ich hinaus und laufe zum Tor an der Straße. Wie angewurzelt bleibe ich stehen. Fuck, das Tor ist zu. Wieso ist dieses Scheißtor zu? Das ist doch sonst immer offen. Das kann doch jetzt nicht wahr sein. Verärgert trete ich dagegen, zucke aber zusammen, als ich den Schmerz im Fuß spüre.

»Scheiße, Scheiße, verdammte Scheiße nochmal«, hüpfe ich fluchend vor dem Tor auf und ab. Hinter mir ertönt ein Lachen, sofort zucke ich erschrocken zusammen. Wo kommt er auf einmal her? Hier war doch eben niemand zu sehen.

»Was versuchst du da, Kleine?«, fragt mich einer von den Nomads.

»Wonach sieht es denn aus?«, frage ich verärgert. Wieder lacht er und antwortet dann: »Als würdest du versuchen, das Tor aufzutreten. Es bleibt nur die Frage, wieso du das vorhast?« Seine Belustigung ist auf einen Schlag weg und er sieht mich abwartend an.

»Das geht dich verdammt noch mal nichts an. Würdest du so lieb sein und mir das Tor öffnen? Ich weiß leider nicht, wie das geht.«

»Bin ich dein Hündchen oder ein Prospect?«, fragt er mich mit hochgezogenen Augenbrauen.

»Bist du nicht?«, kommt die sarkastische Frage schneller aus meinem Mund geschossen, als ich darüber hätte nachdenken können.

»Nein«, brummt er grimmig. Ups, da bin ich wohl zu weit gegangen.

»Da wir das geklärt hätten, könntest du mir bitte das Tor öffnen?«

»Wo willst du hin?«

»Das geht dich nichts an.«

»Doch.«

»Nein.«

»Doch.«

»Sind wir im Kindergarten, oder was?«, frage ich angepisst. Wieso kann er mir nicht einfach das verdammte Tor öffnen?

»Anscheinend«, antwortet er knapp und sieht mich durchdringend an.

»Okay, ich will zum Tattoostudio«, lüge ich.

»Mit deinem Rucksack?«, fragt er skeptisch.

»Ja, ich habe im Studio meine Zeichenutensilien liegen und da Tyr jetzt wieder da ist, muss ich mir wohl ein anderes Zimmer suchen.«

»Wieso?« Habe ich schon mal erwähnt, dass der Typ mir auf meinen nicht vorhandenen Sack geht? Nein? Dann mache ich es jetzt hiermit.

»Weil er bestimmt in seinem Bett schlafen will?«

»Ja, das denke ich auch. Also wo ist das Problem?«

»Wo das scheiß Problem liegt? Ich schlafe doch nicht mit einem abgefuckten Biker in einem Bett«, schreie ich den Nomad an. Langsam ist meine Geduld am Ende, ich wollte doch einfach nur vom Gelände runter, damit ich weiterreisen kann.

»Warum nicht? Das hat dich vorhin auch nicht gestört, oder? Denn ich bin nicht der Meinung, dass du aus dem Zimmer gerannt bist, als Tyr hereinkam. Genau genommen hat sich das vorhin angehört, als hättet ihr zwei Spaß gehabt, viel Spaß.« Bei seinen letzten Worten wackelt er mit seinen Augenbrauen, bevor er mir dann zuzwinkert, prompt laufe ich tiefrot an. Scheiße, war ich so laut? Wer hat mich noch gehört? Zu dem Typen vor mir sage ich nur: »Ach, leck mich doch, ich suche mir jemand anderen, der das blöde Tor öffnet.« Und laufe an ihm vorbei.

»Würde ich mit Vergnügen machen, aber Tyr hat bestimmt was dagegen«, ruft er mir hinterher. Ich zeige ihm den Mittelfinger über die Schulter und laufe weiter. Sein lautes Lachen begleitet mich noch bis zur Clubtür. Als ich die Tür öffnen will, wird sie von innen geöffnet, ich stolpere in den Raum und gegen eine breite Brust.

»Verdammt«, fluche ich und halte mir meine schmerzenden Rippen. Das hat mir gerade noch gefehlt, dass diese blöden Schmerzen wieder zunehmen.

»Da bist du ja, Kleine«, freut sich Gram und nimmt mich in den Arm. »Ich wollte zu dir, aber du warst nicht in deinem Zimmer«, wirft er mir vor. Schuldbewusst blicke ich nach unten. Jetzt im Nachhinein kommt mir meine Aktion, ohne jemanden Bescheid zu geben, dämlich vor.

»Sorry Gram, aber ich wollte eigentlich weiterreisen«, erzähle ich ihm schuldbewusst von meinem Vorhaben. Erstaunt sieht er erst mich und dann meinen Rucksack an.

»Du wolltest, ohne dich zu verabschieden, verschwinden?«, fragt er enttäuscht.

»Genau das hatte sie vor«, bestätigt der hinter mir stehende Nomad. Huch, seit wann steht der denn dort? Böse blicke ich über meine Schulter. Wenn Blicke töten könnten, wäre der Nomad auf der Stelle tot.

»Guten Morgen, Pitt«, begrüßt Gram den Nomad. Ah, Pitt heißt der Idiot also.

»Morgen, Gram«, erwidert Pitt die Begrüßung freundlich.

»Schön, da wir die Begrüßung jetzt hinter uns haben, würde ich gerne rausgelassen werden.«

Versuche ich mein Glück. Beide schauen mich mit einem bösen Blick an.

»Faith, du kannst jetzt nicht gehen«, sagt Gram.

»Klar kann ich das, ich bin schon viel zu lange hier.«

»Nein, kannst du nicht. Wieso muss ich immer mit dir diskutieren?«, fragt Gram mich streng.

»Weil ihr mich alle wie ein kleines Kind behandelt«, schreie ich ihn an. Pitt sieht mich mit großen Augen an.

»So wie du dich benimmst, bist du auch ein kleines Baby«, brummt Gram. Das gibt es doch nicht. Die können mich doch hier nicht festhalten.

»Ich bin kein Baby und du bist nicht mein Vater, der über mich bestimmen kann«, knurre ich.

»Du bist aber in der kurzen Zeit, die du erst hier bist, wie eine Tochter für mich geworden und die ›Meinen‹ beschütze ich.«

Meinen? Da ist wieder dieses eine beschissene Wort, das mich auf die Palme bringt. Wütend schreie ich: »Gott, verdammte Scheiße, was habt ihr nur mit diesem Wort? Der Volltrottel von den Nomads hat das gestern auch schon gesagt.«

Pitt, der mittlerweile neben mir steht, zuckt zusammen und sieht zwischen Gram und mir hin und her. Sehe ich da etwa ein wenig Angst in seinen grauen Augen? Mit Genugtuung grinse ich ihn an. Das gefriert mir aber im Gesicht, als Gram losschreit: »Welcher Volltrottel und was genau hat er gesagt?«

»Na der Pres von den Nomads, wer denn sonst?«, antworte ich eingeschüchtert.

Normalerweise schreit Gram mich nicht so laut und vor allem wütend an. Es hat mich sogar kurz vergessen lassen, dass Tyr sein Sohn ist.

»Der kleine Pisser hat dich zu 'seiner' gemacht?«, schreit Gram fassungslos, bis er sich an Pitt wendet.

»Sag mir auf der Stelle, dass das nicht stimmt.« Pitt zieht den Kopf ein und sagt kleinlaut: »Leider stimmt es, er hat sie gestern zu 'seiner' erklärt.« Gram brüllt wütend auf. »Wenn ich den in die Finger kriege, kann er was erleben.«

Sein Brüllen ist wie ein Trigger und versetzt mich wieder drei Monate zurück in die Situation mit Julian. Ängstlich gehe ich langsam rückwärts und versuche, mich so klein wie möglich zu machen. Vielleicht habe ich die Chance und er sieht mich nicht. Immer wieder zucke ich zusammen, während Gram und Pitt sich anschreien. Mein Sichtfeld verkleinert sich zusehends mehr, so als würde ich durch einen Tunnel gucken.

Zwei Hände legen sich von hinten auf meine Schultern. Ich zucke zusammen, fange an zu kreischen und schreie: »Ich weiß nicht, wovon du redest, ich habe nichts gemacht.«

Tyr

Suchend strecke ich meine Hand in Richtung Frozen aus. Ich habe die Hoffnung, mir einen Guten-Morgen-Fick von der Kleinen abzuholen, bevor ich wieder in die Kapelle muss. Enttäuscht stelle ich fest, dass sie nicht neben mir liegt und öffne meine Augen, um mich im Zimmer umzusehen. Nichts, keine Faith weit und breit. Selbst ihre Sachen, die gestern im Zimmer verstreut lagen, sind verschwunden.

Wütend stehe ich aus dem Bett auf, gehe ins Bad und dusche. Selbst im Bad sind ihre ganzen Sachen verschwunden. Ganz nach meinem Geschmack, wenn es eine Clubschlampe gewesen wäre, die vor dem Morgengrauen abhaut, aber nicht bei meiner kleinen Frozen, die mir gehört, bis wir Nomads weiterziehen.

Der Ärger darüber, dass sie einfach verschwunden ist, wird von Lust abgelöst. Lust, die ich bei dem Gedanken daran was ich mit ihr anstellen werde, wenn ich sie gefunden habe, verspüre. Denn eins ist klar, sie wird nicht weit gekommen sein.

Gestern Abend haben wir beim Gottesdienst besprochen, dass in der nächsten Zeit Ausgangssperre herrscht, niemand kann ohne Erlaubnis rein oder raus. Das komplette Gelände ist abgesperrt, das Tor vorne ist mit einem Code, welcher nur den Fullmembern bekannt ist, zu öffnen. Zu gerne hätte ich gesehen, wie die kleine Frozen reagiert hat, als sie das verschlossene Tor sah. Wenn sie denn versucht hat abzuhauen und sich nicht einfach ein anderes Zimmer gesucht hat. Trotzdem muss ich bei dem Gedanken schmunzeln.

Als ich fertig mit duschen und Zähne putzen bin, ziehe ich mich an. Kurz überlege ich, welches Shirt ich anziehen soll, nehme dann das Bandshirt meiner Lieblingsband. Mal sehen, ob Frozen die Anspielung auf gestern verstehen wird, schließlich hat sie gestern, als ich ins Zimmer kam, meine Musik dieser Band gehört.

Mein Schwanz wird bei den Erinnerungen an gestern, wie sie zu Powerwolf die Hüften geschwungen und leise mit gesummt hat, wieder hart, aber dafür habe ich jetzt keine Zeit, denn in fünf Minuten fängt der fucking Gottesdienst an.

Auf dem Weg nach draußen schnappe ich mir meine Kutte und ziehe sie über. Ohne die gehe ich nirgendwohin. Als ich dann in den Flur trete, höre ich schon, wie jemand unten im Club rumbrüllt. Kurz spitze ich meine Ohren, um anhand der Stimme zu erkennen, wer das ist, aber es ist zu undeutlich.

Mit schnellen Schritten steige ich die Treppe hinab und bleibe kurz vor der Hintertür des Clubs stehen. Jetzt höre ich, wie mein bester Freund jemanden anschreit. Na toll, jetzt muss ich vor dem Gottesdienst auch noch einen Streit schlichten, denke ich genervt und trete in den Clubraum.

Vor mir steht Faith mit dem Rücken zu mir. Irgendetwas stimmt nicht mit ihr, denn sie steht ganz komisch, nicht aufrecht und stolz, sondern eher zusammengekauert und sich klein machend, vor mir. Ich lege meine Hände auf ihre Schultern und will sie zu mir drehen, um zu fragen, was los ist, als sie auch schon anfängt, hysterisch zu kreischen und daraufhin: »Ich weiß nicht, wovon du redest, ich habe nichts gemacht«, schreit.

Ihr lauter, verzweifelter Ausbruch geht mir durch Mark und Bein. Schnell nehme ich meine Hände von ihren Schultern, aber es ist schon zu spät. Sie sieht sich hektisch im Raum um, sucht eine Möglichkeit sich zu verstecken. Gram und Pitt haben aufgehört, sich anzuschreien und sehen geschockt zu Faith. Mir geht es nicht anders. Was zur Hölle ist nur los mit ihr? Denkt sie etwa, dass ich ihr etwas antun würde? Es mag sein, dass ich ein knallharter Nomad bin, aber das heißt noch lange nicht, dass ich eine Frau verprügeln würde.

Mit leiser, sanfter Stimme versuche ich, sie zu beruhigen. Es klappt nicht. Ihr Blick bleibt leer, so als würde sie nicht hier, sondern ganz woanders sein.

»Shit, was hast du mit ihr gemacht, Pres?«, fragt Pitt und macht ein paar Schritte von Faith weg. Ihm scheint die ganze Situation nicht geheuer zu sein. Würde die Situation nicht so ernst sein, würde ich über sein Verhalten lachen. Ich hebe meine Hände unschuldig nach oben und sage: »Nichts. Als ich reinkam, war sie schon komisch und als ich sie berührt habe … Na ja ihr habt es ja selbst gesehen und gehört.« Gram versucht ebenfalls auf Faith einzureden, aber auch er dringt nicht zu ihr durch.

Mir kommt eine Idee. Ich wende mich ab, hole mein Handy aus der Jeanstasche und rufe Crown an.

»Jo, was gibt's?«, meldet sich Crown sogleich.

»Alter, schick mal deine Lady runter, ist wichtig«, spreche ich ins Handy und lege auf. Er muss eigentlich anhand meiner Stimme gehört haben, dass es ernst ist. Keine fünf Minuten später stürmt eine gehetzte Heather in den Raum. Ihr fragender Blick trifft auf unseren.

»Was ist los?«, fragt sie dann auch sogleich mit sorgenvoller Stimme.

»Irgendwas stimmt mit Faith nicht«, sagt Gram besorgt. Heathers Blick schnellt sofort zu Faith. Mit langsamen und bedachten Schritten nähert sie sich ihr, diese reagiert wie schon zuvor und geht immer einen Schritt weiter nach hinten, wenn Heather einen nach vorne macht.

»Holt die beiden Prospects«, befiehlt sie uns. Mit einem Nicken schicke ich Pitt los.

»Wieso?«, fragt Gram skeptisch. Mir geht es zwar nicht anders, aber alles und Jeder ist mir willkommen, solange sie Faith aus diesem Zustand holen.

»Die beiden bedeuten für sie Schutz, schließlich hast du sie als ihre Babysitter abgestellt«, antwortet Heather auf seine Frage.

Pitt kommt mit den beiden Prospects im Schlepptau zur Vordertür rein. Saint läuft sofort auf Faith zu und spricht sie mit leiser und ruhiger Stimme an. Sie bleibt stehen und hebt ihren Blick in seine Richtung.

Das gibt es doch nicht. Eifersucht macht sich in mir breit und nur der Gedanke *„Sie ist Mein“* hat Platz in meinem Kopf. Selbst über meine Gefühle erschrocken, weiß ich nicht, was ich als Nächstes tun soll. Die ganze Situation überfordert mich. Noch ein Grund, wieso ich keine Frau länger als einen Aufenthalt oder eine Nacht bei mir habe.

»Tyr, komm, wir müssen zum Gottesdienst«, lenkt Pitt mich von dem Geschehen vor mir ab. Ich nicke und folge ihm zur Kapelle.

Alle bis auf Gram, Pitt und ich sind schon anwesend. Gram sieht mich wütend an, als er an mir vorbei zu seinem Platz läuft. Keine Ahnung warum er mich so ansieht, schließlich bin ich mir keiner Schuld bewusst.

»Da wir jetzt vollzählig sind, können wir anfangen«, sagt Gram und klopft mit einem kleinen Richterhammer auf den Tisch.

»Was unternehmen wir gegen den scheiß Angel Lord MC? Hat jemand Vorschläge?« Nachdem sie uns Nomads aufgeklärt haben, haben wir in der Nacht schon Stunden darüber diskutiert, was wir gegen den MC unternehmen sollen und sind auf keinen gemeinsamen Nenner gekommen. Es ist nervig und anstrengend.

Wenn es nach mir ginge, würde ich mein Bike nehmen, mich bis an die Zähne bewaffnen und jeden von diesen kleinen Blackys abknallen. Ich habe sonst nichts gegen Farbige, bin nicht rassistisch, aber der Angel Lord MC geht mir gehörig auf den Sack.

Sie wollen unser Gebiet für ihre Drogenverkäufe, wir Sons sind aber strikt dagegen, dass in unseren Gebieten Drogen verkauft werden, genauso sind wir dagegen, dass ein Member von uns Drogen nimmt. Alkohol, Frauen und Zigaretten sind immer willkommen, aber Drogen? Nein, wir müssen bei klarem Verstand bleiben. Wir können es uns nicht leisten, völlig zugedröhnt von den Bullen angehalten zu werden.

Drei Stunden dauert der Gottesdienst schon und endlich haben wir uns geeinigt. Erst werden wir herausfinden wo deren Base ist, danach werden wir Nomads sie überraschen.

Die Freude darüber, ihnen eine Lektion zu erteilen, zaubert mir ein Lächeln ins Gesicht. Ich liebe solche Aufträge und genau das ist auch der Grund, wieso ich mich damals den Nomads angeschlossen habe. Wir werden immer nur gerufen, wenn die Kacke am Dampfen ist, und dürfen dann die schwierigen Fälle übernehmen.

Viele der Member fürchten sich vor uns, weil sie der Meinung sind, dass wir der Todestrupp sind. Na ja, ganz Unrecht haben sie nun auch nicht. Jedes Mal, wenn wir von einem Chapter gerufen werden, gibt es Tote.

Ausgelassen darüber, dass wir endlich einen Plan haben, stehen alle auf, selbst ich bin ausgelassen und könnte jetzt einen trinken. Grams »Sitzen bleiben« lassen uns allerdings alle in der Bewegung innehalten.

»Wir haben noch was Wichtiges zu klären.« Jeder setzt sich wieder auf seinen Stuhl. Genervtes Stöhnen von manchen Membern ist zu hören. Von der ausgelassenen Stimmung ist nicht mehr viel übriggeblieben.

»Es geht um Faith.« Ich spitze meine Ohren. Was ist mit ihr? Hat Gram noch was rausgefunden? Während des Gottesdienstes hat er öfter mal sein Handy gecheckt. Der Pres ist der Einzige, der ein Handy mit in die Kapelle nehmen darf. Die anderen müssen sie draußen in einen Safe legen. Reine Vorsichtsmaßnahme, falls ein Handy abgehört wird, beziehungsweise verwanzt ist.

»Am ersten Tag ihres Auftauchens habe ich allen klar gemacht, dass sie keine Clubschlampe ist und somit von euch in Ruhe gelassen werden soll, und wieso bekommt ihr Arschgesichter das nicht auf die Reihe?« Oh Fuck, kein gutes Zeichen, wenn Gram lauter wird. Pitt neben mir zieht seinen Kopf ein. Er konnte es als Kind schon nicht ertragen, wenn er von Gram angeschrien wurde.

»Mein Vize hat mir eben in einer Kurzfassung berichtet, was gestern vorgefallen ist, kaum dass sie was Falsches sagt, stürzt ihr euch auf sie und mein bescheuerter Sohn kommt auch noch auf die Idee, sie zu beanspruchen. Also sagt mir zur Hölle nochmal, was mit euch nicht stimmt. War meine Ansage nicht klar und deutlich?«

Ein allgemeines »Sorry Pres, wird nicht mehr vorkommen«, ertönt. Nur von mir kommt nichts, ich sehe es nicht ein, etwas falsch gemacht zu haben. Von seiner Ansage habe ich nichts gewusst. Und bevor sich einer der Vollidioten an ihr vergreift, habe ich sie unter meinen Schutz gestellt.

»Tyr, dir ist klar, dass sie dir nicht gehört und du somit keinen Anspruch mehr auf sie hast.«

»Was? Das ist nicht dein fucking Ernst, oder?«

»Und wie das mein Ernst ist, mein Sohn. Du wirst die Finger von Faith lassen, sie ist ein liebes Mädchen, die mit dem ganzen Biker Kram nichts zu tun hat.«

»Das werden wir noch sehen.« Meine Wut ist enorm, das Blut pulsiert nur so in meinen Ohren, ich stehe kurz davor, irgendwas oder irgendwen zu schlagen. »Sie gehört mir«, mache ich Gram nochmal klar.

»Willst du mir drohen, Tyr? Denn das solltest du sein lassen.« Gram sieht mich mit unerbittlicher Miene an, keine Regung ist zu sehen. Er mag es nicht, als Pres in Frage gestellt zu werden, aber er vergisst, dass ich ebenfalls ein President bin.

»Nein, ich sage nur, wie es ist. Sie gehört mir und somit kann ich tun, was auch immer ich mit ihr tun will.«

Pitt neben mir versucht, mich wieder dazu zu bringen mich hinzusetzen. Mir ist gar nicht aufgefallen, dass ich aufgestanden bin.

Stur wie ich bin, will ich auf der gleichen Augenhöhe wie mein ebenfalls stehender Vater sein, denn mal ehrlich, wer streitet sich im Sitzen mit einem Stehenden? Da ist doch von vornherein klar, wer der Überlegene ist und genau das werde ich nicht zulassen.

»Das wirst du nicht!«, brüllt er noch lauter. Ich bin erstaunt, dass das noch geht, so hat er noch nie mit mir gesprochen. Was ist nur an Faith, dass er so ausrastet?

»Oh doch, das werde ich, sie gehört mir und basta.« Für mich ist die Diskussion beendet. Ich habe meinen Anspruch auf sie erhoben und den belasse ich so lange, bis ich von hier verschwinde und bis das geschieht, wird sie mein persönliches Spielzeug sein.

»Wenn du nicht deine Finger von ihr lässt, wirst du es bitter bereuen, Tyr. Sie ist wie eine Tochter für mich und meine Kinder beschütze ich«, sagt er in einem gefährlich leisen und beherrschten Ton.

»So, und ich bin nicht dein Kind?« Meine Stimme senke ich ebenso und gehe, ohne auf die Antwort zu warten, aus der Kapelle. Wenn er so beherrscht ist, hat es eh keinen Sinn, weiter mit ihm zu reden. Spätestens, wenn ihm wieder in den Sinn kommt, dass er mir keine Befehle erteilen kann, da ich der verfickte Pres von den Nomads bin, wird er bei mir angekrochen kommen.

Faith

Beschämt darüber was vorhin passiert ist, warte ich auf Gram, um mich bei ihm zu entschuldigen. Mir ist klar, dass keiner der Biker mir etwas antun würde und das möchte ich ihm sagen.

Heather bin ich dankbar, dass sie so schnell reagiert und die beiden Prospects angefordert hat. Saint und Gun haben es schnell geschafft, mich aus diesem Alptraum herauszuholen. Ich hätte nicht gedacht, dass die Prospects mir ein solches Gefühl von Schutz vermitteln.

Als Saint mich angesprochen hat, habe ich mich sofort beschützt gefühlt und als Gun mich auch noch in seine starken Arme gezogen hat, war es mir ein leichtes, die schrecklichen Erinnerungen aus meinem Kopf zu verbannen.

Erst dachte ich, sobald ich wieder klar denken konnte, dass sie mich darüber, was mit mir los gewesen sei, ausquetschen wollen, aber sie haben nur glücklich ausgesehen und die Klappe gehalten. Mir ist klar, dass sie sich denken können, dass mir irgendetwas passiert ist. Schnell schüttele ich meinen Kopf, um die wiederkehrenden Bilder abzuschütteln.

Nach einiger Zeit öffnet sich die Tür der Kapelle, ein wütender Tyr kommt heraus und schlägt die Tür mit einem lauten Knall hinter sich zu. Oh, oh, was ist ihm denn über die Leber gelaufen? Saint und Gun stellen sich sofort beschützend links und rechts neben mich. Das scheint Tyr nur noch wütender zu machen.

»Glaubt ihr kleinen Scheißer, dass ihr mich aufhalten könnt?« Saint und Gun gehen einen Schritt vor und stellen sich genau vor mich.

»Wir lassen es drauf ankommen«, sagt Saint mutig und reckt sein Kinn provozierend nach vorne. Eins muss ich dem Prospect ja lassen, er hat echt Mumm, so mit einem wütenden und fast doppelt so breiten Hünen zu reden. Tyr fängt hämisch an zu lachen. Ich zucke bei dem Lachen zusammen. Tyr scheint es nicht entgangen zu sein, denn sofort hört er auf, so zu lachen, und sieht die Prospects an.

»Ihr habt heute nochmal Glück gehabt, aber solltet ihr euch noch einmal zwischen mich und meinem Besitz stellen, dann Gnade euch Hel.« Nachdem er seine Worte ausgesprochen hat, dreht er auf dem Absatz um und stürmt aus dem Clubhaus.

Ein zweites Mal geht die Tür auf und ein angepisster Gram erscheint. Nach ihm tritt Pitt - oder wie der Nomad heißt - aus dem Raum und sieht sich suchend um. Ich zeige in die Richtung, in die Tyr gegangen ist und sage: »Tyr ist dort hinaus.« Mit einem Nicken verschwindet Pitt in die Richtung. Gram kommt auf mich zu und zieht mich in eine kräftige Umarmung.

»Wieder alles gut bei dir, Süße?«

»Ja, alles wieder gut, danke«

Gram drückt mir einen leichten Kuss auf meinen Kopf und lässt von mir ab. Damit scheint für ihn wieder alles in Ordnung zu sein. Erleichtert darüber, dass er, genauso wie der Rest nicht fragt, was los ist, lächle ich ihn schüchtern an.

Gram ist in der kurzen Zeit, die ich erst hier bin, zu einem Vater für mich geworden. Ich werde ihn tierisch vermissen, wenn ich von hier verschwinde.

»Sollen wir dich zum Studio fahren oder willst du heute lieber hierbleiben?«, holt Gun mich aus meinen traurigen Gedanken. Eigentlich wäre es mir tatsächlich lieber hierzubleiben, aber vielleicht ergibt sich ja eine Chance und ich kann vom Studio aus verschwinden.

»Ja, es wäre klasse von euch, wenn ihr mich fahren könntet.«

»Ganz sicher?« Die Unsicherheit ist Gun ins Gesicht geschrieben.

»Klar, ich will ja nicht, dass Hater umkommt vor Langeweile, weil ihn niemand auf Trab hält«, scherze ich. Gun lacht und schüttelt den Kopf über meinen Scherz. Mit einer Hand verwuschelt er meine Haare und sagt: »Na dann komm, Kleine.« Gram sieht uns mit einem leichten Schmunzeln hinterher, als wir das Clubhaus verlassen. Ich habe genau bemerkt, dass Gram sich vor meinen Rucksack gestellt hat, sodass ich ihn nicht mitnehmen konnte.

Fuck, was mache ich denn nun? Ohne meinen Rucksack kann ich nicht einfach verschwinden, darin sind alle meine Sachen inklusive der Unterlagen, die ich benötige. Egal, es wird sich schon noch eine Gelegenheit ergeben und bis jetzt hat Julian mich hier noch nicht gefunden.

Gun drückt mir meinen Helm in die Hand und hilft mir auf den Sozius von Saint. Als ich richtig sitze, schmeißt Saint seine Harley an, Gun macht es ihm nach und gemeinsam rollen wir zum Tor. Einer der Member, den ich bis jetzt noch nicht gesehen habe, macht das Tor mit einem Nicken auf. Im Augenwinkel sehe ich, wie Tyr an der Hausmauer gelehnt steht und uns mit zusammengekniffenen Augen hinterher sieht. Was ist nur sein scheiß Problem?

Beim Tattoostudio angekommen, steige ich ab und bedanke mich bei Gun und Saint. Wider Erwarten steigen die beiden von ihren Harleys und folgen mir in das Studio. Verdutzt schaue ich sie an.

»Du glaubst ja wohl nicht, dass du nach gestern Abend ohne Schutz bleibst?« Das kann doch nicht deren Ernst sein, oder? Wut pulsiert durch meinen Körper.

»Verdammte Scheiße, ich bin doch kein kleines Kind mehr, das einen Babysitter braucht.«

»Das hat nichts damit zu tun«, versucht Gun klarzustellen, was ihm aber gründlich misslingt.

»Womit hat es denn zu tun? Habt ihr etwa Angst, dass ich von hier verschwinden könnte?«, schnauze ich die beiden Prospects an. Mir ist bewusst, dass ich meine Wut an den Falschen auslasse, aber irgendeiner muss sie schließlich abbekommen.

»Hey kleiner Zwerg, schrei die beiden Babys nicht so an, die machen nur ihre Arbeit«, kommt es von hinten. Langsam drehe ich mich in die Richtung, aus der die Stimme kommt. Ein belustigter Hater steht in der Tür zu seinem Behandlungsraum.

»Nenn mich nicht immer Zwerg, nur weil du ein Riese bist«, erwidere ich und strecke ihm in Kleinkindmanier die Zunge raus.

»Ah, ich wusste gar nicht, dass du ein Zungenpiercing willst, komm nur her und ich steche dir eins«, zwinkert er mir zu. Erschrocken ziehe ich meine Zunge wieder in den Mund. Soweit wird es noch kommen, dass Hater mir ein Zungenpiercing sticht. Obwohl … Wie sich das wohl beim Küssen anfühlen wird, überlege ich, verwerfe es aber sofort wieder. Hater verschwindet lachend in seinen Raum und schließt die Tür. Das heißt, so viel wie, »ich will nicht gestört werden«. Hat er vielleicht einen Kunden? Achselzuckend drehe ich mich wieder zu den Prospects um.

Gun und Saint haben sich in der Zwischenzeit auf die Sofas, die für wartende Gäste dort stehen, gesetzt. Okay das bedeutet wohl, dass sie nicht so schnell wieder verschwinden werden. Ergeben begebe ich mich hinter den Tresen und fange mit meiner Arbeit an.

Der Tag verläuft ruhig. Gram und Hater haben aufgrund des gestrigen Abends einige Termine abgesagt. Gram war es zu riskant, dass Außenstehende dazwischengeraten könnten.

Mir hat immer noch niemand gesagt, warum das Clubhaus beschossen wurde. Selbst Heather weiß das nicht. Als ich sie gefragt habe, hat sie nur mit den Schultern gezuckt und gemeint, dass es eine Clubangelegenheit ist, die uns Frauen nichts angeht.

Gun und Saint haben sich nur vom Fleck gerührt, wenn sie auf die Toilette mussten oder sich einen Kaffee geholt haben.

Als wir gerade dabei sind, für heute Feierabend zu machen, ertönt das Dröhnen eines Motorrades. Alarmiert stellen Gun und Saint sich vor mich und schirmen mich so vor eventuellen Gefahren ab.

Fragend sehe ich die beiden an. Es ist nicht das erst Mal, dass ein Motorrad hier in der Straße fährt, schließlich gehört dieses Studio einer Biker Gang. Saint muss die unausgesprochene Frage in meinem Gesicht gelesen haben, denn er antwortet, dass es keiner von den *Sons of Hel* sei.

»Woher willst du das wissen?«, frage ich ihn neugierig.

»Wir erkennen es am Motorengeräusch, ob es ein Bike von unseren Membern ist«, ist seine schlichte Antwort. Das kann doch nicht sein Ernst sein. Für mich hören sie sich alle gleich an. Okay, eine Sportmaschine kann ich schon von einer Harley unterscheiden, aber die Harleys untereinander? No way!

»Aber nur weil es keiner von euch ist, heißt es doch nicht, dass es einer von der Gang von gestern ist.«

»Nein, das heißt es nicht, aber trotzdem sind wir vorsichtig.« Trotzig mache ich mich trotzdem auf den Weg zur Tür. Den ganzen Tag wird schon entschieden, was ich wie zu tun habe. Ich habe die Schnauze davon voll. Kaum liegt meine Hand an der Tür, werde ich von Gun zurückgezogen.

»Faith, das ist kein verfickter Scherz von uns«, ranzt er mich an.

»Meiner auch nicht! Ich will einfach nur nach Hause und diesen Scheißtag vergessen.« Und genau das ist mein Plan, ich werde mir gleich Heather schnappen und mich mit ihr am Alkoholvorrat im Clubhaus zu schaffen machen. Da dank der Schießerei von gestern alle Frauen oder Freundinnen der Biker im Clubhaus wohnen, wird sich bestimmt noch die eine oder andere der Damen anschließen.

»Ja, wir können gleich los, nur lass uns verdammt nochmal unsere Arbeit machen und dich vor Gefahren schützen.«

»Gun, bei aller Liebe, aber ich bin in einem Alter, wo ich selbst auf mich achten kann und keinen Babysitter mehr brauche.« Mit diesen Worten schlängle ich mich an Gun vorbei und drücke die Tür auf.

Etwas vorsichtiger als vorher gehe ich ein Schritt aus den Laden und sehe mich um. Ich sehe nichts Auffälliges, also laufe ich zu den Bikes der Prospects. Saint und Gun sind dicht hinter mir und bereit, jederzeit ihre Waffen zu ziehen.

Aus dem Augenwinkel bemerke ich einen Mann auf einem Motorrad. Das wird wahrscheinlich der unbekannte Motorradfahrer sein, dieser zieht etwas aus seiner Tasche und sofort sind die Prospects hinter mir in Aufruhr.

Es ist nur ein Handy, das der Unbekannte aus seiner Jackentasche gezogen hat. Er hält es in unsere Richtung hoch und grinst. Macht er etwa Fotos von uns? Ich zeige ihm zum Test den Mittelfinger und tatsächlich fängt der Kerl an, noch breiter zu grinsen. Also habe ich recht, er macht Fotos von uns.

Neugierig wie ich bin, will ich zu dem Unbekannten, um ihn zu fragen, wieso er Fotos von uns macht, als ein weit entferntes Motorraddröhnen zu uns vordringt. Saint und Gun entspannen sich bei dem Geräusch, also muss es einer von den Sons sein. Der Unbekannte stattdessen wird nervös, steckt hektisch sein Handy ein und startet sein Bike.

Erstaunt stelle ich fest, dass selbst ich diesmal die Geräusche unterscheiden kann. Der Sound von dem Son ist etwas dumpfer als der von dem Unbekannten.

Langsam fährt der Son an dem anderen Biker vorbei und dreht einmal den Gashahn auf. Der Unbekannte fährt mit quietschenden Reifen los und heizt die leere Straße runter. Wer war das? Und wieso hat er Fotos von uns gemacht? Hat Julian ihn arrangiert, um mich zu finden, oder war er einer der Biker von gestern? Fragen über Fragen, auf die ich bestimmt keine Antwort bekommen werde.

Tyr

Langsam fahre ich an dem Unbekannten vorbei und lasse mein Bike kurz aufheulen. Wer zum Teufel ist das und was macht er vor dem Studio? Er trägt keine Kutte oder irgendein auffälliges Tattoo, woran ich ausmachen könnte, welchem Club er angehört. Aber so wie es aussieht, hat er Angst vor mir, denn schnell macht er sich vom Acker.

Angepisst über die Verantwortungslosigkeit von Saint und Gun parke ich mein Bike neben das von Saint und steige ab. Beim Absteigen bemerke ich Faith´s erstaunten Blick. Was dachte sie, wer da auf dem Bike saß? Mit schnellen Schritten laufe ich auf die drei zu.

»Wie könnt ihr Faith nur so in Gefahr bringen?«, donnere ich auch sofort los, als ich vor ihnen stehe. Die Prospects sehen mich unterwürfig an und wollen sich gerade verteidigen, als Faith nur trotzig sagt: »Ich bin kein Baby und kann auf mich selbst aufpassen, außerdem war ich nie in Gefahr.«

»Woher willst du das so genau wissen? Kanntest du den Typen?«, frage ich sie eifersüchtig. War das vielleicht ihr Stecher, bevor ich aufgetaucht bin? Und selbst wenn das der Fall sein sollte, kann er sich gleich verpissen, sonst wird er noch sein blaues Wunder erleben. Faith gehört mir!

»Und wenn das so wäre?«

»Dann kannst du ihm gleich sagen, dass er sich hier nie wieder blicken lassen soll.«

Zu den Prospects gewandt sage ich: »Sollte ich nochmal sehen, dass ihr sie so dermaßen in Gefahr bringt, werdet ihr es bitter bereuen.« Geschockt sehen sie mich an und nicken dann brav. So schnell wird den beiden kein Fehler mehr passieren.

»Sie haben mich nicht in Gefahr gebracht, wenn, dann war ich das selber«, nimmt Faith die Prospects in Schutz. Was zur Hel stimmt mit dieser Frau nicht? Weiß sie nicht, wann man lieber den Mund halten soll? Mein böser Blick gilt jetzt ihr und nicht mehr den Prospects, aber das scheint sie nicht zu interessieren, denn sie blickt mir immer noch mit trotzigen Augen entgegen.

»Du hast keine Ahnung, was hier vorgeht, also ist der Job von den beiden Flachpfeifen hier, dich zu beschützen.«

»Tja, würdest du mir sagen, was hier vor sich geht, dann müssten mich die beiden hier nicht beschützen.« Mit dem Finger zeigt sie auf die beiden Flachpfeifen, um zu verdeutlichen, wen sie meint.

»Das hättest du gerne was?«, ziehe ich sie auf. Mir ist klar, dass es den Frauen und Freundinnen der Member schwerfallen muss, im Ungewissen zu sein, aber es geht nun mal nicht anders. Würden sie wissen, was hier vor sich geht, würden sie sich einmischen wollen und das kann zu fatalen Problemen führen.

»Um ehrlich zu sein, ja!« Ich muss lachen, ihre Unverfrorenheit ist einfach zu niedlich.

»Du brauchst gar nicht so lachen«, mault sie mich an und wendet sich dann zu Saint.

»Können wir los, ich habe keinen Bock mehr, mich länger mit dem Neandertaler auseinanderzusetzen.« Er nickt und läuft zu seinem Bike. So weit kommt es noch, dass sie bei einem anderem außer mir auf dem Sozius fährt. Mit schnellen Schritten stehe ich neben Faith und sehe sie eindringlich an.

»Du fährst bei mir mit.«

Erschrocken sieht sie mich mit ihren großen eisblauen Augen an.

»Gram hat uns aufgetragen, sie sicher vom Club zum Studio und zurückzubringen«, mischt Saint sich in unser Blickduell ein.

»Jetzt bin ich hier und werde die Aufgabe übernehmen«, stelle ich klar und befehle der kleinen Frozen, dass sie mit zu meiner Harley kommen soll. Sie bleibt neben mir stehen und sieht sich mein Bike an.

Die Maschine ist mein ganzer Stolz, mit seiner mattgrünen Farbe und dem SoH Logo auf beiden Seiten der Tankbekleidung ist es ein optischer Hingucker. Für den einmaligen Sound hat mein ganzer Stolz einen schwarzen Doppelrohrauspuff an der rechten Seite. Es ist das perfekte Gefährt für lange Fahrten.

Routiniert steige ich auf mein Bike, setze meinen Helm auf und warte darauf, dass Faith endlich ihren Knackarsch auf den Sozius schwingt. Irgendwann wird es mir zu bunt und ich sehe zu ihr. Sie steht da wie bestellt und nicht abgeholt.

»Wolltest du heute noch aufsteigen?«, frage ich genervt. Wieso steigt sie nicht auf? Was hat sie für ein Problem. Zögerlich hält sie sich an meiner Schulter fest und steigt hinten auf meiner Harley auf.

»Ich habe keinen Helm«, gesteht sie endlich ihr Problem. Fuck! Wieso bin ich nicht selbst darauf gekommen. Vorsichtig, damit sie nicht mitsamt meinem Bike umfällt, steige ich ab und gehe zu den Prospects.

»Wo ist Faith´s Helm?«, frage ich die Deppen genervt. Saint zeigt auf einen Helm am Lenkrad. Ich schnappe mir den Helm und laufe wieder zurück zu meinen beiden Mädels. Faith gibt ein heißes Bild auf meinem Bike ab, ob sie sich bereit erklären würde, ein paar Nacktfotos auf meiner Harley zu machen? Bei Gelegenheit werde ich sie fragen. Jetzt erstmal heißt es, ab zum Clubgelände, wo die kleine Frozen sicher ist.

Wieder steige ich auf mein Bike. Mit dem Fuß klappe ich den Ständer ein und schiebe uns rückwärts aus der Parklücke. Faith hält einen großen Abstand zwischen uns, *aber nicht mehr lange*, denke ich freudig.

Als wir richtig auf der Straße stehen, rolle ich langsam vorwärts an und gebe schließlich Vollgas, nur um kurz darauf stark abzubremsen. Ich muss schmunzeln bei ihrem Aufschrei. Faith krallt sich erst an mich, nur um im nächsten Moment fest an mich gedrückt zu werden. Sie komplett an meinem Rücken zu spüren, lässt meine Hose eng werden. Mit einer Hand schiebe ich meinen Schwanz an die richtige Stelle, damit es nicht schmerzt beim Fahren.

Gun und Saint stellen sich währenddessen neben uns auf. Einer auf der rechten und der andere auf der linken Seite. Immer darauf bedacht, uns beide vor Gefahren zu schützen. Da Faith jetzt an der richtigen Stelle sitzt, lasse ich meine Kupplung langsam kommen und gebe dann Gas. Uns nicht an die Straßenverkehrsordnung haltend, fahren wir durch Bellfort und viel zu schnell sind wir am Clubhaus angekommen.

Kaum steht mein Bike, springt die Kleine vom Sitz. Bedauernd sehe ich ihr hinterher. Ich könnte mich glatt an das Gefühl, sie hinten auf dem Sitz zu haben, gewöhnen.

Samuel

Zur selben Zeit

Als Rapha, unser weißer Spitzel, endlich mit seinem Bike angerast kommt, bin ich erleichtert. Wir hatten schon Sorge, dass er von den Sons of Scheißhaufen erwischt und umgelegt werden würde, bevor er uns Infos hätte geben können.

Als wir ihn vor ein paar Monaten rekrutiert haben, achteten wir extra drauf, dass er weiß ist. Niemand wird auf die Idee kommen das der Angel Lords MC, der nur aus schwarzen Membern besteht, einen Weißen in seinen Reihen aufnimmt.

Rapha steigt von seinem Bike ab und kommt zu mir. »Leider konnte ich nichts beim Clubhaus herausfinden, aber …« Weiter lasse ich ihn nicht ausreden. Mit meiner linken Hand ziehe ich ihm eine über seinen dummen Schädel.

»Habe ich mich nicht klar genug ausgedrückt? Du sollst erst wiederkommen, wenn du etwas hast«, schreie ich ihn wütend an. Würden wir ihn nicht so dringend brauchen, hätte ich ihn hier und jetzt umgelegt. Mit so einem Versager kann ich nichts anfangen.

»Aber …« Wieder versucht der weiße Wichser zu sprechen, aber ich lasse ihn nicht so weit kommen.

»Hast du mich nicht verstanden? Komm wieder, wenn du etwas Brauchbares hast.«

»Ich habe was«, schreit er zurück. Mit zu Schlitzen verengten Augen sehe ich ihn an und sage im kalten

Ton: »Du hast Glück, dass ich dich noch brauche.« Rapha zuckt zusammen und hält mir schnell das Prepaid-Handy hin.

»Hier sind Bilder vom Tattoostudio.« Interessiert, was er fotografiert hat, nehme ich das Handy und sehe mir die Bilder an.

Es sind Bilder, die eine Frau vor dem Studio zeigen, also nichts Ungewöhnliches. Ich wollte gerade das Handy gegen die Wand werfen, stoppe aber in der Bewegung, als ich auf dem nächsten Bild zwei Sons entdecke. Wieso wird diese Frau von gleich zwei Sons beschützt?

Rapha muss mit auf das Handy gesehen haben, denn er sagt: »Das sind noch nicht alle.« Ich blättere weiter durch die Bilder. Die Frau hat irgendwann bemerkt, dass sie fotografiert wird, und zeigt ihren Mittelfinger in die Kamera. Eine lustige kleine Person, die den Sons wohl wichtig ist.

Keine vier Bilder weiter wechselt die Perspektive, und ein Son auf dem Bike ist das Motiv. Rapha hat den Rücken und somit das Patch erwischt. Fluchend werfe ich jetzt doch das Handy gegen die Wand.

»Verdammte Drecksscheiße«, brülle ich durch den Raum und ziehe meine Waffe aus dem Hosenbund. Mit einem gezielten Schuss zwischen die Augenbrauen schalte ich den weißen Wichser aus. Ich kann das Risiko, ihn am Leben zu lassen, nicht eingehen, wenn er von einem Nomad gesehen wurde.

Kapitel 5

Faith

Froh, endlich runter vom Bike und somit weg und aus der Nähe des Neandertalers zu kommen, springe ich regelrecht von Tyr's Bike. Die Nähe zu ihm verwirrt mich.

Schnell stapfe ich über den Parkplatz zum Clubhaus und ziehe mir währenddessen den Helm vom Kopf. Das Clubhaus ist voll, da ja Ausgangssperre herrscht und somit alle Frauen, Member und Clubschlampen auf dem Gelände wohnen, es gilt die Regel, dass Frauen nur zu bestimmten Tagen das Clubhaus betreten dürfen, nicht.

Unzählige mir fremde Frauen und Männer unterhalten sich grüppchenweise miteinander. Nach diesem beschissenen Tag könnte ich jetzt gut eine Freundin und einen Drink vertragen.

Nach Heather suchend schaue ich mich um, finde sie aber nicht, da mir andauernd jemand die Sicht versperrt. Wieso müssen die Männer in diesem Verein auch so groß sein? Immer wieder stelle ich mich auf die Zehenspitzen, um eine bessere Sicht zu bekommen, und finde Heather schließlich.

Zielstrebig laufe ich zu ihr, die mir im Weg stehenden Personen schubse ich leicht aus dem Weg. Bei ihr angekommen, atme ich geräuschvoll aus und umarme sie.

»Na Süße, geht es dir wieder besser oder schmerzen die Rippen noch sehr?«, fragt mich meine Freundin. Ich nicke und nehme ihr die Bierflasche aus der Hand. Mit einem Schluck leere ich sie und gebe sie einer der dahergelaufenen Clubschlampen in die Hand. Sie sieht mich zwar komisch an, läuft aber weiter. Heather dagegen sieht mich stirnrunzelnd an. »Was ist dir denn über die Leber gelaufen? Immer noch das von heute Morgen?«, fragt Sie auch sofort. Crown stößt in dem Moment zu uns, als ich Heather leicht genervt antworte. »Wer und nicht was, passt besser.«

Der Tag war einfach nur Horror. Es fing schon damit an, dass ich mit einem mir wildfremden Kerl in der Nacht geschlafen habe und danach nicht mal verschwinden konnte, da das verdammte Gelände abgeriegelt wurde. Zur Krönung bekomme ich noch eine Panikattacke und es ging damit weiter, dass ich nicht mal alleine ohne Babysitter im Studio arbeiten durfte. Da denkt man, dass der Tag nicht schlimmer werden kann, macht ein fremder Mann danach auf einem Bike Fotos von mir, Tyr kommt in dem Moment um die Ecke, nur um ein Theater zu veranstalten, wegen meiner Sicherheit.

All das würde ich nur zu gerne Crown und Heather an den Kopf werfen, spare es mir aber und gehe lieber zur Bar. Heather folgt mir dorthin.

»Was ist wirklich los, Süße?«, fragt sie besorgt. Als ich dann noch Peach hinter dem Tresen sehe, könnte ich kotzen.

Seit sie mir vor ein paar Tagen angeboten hat, ebenfalls eine Clubschlampe zu werden, und ich ihr daraufhin klar gemacht habe, dass ich noch einen Funken Würde in meinem Leib besitze, hassen wir uns. Ich sie, weil sie mir das Angebot gemacht hat und sie mich, weil ich sie der Würdelosigkeit beschimpft habe.

Meine Tequila-Bestellung ignoriert die Schlampe eiskalt und bedient lieber jeden anderen. Mit einem Seufzen drehe ich mich zu Heather.

»Kannst du mir einen doppelten Tequila bestellen? Die Bitch ignoriert mich mal wieder.« Das Augenrollen zum Schluss kann ich mir nicht verkneifen.

»Klar, aber nur wenn du mir erzählst, was wirklich mit dir los ist«, antwortet Heather und beugt sich ein wenig über den Tresen und ruft: »Peach, einen doppelten Tequila und ein Desperados.« Peach nickt als Zeichen, dass sie verstanden hat, und füllt den Tequila in ein Schnapsglas, bevor sie ein Desperados aus dem Kühlschrank holt. Was für eine Bitch, kaum spricht eine Old Lady sie an, springt sie, will ich aber etwas bestellen ignoriert sie mich. »Warum nicht gleich so?«, frage ich die Bitch und nehme ihr mein Schnapsglas aus der Hand. Ohne meine Frage zu beantworten, dreht sie sich, zeigt mir noch den Mittelfinger über die Schulter und bedient dann einen Member. Bitch!

»So, und nun erzähl«, fordert mich Heather auf. Ergeben erzähle ich ihr alles bis ins kleinste Detail, was seit gestern Abend alles passiert ist. Immer wieder bestellt Heather uns ein neues Getränk. Nach kürzester Zeit setzt das beruhigende Gefühl, welches durch den Alkohol hervorgerufen wird, ein und ich fange an mich zu entspannen.

»Du hast tatsächlich mit Tyr geschlafen?«, fragt Heather mit lauter, schriller Stimme, als ich mit meiner Geschichte fertig bin. Aber ihre weit aufgerissenen Augen, die aussehen als würden sie jeden Moment rauskullern, bringen mich dazu, dass ich den Tequila vor Lachen über den Tresen spucke. Peach hat Glück gehabt, dass sie noch rechtzeitig ausweichen konnte, sonst hätte sie die volle Ladung ins Gesicht bekommen.

Wieder etwas beruhigt und mit vom Alkohol gelockerter Zunge beuge ich mich zu Heather vor und flüstere: »Ja, und das Schlimme ist, es hat mir gefallen.« Jetzt liegt es an Heather, zu lachen. Hinter uns ertönt ein »So, hat es das?« Erschrocken zucken Heather und ich zusammen.

Ich hebe meinen Kopf in die Richtung, aus der die tiefe Stimme von Tyr kommt, und laufe prompt rot an. Dieser sieht mich belustigt an. Fuck, anscheinend habe ich doch nicht so leise gesprochen wie gedacht. Heather erlangt als Erstes ihre Fassung wieder und begrüßt Tyr. Aus dem Augenwinkel bemerke ich, wie Peach sich gerade hinstellt und ihre gemachten Silikontitten demonstrativ rausstreckt. Genervt über ihr Verhalten verdrehe ich meine Augen. Schlampe!

»Was kann ich dir Gutes tun, Süßer?«, schnurrt die billige Schlampe und klimpert mit ihren falschen Wimpern. Sie geht mir tierisch auf die Nerven mit ihrer billigen Art. Sobald einer von den ›freien‹ Membern in ihrer Nähe ist, verfällt sie in den Schlampenmodus und erniedrigt sich somit selbst. Immer darauf bedacht, gleich die Beine für einen von denen breit machen zu dürfen. Ekelhaft, dieses Verhalten. Obwohl, in dieser Nacht war ich auch nicht besser, rüge ich mich in Gedanken selbst. Schlafe mit einem mir wildfremden Kerl, den ich eigentlich nicht mal leiden kann.

»Ein Bier für mich und zwei Desperados für die beiden Hübschen hier«, bestellt Tyr und sieht dabei nur mich an. Sein Blick ist nicht mal eine Sekunde von mir gewichen. Tyr wendet sich an die Frau auf der anderen Seite von mir und fragt, ob er ihren Hocker haben kann, diese bejaht. Mit dem Hocker setzt er sich mittig von uns, sodass er neben mir und Heather sitzt und wir somit ein Dreieck bilden.

»Wieso bist du vorhin so schnell abgehauen, Schätzchen?«, fragt Tyr mich angepisst.

»Weil ich was Besseres vorhatte«, antworte ich schnippisch. Mir ist gerade nicht danach, mit Tyr zu reden. Dass er gehört hat, dass mir der Sex mit ihm gefallen hat, ist schon peinlich genug. Viel lieber würde ich noch mit Heather ein wenig quatschen und sie um Rat fragen, was ich denn nun tun soll.

Peach bringt die Getränke, hat aber ganz zufällig mein Desperados vergessen. Mit einem überheblichen Grinsen geht sie zum nächsten Member und bearbeitet seine Bestellung.

Na toll, und was trinke ich jetzt? Tyr hat mein Dilemma wohl mitbekommen, denn er beugt sich über den Tresen und schnappt sich die Tequila-Flasche, die in seiner Reichweite steht. Ich will nach ihr greifen, aber Tyr zieht sie im letzten Moment weg. Böse sehe ich ihn an, was er mit einem sexy Lächeln erwidert. Arsch!

»Du bekommst sie nur, wenn du normal mit mir redest«, schlägt er mir einen miesen Deal vor.

»Einverstanden«, willige ich widerwillig in den Deal ein.

»Wie geht es dir?«, ist seine erste Frage an mich. Skeptisch sehe ich ihn an. Meint er das ernst? Nach dem, was er eben gehört hat, habe ich eher damit gerechnet, dass er dazu eine Frage stellt.

»Okay, ich drücke es mal anders aus. Wie geht es deinen Rippen? Schmerzen sie sehr?«, verbessert er seine Frage.

»Die Schmerzen sind erträglich, dafür dass die beiden Rippen gebrochen sind.« Ich nehme einen Schluck aus der Tequila-Flasche. Heather sieht zwischen uns hin und her, wie bei einem Tennisspiel, und wartet auf die nächste Frage.

»Ich habe mal eine Frage«, fängt er an. »Ach nein? Du hast mich eben doch schon was gefragt«, platzt es sarkastisch aus mir heraus. Unbeirrt spricht er weiter und beachtet meinen Sarkasmus nicht. »Wieso kennst du dich so gut mit dem Versorgen von Wunden aus?« Ich halte in der Bewegung inne und sehe ihn genervt an. Wieso ausgerechnet eine Frage über etwas aus meiner Vergangenheit? »Die Frage habe ich doch schon beantwortet, als Butcher mich gefragt hat. Ich bin eine gelernte OTA.« Heather und Tyr sehen mich neugierig an.

»Was bedeutet das?«, fragt diesmal Heather.

»Operationstechnische Angestellte«, lautet meine knappe Antwort. Wir verfallen daraufhin in ein angenehmes Schweigen. Jeder trinkt von seinem Getränk und hängt seinen Gedanken nach, bis eine Frau zu uns tritt und Tyr begrüßt.

Sie fängt ein Gespräch mit ihm an und berührt ihn, entweder an der Schulter oder am Oberschenkel, immer wieder. Mit einem komischen Gefühl im Magen sehe ich zu Heather. Sie scheint auch nicht zu wissen, wer die Frau ist, denn sie sieht die Frau skeptisch an. Bei jeder Berührung nimmt das komische Gefühl zu. Tyr fängt an zu lachen, was das Gefühl um ein Zehnfaches verstärkt.

Um mich von dieser Szene abzulenken, nehme ich meine Flasche und setze sie an. Ich wollte eigentlich nur in Ruhe mit Heather weitersprechen, stattdessen muss ich jetzt dabei zusehen, wie Tyr mit der Frau flirtet.

Mir kommt der Gedanke, dass ich noch nicht mal einen Schlafplatz habe. Verdammt, das habe ich total vergessen. Ob der Neandertaler freiwillig das Zimmer räumt, wage ich zu bezweifeln. Ich beuge mich zu Heather vor und frage ernst: »Habt ihr eigentlich noch ein Zimmer frei oder muss ich mir ein Gästehaus suchen?«

»Wieso? Du hast doch ein Zimmer«, antwortet Heather verwirrt.

»Nein, das gehört doch Tyr.« Dabei fällt mir wieder ein, dass ich nicht weiß, wo mein Rucksack jetzt ist. Ohne ihn könnte ich mir nicht einmal ein anderes Zimmer suchen.

»Weißt du zufällig, wo Gram meinen Rucksack hingestellt hat?«, frage ich deshalb Heather.

»Das Zimmer gehört ebenso dir wie mir, Schätzchen. Deinen Rucksack habe ich, nachdem du weggefahren bist, in unser Zimmer gebracht«, antwortet Tyr statt Heather. Im ersten Moment weiß ich nicht, was ich antworten soll.

»Auf keinen Fall werde ich mit dir noch einmal das Bett teilen!«

»Das werden wir noch sehen.« Tyr fängt an zu lachen und wechselt das Thema. »Du sag mal, was war vorhin das Problem eigentlich?«, fragt er und zeigt auf Peach.

»Das geht dich nichts an.«

Wieder kommt eine Frau zu uns. Froh darüber, dem Thema entkommen zu sein, will ich aufstehen und der Frau Platz machen. Tyr streckt blitzschnell seinen Arm aus und hält mich fest, sodass ich nicht aufstehen und von ihm weggehen kann. Was soll der Scheiß? Wieso darf ich nicht aufstehen?

Seelenruhig flirtet er weiter mit der Tussi. Innerlich brodele ich. Jetzt darf ich schon nicht mal mehr aufstehen, wann ich es will, dabei wollte ich nur Heather fragen, ob sie mit mir tanzen geht. Da hier mehr Frauen im Clubhaus sind, wird auch ordentliche Musik gespielt und nicht nur Heavy Metal.

Tyr fängt an leicht über meine Hand zu streicheln und sofort wird mein Inneres ruhiger. Ob er bemerkt hat, wie es in meinem Inneren aussieht? Das komische Gefühl will zwar nicht ganz verschwinden, aber es gesellt sich noch ein warmes dazu, was stark überwiegt. Sein Streicheln beschert mir eine Gänsehaut am ganzen Körper. Die Wärme bereitet sich in meinem kompletten Körper aus und vertreibt das Gefühl gänzlich. Hin und wieder sieht Tyr über seine Schulter zu mir und zwinkert mir zu. Heather beobachtet währenddessen unsere Hände. Leider steht die Frau so blöd, dass Heather und ich uns nicht mehr unterhalten können.

Eine Viertelstunde später haut Tyrs Gesprächspartnerin ab. Tyr dreht sich wieder zu uns, unterbricht sein Streicheln aber nicht. »Das war Jazz, die Freundin von Roadie, unserem Road Captain«, klärt Heather mich auf. Bei dem Wort Freundin bin ich erleichtert. Innerlich lache ich mich aus, dass ich eifersüchtig auf eine Old Lady war.

Peach hat keinen Member mehr, den sie bedienen kann und kommt zu uns.

»Tyr, mein Süßer …« Sie sieht auf ihre Uhr am Handgelenk und fängt an zu lächeln, bevor sie weiterspricht. »Sollen wir vielleicht nach hinten ins Zimmer?«, fragt sie schließlich mit einem Zwinkern. Abwartend sehe ich Tyr an. Wird er mit ihr nach hinten gehen, obwohl er erst in der Nacht mit mir geschlafen hat?

Fragend sehe ich zu Heather, sie legt ihren Kopf schief und hebt nur ratlos die Schultern. Er lässt meine Hand los, legt seine auf die Bar und umschließt mit beiden Händen seine Bierflasche. Ein scharfer Stich geht mir durch Mark und Bein und lässt mich zusammenzucken. Was ist nur los mit mir? Solche Gefühle hatte ich nicht mal bei Julian. Er wurde ständig von irgendwelchen Weibern angemacht und mit ihm war ich zusammen.

Tyr starrt die Clubschlampe nur an und antwortet nicht. Es macht mich wahnsinnig, nicht zu wissen, was er in dem Moment denkt. Ist er wirklich so notgeil, dass er mit einer Clubschlampe vögeln möchte, nachdem wir heute Nacht erst Sex hatten? Das komische Gefühl ist mit voller Wucht wieder da. Wieso stört mich das so dermaßen, dass er noch nicht geantwortet hat? Die Wut und der Alkohol lassen mich nicht klar denken.

Peach sieht ihn aufreizend an. In ihren Augen steht ein Versprechen geschrieben, was sie alles mit ihm anstellen wird. Sie räkelt sich schon vor Geilheit und Ungeduld. Er sieht sie mit einem lasziven Lächeln an. Abwartend schauen Heather und ich die beiden an. Im ersten Moment denke ich, dass er mich anspricht, sehe dann aber, dass er die Schlampe meint. »Schätzchen …«, fängt Tyr mit verruchter Stimme an zu sprechen.

Tyr

»Schätzchen …« mit verruchter Stimme setze ich zu einer Antwort an, werde aber von Faith‘s »Zieh Leine dreckige Hure, er gehört mir!«, unterbrochen. Schnell setzt Faith die Tequilaflasche an und trinkt ein paar Schlucke daraus.

Erschrocken sehe ich zu Faith. Hat sie gerade tatsächlich gesagt, dass ich ihr gehöre? Ich muss laut lachen, dieses Mädel ist einfach unglaublich. Wie kommt sie auf die Idee, dass ich jemanden gehöre? Wenn, dann gehört sie mir, aber nicht umgekehrt.

»Oh Schätzchen, da hast du eindeutig was falsch verstanden«, sage ich zu der kleinen Frozen, die mit einem hochroten Kopf neben mir sitzt. Peach sieht mich mit großem Unglauben in den Augen an. Ich war gerade im Begriff, der Clubschlampe einen Korb zu geben, als die Kleine mich unterbricht.

»Nenn mich nicht immer ‚Schätzchen‘«, zickt sie mich an. So langsam macht mir das Spiel, sie auf die Palme zu bringen, Spaß, aber nur, wenn sie so wie eben reagiert.

Zwinkernd sehe ich zu Peach. »Was hast du denn vor, mit mir hinten im Zimmer zu machen?« Peach tritt näher an die Bar, die sich zwischen uns befindet, heran. »Ich würde anfangen, dir dein Prachtexemplar von einem Schwanz aus der Hose zu holen, mich vor dich knien und ihn mit dem Mund verwöhnen. Kurz bevor du kommst, höre ich auf, ziehe mich aus und schubse dich aufs Bett. Dort werde ich dir dein Hirn heraus vögeln, sodass du das prüde Miststück aus dem Kopf bekommst. Es wird nicht bei dem einen Mal bleiben. Wir werden die ganze restliche Nacht damit verbringen, uns gegenseitig auf verschiedene Arten zu befriedigen«, verspricht sie mir mit vor Lust heiserer Stimme.

Mein Schwanz drückt unangenehm in der Hose, denn mal ehrlich, bei welchem Mann würde er jetzt nicht stehen, nachdem sie einem so ein geiles Kopfkino ins Hirn projiziert hat?

Nur spielt nicht Peach in diesem Film die Hauptrolle, sondern Faith, die ich in Gedanken bis zur Bewusstlosigkeit ficke.

Neben mir bewegt sich die kleine Frozen und steht vom Hocker auf. Neugierig drehe ich mich zu ihr, nur um festzustellen, dass sie nicht mehr neben mir ist. Ich drehe mich weiter, um in den restlichen Club schauen zu können, und tatsächlich finde ich Faith.

Sie steht mit Heather mitten im Club, wo sich die meisten Frauen tummeln. Fuck, so war das nicht gedacht. Ich wollte sie noch ein bisschen auf die Palme bringen, bevor ich sie in unser Zimmer bringe und dort ficke.

Die Musik schwingt um auf Club-Musik. Genervt darüber, will ich mich abwenden, halte aber in der Bewegung inne. Faith und Heather fangen an zu tanzen, erst vorsichtig und schüchtern, nur um dann selbstsicher die Hüften im Takt der Musik zu schwingen. Die Musik ist normalerweise gar nichts für mich, ich könnte mich aber daran gewöhnen, sie öfter zu hören, nur um Faith so heiß tanzen zu sehen.

Wie gebannt schaue ich ihr zu und kann den Blick nicht von ihr abwenden. Ihr Tanzen macht mich mehr an als die verheißungsvollen Worte von Peach.

Zwei Tänze später sehe ich Crown und Gram im Augenwinkel, wie sie auf Faith und Heather zulaufen. Freudig hüpfen die beiden auf und ab. Crown zieht Heather vor sich, schließt die Augen und genießt es sichtlich, ihren schwingenden Arsch an seinem Schwanz zu spüren. Glückspilz, denke ich und sehe wieder zu Faith. Zu meinem Ärger nimmt Gram Faith´s Hände in seine und fängt an, mit ihr zu tanzen. Eifersucht darüber, dass er mein Eigentum berührt, wallt in mir auf.

Peach, die mittlerweile neben mir steht, versucht meine Aufmerksamkeit zu bekommen, schafft es aber nicht.

»Was findest du nur an dieser prüden Schnepfe?«, fragt sie mich. Selbst die Beleidigung gegenüber meiner kleinen Frozen lenkt mich von dem Anblick, den Gram und Faith bieten, nicht ab. Gram ist jetzt näher an Faith, seine Hand liegt auf ihrer Hüfte und beide Lächeln sich an. Enorme Wut breitet sich in meinem Körper aus, innerlich koche ich wie ein Vulkan. Die Hände neben mir balle ich zu Fäusten. Es fehlt nicht mehr viel und ich schlage meinen Vater zu Brei. Wie kann er es wagen, so mit meinem Besitz zu tanzen? Ich bin kurz davor, von meinem Hocker aufzuspringen, als ich etwas an meiner Hose spüre.

Jetzt erst realisiere ich, dass Peach eng neben mir steht und an meinem Reißverschluss herumfummelt. Ich versuche sie von mir wegzuschieben, aber ohne Erfolg, die Frau weiß genau, was sie will und wie sie es bekommen kann.

Als sie es geschafft hat die Hose zu öffnen, sieht sie mich triumphierend an und holt meinen Schwanz aus der Hose. Mit geschickten Händen bringt sie ihn dazu, gegen meinen Willen, stramm zu stehen. Ich weiß gar nicht wie mir geschieht, in dem einen Moment reden wir darüber was sie mit mir machen will und im nächsten Moment kniet sie vor mir und lutscht auch schon meinen Schwanz.

Ich bin wie eingefroren, weiß nicht, wie ich reagieren soll. In der Vergangenheit hatte ich schon öfter einen Hormonaustausch mit Peach. Als langjährige Clubschlampe hat sie einige Tricks auf Lager, die mir stets einen guten Fick bereitet haben. Nun aber verändern diese eisblauen Augen dieser kleinen, geilen Frau mein gesamtes Denken und Handeln ... Sie gehört mir.

Entschieden will ich Peach von mir wegschieben und ihr klar machen, dass ich tabu bin, als auch schon eine mega angepisste Frozen auf uns zustürmt. Fuck! Wieso muss sie ausgerechnet in diesem Moment zu mir sehen? So schnell wie Faith Peach an den Haaren von mir wegzieht, kann ich gar nicht gucken.

Ihr Hass auf Peach ist ihr förmlich ins Gesicht geschrieben. Mit vor Wut verzerrtem Gesicht spukt sie Peach ins Gesicht. Peach reißt sich von Faith los und will mit einem lauten Schrei auf sie losgehen. Faith reagiert rechtzeitig und weicht aus. Wäre die Situation nicht so komisch, würde ich meine kleine Frozen anfeuern. Immer wieder versucht Peach, auf Faith loszugehen, aber jedes Mal weicht sie aus.

»Du dumme Schlampe, wie kannst du es wagen, mir an den Haaren zu ziehen«, schreit Peach herum. Die Leute um uns herum werden auf das Gekreische der beiden Frauen aufmerksam.

Die Musik wird ausgestellt, jeder dreht sich zu den beiden um und es bildet sich ein Kreis um die Furien. Ich packe meinen jetzt schlaffen Schwanz wieder ein und will dazwischen gehen, aber Pitt hält mich davon ab. Böse sehe ich ihn an. »Lass es, das müssen die beiden unter sich klären«, sagt er nur und wendet sich wieder dem Kampf zu.

»Ich soll mich was getraut haben, Hure? Du bist diejenige, die Hand an Tyr gelegt hat«, brüllt Faith außer sich zurück und schlägt Peach mitten in die Fresse. Sofort strömt Blut aus ihrer Nase und Peach schreit vor Schmerzen. Faith holt noch einmal aus und boxt ihr diesmal in die Magengrube. Peach klappt wie ein Klappmesser zusammen, was meiner kleinen Frozen die Chance gibt, Peach ihr Knie ins Gesicht zu rammen.

Die Member um sie herum grölen und feuern Faith an. Vereinzelt hört man ein »Autsch« oder »Fuck das tat weh«. Peach fällt wie ein nasser Sack zu Boden. Das ist das Zeichen für mich, dass ich dazwischen gehe, bevor Faith auf die Idee kommt, nachzutreten.

Mit schnellen Schritten laufe ich zu ihr, packe sie und werfe sie wie ein Höhlenmensch über meine Schulter. Eilig laufe ich zur Tür, die zu dem Gang der Schlafzimmer führt. »Verdammt war das heiß«, platzt es stolz aus mir heraus, was Faith nur dazu veranlasst auf meinen Rücken einzutrommeln. Ihre Proteste, dass ich sie runter lassen soll, ignoriere ich und folge dem Gang weiter bis zu unserer Zimmertür.

Faith

Nachdem Tyr auf die Anmache der Clubschlampe eingegangen ist, entscheide ich mich dafür, mit Heather tanzen zu gehen. Meine Hoffnung ist, dass mich das Tanzen von meiner Wut ablenkt oder sie gar komplett eliminiert.

Heather folgt mir zur Tanzfläche. Irgendwann gesellen sich Crown und Gram zu uns. Crown schnappt sich gleich seine Old Lady und tanzt mit ihr. Gram hält mir seine Hand hin und fordert mich so zum Tanzen auf.

Glücklich darüber, nicht allein neben dem Pärchen tanzen zu müssen, nehme ich die Einladung an. Schnell finden wir einen gemeinsamen Rhythmus. Es macht Spaß, mit Gram zu tanzen, er kommt einem nicht zu nahe, wenn man es nicht will, aber gleichzeitig versteht er es auch, dass man sich als Frau begehrenswert findet. Gram bringt mich mit einer Drehung in Blickrichtung zu Tyr.

In dem Moment sehe ich, wie Peach seinen Schwanz in der Hand hat und im Begriff ist, sich hinzuknien. Sofort kocht die Wut in Begleitung von Enttäuschung in mir hoch. Wie kann er es wagen, vor meinen Augen mit dieser Hure rumzumachen? Hätte er nicht wenigstens in eines der Fickzimmer verschwinden können?

Ich lasse Gram los und stürme angepisst auf Peach und Tyr zu. Noch nie in meinem Leben habe ich eine Frau so sehr gehasst, wie in diesem Moment diese Hure. Ich ziehe sie an ihren Extensions weg von Tyrs Schwanz und spucke ihr angewidert ins Gesicht. Peach schafft es, sich aus meinem festen Griff, um ihre Haare zu befreien, und will mit einem lauten Schrei auf mich losgehen. Rechtzeitig schaffe ich es, auszuweichen.

Adrenalin pumpt durch meinen Körper. Angespannt verfolge ich jede Bewegung der Hure. Immer wieder versucht sie, mich zu schlagen, aber jedes Mal kann ich ausweichen.

»Du dumme Schlampe, wie kannst du es wagen, mir an den Haaren zu ziehen«, schreit Peach außer sich. Nur nebenbei bemerke ich, dass die Musik ausgestellt wurde, ignoriere aber das darauffolgende Gemurmel der Member.

»Ich soll mich was getraut haben, Hure? Du bist diejenige, die Hand an Tyr gelegt hat«, brülle ich zurück und schlage Peach mitten ins Gesicht. Verdammt tut das weh, denke ich und schüttele meine schmerzende rechte Faust. Gott verdammt, wieso prügeln sich die Jungs gerne, wenn es so weh tut?

Bei Peach strömt das Blut nur so aus der Nase, ihren Schmerzensschrei ignoriere ich. Die Nase wird gebrochen sein. Selber schuld, warum fasst sie auch Tyr an, nachdem ich ihr schon gesagt habe, dass er mir gehört?

Peach ist so von ihrer Nase abgelenkt, dass es ein Leichtes für mich ist, ihr einen Hieb in die Magengrube zu verpassen. Sie klappt wie ein Klappmesser nach vorne zusammen und hustet. Ich sehe die Chance und nutze sie, hebe mit Schwung mein Knie und ramme es ihr ins Gesicht.

Leise zische ich ihr zu: »Wenn du Tyr noch einmal zu nahe kommst, wirst du dein blaues Wunder erleben.« Peach fällt wie ein nasser Sack auf den Boden und bleibt liegen. Gepusht vom Adrenalin in meinen Adern, könnte ich jetzt Bäume ausreißen gehen. Das Gejohle und

Geschreie von den Membern um uns herum bekomme ich jetzt erst richtig mit. Ich habe schon öfter davon gehört, dass man bei einem Kampf alles um sich herum abstellt und sich nur auf den Gegner konzentriert. Es ist für mich aber eine absolut neue Erfahrung. Nie habe ich mich mit jemanden geprügelt, bin jetzt aber froh, einen Selbstverteidigungskurs belegt zu haben, nachdem ich in die USA gekommen bin.

Plötzlich werde ich hochgehoben und über eine Schulter geschmissen. Den Schrei kann ich gerade noch unterdrücken, als ich registriere, dass Tyr derjenige ist, der mich hochgehoben hat. Ein dumpfer Schmerz zieht von meinen Rippen durch den Körper. Schnell atme ich tief ein und aus. Versuche ihn so zu unterdrücken. Die Menge um uns herum grölt noch lauter und ruft uns irgendwelche obszönen Sachen hinterher, die ich nicht mehr verstehe. Mit schnellen Schritten läuft Tyr unbeirrt auf die Tür zu den Schlafräumen zu. Was zum Teufel hat er vor?

Sein »Verdammt war das heiß« bringt mich zur Weißglut. Wie kann er es wagen so etwas zu sagen, wo er sich vor ein paar Minuten seelenruhig einen hat blasen lassen? Um meine Wut loszuwerden, trommle ich auf seinen Rücken ein. Immer wieder schreie ich ihn an, dass er mich verdammt nochmal runterlassen soll, aber jedes Mal ignoriert er meine Proteste.

Vor unserer Zimmertür bleibt er stehen und nestelt in seiner Hosentasche. Er schließt auf und trägt mich hinein. Kurz darauf dreht er sich noch einmal um und schließt die Tür wieder ab. Langsam lässt er mich runter und sieht mir tief in die Augen, als ich vor ihm stehe. Das ganze Adrenalin in meinem Körper verwandelt sich in Lust.

Wie zwei Verhungerte fallen wir übereinander her. Küssen uns, stoßen mit den Zähnen zusammen und beißen uns gegenseitig in die Lippen.

Ungeduldig zerre ich an seiner Kutte und schiebe sie von seinen Schultern. Mit einem lauten Geräusch landet sie auf dem Boden. Tyr öffnet währenddessen meine Jeans und schiebt sie herunter, sodass ich heraussteigen kann.

Immer wieder unterbrechen wir unseren Kuss, nur um dann noch gieriger weiter zu machen. Das T-Shirt von Tyr schiebe ich hoch, bekomme es aber nicht über seinen Kopf. Mit einem rauen Lachen, das sofort Hitze in meine Mitte schießen lässt, hilft er mir und wirft das Oberteil anschließend zur Kutte auf den Boden.

Jetzt steht Tyr nur noch in Jeans und Boots vor mir. Gierig sauge ich den Anblick in mich auf, fahre mit meinen Fingern über seine breite Brust runter über sein Sixpack zum Hosenbund. Dort halte ich kurz inne, was ihm ein animalisches Knurren entlockt. Wissend lächle ich ihn an und führe meine Folter fort, streichle ihm am Hosenbund entlang und hauche zarte Küsse auf seine Brust. Jetzt liegt es an ihm, ungeduldig zu sein.

Mit beiden Händen zerreißt er mein weißes Oberteil vorne in zwei Teile und schiebt es über meine Schultern. Ungläubig halte ich in meinen Berührungen inne und sehe zu meinem zerrissenen Oberteil.

»Du hättest nur den Reißverschluss am Rücken öffnen müssen«, sage ich belustigt.

»Zu spät«, brummt Tyr und macht sich an meinem BH zu schaffen. *Hoffentlich bleibt der heile,* denke ich und mache mich meinerseits an seiner Hose zu schaffen.

Mit flinken Fingern öffnet er meinen BH, schiebt ihn herunter und sieht gierig die entblößten Brüste an, bevor er sie mit seinen Händen umschließt. Endlich schaffe ich es, seine Hose zu öffnen und reiße sie ihm samt Boxershorts förmlich herunter.

Etwas fester knetet er meine Brüste, danach zieht er abwechselnd an den Nippeln. Stöhnend recke ich mich ihm entgegen. Tyr beugt sich zu mir herunter und nimmt meinen Mund in Besitz. Mit einer Hand wandere ich zu seinem prallen Schwanz, nehme ihn in die Hand und massiere ihn mit fester Hand, was ihm ein Stöhnen entlockt.

Angespornt von diesem Laut beende ich den Kuss und knie mich vor ihm hin. Mit einer Hand halte ich seinen Schwanz, während meine Lippen seine Eichel umschließen und ich sie mit geschickter Zunge verwöhne. Mit der anderen Hand massiere ich seine Hoden. Tyr krallt seine Hände in meine Haare und zieht daran. Erst sanft, dann etwas fester sauge ich an seiner Eichel, bis Tyr mit einem Stoß tiefer in meinen Mund eindringt.

Immer wieder bewege ich meinen Kopf vor und zurück, sauge mal sanft, dann wieder fester. Nebenbei knete ich seine Eier weiter und drücke mit der Hand an seinem Schaft zu. Mit einem etwas kräftigeren Stoß schubst er mich von sich weg, sein Schwanz rutscht mit einem ›plopp‹ Geräusch aus meinem Mund und ich lande auf meinem Hintern.

Tyr

Liebe Hel in der Unterwelt, denke ich, als ich kurz davor bin in Faith´s herrlichen Mund zu spritzen. Mit einem etwas zu heftigen Stoß schubse ich sie von mir und sie landet auf ihrem Knackarsch.

»Sorry, Schätzchen, war nicht mit Absicht«, entschuldige ich mich und helfe ihr hoch. Statt sie auf den Boden zu stellen, behalte ich sie auf dem Arm. Sie schlingt ihre langen Beine um meine Mitte und drückt ihren Mund auf meinen. Heftig fangen wir an, uns zu küssen, duellieren uns mit unseren Zungen.

Mit wenigen Schritten bin ich bei meinem Schreibtisch, fege mit einem Arm alles herunter was darauf liegt und setze Faith auf diesen ab. Jetzt liegt es an mir, mich hinzuknien.

Langsam schiebe ich ihr Höschen die Beine herunter, ziehe erst den rechten und dann den linken Fuß heraus, bevor ich das Höschen schließlich über meine Schulter nach hinten werfe. Kaum ist das Stückchen Stoff weg, inhaliere ich ihren süßen Geruch, kann ihn fast schon auf der Zunge schmecken. Kurz halte ich noch Augenkontakt zu meiner kleinen Frozen, bevor ich bestimmend ihre Beine auseinanderschiebe und meine Augen auf ihre Mitte richte. Der Ausblick, den ich jetzt habe, ist heiß. Ihre vor Lust geschwollene Pussy trieft nur so vor Nässe.

Mit einem Finger tauche ich in ihre Höhle ein, bewege ihn rhythmisch und penetriere sie intensiv, bei jedem zurück, kommt ein Schwall von ihrem Saft mit heraus. Ich kann es nicht mehr länger abwarten, senke meinen

Kopf, lasse meine Zunge über ihre Pussy gleiten und genieße die Geschmacksexplosion in meinem Mund. Oh Hel, noch nie in meinem Leben habe ich so etwas Süßes geschmeckt. Gierig lecke ich ihren Saft von der Pussy und widme mich dann ihrem Kitzler. Gekonnt lasse ich meine Zunge darüber schnellen und entlocke Faith ein Stöhnen nach dem anderen.

Meinem ersten Finger folgt ein zweiter, gemeinsam lasse ich diese im gleichen Takt zu meiner Zunge rein und raus gleiten.

»Oh Gott, nicht aufhören«, stöhnt sie und drückt ihren Rücken durch. Mit meiner freien Hand streichele ich über ihren Bauch, was ihr sofort eine Gänsehaut beschert, weiter zu ihren wohlgeformten Brüsten hinauf, nur um dann kleine Kreise um ihren Nippel zu ziehen.

Es macht sie wahnsinnig, so von mir verwöhnt zu werden, denn immer wieder versucht sie, dem Druck zu entkommen, nur um den Kampf schließlich zu verlieren und heftig zu kommen. Sie bäumt sich auf, schreit und stöhnt gleichzeitig und zerquetscht mich beinahe mit ihren Beinen, die sie zusammendrückt. Sie seufzt glücklich und befriedigt. Ihr dabei zuzusehen wie sie kommt, hat mich an meine Grenzen gebracht.

Ruckartig drehe ich sie auf den Bauch, stelle mich hinter sie und dringe mit einem festen Stoß in sie ein. Sie ist eng, fast schon zu eng. Kurz muss ich innehalten, damit ich nicht sofort abspritze. Das kleine Biest will mir die kleine Pause aber nicht gönnen und bewegt ihren Knackarsch ungeduldig hin und her.

Mit einem Griff in ihre Haare ziehe ich ihren Kopf nach hinten und beuge mich zu ihr vor. »Wenn du nicht willst, dass es gleich schon vorbei ist, dann hör auf dich zu bewegen«, knurre ich ihr ins Ohr. Fast augenblicklich hält sie inne. *Brave Frozen*, denke ich und fange an, ihren Hals mit zarten Küssen zu bedecken.

Nach ein paar Sekunden richte ich mich wieder auf, ziehe ihr etwas fester an den Haaren, sodass ihr Rücken durchgedrückt ist, und bewege mich erst langsam, dann immer schneller. Wie besessen stoße ich zu. Faith heißt jeden Stoß gierig willkommen und drückt ihren Hintern meinem Schwanz entgegen.

Heißes Stöhnen und das Klatschen von unseren aufeinandertreffenden Körpern erfüllen den Raum. Schweiß rinnt mir den Rücken herunter. Immer und immer wieder treibe ich sie dem Höhepunkt näher. Nicht mehr lange und es ist so weit bei ihr.

Mit einem spitzen Schrei kommt sie erneut. Ihre Muskeln pulsieren um meinen Schwanz und ziehen sich noch enger zusammen. Mein Verstand verabschiedet sich, keinen klaren Gedanken kann ich mehr fassen, bin nur noch von der Lust getrieben. Meine Eier ziehen sich zusammen und kündigen meinen eigenen Orgasmus an. Ich drossle mein Tempo ein wenig, dringe dafür aber noch tiefer in sie ein. Vier Stöße später ist es so weit, ich komme mit einem animalischen Knurren und verspritze mich in der kleinen Frozen.

Außer Atem lasse ich mich auf sie sinken. Faith dreht ihren Kopf zur Seite, sodass sie mich ansehen kann, und lächelt träge. Ich gebe ihr einen Kuss und ziehe mich langsam aus ihr zurück. Die kleine Frozen zuckt leicht zusammen.

»Fuck, war ich zu hart?«, frage ich besorgt. Sie schüttelt den Kopf und legt diesen wieder auf dem Tisch ab. Ich erhebe mich und gehe zum Bad. Routiniert will ich das Kondom entsorgen, stelle aber fest, dass ich gar keins um meinen Schwanz habe.

»Verfluchte Scheiße!«, schreie ich das Bad zusammen. Wie kann ich nur so dumm sein und das Kondom vergessen haben? Das ist mir noch nie passiert. Vor allem, weil Gram mir und Pitt von klein auf eingetrichtert hat, dass man die Dinger niemals vergessen darf.

Wütend darüber, dass ich so die Kontrolle verloren habe, schlage ich gegen den Spiegel. Dieser zersplittert in tausend Teile. Meine Knöchel an der rechten Hand platzen auf und Blut vermischt sich mit den Scherben auf dem Boden.

Vorsichtig öffnet Faith die Tür und sieht besorgt herein. »Alles in Ordnung bei dir?«, fragt sie verwirrt mit einem Blick zum zerbrochenen Spiegel. »Nichts ist in Ordnung«, schreie ich sie an, woraufhin sie zusammenzuckt. Ihr Blick wandert vom Spiegel zu mir und weiter zu meiner Faust.

»Oh Gott, du bist verletzt.« Sofort will sie zu mir kommen, aber ich halte sie mit einem »Bleib stehen« davon ab. Wie befohlen bleibt sie stehen. Vorsichtig steige ich über die Scherben am Boden und schiebe Faith nach hinten, damit ich aus dem Bad kann. Eilig will ich meine Sachen anziehen, kann ihre Nähe jetzt nicht ertragen und muss von hier verschwinden, damit ich wieder einen klaren Kopf bekomme.

»Was hast du vor?«, fragt sie leise, fast schon verschüchtert.

»Weg von hier«, brumme ich.

»Ja, das sehe ich, aber lass mich vorher deine Faust versorgen.« Nichts ist mehr von ihrem ermatteten Gesichtsausdruck von eben zu sehen. Sie kommt auf mich zu und will meine Faust greifen, schnell ziehe ich sie jedoch weg und ziehe mich weiter an. »Weißt du was, verpiss dich doch, Arschloch«, sagt sie schließlich angepisst und dreht sich um, um ins Bad zu gehen. »Hatte ich so oder so vor und es wäre nett, wenn du das Bad sauber machen könntest, dort liegen die ganzen Scherben rum.« Sie hält inne und dreht sich um.

»Sag mal, bist du noch ganz klar in der Birne? Bin ich irgendwie deine verfluchte Putzfrau? Nein, bin ich nicht, also fick dich und räum deinen Scheiß selber weg.« Mit einem Stinkefinger verabschiedet sie sich, dreht sich um und geht tatsächlich ins Bad.

Immer noch angepisst über meine Unfähigkeit zu verhüten, ziehe ich meine Boots an, werfe meine Kutte über und stapfe aus dem Zimmer. Vor der Tür hole ich kurz tief Luft und laufe dann zur Bar runter.

Unten an der Bar bestelle ich mir einen Whisky bei Alessia, der Freundin von Keeper, unserem Treasurer, die anscheinend Peach abgelöst hat. Wo die Clubschlampe jetzt ist, weiß ich nicht, aber bestimmt wird sie von Butcher versorgt. Mit einem freundlichen Lächeln überreicht sie mir den Whisky und kümmert sich dann um die anderen Member und Familienangehörige. Neben mir nimmt Pitt Platz und sieht fragend auf meine Hand.

»Lass es gut sein«, sage ich immer noch wütend und leere meinen Whisky in einem Zug. Pitt sagt nichts, bleibt nur neben mir sitzen und leistet mir Gesellschaft. Irgendwann stößt auch Gram zu uns. »Wen schickst du morgen los, um die Angel Lords auszukundschaften?«, fragt Gram nach einiger Zeit.

Das ist die Idee! So komme ich von der kleinen Frozen los und bekomme wieder einen klaren Kopf. »Ich werde es selbst machen«, verkünde ich. Pitt und Gram sehen mich mit großen Augen an.

»Spinnst du, Pres?«, platzt es aus Pitt heraus. Von Gram kommt ein »Du weißt schon, dass du deine Leute dafür hast, oder?« Ich nicke zu Gram und sage: »Ich weiß, aber manchmal muss der President auch selbst etwas machen.« Gram nickt ebenfalls.

Ich liebe es, wie gleich wir uns sind, bloß nicht zu viele Worte in einem Gespräch benutzen. An Pitt gewendet, sage ich nur: »Pass auf die kleine Frozen auf, wenn ich wiederkomme, will ich sie unbeschadet vorfinden.«

»Ja, Sir«, sagt er mit einem Grinsen und salutiert. Spinner! Ich erhebe mich von meinem Hocker, verabschiede mich von den beiden und gehe wieder zum Zimmer. Mal sehen, ob Faith noch wach ist, damit ich mich für mein Verhalten von vorhin entschuldigen kann.

Leise öffne ich die Tür, trete ins Zimmer ein und schließe die Tür genauso leise wieder. Der Fernseher, der an ist, spendet genug Licht, so brauche ich nicht das große Deckenlicht einzuschalten. Vorsichtig und darauf bedacht nicht ganz so viel Krach zu machen, gehe ich ins Bad. Dort versorge ich als erstes meine Wunde mit dem Verbandsmaterial, das ich in der Schublade unter dem Waschbecken aufbewahre, bevor ich die Scherben vorsichtig aufhebe und im kleinen Mülleimer neben der Toilette entsorge. Die kleinen Splitter wische ich mit einem feuchten Handtuch auf. Danach gehe ich wieder ins Zimmer, ziehe meine Kleidung aus und lege mich zu Faith ins Bett. Sie schläft tief und fest.

»Sorry, Süße«, murmle ich, gebe ihr einen Kuss auf den Hinterkopf und kuschle mich von hinten an sie heran. Sie schmiegt sich enger an mich. Mit einem Seufzen schließe ich meine Augen. In ein paar Stunden muss ich schon wieder los und sehe meine Kleine eine Zeit lang nicht mehr.

Kapitel 6

Faith

Am nächsten Morgen wache ich wie gerädert auf. Verschlafen reibe ich mir meine Augen. Nachdem Tyr gestern, eigentlich heute ganz früh, abgehauen ist, habe ich noch schnell geduscht und mich dann schlafen gelegt. Als mein Rausch aus Adrenalin und Lust endlich abgeebbt ist, habe ich mich tausendmal gefragt, was passiert ist. Lag es am Sex, wieso er so ausgerastet ist, oder doch an der Schlägerei? Erst nachdem ich geduscht im Bett lag, habe ich wieder alles klar gesehen, vorher war alles, wie in einem Schleier und es zählte nur die pure Lust. Als ich keine Antwort gefunden habe, habe ich es dann auch endlich geschafft, einzuschlafen.

Ich rolle mich zur anderen Seite und steige aus dem Bett. Von Tyr ist weit und breit nichts zu sehen. Er wird wohl woanders eine Bleibe gefunden haben, denke ich und laufe zum Bad. Im Bad stelle ich fest, dass keine Scherben mehr auf dem Boden liegen. Komisch, ich habe sie gestern nicht weggeräumt. War Tyr doch noch mal hier? Na ja, ist ja immerhin auch sein Zimmer.

Im Bad mache ich mich fertig, danach ziehe ich mir frische Kleidung an und laufe runter zur Bar. Dort sind nur die Frauen und die räumen den Dreck von gestern

Abend weg. Ich gehe hinter die Bar und hole mir ein Wasser aus dem Kühlschrank.

Mit einem »Guten Morgen« werde ich von Cindy begrüßt.

»Dir auch einen guten Morgen.« Ich sehe mich um, ob ich noch irgendwo helfen kann, und mache mich dann daran, die Stühle hochzustellen, damit gefegt werden kann. Es ist so typisch, dass die Männer wie faule Schweine ihren Rausch ausschlafen und die Frauen alles aufräumen müssen.

Nachdem wir alles wieder zurechtgemacht haben, setzen wir vier Mädels uns an den Tresen und trinken Cola. »Sagt mal, wo ist Heather eigentlich?«, frage ich in die Runde. »Sie ist bestimmt noch mit Crown beschäftigt«, sagt Cindy und wackelt mit den Augenbrauen, ich muss lachen.

Cindy ist eine Marke für sich. Sie schafft es immer wieder, dass man Lachen muss, obwohl einem nicht danach ist. Ich kann nicht verstehen, wieso sie sich damit zufriedengibt, nur eine Clubschlampe zu sein. Sie ist eine so liebe, humorvolle und schlaue Frau, die es gar nicht nötig hat, sich so zu erniedrigen.

Wir vier Mädels verfallen in ein Gespräch, immer wieder sehe ich auf die Uhr, damit ich nicht unpünktlich zur Arbeit komme. Dass Gun und Saint hier noch nicht aufgetaucht sind, ist merkwürdig, denn sonst sind sie immer überpünktlich da.

Irgendwann geht die Tür auf und eine drangsalierte Peach tritt in den Raum. Sofort wallt wieder die Wut ihn mir auf. Sie lächelt mich mit einem zufriedenen Lächeln an. Am liebsten würde ich ihr noch eine in die Fresse hauen, beherrsche mich aber. Ob Tyr heute Nacht bei ihr geschlafen hat?

»Einen wunderschönen guten Morgen wünsche ich euch«, begrüßt sie alle und stellt sich hinter den Tresen. Alle außer mir erwidern den Gruß. Sie sieht mich wieder so merkwürdig zufrieden an und es ärgert mich, dass ich nicht weiß wieso.

Ich versuche wieder ein Gespräch mit Cindy aufzubauen, schaffe es aber nicht. Immer wieder werde ich von Peach abgelenkt. Ihre Reaktionen sind merkwürdig. Nach einer halben Stunde wird es mir zu bunt. »Was verdammt noch mal ist dein scheiß Problem?«, frage ich sie leicht angepisst. Es macht mich wahnsinnig, nicht zu wissen, wieso sie mich so komisch ansieht.

»Ich habe kein Problem im Gegensatz zu dir prüden Bitch«, sagt sie fröhlich und grinst mich wieder so merkwürdig an. Was meint sie damit? Ich habe kein Problem.

Genauso verwirrt wie eben, stehe ich auf und laufe nach draußen. Wo bleiben Gun und Saint denn? Vor zehn Minuten hätten wir schon losgemusst. Draußen sehe ich niemanden außer diesen Nomad Pitt.

»Wird auch langsam Zeit, dass du kommst, vor zehn Minuten hätten wir schon losfahren müssen«, ruft er über den Parkplatz. Hä? Wieso weiß er, wann ich arbeiten muss? Und wieso zum Teufel sagt er ‚wir'? Ich sehe mich noch mal um, kann aber Gun und Saint immer noch nirgends ausmachen, also laufe ich zu dem Nomad.

»Was heißt hier wir? Wo sind Gun und Saint?«, frage ich verwirrt.

»Oh Süße, du musst leider die nächste Zeit mit mir vorliebnehmen.«

»Ach, muss ich das? Wo sind die beiden Prospects, die mich immer fahren?«

»Die Babys sind schon im Studio und haben alles abgecheckt«, klärt er mich auf und zeigt mit der freien Hand auf den Sozius.

Ich nehme den Helm, den er mir hinhält, und setze ihn auf. Nachdem ich auf den Sitz geklettert bin, versichert er sich, dass ich richtig sitze, und fährt los.

Das Tor öffnet sich. Komisch ich habe niemanden gesehen, der es geöffnet hat. Ich werde nachher einfach Gram fragen, wie das Tor funktioniert, vielleicht kann ich so herausfinden, wie ich von hier verschwinden kann. Ob ich es vielleicht heute oder morgen schaffe? Die Hoffnung stirbt ja bekanntlich zuletzt.

Jetzt etwas zuversichtlicher, entspanne ich mich und genieße die kurze Fahrt zum Studio. Pitt ist ein guter Fahrer, ob das vielleicht daran liegt, dass er ein Nomad ist? Tyr ist gestern auch so sicher und gut gefahren.

Beim Studio angekommen, gehen wir gemeinsam hinein und tatsächlich sind Gun und Saint schon hier. Freudig umarme ich beide und will schon Pitt verabschieden, als ich bemerke, wie er sich hinter der Anmeldung den Terminplaner ansieht.

»Was zum Teufel machst du da?«, frage ich erbost und will ihm den Planer wegnehmen. Leider ist er schneller und schiebt ihn aus meiner Reichweite.

»Ich sehe mir die Termine an, was denn sonst?«, sagt er, als wäre es ganz normal, dass er die Termine durchguckt.

»Die gehen dich aber nichts an«, stelle ich klar, was ihm nur ein Lachen entschlüpfen lässt.

»Du bist witzig, Kleine. Ich schaue, wen ich von den Kunden übernehmen kann, damit Hater und Gram ein wenig entlastet sind.«

»Du kannst tätowieren?«, platzt es erstaunt aus mir heraus. »Ja, Tyr und ich haben den Laden hier früher geschmissen, bis wir Nomads geworden sind. Tyr ist nie ausgestiegen. Ihm und seinem Vater gehört dieses Studio noch«, erklärt er. Wow, ich hätte nie gedacht, dass Pitt und Tyr sich mit Kunst auskennen.

»Warte mal, sagtest du gerade, dass der Schuppen hier Gram und Tyr gehört?« Lieber gehe ich noch mal sicher, ob ich mich auch ja nicht verhört habe. Wenn es wirklich stimmt, dann heißt es ja, dass ich für das Arschloch arbeite und somit doch seine Angestellte bin - zwar keine Putzfrau, aber doch eine Angestellte.

»Yup, genau das habe ich damit gesagt.«

»Mist, ich brauche dringend einen neuen Job.« Pitt lacht laut los. »Nur weil du mit ihm fickst, heißt es doch nicht, dass du deinen Job kündigen musst.«

»Doch, genau das heißt es, denn ich werde ganz gewiss nicht mit meinem Boss, wie hast du es so schön gesagt? Ficken. Davon mal abgesehen, dass es nicht mehr so weit kommen wird.« Mit den Worten drehe ich mich um und mache mich daran, die Räume vorzubereiten.

Immer wieder gehe ich in Gedanken den gestrigen Abend durch. Tyr hat es geschafft, dass ich meine Hemmungen über Bord geworfen und wieder mit ihm geschlafen habe. Er hat mir zwei gewaltige Orgasmen beschert. Bei Julian war es schon eine Kunst, überhaupt einen zu bekommen.

Ich war so überwältigt davon, dass ich selbst jetzt noch nicht den Stimmungswechsel von Tyr verstehe. Was ist nur passiert, als er ins Bad gegangen ist? Ich nehme mir vor, ihn nachher darauf anzusprechen.

Der Arbeitstag vergeht ereignislos. Pitt hat die wenigen Kunden, die Gram heute hatte, übernommen. So konnte dieser im Clubhaus bleiben. Es ist erstaunlich, wie Pitt sich ins Studio integriert. Es ist so, als wäre Gram und nicht jemand Fremdes hier. Man musste ihm nicht groß zeigen, wo die Sachen zu finden sind und ihm nicht erklären, was er wie zu machen hat.

Gun und Saint haben wie gestern Stellung auf dem Sofa eingenommen, um mich vor eventuellen Gefahren zu schützen. Ich weiß nicht, wieso sie gerade mich schützen, denn ich bin weder eine Old Lady, noch bin ich verwandt mit jemanden aus dem Club, ergo, ich bin für die Feinde mehr als uninteressant.

Pitt und ich kommen auf dem Clubgelände an, auf dem schon reges Treiben herrscht. Es ist immer noch ungewohnt, dass so viele Menschen auf dem Gelände sind, in der Woche zuvor waren die Member nur vereinzelt zu sehen und jetzt? Jetzt hat man nirgends mehr seine Ruhe.

»Wollen wir in die Bar oder willst du lieber aufs Zimmer?«, fragt Pitt mich mit einem Blick zum Tor.

»Erst in die Bar, vielleicht ist Heather ja da«, antworte ich ihm freundlich. Sichtlich erfreut darüber, dass wir noch etwas machen und nicht gleich in unsere Zimmer gehen, lächelt er mich an und geht voraus. In der Bar setzen wir uns auf zwei freie Stühle am Tresen. Zu meinem Pech steht Peach wieder dahinter. Mit einem Blick durch die Bar stelle ich fest, dass weder Heather noch Tyr zu sehen sind. Ich meine, ich bin froh, dass Tyr mich seit gestern Abend in Ruhe lässt, aber merkwürdig ist es trotzdem, dass er wie vom Erdboden verschluckt ist.

»Bestellst du uns Getränke? Sonst bekommen wir in diesem Leben nichts mehr.« Pitt muss lachen. Mir ist vorhin im Studio schon aufgefallen, dass er ein sehr fröhlicher Mensch ist, nicht so, wie ich anfangs angenommen habe, ein Grumpy. Im Laufe des Tages habe ich seine Art immer mehr zu schätzen gelernt.

Er bestellt mir eine Cola und für sich selbst ein Wasser. Er muss meinen erstaunten Blick gesehen haben, denn er sagt ohne, dass ich gefragt habe: »Vielleicht muss ich heute noch fahren.« Ich nicke und trinke einen Schluck von meiner Cola. Peach fängt schon wieder an, mich so merkwürdig grinsend anzusehen.

»Was ist eigentlich ihr scheiß Problem? Seit heute Morgen sieht sie mich schon so merkwürdig an«, frage ich schließlich Pitt. Vielleicht weiß er ja, welche Drogen sie eingenommen hat. »Sorry, aber ich habe kein Plan, was ihr Problem ist.« *Schade*, denke ich, aber ich werde schon noch herausfinden, was sie hat.

Und so soll es auch sein, keine Stunde später steht sie vor mir und Pitt und lauscht unserer Unterhaltung. Ihr merkwürdiger Blick liegt wieder auf mir, was mir jetzt endgültig die Hutschnur platzen lässt.

»Sag endlich, was dein verficktes Problem ist, sonst schlage ich dir gleich dieses scheiß Grinsen aus dem Gesicht.« Pitt hält mich am Arm fest, damit ich nicht über den Tresen springe.

Ich war, bevor ich hier gelandet bin, nie aggressiv gegenüber anderen Menschen, aber diese Frau treibt mich dazu, meine schlechteste Seite immer und immer wieder zu zeigen. Sie weiß ganz genau welche Knöpfe sie bei mir drücken muss, damit ich wie ein Zäpfchen abgehe.

»Mach es doch, aber diesmal ist kein Tyr da, der dich dann beschützt. Du bist nämlich Freiwild und stehst damit unter mir«, sagt sie mit einem herablassenden Ton.

»Ich brauche niemanden, der mich beschützt«, zische ich zurück. Wieso denken immer alle, dass ich beschützt werden muss? Ich habe es geschafft, bis jetzt nicht von Julian gefunden zu werden und das ganz allein ohne, dass jemand auf mich aufgepasst hat.

»Dann komm doch her und schlag mich, wundere dich nur nicht, wenn du vom Clubgelände geschmissen wirst.« Provoziert sie mich und zeigt auf ihr Kinn.

»Und wenn schon, glaubst du, ich kann keinen anderen Platz zum Schlafen finden?«

»Nein, ehrlich gesagt nicht, denn du durftest nur hierbleiben, weil Tyr dich gefickt hat. Dabei hast du noch gesagt, dass du einen Funken Würde in deinem Leben besitzt und keine Clubschlampe sein willst, aber so wie ich es sehe, bist du genau das.« Ihre Provokation hat gewirkt, mit einem wütenden Schrei stürze ich über den Tresen und schlage mit der Faust zu. Leider treffe ich sie nicht richtig und verliere dadurch beinahe mein Gleichgewicht. Pitt ist ebenfalls über den Tresen gestürzt, um uns beide auseinanderzuhalten, was ihm aber nicht gelingt. Peach und ich schenken uns nichts, immer und immer wieder schlagen wir aufeinander ein. Laut schreie ich auf, als sie meine gebrochenen Rippen trifft. Tränen schießen mir in die Augen und verschleiern mir für einen Augenblick die Sicht. In der Zeit holt Peach aus und will mich erneut schlagen, als Pitt ihr Handgelenk packt und festhält. Aus Richtung Tür hören wir nur ein »Was zur Hel geht hier vor sich?« Peach und ich ignorieren es und schreien uns stattdessen an.

»Nimm deine Behauptung, ich sei eine Clubschlampe zurück oder du wirst sehen, was du davon hast«, drohe ich ihr außer mir.

»Es ist keine Behauptung, sondern die Wahrheit. Du hast einen Job und ein Zimmer und dafür fickst du mit einem Member, genau das Gleiche machen wir Clubschlampen auch.«

»Ich bin keine verdammte Clubschlampe! Den Job sowie das Zimmer hatte ich vorher schon, bevor ich mit Tyr geschlafen habe.«

»Ja, ja, rede du nur. Tyr hat dich, wie fast jede hier, gefickt und fallen gelassen, also bilde dir nicht ein, dass du etwas Besseres bist.«

»Ich bin etwas Besseres und bis jetzt hat er mich nicht fallen gelassen.« Sie muss ja nicht wissen, dass wir gestern Abend eine kleine Auseinandersetzung hatten.

»Ach nein? Und wieso ist er ohne dich abgehauen?« Ihre Worte sind wie ein Schlag in die Magengrube. Tyr ist abgehauen? Fragend sehe ich zu Pitt, dieser senkt aber nur den Blick. Das heißt wohl so viel wie, *ja, das stimmt.* Die Stimme von eben spricht wieder zu uns, diesmal aber näher und jetzt erst erkenne ich Grams Stimme. »Hat er dir nicht Bescheid gesagt?«, fragt Gram. Ich schüttele verneinend den Kopf und sehe ihn, über die Tatsache, dass ich anscheinend wirklich eine Clubschlampe bin, traurig und beschämt an. Wie konnte ich nur so dumm sein und denken, dass Tyr mich anders als die anderen Frauen hier behandelt?

»Ich bringe diesen Hurensohn zur Strecke«, flucht er, wendet seinen Blick zu Peach und kneift seine Augen zusammen. »Und jetzt zu dir, pack deine Sachen und verschwinde von hier. Du hast auf diesem Gelände nichts mehr zu suchen«, donnert er los. Erschrocken zucken Peach und ich zusammen. »Aber…«, beginnt sie, wird aber von Gram unterbrochen. »Kein aber. Ich dulde keinen Zickenkrieg in meiner Bar.« Peach entweicht jede Farbe aus dem Gesicht. »Aber sie steht unter mir«, versucht sie es wieder.

»Wer bist du, dass du sagen kannst, wer oder was unter dir steht? Faith ist wie eine Tochter für mich und wie du mitbekommen hast, gehört sie Tyr.«

»Aber Tyr ist nicht hier, also ist sie Freiwild.« Wieso kann Peach nicht die Klappe halten, sie macht es doch nur noch viel schlimmer?

»Pack deine verdammten Sachen, bevor ich mich vergesse. Faith wurde von Tyr beansprucht und er ist nicht abgehauen, sondern erledigt einen Auftrag, somit ist sie kein Freiwild und steht über dem Rang einer Clubschlampe.« Nachdem Peach endlich einsieht, dass sie keine Chance gegen den Pres hat, zieht sie wie ein begossener Pudel von dannen. Gram nimmt mich in den Arm und drückt mich fest an sich. »Alles gut, Kleine?« Ich nicke und entschuldige mich für meinen Ausbruch. Mir ist es unangenehm, dass Peach jetzt wegen mir vom Clubgelände verbannt wird und genau das sage ich ihm auch.

»Keine Sorge, es wurde auch Zeit, dass sie weiterzieht. Sie war schon viel zu lange hier und hat sich zu viel rausgenommen«, beruhigt er mich, was trotzdem nichts an meinem schlechten Gewissen ändert.

»Es ist besser, wenn ich jetzt aufs Zimmer gehe, war ein anstrengender Tag heute«, verabschiede ich mich. Pitt und Gram können sich bestimmt denken, dass ich jetzt nachdem, was ich erfahren und erlebt habe, meine

Ruhe brauche. Ich gehe nach oben in mein Zimmer und lege mich voll bekleidet aufs Bett. Die Frage, wieso Tyr mir nichts von seinem Auftrag erzählt hat und für unbestimmte Zeit verschwindet, geistert mir in einer Tour durch den Kopf. War ich für ihn wirklich nur eine Ablenkung und schneller Sex? Oder war ich doch mehr als eine Clubschlampe?

Peach

Wütend packe ich meine Sachen in einen Koffer. Mehr als einen Koffer voll besitze ich nicht. Traurig, aber so ist das Leben.

Als ich fertig bin, gehe ich runter zur Bar und verabschiede mich von den anderen Mädels, mit denen ich hier mehr oder weniger fünf Jahre verbracht habe. Gram beobachtet mich die ganze Zeit, keine Sekunde nimmt er den Blick von mir. Gut, dass ich mich nochmal nach geschminkt habe, sonst hätte er gesehen das ich geweint habe, aber diese Blöße will ich mir nicht geben.

Vor Gram halte ich an. Die Wut darüber, wie er eben mit mir umgegangen ist, kehrt wieder zurück. »Eines Tages wirst du bereuen, wie du mit mir umgegangen bist«, sage ich, drehe mich um und gehe zur Tür. Grams Lachen lässt mich mitten in der Bewegung innehalten.

»Ihr werdet es noch sehen«, sage ich und gehe endgültig aus dem Clubhaus. Vor dem Tor angekommen, sehe ich mich noch ein letztes Mal um.

Fünf Jahre war dies mein Zuhause. Wieder steigen mir Tränen in die Augen, diesmal halte ich sie nicht zurück und sie rinnen mir in Strömen über meine Wangen. In Gedanken verspreche ich mir, dass ich meine Drohung mit allen Mitteln wahr machen werde. Irgendwann kommt der Zeitpunkt, an dem ich mich bei Gram und dieser Schlampe Faith rächen werde.

Kapitel 7

Tyr

Seit drei Wochen bin ich schon unterwegs und bis jetzt hat sich noch nichts ergeben. Alle Hinweise, die ich erhalten habe, verliefen im Sande. Habe ich endlich eine Spur zu einem neuen Clubhaus der Angel Lord MC bekommen, waren sie schon wieder verschwunden.

Vor einer Woche haben sie mich allerdings ganz schön erstaunt. In einem Lagerhaus ganz in der Nähe von unserem Clubhaus, habe ich einen toten weißen Lord gefunden. Dass sie einen Toten einfach so liegen lassen, ist schon untypisch für sie, aber dass er auch noch weiß ist? Normalerweise hassen die Schwarzen die Weißen, also was plant Samuel, der Anführer vom Angel Lord MC, wenn er schon Weiße in seinen Reihen aufnimmt?

Abwartend hocke ich im Gebüsch und warte darauf, einen dieser Idioten zu erwischen. Den Tipp, dass sich die Lords hier auf dem Grundstück aufhalten sollen, habe ich von einem der Mexikaner bekommen.

Die Mexikaner und wir akzeptieren uns und pfuschen uns nicht gegenseitig in die Geschäfte hinein. Sie halten sich von uns mit ihren Drogen fern und wir uns mit unseren Waffen von ihnen. Aber eines haben wir gemeinsam: Wir haben beide Probleme mit den Lords.

Ich hocke hier schon den ganzen Tag und so langsam vergeht mir die Lust. Es ist anstrengend, unsichtbar zu bleiben, immer darauf zu achten von niemanden gesehen und vor allem von den Lords nicht entdeckt zu werden. Sollten sie es dennoch tun, bin ich am Arsch. Allein kann ich nichts gegen diese ungehobelten Idioten unternehmen. Das würde nur darauf hinauslaufen, so viele wie möglich mit ins Grab zu nehmen.

Ob meine kleine Frozen an meinem Grab stehen wird, wenn ich runtergelassen werde? Oder werden sie mich gar nicht erst finden und ich verrotte in irgendeinem Graben oder einer Grube? Wieso muss ich eigentlich wieder an Faith denken?

Während der gesamten Zeit, die ich nun schon fort bin, ist sie mir nicht aus dem Kopf gegangen, andauernd sind meine Gedanken zu ihr gewandert. Auch jetzt wandern sie wieder zu ihr, wie sie breitbeinig auf dem Tisch gelegen hat und ich von ihrem süßen Nektar gekostet habe. Fuck, ich bekomme einen Steifen, wenn ich nur an ihr sinnliches Gestöhne denke. Ich schiebe den Schwanz in der Hose zurecht, damit es nicht zu sehr schmerzt. Wie ein verdammter Teenager habe ich mir jede Nacht einen runtergeholt, nur weil diese Frau in meinem Kopf ist. Nicht einen Gedanken habe ich daran verschwendet, mir bei einer Nutte Erleichterung zu verschaffen.

Vor mir tut sich etwas, was meine sofortige Aufmerksamkeit fordert. Drei Autos fahren vor. Ich kann nicht erkennen, wer darin sitzt, denn die Scheiben von den Autos sind getönt. Sie halten an. Aus dem ersten und dritten Auto steigen jeweils vier weiße Männer aus. Komisch. Ich dachte die Lords sollen hier ihre Geschäfte machen, was machen dann die Weißen hier? Der Fahrer des mittleren Autos steigt aus und öffnet die hintere Tür. Ein imposanter weißer Mann mit einem Hakenkreuz auf dem kahlrasierten Kopf steigt aus.

Heilige Hel, was machen die Purebloods hier? Die Situation wird mir zu heikel. Langsam bewege ich mich rückwärts, immer darauf bedacht, die weißen Männer im Auge zu behalten. Als ich aus deren Sichtweite bin, renne ich schnell zu meinem Bike, das ich in einem sicheren Abstand zum Lagerhaus geparkt habe, starte es und fahre mit Vollgas davon.

Im schäbigen Motel angekommen, vergewissere ich mich, dass mir niemand gefolgt ist, und gehe dann in mein Zimmer. Dort krame ich aus einem Versteck in der Wand hinter dem Bild ein Notfallhandy hervor. In den letzten Wochen habe ich zwischendurch von einer Telefonzelle aus bei Gram angerufen, um ihm den Stand der Dinge mitzuteilen. Aber heute wäre es gefährlich, auf offener Straße zu stehen und zu telefonieren.

Ich wähle die Nummer vom Clubhaus und warte, dass jemand rangeht. Nach mehrmaligen Tuten geht Gram schließlich ran. »Was gibt‘s Dringendes?«, fragt er gleich ohne eine Begrüßung. »Bei dem Tipp der Mexikaner sind die Scheißnazis aufgetaucht.«

»Verdammte Scheiße, wie kann das angehen? Ich glaube kaum, dass die mit den Schwarzen zusammenarbeiten«, grübelt Gram laut. »Nein, das denke ich auch nicht. Die Kahlköpfe würden nie mit den Schwarzen zusammenarbeiten. Das wäre gegen deren Prinzipien.«

»Aber warum zur Hel tauchen die weißen statt der schwarzen Schweine auf?« Gram ist genauso aufgebracht wie ich über diese Situation.

Die Purebloods sind ein ganz anderes Kaliber als die Angel Lords, sie sind in der ganzen verfickten Welt vernetzt und die Lords haben bis jetzt nur ein Chapter. Wieso müssen ausgerechnet die beiden in unser Revier eindringen? Die Purebloods und die Sons of Hel hatten bis jetzt keine Probleme miteinander. Wir sind uns aus dem Weg gegangen und jeder hatte sein Revier. Dass sie immer wieder mit den Mexikanern oder den Schwarzen Krieg hatten, wussten wir und hat uns nur in die Karten gespielt. Die meisten Mitglieder der rivalisierenden Vereine haben bei uns ihre Waffen gekauft.

»Was hast du jetzt vor?«, fragt Gram mich schließlich, nachdem wir zehn Minuten darüber diskutiert haben, warum die Purebloods in unserem Revier sind.

»Ich erledige meine Aufgabe und komme erst dann wieder zurück«, stelle ich klar.

»Mach das mein Sohn, pass auf dich auf.«

»Mache ich das nicht immer?«, frage ich rein rhetorisch.

»Bis jetzt ist auf jeden Fall nichts passiert, also belasse es auch dabei«, befiehlt er mir.

»Jawohl, Sir. Wie geht es Faith?« Ich muss es wissen. Bei jedem Anruf habe ich ihn oder Pitt gefragt, wie es ihr geht.

»Zurzeit nicht besonders gut. Sie isst nicht genügend und sieht erschöpft aus.« Dass er über ihren Zustand besorgt ist, hört man in seiner Stimme.

»Schick sie zu Butcher, er soll sie sich mal ansehen«, befehle ich diesmal.

»Sie war schon bei ihm, er denkt, dass sie etwas ausbrütet oder es ihr wegen deinem Verschwinden schlecht geht.«

»So ein Bullshit, nach meiner Reaktion am letzten Abend wird sie mich hassen.« Gram weiß mittlerweile, dass wir uns ein wenig gezofft haben, aber nicht warum. Dieses werde ich ihm auch nicht erzählen, denn mein Schwanz ist mir heilig und genau dieser wird dann leiden müssen. Ich hoffe, dass Faith wirklich nur eine Grippe oder einen Magen-Darm-Virus hat und nichts Schlimmeres.

Wir verabschieden uns voneinander und legen auf. Ich schnappe mir die Fernbedienung und schalte den Fernseher ein. Allein in diesem Zimmer, weiß ich nicht, was ich anderes machen soll, denn heute werde ich nicht nochmal zum Tipp der Mexikaner fahren. Die Geschichte ist viel zu heiß. Ich lasse mich aufs Bett fallen und sofort kreisen meine Gedanken wieder um Faith.

Wieder versage ich und bin nicht für sie da. Pitt hat mir bei einem anderen Gespräch erzählt, dass er die Kleine sehr leiden kann. Auf meine Drohung, dass er die Finger von meiner Kleinen lassen soll, musste er nur lachen. Er interessiert sich nicht in diese Richtung für sie, er findet sie lustig und man kann gut mit ihr reden, sagte er. Leider konnte ich genau das bis jetzt nicht erleben. Wir haben uns entweder gestritten oder wir hatten Sex. Na gut, dazu muss man sagen, dass wir uns nicht wirklich kennen. Ob sie mir noch mal eine Chance gibt, wenn ich wieder da bin?

Ich will mich für mein Verhalten vor meiner Abreise entschuldigen. Und komischerweise vermisse ich die kleinen Sticheleien und das Gezicke. Diese Frau hat mich bei weitem in den ganzen Tagen nicht so genervt, wie die Clubschlampen schon nach einer Stunde. Das soll schon was heißen, denn ich begegne vielen Frauen auf der Reise.

Anscheinend muss ich irgendwann in meinen Gedanken eingeschlafen sein, denn ein stetiges Piepen unterbricht meinen Schlaf. Mit einem Ruck setze ich mich hin und reiße die Augen auf. Verdammte Scheiße, wo kommt dieses Piepen her? Orientierungslos sehe ich mich um. Wo bin ich eigentlich? Langsam dämmert er mir wieder, dass ich an der Grenze zu New Mexico bin. Ich stehe auf und gehe ins Bad und mache mich dort frisch. Das Piepen hat aufgehört und ich vermute mal, dass es der Wecker aus dem Nachbarzimmer war, denn kurz nachdem es ertönte, ging das gepolter drüben los. Fertig mit frischmachen und packen, sattele ich mein Bike.

Auf der Suche nach einem der Lords fahre ich durch die Straßen bis zu dem Ort von gestern. Diesmal parke ich mein Bike näher an meinem Versteck, damit ich bei eventuellen Gefahren schneller verschwinden kann. Ein paar Meter davor schalte ich das Bike aus und rolle mit dem Restschwung bis zu einer geeigneten Lücke zwischen zwei Häusern, wo ich es dann abstelle. Dann schleiche ich zum Versteck von gestern, hocke mich dort hin und warte wieder.

Den halben Tag geschieht nichts, bis endlich ein Motorengeräusch zu hören ist. Wieder kommt ein Auto zum Lagerhaus. Heimlich mache ich Fotos vom Kennzeichen. Diesmal steigt aber nur ein Mann aus. Kleiner und schmächtiger als die Kerle von gestern.

Langsam stehe ich auf und schleiche von einem Gebüsch zum nächsten, um besser sehen zu können, was er jetzt vorhat. Mit einer Hand greife ich zu meiner Waffe hinten im Hosenbund. Sicher ist sicher, wer weiß, was gleich passiert.

Der kleine Weiße bleibt vor der Tür stehen und zückt sein Handy. Um besser hören zu können, schleiche ich mich noch näher heran. Er dreht mir den Rücken zu. Meine Chance, denke ich und sprinte zum Auto. Ich gehe dahinter in die Hocke und versuche zu hören, was er sagt.

Derek

Wie ein Tiger im Käfig laufe ich auf und ab. Es kann doch nicht sein, dass Steve, den wir bei den Lords eingeschleust haben, wie vom Erdboden verschluckt ist. Es ist gut möglich, dass er von den Schweinen umgelegt wurde. Er sollte sich schon vor drei Wochen melden, aber es kam nichts. Nicht einmal die kleinste Nachricht.

Seitdem sind wir auf der Suche nach den Bastarden. Wir haben Steve, der Einzige, der noch kein sichtbares Hakenkreuz-Tattoo trägt, nur eingeschleust, um herauszufinden, was die Schwarzen vorhaben. Es ist schon merkwürdig, wenn ausgerechnet ein MC, der ausschließlich aus Farbigen besteht, weiße Anwärter sucht.

Mein Telefon, welches auf dem Schreibtisch liegt, klingelt. Mit schnellen Schritten gehe ich hin, setze mich auf meinen Sessel und nehme den Hörer ab. »Derek«, belle ich hinein.

»Hey Derek, hier ist Julian aus Deutschland.« Stellt sich mein Anrufer vor. Julian? Wer zum Teufel war das noch? Ach ja genau, der Anführer in Hamburg oder wie die Stadt in Deutschland heißt.

»Was gibt´s?«, frage ich schroff.

»Ich hätte eine Bitte!«

»Und die wäre?«, unterbreche ich ihn. Ich habe keine Zeit, jetzt lange mit ihm zu quatschen, schließlich wollte Andrew gleich vom Lagerhaus der Lords anrufen.

»Meine Freundin Mila ist verschwunden, nachdem sie bei mir geschnüffelt und meine Kohle gestohlen hat. Ich bin auf der Suche nach ihr.«

»Ja, und was geht mich das an?«, unterbreche ich ihn wieder. »Sie muss bei euch in den USA sein.«

»Das habe ich mir gedacht, sonst würdest du meine Zeit mit dem Anruf nicht stehlen.«

»Genau, könntet ihr sie suchen und bei euch festhalten, bis ich bei euch bin? Ich muss sie wiederhaben.« Was für ein Weichei, da lässt er sich von seiner eigenen Freundin an der Nase herumführen.

»Klar machen wir, sollen wir sie umlegen, wenn wir sie finden?«

»Nein!«, schreit er in den Hörer. Verärgert kneife ich meine Augen zusammen und halte den Hörer von meinem Ohr weg.

»Schrei mir noch einmal ins Ohr und ich lege auf«, drohe ich ihm. Verdammt, das Klingeln in den Ohren werde ich bestimmt nicht so schnell los.

»Okay, was sollen wir machen?«, frage ich ungeduldig.

»Wenn ihr sie findet, haltet sie solange bei euch fest, bis ich komme, um sie zu holen. Sie soll in einem Stück sein, schließlich will ich bei der Rache noch meinen Spaß haben.« Seine Freude über die Rache, die er für sie plant, ist in seiner Stimme zu hören. Ah, doch nicht so ein Weichei. Es klingelt in der anderen Leitung. Das wird bestimmt Andrew sein.

»Julian war dein Name, oder? Egal, schick mir Bilder von ihr und eine Nummer unter der ich dich erreiche an derek.h@ ... Ach, den Rest kennst du ja. Ich muss jetzt Schluss machen.« Ohne mich groß zu verabschieden, lege ich auf und nehme den anderen Anruf entgegen.

»Was Neues herausgefunden?«, frage ich auch sogleich ohne eine Begrüßung.

»Nein, es war seit gestern keiner hier. Das Siegel ist immer noch unbeschadet«, berichtet mir Andrew. Andrew ist seit fünf Jahren bei uns und hat bis jetzt immer gute Arbeit geleistet. Er ist ein kleiner schmächtiger Mann und fällt nicht so sehr auf, also ideal für die Aufgabe, die Schwarzen zu finden.

»Mist«, schreie ich durch das Zimmer. »Verfluchte Scheiße, das kann doch nicht wahr sein. Wo zum weißen Henker sind die verdammten Lords hin?« Gestern hat einer meiner Männer einen Mexikaner in die Mangel genommen und erfahren, dass die Schwarzen im Lagerhaus sind. Als wir dort jedoch ankamen, war nichts von ihnen zu sehen. Die Lagerhalle sah von innen aus, als seien sie schnell vor irgendetwas abgehauen. Die PC´s und noch vieles mehr haben sie einfach stehen lassen, deswegen war unsere Hoffnung, dass sie heute wiederkommen, um ihren Schrott abzuholen.

»Keine Ahnung, aber es muss schnell gegangen sein, als sie aufgebrochen sind.«

»Aber warum? Finde heraus, was bei denen läuft.« Hier in Texas gab es bis jetzt drei Vereine, die mehr oder weniger miteinander auskamen. Einmal die Mexikaner, mit denen wir hin und wieder mal Ärger hatten, und dann gibt es noch die Sons of Hel, mit denen hatten wir bis jetzt nie Probleme. Wir haben unterschiedliche Geschäfte, sie die Waffen, wir die Drogen. Aber jetzt kommen noch die verdammten Schwarzen dazu und mischen unsere Reviere auf.

»Alles klar, Chef, wird erledigt.« Andrew legt auf. Mit Wucht knalle ich das Telefon auf den Schreibtisch und schreie meine Wut heraus. Das kann doch alles nicht wahr sein.

Eine Mail kündigt sich mit einem ›pling‹ auf meinem PC an. Ich öffne die Mail und sehe mir die Bilder an. Ach ja, diesen Julian habe ich schon wieder ganz vergessen. Die Bilder schicke ich jedem der Pureblood-Brüder in den gesamten USA aufs Handy. Dann werden wir mal sehen, wie lange es dauert, bis wir das Schätzchen finden.

Tyr

Der Typ hört auf zu sprechen, legt auf und sieht sich in der Gegend um. Das Gespräch, das ich eben belauscht habe, war sehr informativ. Anscheinend sind die Purebloods auch auf der Suche nach den Lords. Aber warum?

Der Typ dreht sich um und ich kann mich gerade noch rechtzeitig ducken. Fuck, was mache ich jetzt, die Chance, unbemerkt wieder zu verschwinden, habe ich vertan. Also bleibt nur eine Möglichkeit. Ich ziehe meine Waffe aus dem Hosenbund, entsichere sie, stehe auf und richte sie auf den Nazi. Mit einem süffisanten Grinsen sieht er mich an. »Ich wusste, dass du wieder hier bist.«

»Woher?«, frage ich erstaunt. Ich habe doch extra darauf geachtet, dass er mich nicht sehen kann.

»Du warst gestern schon hier«, stellt er klar. Ich nicke und halte weiterhin meine SIG Sauer auf ihn gerichtet.

»Was wollt ihr von den Lords?«, frage ich ihn. Sein Lachen erlischt und stattdessen tritt ein irrer Glanz in seine Augen.

»Gegenfrage, was wollt ihr von denen?« Bei seiner Frage kommt er einen Schritt auf mich zu.

»Was wollen die texanischen Sons von den Lords?«, fragt er wieder und macht noch einen Schritt auf mich zu. Texanischen Sons? Okay, anscheinend weiß er nicht, wer ich bin, denn er zeigt auch keinerlei Angst vor mir, was wirklich untypisch ist. Jetzt bin ich es, der grinst.

»Das geht dich einen Scheiß an, sag mir lieber, was die Purebloods von denen wollen.«

»Ich glaube, du hast keine Ahnung, mit wem du dich hier anlegst«, sagt er zu mir. Ich muss lachen.

»Das Gleiche kann ich auch von dir behaupten, nur dass ich weiß, dass du ein Pureblood bist. Im Gegensatz dazu hast du nicht den blassesten Schimmer, wer ich bin.« Er kommt wieder einen Schritt auf mich zu. Nicht mehr viel und seine Stirn küsst die Mündung meiner Waffe.

»Du kannst mir gar nichts«, provoziert er mich.

»Na, das werden wir sehen«, lache ich höhnisch. Er macht noch zwei weitere Schritte auf mich zu. Die ganze Zeit sehe ich ihm dabei in die Augen und warte genau auf den Moment, in dem er sich auf mich stürzen will. Schnell trete ich ein Stück zur Seite und ziehe ihm meine Waffe über den Kopf. Er fällt bewusstlos auf den Boden. Angewidert sehe ich den Pureblood an.

Ich brauche Antworten, also hebe ich den Waschlappen auf und werfe ihn mir über die Schultern. Suchend sehe ich mich um und stelle noch einmal fest, dass sich keiner hierher verirrt hat.

Mit einem Tritt unter den Knauf trete ich die Tür ein. Da ich weiß, dass niemand in der Halle ist, trete ich ein und sehe mich um. Auf dem erstbesten Stuhl lasse ich den Kerl fallen, gehe dann wieder zur Tür und schließe sie. So bemerke ich schneller, wenn jemand in die Halle will. Mit einem Seil, das ich in der Halle finde, fessele ich den Pureblood am Stuhl. Mit einer festen Ohrfeige wecke ich ihn auf. Verdattert und orientierungslos sieht er sich um.

»Hey Kleiner, hier spielt die Musik.« Lenke ich seine Aufmerksamkeit auf mich und schnippe mit den Fingern vor seiner Nase. Er sieht mich wütend an.

»Mach mich los, du Pisser.« Er versucht, sich zu befreien, schneidet sich bei dem Versuch aber das Seil tiefer in seine Haut.

»Gut, da ich jetzt deine Aufmerksamkeit habe, frage ich noch einmal. Was wollen die Purebloods von den Lords?« Ich muss wissen, was bei denen los ist, nicht dass wir zwischen die Fronten geraten, denn für einen Krieg mit den Pureblood-Brüdern und den Lords sind wir nicht vorbereitet. Ich werde Gram aber schnellstmöglich Bescheid geben, dass er aufstocken soll.

»Es geht dich immer noch nichts an.« Oh Mann, wie ich es hasse! Wieso sagen sie nicht einfach gleich, was los ist? So könnte ich mir die Folter sparen. Ich schlage ihm ein, zwei Mal mit der Faust ins Gesicht. Er reagiert nicht darauf. Na super, auf Amphetaminen ist er auch noch. Dafür kassiert er gleich noch einen Schlag, diesmal aber direkt auf die Nase. Sofort spritzt Blut, wie aus einer Fontäne, heraus.

»Willst du es mir jetzt vielleicht sagen?«, frage ich zuckersüß. Er schüttelt den Kopf und spuckt mir sein Blut ins Gesicht. Angewidert nehme ich mir einen Lappen vom Tisch und wische es weg. Schneller, als er es ahnen kann, hole ich mit meinem Fuß aus und trete ihm mit meinen Stahlkappenboots ins Gesicht. Knochen knacken und ein Schrei löst sich aus seinem Mund.

Na, endlich zeigt er auch mal eine Reaktion, wenn auch erst, nachdem die Nase und das Jochbein gebrochen sind. Ich könnte das Spiel den ganzen Tag spielen. Es ist auf jeden Fall spannender, als irgendwo rumzuhocken, und zu beobachten.

»Bist du jetzt bereit, mir Infos zu geben?«, frage ich ihn noch einmal und wieder verneint er.

Diesmal schlage ich ihm in den Magen, was ihm für einen kurzen Moment die Luft raubt. Zäh ist der Kleine, das muss man ihm lassen. Einer von den großen Anabolikatypen, den die Purebloods gerne in ihrer Bruderschaft haben, hätte jetzt schon ausgepackt.

»Okay Kleiner, letzte Chance. Wenn du mir jetzt sagst, was ihr von den Lords wollt, lasse ich dich am Leben.« Er lacht laut los und verzieht dann vor Schmerz sein Gesicht.

»Du bringst mich doch eh um«, spottet er.

»Wenn ich sage, ich lasse dich am Leben, dann lasse ich dich auch am Leben. Einem Nomad ist ein Versprechen noch etwas wert.« Bei dem Wort Nomad zuckt er zusammen. Unser Ruf eilt uns wohl voraus.

»D … Du bist … bist ein Nomad?« Panik schwingt in seiner Stimme mit. Ich nicke triumphierend.

»Und um genau zu sein, bin ich kein x-beliebiger Nomad, sondern der President.« Er wimmert etwas Unverständliches.

»Was hast du gesagt?«, frage ich deshalb nochmal nach.

»Wieso muss ausgerechnet mir so eine Scheiße passieren«, wiederholt er seine Worte. Ich zucke mit den Schultern und frage: »Gehst du auf den Deal ein oder nicht?« Man sieht ihm an, dass er dem Braten nicht ganz traut, willigt aber ein.

»Wir haben einen unserer Brüder bei den Lords eingeschleust, um zu erfahren, was sie vorhaben. Leider ist der Kontakt zu ihm seit drei Wochen abgebrochen. Jetzt wollen wir herausfinden, wo er ist und was hier vor sich geht.« Ah, deswegen suchen sie die Lords. Denn den Purebloods ist die Bruderschaft sehr wichtig und jeder Einzelne, egal ob er neu oder länger dabei war, wird gerächt.

»Vor drei Wochen sagst du?« Er nickt und ich überlege kurz. Das könnte ungefähr mit der Zeit, in der wir angegriffen wurden, übereinstimmen.

»Du sagst, ihr habt einen eurer Männer eingeschleust, aber wie? Ich meine, ihr seid weiß und die sind schwarz.«

»Sie haben explizit einen Weißen gesucht, aber frag mich nicht, wieso. Bevor wir das herausfinden konnten, war der Bruder verschwunden«, erzählt er bereitwillig.

»Vor circa drei Wochen haben uns die Lords angegriffen, einige unserer Member wurden dabei verwundet oder getötet. Sie wollen unser Gebiet, was wir natürlich nicht kampflos aufgeben werden. Deswegen suchen wir die Schweine und werden sie zur Strecke bringen.«

Ich weiß genau, dass ich dem Feind gerade zu viel erzähle, aber ich hoffe, dass ihr Hass, einen Bruder verloren zu haben, größer ist als der Wunsch, einen Krieg mit uns anzufangen. Ihm ist nicht entgangen, dass ich ihm ebenso bereitwillig Infos gebe, denn er wird ganz weiß im Gesicht, zumindest da, wo kein Blut klebt.

»Ich habe alles erzählt, was ich weiß. Hältst du also dein Versprechen und lässt mich am Leben?«, fragt er mit Panik in der Stimme.

»Ein Nomad hält immer sein Versprechen«, wiederhole ich meine Worte. Mit einem Blick sehe ich mich nach etwas Brauchbarem um, um damit die Fesseln zu lösen, und finde ein kleines Küchenmesser. Ich hole es und lege es ihm in seine Hand.

»Ich habe dir versprochen, dich am Leben zu lassen, aber nicht, dich zu befreien.« Mit diesen Worten drehe ich mich um und laufe aus der Halle. Vor dem Auto bleibe ich stehen, zücke mein Bowie Messer aus der Schneide am Gürtel und zersteche die Reifen des Autos. So erhalte ich einen Vorsprung, um rechtzeitig verschwinden zu können. Schnell laufe ich zu meinem Bike, springe auf und rase los. Jetzt bleibt nur die Frage offen, wo diese Pisser sich versteckt haben.

Kapitel 8

Faith

Langsam versuche ich, aus meinem Bett aufzustehen, um mich für die Arbeit fertig zu machen. Immer noch wohne ich in Tyrs Zimmer. Über sechs Wochen ist es schon her, dass Tyr ohne ein Wort verschwunden ist und mir Pitt als Wachhund dagelassen hat. Erst nach einer Woche ist mir klar geworden, wieso er mir wie ein Pitbull am Arsch geklebt hat. Jetzt weiß ich auch, wieso er immer Pitt genannt wird, seinen richtigen Namen allerdings wollte er mir nicht verraten.

Alle Member haben einen Spitz- sowie Straßennamen und verwenden nie ihren Geburtsnamen. Nach mehrmaligen Fragen, wie Gram denn wirklich heißt, habe ich auch erfahren, warum. Sie wollen einfach nicht, dass ihre Geburtsnamen in die falschen Hände geraten und sie somit noch angreifbarer sind. Viele haben Familien, die nichts mit dem Club zu tun haben, und so soll es auch bleiben. Die meisten Old Ladys und Member wissen selbst nicht mal die richtigen Namen der anderen Member.

Gram allerdings weiß sie alle. Als ich fragte, wieso, hat er mir nur gesagt: »Ich muss doch wissen, was nachher auf dem Grabstein stehen soll, wenn einer meiner Männer umkommt.« Ich bin so geschockt gewesen, dass ich nicht einmal gefragt habe, wobei sie umkommen sollten.

Als ich es endlich geschafft habe, mich fertigzumachen, ohne mich zu übergeben, gehe ich runter ins Clubhaus. Heather steht schon an der Bar und poliert die letzten Gläser.

»Hey meine Süße, wie geht es dir heute?«, fragt sie, als ich mich an den Tresen setze. »Bis jetzt erstaunlich gut, vielleicht ist ja endlich diese Grippe weg«, antworte ich zuversichtlich. Seit knapp drei Wochen begleitet mich diese Grippe. Mal ist mir nur schlecht, dann wiederum habe ich mit dem Kreislauf Probleme und am anderen Tag liege ich komplett flach mit Magen-Darmbeschwerden. Es ist wortwörtlich zum Kotzen.

Jeden Morgen hoffe ich, dass ich es überstanden habe, nur um gegen Mittag festzustellen, dass es wieder losgeht. Gram hat mir schon angeboten, hier im Club zu bleiben, statt arbeiten zu gehen. Aber das kommt für mich nicht in Frage. Ich will ihm nicht auf der Tasche liegen, auch wenn er diese Ansicht nicht mit mir teilt.

»Das freut mich. Denn so langsam mache ich mir ernsthafte Sorgen um dich. Warst du noch mal bei Butcher?« Besorgt sieht Heather mich an. In den letzten Wochen ist sie mir immer wieder zur Hand gegangen, wenn es mir nicht so gut ging. Sie hat Saint oder Gun losgeschickt, um Medikamente zu holen, oder hat Pitt verscheucht, wenn ich mich mal wieder übergeben habe. Es bedeutet mir sehr viel, dass sie das alles für mich macht.

Sie ist meine Freundin, wenn nicht sogar meine einzige hier in den USA. Seit ich auf der Flucht bin, habe ich keinen Kontakt mehr zu meinen Freunden in Deutschland. Ich habe viel zu viel Angst, dass Julian ihnen etwas antut, um herauszufinden wo ich bin, also habe ich den Kontakt abgebrochen. Ich traue ihm alles zu, nachdem er mich so brutal behandelt hat.

»Nein, bei Butcher war ich nicht nochmal, aber wenn es morgen nicht besser wird, gehe ich nochmal zu ihm«, verspreche ich ihr. Sie sieht mich erleichtert an. Hinter mir ertönt ein »Das will ich auch hoffen, nicht das du mir noch vom Bike kippst, weil du keine Kraft mehr hast.« Mit einem fröhlichen Lächeln drehe ich mich zu Pitt um.

»Es ist immer wieder schön, wie du dich um mich sorgst«, necke ich ihn. Er ist nicht nur mein Wachhund, sondern auch ein guter Freund geworden. Meine Bedenken vom Anfang hat er alle mit einem Handwischen beiseitegeschoben und mir gezeigt, was wirklich hinter diesem knallharten Nomad steckt. Er setzt sich neben mich und ich lehne meinen Kopf an seine Schulter.

»Na Kleine, wie geht´s dir heute?«, fragt er mich dasselbe wie Heather bereits vorher.

»Bis jetzt erstaunlich gut«, antworte ich wieder.

»Denn ist ja gut. Wir wollen ja nicht, dass du wirklich noch fällst.« Seine Worte untermalt er mit einem Zwinkern. Leicht boxe ich ihm in die Rippen, was ihm ein gespieltes »uff« entlockt. Wir lachen beide. Heather sieht uns merkwürdig an.

»Was?«, fragt Pitt, ihm muss es wohl ebenfalls aufgefallen sein.

»Ihr geht miteinander so vertraut um. Es ist nur merkwürdig, weil Faith doch zu Tyr gehört.« Ruckartig setze ich mich gerade auf meinem Hocker hin.

»Ich gehöre ihm nicht!«, sage ich gereizt. Immer wieder wird gesagt, dass ich Tyr gehöre, aber er hat zu mir gesagt, dass ich ihm nur solange gehöre, wie er hier ist, und wo ist er jetzt? Richtig, nicht hier; ergo gehöre ich ihm nicht mehr. Davon mal abgesehen, würde Pitt für mich nicht in Frage kommen, er ist eher so etwas wie ein großer Bruder für mich.

»Ich würde nie Hand an den Besitz von meinem Bruder legen. Sie gehört ihm«, sagt Pitt streng.

»Dann ist ja gut. Ich habe nur Angst, was Tyr mit euch macht, wenn ihr beiden zusammen seid«, erwidert Heather fröhlicher. Dass Pitt und ich vertraut miteinander umgehen, ist ja auch kein Wunder, schließlich hängen wir fast den gesamten Tag zusammen ab.

Er nimmt mich morgens mit zur Arbeit und wieder zurück, danach verbringen wir viel Zeit auf dem Clubgelände, da immer noch diese blöde Ausgangssperre herrscht, nur abends trennen sich unsere Wege, er geht in sein Zimmer und ich in meines.

Wir drei quatschen noch eine halbe Stunde, bevor Pitt und ich uns auf den Weg zum Studio machen. Draußen beim Bike nehme ich wie jeden Morgen meinen Helm vom Lenker, ziehe ihn auf und steige hinter Pitt auf das Bike. Er startet es und rollt langsam zum Tor. Mit Argusaugen sehe ich mich um. Ich versuche immer noch herauszufinden, wie das Tor aufgeht. Niemand steht da und öffnet es und Pitt drückt auch auf keine Fernbedienung, damit es sich öffnet. Vielleicht öffnet aber auch jemand vom Clubhaus aus, aber ich weiß es leider nicht. Und ohne diese Information kann ich es vergessen, von hier zu verschwinden.

Ein paarmal habe ich es noch versucht, bin aber immer an diesem verdammten Tor gescheitert. Pitt kam dann mit einem wütenden Blick raus und hat mich ins Haus eskortiert. Dort gab es dann meist eine Standpauke von ihm oder Gram. Aber jedes Mal habe ich es über mich ergehen lassen, wollte ihnen nicht sagen, wieso ich so dringend von hier verschwinden muss.

Als wir das Clubgelände verlassen haben, gibt Pitt Gas und fährt mit erhöhter Geschwindigkeit zum Studio. Ich liebe das Gefühl von Freiheit, das man auf diese Weise bekommt. Es lässt mich für kurze Zeit immer alles um mich herum vergessen.

Beim Studio angekommen, steigen wir vom Bike ab. Nachdem ich meinen Helm abgenommen habe, gehen wir ins Studio, dort lege ich ihn auf die Ablage neben der Tür. Ich sehe durch das Schaufenster nach draußen und dort einen Mann mit einer ungewöhnlichen Kutte stehen. Ich wende mich zu Pitt, um zu sehen, ob er den Typen ebenfalls gesehen hat, aber er ist schon beim Tresen. Als ich wieder rausschaue, ist dieser Mann weg. Ich schüttele mit dem Kopf. Vielleicht habe ich ihn mir nur eingebildet.

Ich gehe an meinen Arbeitsplatz und bereite alles für die ersten Kunden vor. Saint und Gun treten aus dem Hinterzimmer hervor und begrüßen mich nacheinander mit einer Umarmung. Ich vermisse die beiden ein wenig - seit Pitt immer an meiner Seite ist, ziehen die beiden sich von mir zurück. Nur bei der Arbeit sehe ich sie noch regelmäßig, auch wenn sie dort meist stumm auf dem Sofa sitzen und alles und jeden beobachten.

Eine halbe Stunde später erscheint auch Hater endlich. Mit einem »Guten Morgen, Zwerg« und durch das Haar wuscheln begrüßt er mich.

»Guten Morgen, Riese«, erwidere ich die Begrüßung. Wäre ich groß genug, würde ich ihm auch durch die kurzen Haare wuscheln, so aber muss ich mich nur damit begnügen, ihn leicht anzustupsen.

»Wie geht´s dir heute?« Ich lege meinen Kopf in den Nacken, um ihm besser ins Gesicht sehen zu können, und antworte mit einem »Gut, danke.«

»Das ist prima, denn ich habe keine Lust mehr, auf meinen Kaffee zu verzichten, nur weil du ihn nicht riechen kannst.« Er geht um mich herum und dann zur Küche. Ich setze mich wieder auf den Stuhl und will weiterarbeiten, als Gun plötzlich neben mir steht.

»Es gibt wieder Kaffee?«, fragt er wie ein Kleinkind.

»Anscheinend schon«, antworte ich und zucke dabei mit den Schultern. Er läuft ebenfalls um mich herum und verschwindet dann in der Küche.

»Bring mir einen mit«, ruft Saint ihm noch hinterher. Pitt muss es anscheinend auch gehört haben, denn er streckt seinen Kopf aus dem Behandlungszimmer und ruft: »Oh Gott, endlich. Ich nehme auch einen.« Ich schüttele nur mit dem Kopf. Was haben die Jungs denn nur alle, ist es wirklich so schlimm, mal auf Kaffee verzichten zu müssen?

Ich arbeite weiter am PC, bis mir der Geruch vom Kaffee in die Nase steigt. Sofort wird mir übel, mein Magen rebelliert und mir wird schwindelig. Langsam atme ich ein und aus, um die Übelkeit loszuwerden, mache es damit aber nur schlimmer.

Ruckartig springe ich vom Stuhl auf und laufe zur Toilette. Dort lasse ich mich auf die Knie fallen und entleere meinen Mageninhalt in die Schüssel. Hinter mir hält einer der Jungs meine Haare hoch. Immer wieder verkrampft sich mein Magen und ich würge. Als endlich keine Flüssigkeit mehr kommt, lehne ich mich erschöpft zurück und betätige die Spülung. Mir wird ein kalter Lappen auf die Stirn gelegt.

»Danke«, sage ich mit heiserer Stimme.

»Geht´s wieder?«, fragt Saint nach ein paar Minuten. Ich nicke und er hilft mir hoch. Am Waschbecken wasche ich mir meinen Mund aus und putze danach mit der Zahnbürste, die ich deswegen hier hingestellt habe, meine Zähne. Beschämt, dass ich mich übergeben habe, sehe ich zu Saint. »Sorry.«

»Du musst dich für nichts entschuldigen Kleine, dass du diese Grippe nicht los wirst, ist ja nicht deine Schuld.«

»Trotzdem, danke«, sage ich und gehe wieder an die Arbeit. Pitt, Hater und Gun stehen mit ihren Tassen am Tresen und sehen mich verwundert an. Sofort wird mir wieder übel und ich renne zurück zur Toilette.

»Nicht schon wieder.« Höre ich einen der Jungs sagen, bevor ich die Tür hinter mir zuknalle. Saint ist wieder so nett und kommt ins Bad, um mir die Haare zu halten.

»Soll dich gleich einer von uns zu Butcher bringen?«, fragt er, als ich fertig bin. Wieder putze ich meine Zähne und bedanke mich bei Saint für die Hilfe.

»Nein, braucht ihr nicht, mir geht's wieder gut«, erwidere ich auf seine Frage. Er nickt nur und läuft mir hinterher. Diesmal steht keiner vor dem Tresen, aber die Tür vom Studio ist weit geöffnet. Verwirrt sehe ich zu Saint, aber dieser zuckt nur mit den Schultern.

Ich mache mich wieder an die Arbeit, während Saint die Tür schließt und sich dann auf das Sofa setzt. Irgendwann kommen Pitt und Gun aus dem Behandlungszimmer von Hater und sehen mich besorgt an.

»Süße, wir machen Schluss für heute und fahren zu Butcher«, erklärt mir Pitt und läuft in seinen Raum, um seine Sachen zu holen.

»Das geht nicht«, rufe ich ihm hinterher.

»Und wie das geht«, sagt er diesmal streng.

»Wie stellst du dir das vor? Wer macht den Empfang und viel wichtiger, wer übernimmt deine Kunden?«, frage ich ihn genervt. Wir kamen doch so gut aus, wieso muss er mir auf einmal sagen, wo es lang geht? Er weiß genau, dass ich das hasse.

»Saint und Gun übernehmen den Tresen und Gram kommt gleich und übernimmt meine Kunden, also schwing deinen abgemagerten Po vom Stuhl, damit wir loskönnen.« Geschlagen stehe ich auf und laufe ihm hinterher. Mit einem »Tschüss, ihr Idioten« verabschiede ich mich bei den Bleibenden.

Pitt drückt mir meinen Helm, den er von drinnen mitgenommen hat, in die Hand und steigt aufs Bike. Während er sein Bike startet, sehe ich mich noch einmal um. Wieder sehe ich diesen komischen Mann von heute Morgen.

Ich tippe Pitt am Arm an. Er folgt meinen Blick. Keine Sekunde später springt er vom Bike, schubst mich in Richtung Tür des Studios und zieht seine Waffe aus dem Hosenbund. Erschrocken kreische ich auf und laufe ins Studio, als der erste Schuss ertönt. Gun und Saint kommen mir schon entgegen, stellen sich vor mich und versperren somit die Sicht auf mich mit ihren großen Körpern. Hater kommt aus seinem Raum, schnappt mich an der Hand und zieht mich hinterher in seinen Raum. Den ganzen Weg schirmen Gun und Saint mich ab, bis Hater die Tür vor ihnen schließt.

»Wir können die doch nicht vor der Tür lassen«, schreie ich Hater panisch an.

»Doch können wir, es ist ihre Aufgabe, dich zu beschützen«, sagt Hater mit ruhiger Stimme.

»Aber was ist, wenn der Mann hier reinkommt und die beiden erschießt?«, frage ich immer noch panisch, aber diesmal leiser.

»Das wird nicht passieren«, versucht er, mich zu beruhigen. Mir kommt Pitt in den Sinn und daraufhin treten mir die Tränen in die Augen. Mit brüchiger Stimme frage ich: »Was ist mit Pitt? Wird er das überleben?«

»Keine Sorge, Kleine, es ist nicht seine erste Schießerei, er weiß, was zu tun ist.« Hater streichelt sanft über mein Haar. Ich nicke und wische mir meine Tränen weg.

Gespannt sitzen wir in der Ecke des Raums und warten darauf, dass alles vorbei ist. Ich spüre Haters Anspannung fast körperlich, er hasst es, hier nur tatenlos rumsitzen zu müssen. Nach einiger Zeit sind keine Schüsse mehr zu hören. Saint sagt etwas durch die Tür, aber ich höre wegen meines lauten Herzschlages nicht, was er sagt. Hater allerdings muss es verstanden haben, denn er antwortet mit einem »Alles klar«.

Wieder warten wir, bis ein Klopfen an der Tür ertönt. Hater steht auf, schließt die Tür auf und öffnet diese dann. Saint und Gun stürmen herein und sehen sich sofort nach mir um.

»Alles klar, Kleine?«

»Wurdest du getroffen?«, sprudeln nur so die Fragen aus den Beiden heraus.

»Nein, mir geht es gut und nein, ich wurde nicht getroffen«, antworte ich brav. Beide kommen zu mir und nehmen mich in den Arm.

»Wir hatten schon Angst, dass dich das Schwein getroffen hat«, gesteht Saint jetzt etwas ruhiger. Ein abgehetzter, aber lebendiger Pitt betritt den Raum. Sofort mache ich mich von den beiden Prospects los und stürme auf Pitt zu. Die angestaute Angst um ihn löst sich und ein paar Tränen rollen über meine Wange. Er nimmt mich in den Arm und beruhigt mich.

»Es ist alles gut, Kleine, du brauchst keine Angst mehr zu haben.« Irgendwann beruhige ich mich auch wieder. »Wer war das? Wieso wurde schon wieder auf uns geschossen?«, sprudeln die Fragen nur so aus mir heraus. Aber wie immer erhalte ich keine Antwort auf meine Fragen. Gun hat mir in der Zeit meinen Lieblingstee gekocht und reicht mir die Tasse. Vorsichtig, damit ich mir nicht die Zunge verbrenne, nippe ich an der Tasse.

Eine halbe Stunde später entscheidet Pitt, dass es besser ist, zum Clubgelände zu fahren. Alle stimmen zu. Hater und ich rufen die restlichen Kunden, die heute noch einen Termin haben an und sagen diese ab. Es ist viel zu riskant für die Kunden heute.

Als alles erledigt ist, fahren wir gemeinsam zum Gelände. Hater hinter uns und jeweils auf einer Seite ein Prospect.

Beim Gelände angekommen, fahren wir nacheinander durch das Tor. Augenblicklich schließt sich das Tor hinter uns. Pitt hält nicht dort an, wo sonst die Bikes parken, sondern fährt in die Werkstatt. Die anderen folgen uns. Verwirrt steige ich ab, als er anhält. Das Garagentor schließt sich und wir stehen erst im Dunkeln. Einer der Jungs muss das Licht angemacht haben, denn mit einem Mal ist es blendend hell in der Werkstatt. Ich blinzle mehrmals, bis meine Augen sich an das helle Licht gewöhnt haben.

Ich war schon ein paar Mal mit Pitt hier drin und habe ihm beim Schrauben zugesehen, wenn mir langweilig war, aber warum wir ausgerechnet hier rein fahren, weiß ich nicht. Davon mal abgesehen war es merkwürdig, dass keiner draußen stand, alle scheinen in einem Gebäude hier auf dem Gelände zu sein. Schließlich frage ich in die Runde, warum wir in die Werkstatt gefahren sind.

»Falls uns einer gefolgt ist, kann er uns hier in der Werkstatt nicht abballern, hier sind wir sicher und können uns frei bewegen, ohne gesehen zu werden«, erklärt mir dann Hater. Ah, jetzt verstehe ich auch, wieso keiner draußen stand. Aber was meint er mit frei bewegen? So groß ist die Werkstatt jetzt auch nicht. Die Werkbänke, Hebebühnen und Rollcontainer nehmen eine Menge Platz weg.

Gun geht zu einer Ecke, schiebt einen Rollcontainer beiseite und hebt einen Deckel, der im Boden eingelassen ist, hoch. Gespannt trete ich näher heran und sehe in einen versteckten Gang. Saint und Pitt gehen voran die Treppe runter, danach betrete ich dicht gefolgt von Hater und Gun den Geheimgang. Gun schließt hinter sich den Deckel. Kurz wird es dunkel, bis auch hier das Licht mit einem Surren an geht.

Der Gang, in dem wir jetzt stehen ist riesig, ich kann das Ende von unserem jetzigen Standpunkt aus nicht sehen. In gleichmäßigen Abständen zweigen Nebengänge ab. Diese führen bestimmt in andere Gebäude. Ich folge Saint und Pitt weiter in den Gang hinein, bis sie vor einer Abzweigung halten. Erst als wir alle nahe beieinander sind, gehen wir in den Gang hinein.

Gefühlte zehn Minuten später ändern wir die Richtung und stehen vor einer Treppe, die wir hinaufgehen. Oben angekommen, öffnet Saint die Tür, indem er einen Code in das Display neben der Tür eingibt. Wir gehen durch sie hindurch und stehen in einem unbewohnt aussehenden Haus. Wo sind wir hier? Ich dachte, wir gehen in das

Clubhaus und verstecken uns dort. Ich sehe mich um, kann aber nicht erkennen, wem dieses Haus gehört, kein Bild hängt an der Wand. Wo zum Teufel haben mich die vier Sons hingebracht?

Faith

Wie selbstverständlich schwärmen die vier Sons aus und befehlen mir, hier stehen zu bleiben. Die Tür hinter mir ist noch auf, falls es hier nicht sicher ist, soll ich in die Gänge verschwinden, sie werden mich dann wiederfinden, haben sie gesagt. So ganz vertraue ich ihnen in der Sache nicht, aber sie werden schon wissen, was sie machen. Wie befohlen, bleibe ich stehen und warte darauf, dass jemand zu mir kommt.

Lange warten brauche ich auch nicht, da kommt Pitt zu mir und nimmt mich mit in das Wohnzimmer. Ich sehe mir auch diesen Raum genau an, um zu erkennen, wem das Haus hier gehört, aber auch hier hängt weder ein Bild noch steht etwas Persönliches herum. Ich halte es nicht mehr länger aus und frage: »Wo zum Teufel sind wir? Und wem gehört dieses Haus?«

»Es gehört einem Dean Ward. Er hat uns dieses Haus als Safe-Haus zur Verfügung gestellt, als er damals abgehauen ist«, klärt mich Hater auf.

»Wieso sollte ein Dean Ward euch sein Haus zur Verfügung stellen?« Ich verstehe das Ganze nicht wirklich. Wieso tut jemand so etwas?

»Er ist ein enger Verbündeter der Sons und wohnt hier nicht mehr, also braucht er das Haus nicht und niemand kennt es. Nur die engeren Member vom Texas Chapter.«

»Aber Saint und Gun kannten es auch.«

»Ja, aber nur, weil ich ihnen den Weg beschrieben habe«, erklärt mir Pitt. Ich nicke, als Zeichen, dass ich verstanden habe, und trotzdem bin ich verwirrt. Im Gang habe ich niemanden mit jemanden reden gehört oder war ich so darauf bedacht, mich umzusehen, dass ich das nicht mitbekommen habe? Nun sitzen wir hier auf dem Sofa und warten auf die nächste Anweisung von Gram.

Nach einer Stunde klingelt Haters Telefon endlich. Er geht ran und verschwindet aus dem Raum. Zeitgleich fängt auch Pitts Handy an zu klingeln und er verschwindet ebenfalls aus dem Raum. Neugierig spitze ich meine Ohren und versuche etwas zu hören, aber es dringt keine Stimme bis ins Wohnzimmer.

»Ich gucke mal, ob in der Küche etwas Essbares zu finden ist«, sagt Saint und steht auf. So bleiben nur noch Gun und ich übrig. Wir sehen uns beide an und wissen nicht, was wir sagen sollen. Gun erhebt sich und sucht die Fernbedienung vom Flachbildfernseher. Als er sie gefunden hat, hält er sie triumphierend hoch und schaltet dann den Fernseher ein. Ich muss lachen.

»Was Bestimmtes, was du sehen willst?«, fragt er mich und zappt durch die Sender. Ich verneine und sehe dabei zu, wie er von einem zum nächsten Programm schaltet, bis er etwas gefunden hat. Ich bin erstaunt, dass er ausgerechnet eine Dokumentation über den Zweiten Weltkrieg aus der Sicht der Deutschen anstellt. Davon mal abgesehen, bin ich schon verwundert, dass ihn so etwas überhaupt interessiert und dann, dass das Ganze auch noch aus der Sicht der Deutschen ist. Aus Deutschland bin ich es ja gewohnt, dass auf N24 und diversen anderen Sendern, solche Dokumentationen ausgestrahlt werden, aber in den USA? Nein, damit habe ich im Leben nicht gerechnet. Gespannt sehen wir beide dabei zu, wie Hitlers Pläne scheitern. Ich verstehe nicht, wie ein einziger Mensch so viel Chaos in der ganzen Welt verbreiten konnte, oder wie Menschen wegen ihrer Religion umgebracht werden konnten. Es sind alles Dinge, die ich niemals verstehen oder akzeptieren werde.

Saint ist der Erste, der wieder ins Wohnzimmer kommt. Er hat drei Tassen dabei und stellt diese auf dem Couchtisch ab. Der Duft von Rooibostee steigt mir in die Nase. Genießerisch schließe ich meine Augen und atme tief ein. Himmlisch dieser Geruch.

»Das und Kaffee ist das Einzige, was diese Küche zu bieten hatte. Sollten wir also länger hierbleiben, muss einer von uns einkaufen gehen«, berichtet Saint von seiner Auskundschaftstour durch die Küche.

»Wir warten erstmal ab, was Hater und Pitt zu sagen haben, vielleicht sollen wir auch gleich wieder ins Clubhaus kommen«, erwidert Gun. Entspannt lehne ich mich zurück und sehe wieder zum Fernseher, wo jetzt etwas anderes läuft. Zum Glück, denn den Müll konnte auch keiner mehr ansehen.

Irgendwann, kurz bevor ich eingeschlafen bin, kommt Hater ins Wohnzimmer und berichtet. »Wir sollen für die nächsten zwei, drei Tage hierbleiben. Butcher kommt gleich mit Lebensmitteln und seiner Arzttasche vorbei, denn unter all der Aufregung dürfen wir nicht vergessen, dass es dir nicht gut geht, Kleine. Sollten keine weiteren Vorkommnisse geschehen, können wir wieder ins Clubhaus. Die anderen haben die Old Ladys und Familienmitglieder auf andere Safe-Häuser verteilt, damit denen nichts passiert«, erzählt er den weiteren Ablauf.

»Butcher muss sich doch nicht extra wegen mir in Gefahr begeben, er kann mich auch untersuchen, wenn wir wieder im Clubhaus sind«, äußere ich meine Ängste. Ich möchte nicht dafür verantwortlich sein, wenn ihm nur wegen mir etwas geschieht.

»Keine Sorge, Kleine, er wird auf demselben Weg wie wir hierherkommen«, nimmt er mir meine Befürchtung.

»Wenn du mir zeigst, wo ich alles finde, könnte ich schon mal die Betten beziehen«, schlage ich nach ein paar Minuten des Schweigens vor.

»Kommt nicht in Frage, das können die beiden Babys hier machen.« Er zeigt auf die Prospects, die auch sofort bei dem versteckten Befehl aufspringen und sich an die Arbeit machen.

»Ich hätte das aber auch machen können«, protestiere ich.

»Nein, dir ging es vorhin nicht gut und solange Butcher nicht sein Okay gibt, machst du gar nichts, außer auf dem Sofa zu sitzen.« Ich nicke, denn ein Gegenwort von mir wird er eh nicht akzeptieren.

Irgendwann muss ich auf dem gemütlichen Sofa eingeschlafen sein, denn Hater weckt mich auf. »Hey kleine Schlafmütze, Butcher ist jetzt hier und möchte dich untersuchen.« Grummelnd mache ich meine Augen auf und sehe ihn zerknirscht an, stehe aber trotzdem auf, um mit Butcher in einen anderen Raum zu gehen.

»Hater hat mir erzählt, dass du dich vorhin übergeben hast als du den Kaffee gerochen hast. Hast du es nur bei Kaffee oder allgemein, wenn du irgendetwas zu essen oder trinken riechst?«, fragt er mich und zeigt auf das Bett. Ich lege mich darauf und antworte: »Nein, es passiert nicht bei allen Gerüchen, nur bei bestimmten wie zum Beispiel Kaffee, Bacon oder Fisch.« Während ich ihm das erzählt habe, hat er meinen Bauch abgetastet.

»Hmm …, das ist untypisch für eine Grippe, kann es sein, dass du schwanger bist?« Ich schüttle vehement mit dem Kopf und antworte: »Auf keinen Fall.« Mit den Worten »Mir wäre es lieber, wenn du den Test machst, damit wir es auch wirklich hundertprozentig ausschließen können«, gibt er mir einen Schwangerschaftstest in die Hand. Ich stehe auf und gehe zur Tür und bleibe dann verwirrt stehen.

»Wo ist denn die Toilette?«

»Die nächste Tür links«, antwortet Butcher mir. Ich gehe zur besagten Tür, öffne diese und stehe dann in einem riesigen Bad mit einem Whirlpool. Heilige Scheiße, wer würde ein Haus mit so einem Ding freiwillig verlassen? Ich nehme mir vor, den Whirlpool jeden Tag, den wir hier sind auszuprobieren, aber erstmal muss ich auf dieses verdammte Stäbchen pinkeln. Es ist schwerer, als gedacht dieses Ding zu treffen, ohne sich auf die Hand zu pinkeln.

Endlich geschafft, wasche ich mir meine Hände und laufe zurück ins Schlafzimmer. Sicher, dass ich nicht schwanger bin, drücke ich Butcher das Ding in die Hand. Dieser nimmt es nur widerwillig entgegen und starrt das Stäbchen mit riesigen Augen an.

»Hast du nicht eben gesagt, dass du nicht schwanger bist?«, fragt er mit etwas zu hoher Stimme.

»Ja, habe ich, wieso? Das letzte Mal, als ich Sex hatte, war, als Tyr hier war und davor hatte ich drei Monate keinen mehr.«

»Oh Scheiße, dann wird dich diese Nachricht nicht erfreuen.« Butcher schaut überall hin, nur nicht in meine

Augen. »Nun sag schon«, fordere ich ihn auf zu sagen, was ich durch seine Andeutungen schon verstanden habe, aber ich will es von ihm hören.

»Du bist schwanger, Faith. Wir werden gleich einen Ultraschall machen, um zu sehen, wie weit du bist.« Ich kann nur geschockt nicken. Butcher holt einen kleinen Bildschirm mit einem Ultraschallgerät daran aus seiner Tasche. Da ich die Untersuchung vom Frauenarzt aus Deutschland kenne, schiebe ich mein T-Shirt hoch.

»Leider muss ich einen vaginalen Ultraschall durchführen«, sagt er sichtlich unwohl. Verlegen schiebe ich mein T-Shirt runter und entledige mich danach meiner unteren Bekleidung. Butcher gibt ein wenig Gleitmittel auf die Sonde und führt sie in meine Scheide ein, nachdem ich mich mit aufgestellten Beinen hingelegt habe.

»Du sagtest Tyr war der letzte Mann, mit dem du Sex hattest?« Ich nicke und sehe weiter zum Bildschirm, in der Hoffnung etwas erkennen zu können.

»Dann kannst du ja höchstens in der fünften oder sechsten Woche sein. Es besteht die Möglichkeit einer Abtreibung, wenn du das Baby nicht bekommen möchtest.« Entsetzt will ich mich aufsetzen, stoppe aber, da mir wieder bewusst wird, dass wir noch mitten in der Untersuchung sind.

»Auf keinen Fall treibe ich ab. Ich werde das Baby bekommen, ob mit oder ohne Tyr«, sage ich mit fester Stimme. So weit wird es noch kommen, dass ich ein Leben, das in meinem Bauch heranwächst, umbringe.

»Du brauchst mich nicht so anklagend ansehen, ich habe dir lediglich diese Möglichkeit erklärt«, verteidigt er sich. »Dann ist ja gut, aber ich werde das Baby bekommen.« Butcher hält diesmal die Klappe und konzentriert sich auf die Untersuchung. Als er die richtige Stelle gefunden hat, drückt er auf seinem Gerät einen Knopf und es entsteht ein Standbild.

»Hier siehst du den kleinen Embryo, soweit ich sehen kann, hat er die richtige Größe. Leider ist es noch zu klein, um einen Herzschlag zu hören, aber dafür bekommst du gleich das erste Bild von deinem Baby.« Mit großen, weit aufgerissenen Augen sehe ich zum Bildschirm, kann es immer noch nicht fassen, dass ich tatsächlich schwanger bin. Jetzt kann ich mir auch meine Übelkeit erklären.

Aber wie kann es sein? Klar, ich nehme die Pille nicht, aber meines Wissens nach, hat Tyr immer ein Kondom benutzt. Schlagartig fällt mir der letzte Abend mit Tyr wieder ein. Da muss es passiert sein. Wir waren so im Rausch unserer Lust gefangen, dass wir wahrscheinlich nicht an die Verhütung gedacht haben. Oh mein Gott, wie dumm kann ich nur sein. Wieso ist mir nicht früher eingefallen, dass ich schwanger sein könnte.

Die Wut auf Tyr und mich würde sich steigern, wenn ich nicht gerade auf das Ergebnis unseres Fehlers sehen würde. Sofort verpasse ich mir gedanklich eine Ohrfeige, denn mein Baby wird kein Fehler sein.

Butcher drückt mir das Bild in die Hand, vorsichtig streiche ich über das kleine Jelly Bean. Gedankenverloren nehme ich die Tücher, die mir gereicht werden und wische mir meine Vagina ab, nachdem Butcher die Sonde aus mir entfernt hat. Schnell stehe ich vom Bett auf, ziehe mir meinen String und meine Hose an, bevor ich mich wieder auf das Bett setze.

»Ich werde dir ein Medikament gegen die Übelkeit verschreiben, damit du wieder ordentlich essen kannst und dich nicht jedes Mal übergeben musst. Unter anderem werde ich dir noch einige Vitamine mit aufschreiben. Wir wollen ja nicht, dass das Baby und du unterversorgt seid«

»Danke. Und Butcher?« Er sieht von seinem Zettel auf.

»Was denn, Faith?« Ich weiß nicht, wie ich es sagen soll, platze aber schließlich einfach damit heraus.

»Es wäre super, wenn wir das erstmal für uns behalten könnten. Ich würde es Tyr gerne selbst zur richtigen Zeit sagen und es wäre da sehr kontraproduktiv, wenn die anderen vorher Bescheid wissen.« Abwartend sehe ich ihn an und bin gespannt, wie er reagieren wird. Schließlich sind es seine Freunde, die er für mich belügen soll.

»Wenn du es so möchtest, sage ich zu keinem ein Wort, denn auch ich muss mich an die ärztliche Schweigepflicht halten, auch wenn mir bei dem Gedanken, die anderen zu belügen, nicht wohl ist.« Mir fällt ein Stein vom Herzen.

»Keine Sorge, wenn sich eine passende Gelegenheit ergibt, werde ich mit Tyr darüber sprechen«, versichere ich ihm.

»Na dann komm, lass uns zu den anderen gehen«, sagt er, nachdem er alles wieder in seiner Tasche verstaut hat. Zurück im Wohnzimmer setze ich mich auf das Sofa neben Pitt und lehne mich an ihn. Ich brauche die Nähe von einem Freund, auch wenn er nicht weiß, was in mir vorgeht. Wie froh ich wäre, wenn Heather jetzt hier wäre, mit ihr hätte ich darüber reden können, ihr meine Bedenken äußern können und mit ihr ebenfalls meine Freude teilen können. Denn diese wallt in mir auf, umso mehr ich an das Jelly Bean in mir denke.

»Und was ist mit ihr los, Butcher?«, fragt Pitt besorgt.

»Ach, es ist immer noch diese blöde Grippe, Faith scheint sie nicht wirklich loszuwerden. Aber keine Sorge, das sollte bald weggehen, wenn sie das Medikament, das ich ihr verschrieben habe, bekommt.«

»Wird auch Zeit. Nicht, dass unsere Kleine hier noch von den Knochen fällt, wenn nichts in ihr bleibt«, scherzt Pitt. Butcher verabschiedet sich mit dem Versprechen, dass morgen jemand das Medikament vorbeibringt. Die Anspannung darüber, ob er wirklich Wort hält, fällt wie ein Kartenhaus zusammen. Er hat sein Versprechen gehalten und niemanden die Wahrheit gesagt. Ich lege meine Hand auf den Bauch und denke an den kleinen Jelly Bean da drinnen.

Kapitel 9

Tyr

Erschöpft von der langen Fahrt komme ich bei meinem Haus an. Nur diese eine Nacht Ruhe haben, sage ich mir und stelle mein Bike ab.

Es sind zwei Tage vergangen, seit Pitt mich informiert hat, dass es im Studio eine Schießerei gab. Er hat mir ebenfalls versichert, dass es meiner kleinen Frozen gut geht und ihr nichts passiert ist.

Froh darüber, heute noch nicht der ganzen Meute gegenübertreten zu müssen, schließe ich meine Haustür auf. Im Vorflur ziehe ich meine Schuhe und Jacke aus und gehe dann in den Flur. Geräusche von oben sind zu hören. Irgendjemand läuft da im Flur. Wer ist das und was will derjenige hier?

Ich ziehe meine SIG Sauer aus dem Hosenbund und halte sie mit der Mündung gen Boden eng ans Bein gepresst. Mit leisen Schritten steige ich die Treppen nach oben, nachdem ich mich versichert habe, dass niemand im Erdgeschoss ist.

Oben angekommen, sehe ich, dass in meinem Schlafzimmer und im Bad daneben Licht durch den unteren Türschlitz scheint. Darauf bedacht, die knarrende Holzdiele nicht zu erwischen, laufe ich zu der Wand zwischen den beiden Türen. In dem Moment geht die Tür vom Bad auf. Sofort ziehe ich meine Waffe hoch und ziele direkt auf den Kopf der Person, die vor mir steht.

Keine Sekunde später fängt sie laut an zu schreien und flüchtet ins Bad zurück. Fuck! Ich versuche die Tür aufzudrücken, merke aber wie mir von hinten eine Waffe an den Kopf gehalten wird.

»Waffe runter!«, wird mir befohlen und ich erkenne die Stimme von Pitt. Erleichtert, dass er es ist und kein fremder Eindringling, lasse ich meine Waffe sinken und sage: »Seit wann hast du mir Befehle zu erteilen?« Pitt lässt augenblicklich seine Waffe sinken und sagt: »Alter, Tyr! Erschreck' uns doch nicht so! Was machst du eigentlich hier? Bist du nicht auf der Suche nach den Lords?« Seine gefühlt tausend Fragen gehen mir auf den Geist.

»Können wir das Morgen klären? Ich bin viel zu müde, um jetzt noch etwas beantworten zu können.« Pitt kommt auf die glorreiche Idee und schaltet das Licht an.

»Fuck, kannst du mich nächstes Mal vorwarnen?«, fluche ich angepisst, da das Licht in den Augen weh tut.

»Sorry«, murmelt er. Jetzt erst sehe ich auch Hater, Saint und Gun, die ebenfalls eine Waffe auf mich gerichtet haben müssen, denn jeder hat seine in der Hand, zielen aber nicht mehr auf mich. Sie stehen jeweils in einer Tür und sehen mich erleichtert an.

»Was schaut ihr mich so an?«, frage ich angepisst. Oh man, wo ist nur die Ruhe hin, die ich mir hier erhofft habe?

»Wir sind nur froh, dass du noch lebst«, antwortet Hater und geht wieder in das Zimmer, das wohl seins ist.

»Was macht ihr eigentlich hier?«, frage ich Pitt.

»Nach der Schießerei hat Gram uns alle auf Safe-Häuser aufgeteilt, wir sind hier gelandet.«

»Okay, wer ist wir?« Oh Hel! Mir kommt gerade in den Kopf, wen ich da mit einer Waffe bedroht habe. Fuck! Das wird sie mir übelnehmen, aber ich konnte ja nicht wissen, dass Frozen durch mein Haus spaziert.

»Faith, Hater, Saint, Gun und ich. Die anderen sind in anderen Häusern«, zählt er auf, wer alles hier ist. Ich hatte mit mehr gerechnet, denn das Haus hat für mindestens noch vier Personen Platz, aber Gram hat sich bestimmt etwas dabei gedacht.

»Ich glaube, du solltest Faith mal aus dem Bad holen, nicht, dass sie da nachher übernachtet«, sage ich erschöpft und gehe in mein Schlafzimmer.

Das Bett ist unordentlich und es riecht im ganzen Raum nach Faith. Genüsslich inhaliere ich den Geruch, ziehe mich dann aus und lege mich nur in Boxershorts ins Bett. Ich habe den Schlaf dringend nötig, seit dem Anruf von Pitt bin ich durchgefahren, um schnellstmöglich hier zu sein.

Kaum habe ich die Augen zu, kommt eine mächtig wütende Faith in den Raum hereingestürmt.

»Ist das jetzt dein verfickter Ernst? Erst verpisst du dich, nachdem du mich gefickt hast und nun kommst du wieder, hältst mir eine verdammte Waffe an den Kopf und meinst, jetzt auch noch in meinem Bett liegen zu dürfen«, kreischt sie durch den ganzen Raum. So ist an Schlaf nicht zu denken. Ich setze mich auf und sehe sie grimmig an.

»Erstens, ich bin nicht einfach abgehauen, als ich wiederkam, hast du geschlafen und ich konnte dir nicht sagen, dass ich einen Auftrag hatte. Zweitens wusste ich nicht, dass ihr es seid, die in meinem Haus sind. Und drittens ist es mein Bett, in dem du geschlafen hast. Also halte deinen süßen Mund und leg dich zu mir, damit wir endlich schlafen können.« Wie ein Fisch auf dem Trockenen bewegt sie ihren Mund auf und zu. Es lässt mich leicht schmunzeln, es sieht einfach zu süß aus, wie sie so dasteht.

»Was nun, kommst du jetzt her oder willst du dort stehen bleiben? Ich verspreche dir auch, dass wir nur schlafen werden.« Sie kommt mit ihren nackten Füßen an getapst und legt sich ins Bett.

»Aber nur ausnahmsweise, morgen musst du woanders schlafen«, brummt sie. Ich ziehe sie an mich, sodass sie in meinem Arm liegt.

»Das werden wir noch sehen, Schätzchen.« Ich merke, wie sie sich anspannt, und muss schmunzeln. Es ist zu einfach, sie zu ärgern. Ich lege meinen Kopf an ihren, ihr Duft von Vanille und Kokos steigt mir in die Nase. Wie habe ich diesen Geruch nur vermisst! Immer wieder habe ich ihn mir abends, wenn ich allein war, ins Gedächtnis gerufen. Mit einem Seufzen schließe ich meine Augen und schlafe augenblicklich ein.

***

Am Morgen weckt mich ein leises Schnarchen. Orientierungslos sehe ich mich um. Wo bin ich? Ach ja, in meinem Haus. Faith rührt sich in meinem Arm, wacht aber nicht auf. In der Nacht haben wir uns auf die Seite gedreht, sodass ich mich von hinten an sie kuscheln konnte. Mit meiner Hand auf ihrem Bauch fange ich an, sie zu streicheln. So könnte ich jeden Morgen aufwachen. Sie in meinen Armen, ihr herrlicher Duft in meiner Nase und dieses unbeschreibliche Gefühl, endlich angekommen zu sein.

Fuck Tyr, was denkst du da eigentlich für eine Scheiße?, frage ich mich in Gedanken selbst. Was ist nur mit mir los? Ich neige doch sonst nicht zu Gefühlsausbrüchen wegen einer Frau.

Vorsichtig, damit ich die kleine Frozen nicht wecke, löse ich mich von ihr und stehe auf. Heute gibt es noch einiges für mich zu klären. Schnell mache ich mich im Bad fertig und gehe runter in die Küche. In den Schränken suche ich verzweifelt nach Kaffee.

»Wo zur Hel ist der Kaffee?«, frage ich in den Raum hinein.

»Hier gibt es keinen Kaffee.« Erschrocken zucke ich zusammen, als ich eine Antwort bekomme.

»Verfickte Scheiße, erschrecke mich doch nicht so«, fahre ich Hater an. Mein Herz schlägt viel zu schnell von dem Schock.

»Was stellst du denn auch eine Frage, wenn du auf keine Antwort hoffst?«, fragt er verwirrt und versteht nicht, dass ich eigentlich nur mit mir selbst geredet habe.

»Ach, egal. Also erzähle mir lieber, wieso wir keinen Kaffee haben.«

»Faith wird von dem Geruch übel, deswegen haben wir Kaffee aus dem Haus verbannt«, antwortet er mit einem Schulterzucken, dreht sich um und verschwindet wieder aus dem Raum. Wenn ich es nicht besser wissen würde, würde ich ihn für einen Psycho halten, aber das ist er nicht. Er hat einfach nur schon zu viel in seinem kurzen Leben erleben müssen. Ich schaue in den Schränken nach einer Alternative zum Kaffee, finde aber nichts außer Tee. Skeptisch sehe ich mir die Schachtel an und stelle sie dann angewidert wieder weg. Nein, das Zeug bekomme ich nicht runter. Es bleibt mir nichts anderes übrig, als eben loszufahren und Kaffee zu besorgen.

Entschlossen schnappe ich mir meine Schlüssel und den Helm, schwinge mich auf mein Bike und fahre los zum nächsten Lebensmittelgeschäft. Mit Kaffee, Brötchen und noch weiteren Lebensmitteln betrete ich eine halbe Stunde später wieder das Haus. Es ist immer noch so ruhig wie vorher. In der Küche mache ich mich daran, Frühstück zu machen. Während ich den Kaffee aufkoche, decke ich den Tisch und koche Eier. Die ersten beiden Personen habe ich schon mit dem Geruch angelockt. Saint und Gun schlendern fröhlich in die Küche.

»Guten Morgen, Tyr.« Begrüßen sie mich und setzen sich an den gedeckten Tisch. Saint will sich ein Brötchen schnappen, aber ich halte ihn mit einem »Erst wenn alle da sind« zurück. Er grummelt etwas in seinen nicht vorhandenen Bart, bleibt aber brav und lässt das Essen in Ruhe. Nach und nach trudeln die anderen beiden hier ein, nur die kleine Frozen fehlt noch.

»Was ist mit Faith?«, frage ich in die Runde.

»Auf sie brauchen wir nicht zu warten, die letzten Tage hat sie bis zum Mittag geschlafen«, antwortet Pitt auf meine Frage. Ich sehe ihn mit gerunzelter Stirn an.

»Wieso das?«

»Ich denke mal, das liegt an ihrer Grippe. Sie ist noch immer ziemlich schlapp.« Sie hat immer noch die Grippe? Pitt und Gram haben mir doch schon vor drei Wochen davon erzählt. Ist das normal, so lange eine Grippe zu haben? Ich nehme mir vor, später bei Butcher nachzufragen, schließlich muss er es als Arzt wissen.

»Ich kenne diesen Gesichtsausdruck, mein Lieber. Lass sie einfach schlafen, später wird sie schon noch runterkommen.« Er muss mir angesehen haben, dass ich mir Sorgen um sie mache und am liebsten zu ihr gegangen wäre, um zu schauen, ob es ihr besser geht.

»Aber sie muss doch etwas essen«, protestiere ich.

»Das wird sie nachher auch machen«, sagt Hater beiläufig und schnappt sich ein Brötchen. Mit dem dafür vorgesehenen Messer schneidet er es auf.

»Wir sollen warten, bis Faith da ist«, äfft Saint meine Stimme nach. Mit zusammengekniffenen Augen sehe ich ihn an. Er grinst nur entschuldigend und schaut dann zu Boden. Ich fange an zu lachen. Der Kleine hat mich wirklich gut getroffen. Die anderen steigen mit ins Lachen ein.

»Was ist denn so lustig, dass ihr alle lachen müsst?«, fragt eine völlig zerknautschte Faith. Müde reibt sie sich die Augen und sieht von einem zum anderen.

»Saint hat eben Tyr perfekt imitiert«, sagt Gun zwischen seinen Lachsalven. »Achso, ich dachte schon, ihr lacht über mich.« Sie schlurft zum Tisch und setzt sich auf den letzten freien Platz.

»Das sieht aber lecker aus, wer hat das denn …« weiter kommt sie nicht. Sie springt ruckartig vom Stuhl auf und rennt aus dem Raum. Fragend sehe ich in die Runde. Pitt verdreht die Augen, steht auf und sagt: »Komme gleich wieder.« Verwirrt sehe ich ihm hinterher.

»Was ist denn los?«, frage ich schließlich.

»Das hat Faith öfter, besonders wenn sie Kaffee riecht«, verrät Gun. Ich stehe auf, nehme den Kaffee, trinke noch einen Schluck und kippe den Rest dann den Abfluss hinunter. Bedauernd sehe ich dabei zu, wie er verschwindet. Das wird hart morgens, ohne das Lebenselixier auskommen zu müssen, aber wenn es Faith deswegen schlechter geht, werde ich es versuchen.

Ich setze mich wieder an den Tisch und beginne mit dem Essen. Pitt kommt mit einer beschämt aussehenden Faith wieder in die Küche.

»Sorry«, murmelt sie und setzt sich. Wir beginnen wieder alle mit dem Essen, nur Faith nicht.

»Schätzchen, du musst was essen.« Sie schüttelt nur verneinend den Kopf, nimmt ein Glas und füllt es mit Wasser. Aus ihrer Tasche der Jogginghose holt sie einen Medikamentenblister hervor, drückt eine Tablette raus und spült sie mit viel Wasser herunter. Zufrieden sehe ich dabei zu, wie sie danach nach einem Brötchen greift. Die Tabletten helfen ihr anscheinend gegen die Übelkeit.

Nach dem Essen räumen die Prospects ab. Faith, Hater, Pitt und ich sitzen am Tisch. Es fühlt sich an, als wären wir eine kleine Familie. Irgendwann halte ich es nicht mehr aus zu schweigen und frage: »Was hat Gram als nächstes geplant?« Da ich so schnell wie möglich zurück nach Bellfort wollte, bin ich zwei Tage durchgefahren und habe dementsprechend nicht viel von den Plänen mitbekommen. Mir war es wichtiger, bei meinen Männern zu sein, als weiter nach den Lords zu suchen. Davon mal abgesehen, dass jeder Tipp, den ich bekommen habe, eine Sackgasse war.

»Wir sollen hier warten, bis sich die Lage ein wenig beruhigt hat. Hades, Rage und Terror haben sich auf die Suche nach dem Schützen gemacht«, erstattet Pitt Bericht.

»Gut, dann wird es nicht mehr lange dauern und wir können wieder ins Clubhaus.« Pitt nickt. Wir unterhalten uns noch ein wenig darüber, was ich alles herausgefunden habe. Faith neben mir gähnt und schläft fast im Sitzen ein. Jetzt erst wird mir bewusst, dass wir gerade vor einer Außenstehenden interne Sachen geklärt haben. Pitt und Hater muss es ebenso erst jetzt bewusst geworden sein, denn sie sehen mich mit großen Augen erschrocken an. Aber so müde, wie Faith ist, wird sie nichts mitbekommen haben. Sie kämpft damit, ihre Augen offen zu halten, und verliert den Kampf.

Ich erhebe mich vom Stuhl, nehme Faith auf meine Arme und trage sie ins Schlafzimmer. Vorsichtig, um sie nicht zu wecken, lege ich sie ins Bett und will dann wieder zu den anderen. Mit einer Hand krallt sie sich in meine Kutte.

»Bleib«, nuschelt sie und dreht sich auf die Seite. Mit einem Lächeln ziehe ich meine Boots aus und komme ihrem Befehl nach. Ich lege mich hinter sie und kuschle mich an sie. Meinen einen Arm schiebe ich unter ihren Kopf und den anderen lege ich über ihre Seite auf den Bauch. Ich fange an den Bauch zu streicheln, was ihr ein Seufzen entlockt.

»Ich habe dich vermisst, kleine Frozen«, flüstere ich in ihr Haar. Sie bekommt es nicht mehr mit, denn sie ist eingeschlafen. Ihr gleichmäßiger Atem macht mich ebenfalls müde, also schließe ich meine Augen.

Faith

Ich wache in den Armen von Tyr auf. Obwohl er zu schlafen scheint, streichelt er meinen Bauch. Das Streicheln fühlt sich himmlisch an. So intim, auch wenn er nicht weiß, dass in diesem Bauch ein neues Leben heranwächst.

Ich wollte sauer auf ihn sein, dass er einfach verschwunden war und sich nicht gemeldet hat. Ich wollte sauer darüber sein, dass er mir gestern Abend eine Knarre an den Kopf gehalten hat, aber diese eine Geste lässt meine Wut in Rauch aufgehen.

Hellwach liege ich jetzt hier und will nicht aufstehen. Seine Wärme hüllt mich ein. Wie kann es sein, dass ich diesen Mistkerl so vermisst habe, obwohl ich ihn noch gar nicht lange kenne? Nur, weil ich mit ihm geschlafen habe, heißt es doch nicht, dass ich in ihn verliebt bin, oder? Nein! Bei Julian hat es Monate gedauert, bis ich Gefühle für ihn entwickelt hatte. *Aber Tyr ist nicht Julian*, rufe ich mir ins Gedächtnis.

Es sind zwei völlig verschiedene Personen, es fängt schon beim Aussehen an. Tyr ist über zwei Meter groß, Julian hingegen kratzt gerade mal an der Grenze zu eins neunzig. Wo Tyr breit und voll bepackt mit Muskeln ist, ist Julian schmal und drahtig. Julian hat seine blonden Haare stets kurzgehalten, Tyr dagegen hat seine langen blonden Haare, die bis über seine Schultern fallen, entweder zu einem Knoten hochgebunden oder bändigt sie unter einem Beanie. Die beiden sind wie Tag und Nacht.

Ich drehe mich um, um Tyr beim Schlafen zu beobachten. Tief atme ich seinen Geruch nach Leder und Benzin ein. Ein weiterer, angenehmer Geruch gehört zu ihm, den ich aber nicht genau definieren kann. Ich muss näher mit meiner Nase an ihn gerückt sein, denn sein »Und rieche ich gut?«, verrät, dass er mitbekommen hat, dass ich an ihm schnuppere.

»Ja, tust du«, antworte ich verlegen und rücke von ihm ab.

»Wieso auf einmal so schüchtern, Schätzchen?«, fragt er mit einem verschmitzten Grinsen. Habe ich vorhin gesagt, dass meine Wut verraucht war? Tja, jetzt brodelt sie mit voller Gewalt wieder hoch.

»Nenn mich nicht Schätzchen, Holzkopf.« Er sieht mich verständnislos an. Ups, ich habe doch tatsächlich gerade das letzte Wort auf Deutsch gesagt. Ich wiederhole es aber diesmal auf Englisch.

»Was für eine Sprache war das gerade?«

»Deutsch«, ist meine schlichte Antwort auf seine Frage.

»Kommst du aus Deutschland?«

»Ja.«

»Und was machst du dann ausgerechnet hier in Bellfort, Schätzchen?« Aus Reflex boxe ich ihm gegen den Arm.

»Nenn mich nicht so!« Ihm scheint es Spaß zu machen, denn er lacht.

»Du brauchst nicht gleich brutal zu werden, Schä …« er hält mitten im letzten Wort inne, als er meinen bösen Blick sieht. Ich will von ihm wegrutschen, werde aber aufgehalten.

»Komm her, Kleine, das war nur Spaß«, versucht er mich zu besänftigen.

»Toller Spaß«, gifte ich ihn an. Immer wieder versuche ich, wegzurutschen, komme aber nicht weit. Wie in einer Zwangsjacke umarmt er mich, sodass mir nichts anderes übrigbleibt, als mich zu ergeben. Er haucht mir kleine Küsse in den Nacken. Sogleich legt sich eine Gänsehaut über meinen gesamten Körper, was ihn schmunzeln lässt. Mit der einen Hand fährt er über meine Brust und streichelt federleicht darüber. Meine Nippel reagieren empfindlich auf die Berührungen, ziehen sich zusammen und werden steif.

Ich werde zu Wachs in seinen Armen, genieße die Berührungen und Küsse. Mein Verstand hat sich ausgeschaltet und mein Körper hat die Führung übernommen. Ich dränge mich näher an ihn und wackle ungeduldig mit meinem Hintern. Tyr stöhnt auf und beißt leicht in meinen Nacken. Immer wieder fahre ich mit meinem Hintern über seine bereits harte Mitte.

»Wenn du nicht gleich aufhörst, Kleine, kann ich für nichts mehr garantieren.« Um ihn zu provozieren, fahre ich mit meiner Hand zwischen uns und knete seinen Schwanz. Wie von Sinnen dreht er mich auf den Rücken, küsst mich stürmisch und nestelt an meiner Jogginghose. Kurz lässt er von meinem Mund ab, zieht mir erst die Hose und danach das T-Shirt aus. Nur in Unterwäsche liege ich vor ihm. Mit vor Lust verhangenen Augen, mustert er meinen gesamten Körper und leckt sich beiläufig immer wieder über die Lippen.

Ich halte es nicht mehr länger aus und ziehe ihn an seinem T-Shirt zu mir herunter, drücke meine Lippen auf seine und küsse ihn innig. Seine Hände wandern ruhelos über meinen Körper, wissen nicht, wo sie zuerst streicheln sollen. Ich schlinge meine Beine um seine Hüften, drücke ihn mit meinen Fersen nach unten, sodass er zwischen meinen Beinen liegt. Damit ich sein volles Gewicht nicht auf mir liegen habe, stützt er sich mit den Ellenbogen ab.

Wie etwas Kostbares hält er meinen Kopf in seinen beiden Händen. Sein harter Schwanz drückt auf meine Mitte. Ich räkle mich und reibe mich an ihm. Immer wieder stöhnen wir auf. Meine Hände wandern über seinen Rücken und schieben sein Shirt nach oben. Kurz halten wir mit dem Küssen inne, damit ich ihm sein Shirt über den Kopf ziehen kann. Jetzt oberkörperfrei, kann ich jeden seiner einzelnen Rückenmuskeln mit den Fingerspitzen nachfahren.

Jetzt liegt es an Tyr, nicht mehr ruhig bleiben zu können. Er reibt seine Mitte schneller über meine bereits geschwollene Pussy und entlockt mir somit ein weiteres Stöhnen. Der Druck in meinem Inneren baut sich immer weiter auf, ist kaum noch auszuhalten. Tyr lässt mit einer Hand meinen Kopf los, stützt sich mit seinem Gewicht auf den anderen Arm. Seine Fingerspitzen fahren am Bund meines Strings entlang und schieben ihn Stück für Stück herunter. Ich hebe meinen Hintern so hoch, wie es mir möglich ist, damit er es leichter hat, ihn runterzuschieben.

Ich löse meine Beine von ihm. Er kniet sich hin, hebt meine Beine vor ihm hoch und zieht meinen String über die Füße. Tyr bedeckt meinen rechten Fußrücken mit schmetterlingszarten Küssen und wandert dann mit seinen Lippen an den Schenkelinnenseiten langsam nach oben. Kurz vor meiner pulsierenden Mitte bricht er seine Exkursion ab und beginnt diese atemberaubende und doch so qualvolle Prozedur an meinem linken Bein von vorne. Wieder bricht er diese süße Qual kurz vor dem Ziel ab. Frustriert stöhne ich auf, was ihm nur ein dreckiges Schmunzeln aufs Gesicht zaubert. Arschloch!

Tyr führt sein Spiel weiter, umrundet meine Mitte und küsst sich meinen Bauch bis zur Brust hoch. Zärtlich saugt er meinen rechten Nippel ein und pustet anschließend leicht drüber. Sofort zieht er sich noch weiter zusammen. Seine rechte Hand umschließt meine linke Brust und knetet sie mit festem Griff. Immer wieder stöhne ich laut auf. Meine Hände finden Halt in seinen Haaren und an seinem Rücken. Ich kralle mich fest und lasse ihn meine Fingernägel spüren. Mit seiner linken Hand streicht er meine Seite rauf und runter. Mein Körper reagiert hypersensibel auf alle seine Berührungen und steht kurz davor, in tausend Teile zu zerspringen.

»Ich brauche dich jetzt, Baby«, sagt er. Plötzlich lässt er abrupt von mir ab und steht auf. Verwirrt und frustriert sehe ich ihm hinterher, wie er wie ein aufgescheuchtes Hühnchen irgendetwas sucht.

»Scheiße, scheiße wo sind diese verfickten Gummis hin?«, ruft er schon fast panisch und sucht weiter.

»Tyr, komm wieder her, wir brauchen keine«, sage ich schließlich. Er sieht mich verständnislos und ebenso fragend an.

»Es kann nichts passieren.« Erst sieht er mich skeptisch an, zieht dann seine Hose samt Boxershorts aus und kommt zu mir. Mit einem Ruck hebt er mich hoch und platziert mich über sich. Mit den Händen hält er mich an den Hüften fest.

»Sicher, dass nichts passieren kann?«, fragt er, um nochmal sicherzugehen. Ich nicke und er lässt mich, auf seinen steil nach oben stehenden Schwanz, gleiten. Langsam dringt er in mich ein, dehnt mich Stück für Stück. Der Druck in meinem Inneren wird fast unerträglich. Wahnsinnig vor Lust und Geilheit übernehme ich die Führung und lasse mich komplett auf ihn nieder. Mit seinem Schwanz tief in mir, muss ich scharf Luft holen. Fuck, ist der groß. Nachdem ich mich an seine Größe gewöhnt habe, fange ich an, mich zu bewegen. Erst langsam, dann immer schneller. Tyrs Hände an meinen Hüften vergraben sich immer tiefer in mein Fleisch. Wie gebannt sieht er auf meine Brüste, die im Rhythmus meiner Bewegungen mitwippen.

Ich beuge mich nach vorne und drücke ungestüm meine Lippen auf seine. Er übernimmt erneut die Führung und dringt immer wieder von unten in mich ein. Keuchen, Stöhnen und Lustschreie erfüllen den Raum. Schweiß benetzt meine Haut und macht es Tyr schwer, richtigen Halt zu finden. Mein Höhepunkt kommt unaufhaltsam auf mich zu. Von unbändiger Lust angetrieben rammt Tyr seinen heißen, pulsierenden Schwanz immer wieder tief in meine triefende Pussy. Mit einem lauten Schrei gebe ich nach und explodiere in tausend Teile. Lichtblitze erscheinen hinter meinen geschlossenen Lidern, meine Zehen rollen sich ein und mein Körper zuckt unkontrolliert. Tyr folgt mir und kommt mit einem animalischen Knurren.

Kraftlos sacke ich auf ihm zusammen und genieße die letzten Nachbeben meines Orgasmus.

Kurz bevor ich einschlafe, hebt Tyr mich von sich herunter und deckt mich zu. Er steht auf und verschwindet aus dem Zimmer. Enttäuschung macht sich in mir breit. Bin ich für ihn wirklich nur eine Schlampe? Eine schnelle Nummer für zwischendurch, die man gleich wieder verlässt?

Tyr

Mit einem feuchten Waschlappen und Handtuch komme ich zurück ins Zimmer und finde Faith genauso liegend, wie ich gegangen bin, vor. Enttäuschung steht ihr ins Gesicht geschrieben. Aber wieso? Was ist passiert, als ich ins Bad gegangen bin, um einen Waschlappen zu holen? Ich knie mich auf das Bett, beuge mich über Faith und drücke ihr einen Kuss auf die Stirn.

»Was ist los, Kleine?«

»Nichts«, antwortet sie mit einem merkwürdigen Unterton. Ich runzle die Stirn und mache mich dann daran, meine Schweinerei wegzumachen. Mit dem feuchten Waschlappen fahre ich über ihre Mitte und mache sie sauber. Erschrocken setzt Faith sich auf und fragt verwirrt: »Was machst du da?« Ich muss lachen.

»Wonach sieht es denn aus, Kleine? Ich mache dich sauber, damit du nicht aufstehen musst.« Sie sieht von mir zu dem Waschlappen in meiner Hand und dann wieder zu mir.

»Warum machst du das?«

Ist es nicht offensichtlich, wieso ich das mache? Ich finde schon, also antworte ich nicht, drücke ihren Oberkörper wieder nach hinten in die Kissen und mache sie weiter sauber. Neugierig sieht sie mir dabei zu. Anschließend trockne ich sie zart mit dem Handtuch ab.

»Machst du das bei jeder Schlampe?« Schlampe? Ist diese kleine Person vor mir eigentlich vollkommen bescheuert?

»Nein«, brumme ich verärgert.

»*Nein, nicht bei jeder Schlampe* oder *nein, bei gar keiner*?«, stichelt sie.

»Nein, bei gar keiner! Warum auch? Ich nehme ja sonst ein Kondom.« Wieso fragt sie mich solche Sachen?

»Und wieso dann ausgerechnet bei mir nicht?« Ich schüttle verwirrt meinen Kopf und frage: »Was meinst du damit?« Sie setzt sich hin und sieht an mir vorbei.

»Wieso hast du ausgerechnet bei mir kein Kondom genommen?«

»Weil du gesagt hast, dass ich keins brauche und ich dir vertraue. Du nimmst doch die Pille oder nicht?« Sie nestelt nervös an der Decke neben ihr.

»Vertraust du jeder Schlampe?« Ich schüttle verneinend den Kopf.

»Und wieso dann ausgerechnet mir?«, fragt sie mit leiser Stimme.

»Oh Hel, ist das jetzt ernst gemeint?« Kaum merklich nickt sie mit dem Kopf.

»Weil du verdammt noch mal keine Schlampe für mich bist. Wärst du eine, wäre ich nicht mehr hier, sondern schon längst verschwunden.« Sie zuckt bei meinen lauten Worten zusammen. Jetzt erst bemerke ich meinen Fehler.

Verdammt, beim letzten Mal habe ich sie einfach liegen lassen, dann angeschrien und bin zu guter Letzt auch noch verschwunden, ohne ein Wort zu sagen. Genau die Dinge, die ich mit einer dahergelaufenen Schlampe auch gemacht hätte. Entschuldigend sehe ich sie an, nehme sie in den Arm und gebe ihr einen Kuss auf die Stirn.

»Faith, du bist wirklich keine Schlampe für mich. Ich will dich am liebsten rund um die Uhr um mich haben und genau das jagt mir eine Heidenangst ein. So ein

Gefühl hatte ich bisher bei keiner Frau«, gestehe ich ihr leise. Sie sieht mich mit großen Augen und einem erstaunten Blick an.

»Meinst du das ernst?«

»Ja!« Erleichtert atmet sie aus und kuschelt sich in meine Umarmung. Es scheinen die richtigen Worte gewesen zu sein, denn die Anspannung und Enttäuschung, die sie die ganze Zeit, seit ich aus dem Bad gekommen bin, ausgestrahlt hatte, ist wie weggewischt. Zärtlich gebe ich ihr einen Kuss auf den Kopf und lasse uns nach hinten in die Kissen sinken. Sie in meinen Armen zu halten, lässt ein neues Gefühl von Heimat in mir aufkommen. Gemeinsam schlafen wir ein.

***

Gegen Abend klopft es an der Tür. Ich werde wach und stehe auf, um an die Tür zu gehen. Nur einen Spalt öffne ich diese, damit man meine kleine nackte Frozen auf dem Bett von außen nicht sehen kann. Pitt steht dort und sieht an mir herunter.

»Was willst du, Pitt?«, frage ich ihn. Er starrt weiter und blickt erst auf, als ich mit meinen Fingern schnippe.

»Sorry, was hast du gesagt? Könntest du dir bitte etwas anziehen, dein Großer da unten lenkt mich zu sehr ab.« Lachend schließe ich die Tür vor seiner Nase und schlüpfe in eine frische Boxershorts, die ich aus der Kommode nehme. Jetzt untenrum bekleidet, öffne ich die Tür, schiebe Pitt nach hinten, trete in den Flur und schließe die Tür hinter mir.

»Was willst du?«, stelle ich meine Frage noch einmal.

»Gram hat eben angerufen und fragte, ob du dich schon bei einem von uns gemeldet hast. Er macht sich Sorgen um dich, weil du seit drei Tagen nicht mehr angerufen hast. Selbstverständlich habe ich ihm gesagt, dass du hier bist und seine Faith fickst.« Ich schaue ihn böse an. »Nein, natürlich habe ich Letzteres nicht gesagt, aber ich wollte sehen, wie du reagierst, wenn ich sage ›seine Faith‹.«

»Mach das nie wieder, sie gehört mir und nicht Gram«, mache ich meinen Standpunkt mit strenger Stimme klar.

»Gram sieht es zwar immer noch nicht gerne, aber er wird nichts dagegen unternehmen, außer dir die Eier abzuschneiden, wenn du ihr noch einmal weh tust«, sagt Pitt.

»Das freut dich, oder?« Pitt nickt mit einem diabolischen Grinsen im Gesicht.

»Schön für dich, aber so weit wird es nicht kommen. Also, was hat mein Vater noch gesagt?«, lenke ich wieder auf das eigentliche Thema zurück.

»Er möchte, dass du ihn umgehend zurückrufst. Er will, glaube ich, den Stand deiner Ermittlungen erfahren.«

»Okay. Gib mir einen Moment, ich sage nur eben Faith Bescheid, dass ich unten bin, falls was ist.« Pitt sieht mich merkwürdig an und geht dann die Treppe runter. Was ist nur los mit ihm? Wieso sieht er mich auf einmal so seltsam an?

Ich kehre zurück ins Zimmer, sehe meine kleine schlafende Frozen an und entscheide, sie nicht zu wecken. Sie sieht niedlich aus, so wie sie sich mit dem Kopf in mein Kissen kuschelt. Ich nehme die Bettdecke und breite sie über ihr aus, gebe ihr noch einen Kuss auf den Kopf, schnappe mir meine Kleidung und gehe runter ins Wohnzimmer, wo die anderen alle sind.

Sie grinsen mich alle spitzbübisch an. Hater geht sogar so weit und wackelt mit seinen Augenbrauen.

»Was?«, frage ich gereizt. Was ist deren Problem? Wieso sehen sie mich so an?

»Und, wie war euer Versöhnungsfick?«, fragt Hater schließlich. Ah, daher weht der Wind. Sie haben Faith und mich gehört.

»Ein Gentleman genießt und schweigt«, antworte ich gönnerhaft und zwinkere ihnen zu. Hater und Pitt fangen laut an zu lachen, was die beiden Prospects nur mit dem Kopf schütteln lässt.

Ich schnappe mir das Notfall Handy, das auf dem Tisch liegt, und wähle die Nummer von Gram. Die Schwachköpfe auf dem Sofa lasse ich links liegen.

»Endlich. Warum hast du dich nicht früher gemeldet?«, ertönt Grams Stimme durch das Handy.

»Dir auch einen guten Tag, ja mir geht´s gut und dir? Nein, du hättest dir keine Sorgen um mich machen müssen, ich war nie in Gefahr«, beantworte ich seine nicht gestellten Fragen sarkastisch.

»Das ist schön zu hören, mein Sohn, aber jetzt schieß los, was hast du herausgefunden?«, übergeht er meine Anspielung darauf, dass er wie immer die Höflichkeitsfloskeln vergessen hat.

»Nach dem Tipp, den mir der Mexikaner gegeben hat, habe ich herausgefunden, dass die Purebloods ebenfalls hinter den Lords her sind. Sie haben dasselbe Lager beschattet wie ich. Ich konnte einen von ihnen überwältigen und herausquetschen, was sie von den Lords wollen. Sie wollen einen toten Bruder rächen.« Gram unterbricht mich mit einem »Fuck, das ist nicht gut. Sprich weiter.«

»Danach bin ich weiteren Hinweisen und Tipps gefolgt, jedes Mal waren die Lords schon weitergereist. Sie müssen wissen, dass wir hinter ihnen her sind, aber von wem?«

»Keine Ahnung, eigentlich können sie nicht wissen, dass ihr Nomads hier seid. Wir haben eure Ankunft nicht groß angekündigt«, grübelt Gram laut in den Hörer.

»Ich habe noch einen letzten Tipp von einem Straßenjungen bekommen, bevor ich mich auf den Weg hierher gemacht habe. Angeblich sollen die Lords ihre Waffen aufgerüstet haben und auf dem Weg zu unserem Revier sein. Wo sie jetzt sind, weiß ich nicht, aber ich habe das blöde Gefühl, dass sie näher sind, als wir denken«, äußere ich meine Bedenken.

»Ja, das miese Gefühl habe ich auch. Heute Morgen habe ich Flame losgeschickt, um die Gegend auszukundschaften, vielleicht findet er die Lords.«

»Wenn es stimmt, was der Straßenjunge sagt, muss Flame sich in Acht nehmen.«

»Das wird er machen, nach dir ist er der Beste im Aufspüren von Feinden.« Gram hat recht, Flame weiß, was er macht und wird natürlich mit allem rechnen.

»Wie geht´s Faith?«, fragt Gram unerwartet. Im ersten Moment weiß ich nicht, was ich sagen soll.

»Soweit ganz gut, heute Morgen hat sie sich einmal übergeben, als sie den Kaffee gerochen hat. Sie hat dann eine Tablette genommen und seitdem geht es ihr gut.«

»Das freut mich, dass die Tabletten wirken. Butcher hat mir schon erzählt, dass er ihr etwas gegen die Übelkeit verschrieben hat. Hoffentlich wird die Kleine bald die Grippe los, sie wird sonst nur noch aus Haut und Knochen bestehen.«

»Das hoffe ich auch. Ah und Gram, wann können wir wieder zurück ins Clubhaus?« Mir ist nicht ganz wohl dabei, hier so schutzlos in dem Haus zu sein.

»Erst, wenn es wirklich sicher ist, und das dauert noch ein wenig.« Es ärgert mich, dass wir nicht sofort zum Clubhaus können, aber Gram hat recht. Es muss erst sicher sein, vorher nehme ich Faith nicht mit zurück. Da die Lords die Safe-Häuser nicht kennen, sind wir hier am sichersten. Das Clubhaus wird das erste Ziel sein, wo sie uns angreifen. »Soll ich dir noch ein paar Männer zum Schutz schicken?«, fragt Gram.

»Ja, das wäre nett und schicke Heather mit, so können die beiden Mädels sich zusammen beschäftigen.« Ich kann mir vorstellen, dass es für Faith ziemlich langweilig ist, nur hier im Haus zu hocken. Denn es gibt hier nicht viel, womit man sich beschäftigen kann. Na gut, es gibt einen Fernseher und Spielekonsolen, mehr aber auch nicht.

»Ich werde Crown Bescheid geben.« Gram und ich verabschieden uns und legen auf.

Die Jungs haben das Gespräch zwischen mir und Gram nur einseitig mitbekommen und sehen mich nun abwartend an.

»Es wird noch dauern, bis wir wieder ins Clubhaus ziehen«, teile ich ihnen mit.

»Wie lange denn?«, fragt auf einmal eine Stimme von der Tür aus. Ich drehe mich zu meiner kleinen Frozen um und lächle sie zärtlich an.

»Na Kleine, gut geschlafen?« Das ‚geschlafen' setzt Hater in Anführungszeichen. Faith verdreht ihre hübschen eisblauen Augen, als sie versteht, was Hater in Wirklichkeit meint.

»Anscheinend besser als du, Lover Boy.« Pitt, Gun, Saint und ich fangen schallend an zu lachen. Pitt fällt fast vom Sofa und ich kann mich gerade noch so auf den Beinen halten.

»Lover Boy?«, frage ich zwischen den Lachsalven. Wenn Blicke töten könnten, würde ich auf der Stelle tot umfallen.

»Oh Hel, der Name ist gut«, quetscht Pitt gerade so raus, bevor er wieder anfängt zu lachen.

»Danke Zwerg, jetzt werde ich den Namen nie wieder los.« Und damit wird er recht behalten. So eine Plaudertasche wie Pitt ist, wird es spätestens morgen jeder im Club wissen. Langsam beruhigen wir uns. Mein Bauch schmerzt vom Lachen.

Faith geht an mir vorbei zum letzten freien Platz und lässt sich darauf fallen. Großartig und wo sitze ich jetzt? Kurzerhand beschließe ich, dass es mein Platz ist, also gehe ich zu ihr, hebe sie hoch, was sie aufkreischen lässt, setze mich auf den Platz und sie auf meinen Schoß. Verwundert über meine Geste, sieht Hater mich mit demselben merkwürdigen Blick, wie Pitt vorhin, an. Warum gucken sie mich so seltsam an? Ich habe doch nichts Verbotenes getan, sondern Faith nur auf den Schoß genommen. Oder liegt es genau daran, weil ich sonst nie jemanden einfach so auf den Schoß nehme? Saint will etwas sagen, weiß aber nicht wie er es sagen soll.

»Hau raus, Kleiner, was willst du wissen?«, frage ich ihn und bereue dieses in dem Moment, als er seine Frage stellt.

»Seid ihr jetzt ein Paar oder so was? Oder ist sie immer noch nur dein Besitz, mit dem du machen kannst, was du willst?«

Peach

Zur selben Zeit

Seit Gram mich vom Clubgelände verwiesen hat, wandere ich von einer Party zur nächsten. Immer wieder auf der Suche nach einem neuen Club, bei dem ich bleiben darf. Bis jetzt haben mich die Schlampen gleich wieder vergrault, weil sie Angst hatten, dass ich ihnen die Männer wegschnappe.

Vor einem großen Lagerhaus bleibe ich stehen. Hier soll wirklich eine Party steigen? Skeptisch sehe ich mich um. Von Musik ist nichts zu hören und von Partywütigen ist auch weit und breit nichts zu sehen.

Vorsichtig gehe ich zur Tür und horche daran. Zwar ist immer noch nichts zu hören, aber die Tür vibriert. Ein gutes Zeichen, das heißt, die Halle ist gut isoliert und es steigt hier wirklich eine Party.

Entschlossen hämmere ich gegen die Tür. Nach ein paar Sekunden wird sie von einem finster aussehenden schwarzen Mann geöffnet, der mich von unten bis oben mustert. Bei seinem durchdringenden Blick komme ich mir, in meinem Minirock und dem bauchfreien Top, ziemlich nackt vor. Als er bei meinem Kopf angekommen ist, nickt er und tritt beiseite. Fragend sehe ich ihn an. Was soll mir das sagen? Darf ich eintreten oder nicht?

»Wolltest du dort Wurzeln schlagen oder endlich reinkommen?«, fragt er brummig. Aufrecht und mit geradem Rücken stolziere ich auf meinen zwölf Zentimeter High

Heels an ihm vorbei in den kleinen Raum. Er schließt die Tür hinter uns und öffnet danach die vor mir. Sofort werde ich von verschwitzter Luft und lauter Musik erschlagen. Erstaunlich, wie gut die Halle wirklich isoliert ist. Hier drinnen kann man nicht mal mehr sein eigenes Wort verstehen.

Der Türsteher nickt mir zu, schiebt mich rein und schließt hinter mir die Tür. Ich verschaffe mir einen Überblick, bevor ich zur Bar laufe. Überall sind Männer und Frauen, die eng umschlungen miteinander tanzen. Bei einigen kann man es schon nicht mehr tanzen nennen. Die Stimmung, die hier herrscht, steckt an und so wippe ich mit meinem Fuß, während ich darauf warte, dass ich bedient werde.

Mit einem Cocktail in der Hand gehe ich zur Tanzfläche. Dort suche ich mir ein freies Plätzchen und gebe mich der Musik hin. Es dauert nicht lange und ich bin von Männern umgeben, die mich antanzen. Es schmeichelt mir sehr. Bei den Sons musste ich die ganze Arbeit machen, was sie nicht einmal zu schätzen wussten.

Ich fange an, meine Hüften aufreizender zu wiegen, was auch augenblicklich funktioniert. Einer der Kerle drückt sich von hinten an mich und reibt seine Mitte an mir. Die Musik schwingt von Hip-Hop auf lateinamerikanische Musik um. Mit sinnlichen Bewegungen verführe ich den Kerl. Er zieht meinen Kopf nach hinten, sodass ich meinen Rücken durchdrücken muss, und flüstert mir ins Ohr: »Heute Nacht gehörst du ganz mir.«

Vorfreude wallt in mir auf und mein Körper erschauert. Ich werde für heute nicht nur einen Schlafplatz besitzen, nein, ich werde auch noch heißen Sex mit Mister unbekannt haben. Bei meiner Reaktion entfährt ihm ein tiefes Lachen.

Ich drehe mich in seinem Arm um und bin im ersten Moment geschockt. Mein Blick fällt genau auf das Clubpatch auf seiner Kutte. Heilige Scheiße, er gehört zu dem Angel Lord MC. Jetzt erst realisiere ich, dass fast nur dunkelhäutige Männer in der Halle sind. Schnell versuche ich meine Angst vor ihm zu verstecken, was aber nicht ganz funktioniert. Sein Grinsen wird breiter.

»Genau, Püppchen, hab ruhig Angst vor mir, das macht mich nur noch schärfer auf dich.« Er drückt mich näher an sich und lässt seine Lippen auf meine sinken. Gierig teilt er meine Lippen mit seiner Zunge, unsere Zungen treffen aufeinander und fechten ein Duell aus. Jeder will der Stärkere sein. Lust wallt in mir auf und vertreibt die Angst. Seine Hand wandert meinen Oberschenkel hinauf und verschwindet unter meinem Minirock. Er stockt in der Bewegung, als er bemerkt, dass ich kein Höschen darunter anhabe.

»Dreckiges Luder«, lacht er in den Kuss und fährt mit seinen Fingern zu meiner Spalte. Mit dem Daumen reibt er über meinen Kitzler und taucht gleichzeitig mit zwei Fingern in mich hinein. Ich stöhne in seinen Mund und vergesse ganz, dass ich mich mitten in einer Halle voller Menschen befinde. Unerbittlich fingert der Kerl mich weiter, bis ich kurz vor dem Höhepunkt bin. Er zieht seine Finger aus mir, beendet den Kuss, leckt seine Finger ab und sieht mir tief in die Augen.

»Mhmm«, brummt er. Auf der Stelle könnte ich bei dem Geräusch kommen, halte den Orgasmus aber zurück. Er packt mich an den Hüften, hebt mich hoch und trägt mich aus der Menge raus.

Er drückt mich an eine Wand und fängt wieder an mich stürmisch zu küssen. Mit einer Hand fummelt er an seiner Hose. Er lässt von meinem Mund ab, nur um mit den

Zähnen die Folie vom Kondom aufzureißen. Mit geschickten Fingern rollt er es über seinen stattlichen Schwanz und rammt diesen ohne Vorwarnung in meine Pussy. Ich schreie laut auf und versuche den Schmerz weg zu atmen. Da soll noch einmal jemand sagen, wir Clubschlampen sind da unten ausgeleiert. Erbarmungslos fickt er mich weiter. Der Schmerz von eben verwandelt sich in pure Lust. Unser beider Atem wird schneller. Schweiß benetzt unsere Haut und unsere Zungenschläge werden ungestümer. Ich kann den Orgasmus nicht mehr länger zurückhalten und schreie meine Lust ohrenbetäubend heraus. Der Angel Lord folgt mir und beißt fest in den Übergang von meinem Hals und Schulter.

»Du wirst jetzt mir gehören und jeder wird es sehen«, sagt er mit einem unheimlichen Lächeln im Gesicht. Er steckt immer noch bis zu den Eiern in mir, als er von einem anderen Lord gerufen wird.

»Samuel, das musst du dringend sehen.« Scharf ziehe ich die Luft ein.

»Samuel, wie *Samuel der Anführer des Angel Lords MC´s*?«, frage ich mit piepsiger Stimme.

»Genau der bin ich, Püppchen.« Ich zucke zusammen, als sein Schwanz aus mir gleitet, was ihm ein wissendes Grinsen entlockt. Er stellt mich auf den Boden ab, zieht seine Hose hoch und ist im Begriff, zu dem anderen Lord zu gehen, dreht sich aber noch mal zu mir, drückt mir einen Kuss auf den Mund, streichelt über die Bisswunde und sagt: »Denk dran, du gehörst ab jetzt mir, kleine Sons Schlampe« und geht. Mir weicht alle Farbe aus dem Gesicht. Geschockt sehe ich ihm hinterher und kann mich nicht bewegen. Woher weiß er, dass ich eine Clubschlampe der Sons war?

Und die wichtigere Frage ist, was wird er jetzt mit mir machen? Was hat er mit mir vor?

Seine Worte ‘Denk dran, du gehörst ab jetzt mir’ hallen in meinen Ohren nach. Panisch sehe ich mich nach einem Notausgang um, finde aber keinen. Zwei Lords beobachten mich und meine Bewegungen. Plötzlich sagt der eine: »Du wirst nicht vor ihm fliehen können.«

Kapitel

Faith

Als Saint vor acht Tagen die Frage aller Fragen stellte, konnte ich nicht anders, als den Raum zu verlassen. Viel zu groß war meine Angst vor der Antwort. Ich wollte nicht, dass er meine Hoffnungen und Träume vernichtet. Nachdem er mir erst ein paar Stunden vorher gesagt hat, dass ich für ihn keine Schlampe sei, keimte die Hoffnung auf, dass wir mehr sein könnten. Können wir wirklich eine Familie werden? Wird er sich genauso auf das Jelly Bean freuen wie ich?

»Faith, wo bist du nur wieder mit deinen Gedanken?«, fragt Heather mich, als wir allein in der Küche sind.

Die beiden Prospects sitzen im Wohnzimmer und Tyr, Pitt, Crown und Hater sind auf den Weg zum Clubhaus. Ich schüttele meinen Kopf hin und her, um die Gedanken loszuwerden.

»Sorry, was hast du gesagt?«, frage ich sie, nachdem ich gedanklich wieder in der Gegenwart angekommen bin.

»Ich habe gefragt, wo du wieder mit deinen Gedanken bist. Seitdem Crown und ich hierhergekommen sind, bist du ständig in Gedanken.« Einen Tag, nachdem Tyr mit Gram telefoniert hat, sind Heather und Crown mit Sack und Pack zum Haus gekommen. Ich habe mich tierisch darüber gefreut, endlich nicht mehr die einzige Frau hier zu sein und jemanden zum Reden zu haben. Und genau das habe ich jetzt mit Heather vor. Ich will mit ihr über meine Diagnose von Butcher reden.

»Du, Heather, es gibt da etwas, das ich dir sagen muss«, fange ich das Gespräch schüchtern an. Sie sieht mich abwartend an.

»Du musst mir nur versprechen, niemanden, auch nicht Crown, davon zu erzählen. «

»Ach komm schon, Faith, du weißt, dass Crown und ich keine Geheimnisse voreinander haben.«

»Aber diesmal musst du es wirklich für dich behalten.«

»Okay.« Heather verdreht bei dem Wort die Augen.

»Du musst es mir hoch und heilig versprechen.«

»Ja doch, ich verspreche es dir hoch und heilig, und jetzt schieß los.« Kurz warte ich noch ab. Weiß nicht wo ich beginnen soll oder wie ich es ihr am besten sage. Kurz und schmerzlos? Oder langsam herantasten?

»Du weißt doch noch, dass ich die letzten Wochen eine Grippe hatte?«, frage ich, um sicherzugehen, ob sie sich daran erinnert.

»Klar, ist ja noch nicht ganz so lange her.«

»Also, wie soll ich es sagen …« Ich atme einmal tief durch. »Butcher war ja hier und hat mich untersucht, dabei hat er festgestellt, dass ich schwanger bin«, platzt der letzte Satz nur so aus mir heraus. Man sieht Heather genau an, wann die Information in ihrem Hirn ankommt. Ihre Augen werden immer größer, ich habe schon Angst, dass sie gleich rausfallen, da fängt sie an, unnatürlich oft zu blinzeln. Ihre Kinnlade fällt runter. Sie sieht mich gefühlte Stunden so an und sagt nichts.

»Ähm, Heather … Hast du verstanden, was ich gesagt habe?« Wieder kommt keine Reaktion von ihr. Ich wedle mit meiner Hand vor ihrem Gesicht und endlich kommt wieder Leben in sie. Ihr Blick geht runter, trifft aber nicht auf meinen Bauch, da der Tisch im Weg ist.

»Schwanger, wie *du hast ein lebendiges Wesen in deinem Bauch*?«, krächzt sie.

»Ja, was heißt denn sonst ›Ich bin schwanger‹?«, fahre ich sie an. Ich habe mit einer ganz anderen Reaktion von ihr gerechnet und genau das macht mich gerade wütend. Wie kann es sein, dass sie sich nicht für mich freut? Freuen sich Freundinnen nicht darüber, wenn die Freundin schwanger ist?

»Ist Tyr der Vater?«, fragt sie leise, so als würde einer der Jungs sie sonst hören. Ich nicke, woraufhin sie erleichtert ausatmet.

»Oh heilige Hel, ich hatte schon Angst, dass es nicht von ihm ist.« Sie sieht mich wieder an und schlägt sich dann an die Stirn.

»Fuck, Faith, du bist schwanger. Ich werde Tante«, kreischt sie, was ich sofort mit einem »Psst, nicht so laut« quittiere. Auf einmal springt sie von ihrem Stuhl hoch, wirft ihn dabei um und kommt zu mir, um mich stürmisch in den Arm zu nehmen.

»Oh, ich freue mich so für euch. Wie weit bist du denn?« Überrumpelt und verwirrt erwidere ich die Umarmung.

»Ich wollte dich nicht erschrecken, aber die Info, dass du schwanger bist, hat mich wie ein Vorschlaghammer getroffen. Sei mir nicht böse, dass ich meine Freude darüber nicht sofort gezeigt habe.« Entschuldigt sie sich für ihr Verhalten. Ich kann sie ja irgendwie verstehen, wer rechnet auch damit, dass die Freundin, die keinen Partner hat, ein Baby bekommt.

»Ich bin in der siebten Schwangerschaftswoche, also noch ganz am Anfang.« Stolz ziehe ich das kleine Ultraschallfoto aus meiner Hosentasche. Ohne das Bild gehe ich nicht mehr aus dem Zimmer. Heather schnappt es sich und betrachtet es. Als sie das kleine Jelly Bean gefunden hat, strahlt sie über das ganze Gesicht.

»Und dieses kleine Ding ist wirklich in dir?«, fragt sie ganz aufgeregt.

»Ja, Wahnsinn, oder? Als Butcher mir das bei der Untersuchung gezeigt hat, wollte ich es kaum glauben, aber es ist wirklich wahr. Ich werde Mutter.« Ihre Emotionen sind ansteckend und so bin ich genauso aufgeregt wie sie.

»Du musst mir alles erzählen. Wie kamt ihr auf die Idee, dass du schwanger sein könntest? Wie hat Tyr reagiert, als du es ihm gesagt hast, und wie wollt ihr weiter verfahren? Ich meine Tyr ist ein Nomad, wollen du und das Baby mit durch die USA reisen oder bleibt ihr hier und er kommt euch besuchen?«, sprudeln die Fragen nur so aus Heather raus.

»Butcher hat mir erst ein paar Fragen gestellt und anschließend einen Schwangerschaftstest in die Hand gegeben. Er wollte nur auf Nummer sicher gehen, dass ich auch wirklich nicht schwanger bin. Aber das hat ja nicht geklappt, mit dem nicht schwanger sein«, scherze ich. Die Frage, wie Tyr reagiert hat, ignoriere ich bewusst, denn ich weiß nicht, wie ich es ihr am besten sagen soll, dass er noch nichts von dem Baby weiß. Mit meiner Hand wandere ich auf meinen Bauch. Das Gefühl zu wissen, dass da drin ein Leben heranwächst, ist erschreckend, aber ebenso auch faszinierend.

»Und wie hat Tyr darauf reagiert, als du es ihm gesagt hast?«, stellt sie noch einmal die Frage, auf die sie keine Antwort bekommen hat. Mist, wieso muss ihr das auch auffallen. Verzweifelt überlege ich, wie ich es ihr am besten beichten kann. Wie war das noch? Kurz und schmerzlos.

»Er weiß es noch nicht.« Heather verschluckt sich an dem Schluck Kaffee, den sie gerade genommen hat.

»Wie, er weiß es nicht?«

»Nun ja, ich habe es ihm noch nicht gesagt«, gestehe ich kleinlaut.

»Du musst es ihm sagen, Faith. Er hat ein Anrecht darauf, zu erfahren, dass er Vater wird«, sagt sie streng.

»Ich weiß, dass ich das muss, aber jetzt noch nicht. Es kann noch so viel in den ersten drei Monaten passieren, da ist es besser, wenn er noch nichts von dem kleinen Jelly Bean erfährt. Und es kommt noch dazu, dass ich nicht einmal weiß, ob wir ein Paar sind.« Tyr und ich sind uns zwar in den letzten Tagen sehr nahegekommen, aber bedeutet das, dass wir zusammen sind? Ich nehme mir vor, mit ihm darüber zu sprechen, was wir denn nun füreinander sind.

»Okay, da hast du auch wieder recht, aber versprich mir, dass du in naher Zukunft mit ihm redest.«

»Werde ich. Versprochen, schließlich will ich es ihm ja nicht komplett vorenthalten.«

»Wenn du Hilfe bei was auch immer brauchst, sag Bescheid.

»Danke, ich werde drauf zurückkommen.« Heather und ich sitzen noch eine Zeit lang in der Küche und unterhalten uns über Hel und die Welt. Irgendwann verabschieden wir uns voneinander und gehen in unsere Zimmer.

Es ist schon spät und Tyr, Pitt, Crown und Hater sind immer noch nicht wieder da. Wollten sie nicht nur ins Clubhaus fahren und nach dem Rechten sehen? So langsam mache ich mir Sorgen. Aber sollte etwas passiert sein, hätte einer der Jungs doch bestimmt Bescheid gesagt, oder?

Ich gehe ins Bad und mache mich bettfertig. Vor dem Spiegel sehe ich mir meinen Bauch genauer an. Bis jetzt ist noch keine Wölbung zu erkennen, stelle ich traurig fest. Erschöpft und müde klettere ich ins Bett, schalte den Fernseher ein und warte auf Tyr.

Meine Augen fallen immer wieder zu, aber ich kämpfe hartnäckig dagegen an, um Tyr noch eine gute Nacht wünschen zu können. Schließlich verliere ich doch den Kampf und schlafe ein.

***

Das Klingeln des Telefons weckt mich mitten in der Nacht. Ich will Tyr anstupsen, damit er runter geht, um den Anruf anzunehmen, aber die rechte Seite vom Bett ist leer. Wo ist Tyr? Wieder klingelt das Telefon und ich springe schnell aus dem Bett.

Unten im Wohnzimmer nehme ich das Telefon und hebe ab.

»Hallo?« Tyr und Pitt haben mir eingebläut, dass ich nie, wirklich niemals meinen richtigen Namen am Telefon sagen soll.

»Hey Kleine, du musst so schnell wie möglich zum Clubhaus kommen, Butcher braucht dringend deine Hilfe im OP.«

Tyr

Ein paar Stunden vorher

Crown, Pitt, Hater und ich machen uns im Untergrund auf den Weg zum Clubhaus, um dort nach dem Rechten zu schauen. Die beiden Prospects bleiben bei den Mädels, um auf sie aufzupassen. Weil niemand weiß, dass wir zurzeit im Safe-Haus wohnen, denke ich nicht das dort etwas passieren wird.

Beim Clubhaus herrscht bereits ein reges Treiben. Überall auf dem Gelände stehen die Member herum. Gram kommt auf uns zu.

»Gut, das ihr hier seid. Ich habe mir schon Sorgen gemacht, nachdem ich euch nicht erreicht habe.« Er macht eine kurze Pause und sieht sich um. »Gut, ich glaube, ihr wart die Letzten, die noch fehlten. Dann können wir ja anfangen.«

Wir vier Neuankömmlinge sehen uns verwirrt an. Was zur Hel ist hier los? Warum sind alle hier und womit können wir anfangen? Ich verstehe nur Bahnhof. Gram geht zum Tresen, klettert darauf und baut sich dort oben zu seiner vollen Größe auf. Lautstark räuspert er sich und fängt an zu sprechen, als die ganze Aufmerksamkeit ihm gehört.

»Gut. Da wir jetzt komplett sind, kann ich anfangen. Wie ich den meisten von euch schon am Telefon gesagt habe, hat Flame herausgefunden, wo sich die Angel Lords aufhalten. Sie sind dabei, schwere Geschütze aufzufahren, also müssen wir uns beeilen. Flame hat ebenfalls herausgefunden, dass gestern dort eine Party stattfand, also müssen wir uns beeilen und sie angreifen, solange sie geschwächt sind.« Die Menge jubelt.

Heilige Hel, Gram hat vor, sie jetzt anzugreifen? Ohne Besprechung oder einen Plan? Das kommt einem Selbstmordkommando sehr nahe. Ich laufe nach vorne zu Gram und warte, bis er zu mir runter schaut.

»Können wir uns mal kurz unterhalten?«, frage ich ihn angepisst, er nickt und springt vom Tresen. Gemeinsam laufen wir zur Kapelle und gehen hinein.

»Was ist los mit dir? Wie kannst du uns blindlings in einen Krieg schicken? Was ist, wenn es ein Hinterhalt ist?«, platzt es aus mir heraus, sobald die Tür hinter uns geschlossen ist. Mich wundert es auch, dass Flame Gram und nicht mir Bescheid gegeben hat. Ich bin sein verdammter Pres und nicht Gram. Es wird mal wieder Zeit zu zeigen, wer bei uns Nomads das Sagen hat.

»Glaubst du, das habe ich nicht in Betracht gezogen? Aber es ist unsere einzige Chance. Morgen schon können sie wieder woanders sein, wie du schmerzlich die letzten Wochen erfahren musstest. Wir nutzen einfach den Überraschungseffekt und hoffen, dass sie noch zu erschöpft von der Party gestern sind.« Es könnte zwar klappen, aber trotzdem ist mir mulmig zumute. Ich habe meine Jungs noch nie ohne einen Plan in den Krieg geschickt und wir haben schon wahrlich viele erlebt.

»Wie hast du den Angriff geplant?«, frage ich jetzt ganz im Pres-Modus.

»Wir fahren mit den Bikes hin, stellen sie in ausreichender Entfernung ab und greifen gemeinsam an.« Ich sehe ihn mit hochgezogener Augenbraue an.

»Ist das dein fucking Ernst? Das ist kein verfickter Plan«, donnere ich los. Seit wann ist Gram so leichtsinnig?

»Ich werde meine Jungs nicht in den Tod schicken.« Damit ist für mich das Gespräch beendet, für Gram anscheinend nicht, denn er hält mich fest.

»Was schlägst du denn vor? Sollen wir noch warten, damit sie wieder verschwunden sind oder sogar noch mehr an Waffen zugelegt haben?«

»Nein, aber es muss ein gescheiter Plan her, soviel Zeit muss sein, oder willst du deine Männer in den Tod schicken?« Er schüttelt den Kopf und kommt endlich zur Vernunft.

»Okay, lass uns einen Plan schmieden und danach die Lords fertig machen.« Ich nicke, gehe aus der Kapelle und hole Crown und Pitt. Gemeinsam gehen wir zu Gram in die Kapelle, um unsere Strategie zu besprechen.

***

Drei Stunden später ist es so weit. Die Sons of Hel Texas und die Nomads machen sich schwer bewaffnet auf den Weg zum Lager der Angel Lords. An einem Parkplatz in der Nähe der Lagerhalle stellen wir unsere Bikes ab. Den Rest bis zur Halle legen wir zu Fuß zurück.

Kurz vor dem Gebäude teilen wir uns in Gruppen auf und spähen aus. Gram, Crown, Hater, Pitt und ich sind in einer Gruppe. Jeder nimmt seine vorgesehene Position ein.

Gemeinsam greifen alle Gruppen von allen Seiten gleichzeitig an. Wir fünf sind an der Spitze und treten die Tür auf der Vorderseite ein. Mit dem Maschinengewehr im Anschlag treten wir nach und nach ein. Erneut stehen wir vor einer Tür und auch diese ist schnell auf dieselbe Art geöffnet. Hater ist der erste, der in die Halle stürmt. Danach folgen Gram, Crown und ich. Pitt bleibt bei der Tür stehen und hält Ausschau nach eventuellen Angreifern. Wir ducken uns hinter einer Sitzbankgarnitur, wie man sie von einem Diner kennt, und lauschen.

Es passiert nichts, niemand ist zu hören. Enttäuschung macht sich in mir breit. Ich stehe auf und will mich im Raum umsehen, als plötzlich eine Tür aufgeht. Schnell hebe ich mein Maschinengewehr hoch und ziele auf die Tür. Ein Member von Gram betritt die Halle und gibt eine super Zielscheibe für mich ab. Er hat noch nicht einmal bemerkt, dass noch jemand im Raum ist. Ich pfeife und er dreht sich erschrocken in meine Richtung. Dabei hat er ganz vergessen, seine Waffe zu heben. Wäre ich ein Feind gewesen, wäre es ein Leichtes für mich gewesen, ihn zu töten. Er und seine Gruppe kommen zu uns.

»Wolltest du sterben oder wieso hast du wie ein falscher Fünfziger in der Tür gestanden?«, frage ich ihn angepisst. Er sieht mich nur ausdruckslos an und zuckt mit seinen Schultern.

»Sei froh, dass ich nicht sofort geschossen habe, sonst wärst du jetzt bei Hel in der Unterwelt.« Ich drehe mich von dem Schwachmaten weg, bevor ich noch wegen seiner Dummheit explodiere. Eine Tür im oberen Bereich öffnet sich, zuerst ist nur die Mündung eines Maschinengewehrs zu sehen, sicherheitshalber gehe ich in Deckung. Wer weiß, wer dort in der Tür steht. Dann ist ein kurzer Pfeifton zu hören.

Beruhigt gehe ich wieder aus der Deckung. Wir Nomads haben unsere Zeichen, um uns in solchen Situationen bemerkbar zu machen, schließlich ist es nicht unser erster Angriff.

Hades, Terror und Rage treten durch die Tür. Ihre Waffen haben sie locker runter hängen. Hades, mein Vize, kommt runter zu mir und fragt, was sie als Nächstes machen sollen. Auf dem Weg von ihrer Position bis zu der jetzigen sind sie keinem Lord begegnet.

»Wir warten auf die anderen Member vom Texas Chapter«, befehle ich. Gemütlich setze ich mich zu den anderen auf die Sitzbank. Nach und nach trudeln die Member ein. Pitt hat mittlerweile mit einem anderen die Position getauscht, so muss er nicht mehr an der Tür stehen. Bei dem ganzen Chaos habe ich ganz vergessen, nach Flame zu fragen. Das hole ich jetzt nach und frage Gram.

»Er sagte, er will die Lords im Auge behalten, bis wir da sind und danach zu uns stoßen.« Gut, Flame weiß, was er macht, aber wieso ist er denn noch nicht hier? Wenn er die Lords im Auge behalten wollte, müsste er doch in der Nähe sein und sich bemerkbar gemacht haben. Mir kommt ein Gedanke. Was ist, wenn Flame nicht hier ist, weil die Lords auch nicht hier sind? Ich will zu Gram laufen, als ich das Zuschlagen einer Autotür höre. Fuck! Wir sitzen in der Klemme.

Ich bahne mir einen Weg zu Gram, unterbreche ihn in seinem Gespräch und äußere meine Bedenken, dass die Lords nicht hier drinnen, sondern vor der Tür sind. Das Handy von Gram klingelt in seiner Hosentasche. Gram holt es heraus. Der Name von Flame steht auf dem Display. Gram nimmt den Anruf entgegen und stellt auf Lautsprecher, damit ich mithören kann.

»Bitte sagt mir, dass ihr nicht in der Halle seid«, fleht Flame auch so gleich, ohne darauf zu warten das Gram was zur Begrüßung sagt.

»Negativ, wir sind alle in der Halle versammelt«, sage ich statt Gram.

»Fuck! Fuck! FUUUCK! Ihr müsst da so schnell wie möglich raus, die Lords stehen vor der Tür.« Um Beherrschung bemüht, schließe ich meine Augen und atme mehrmals tief durch. Meine schlimmsten Befürchtungen haben sich soeben bewahrheitet. Die Lords haben uns in die Falle gelockt.

»Wir versuchen es!« Entschlossenheit schwingt in Grams Stimme, während er das sagt. Ich schultere mein Maschinengewehr und überprüfe meine beiden SIG Sauer, die ich im Hosenbund stecken habe. Sie sind geladen und bereit, abgefeuert zu werden.

Draußen vor der Tür ist ein lauter Tumult zu hören. Alle Sons und ich meine wirklich alle Sons in der Halle suchen Schutz vor dem, was gleich als Nächstes kommen wird. Der Schuss, der ertönt, war zu erwarten. Hades und meine Gruppe haben Schutz hinter dem Tresen gesucht. Vollgepumpt mit Adrenalin und voller Anspannung warten wir, dass die Lords in die Halle kommen.

Vorsichtig ziehe ich mein Gewehr von den Schultern und positioniere es so, dass ich sofort schießen kann, wenn ich aufstehe. Mehrere Stimmen sind nun unmittelbar vor der Tür der Halle zu hören und jeden Moment müssten die Angel Lords den Raum betreten. Ich zähle mit meinen Fingern von fünf runter.

Als alle Finger runter sind, stehen wir Nomads synchron auf und schießen auf die Lords, die in der Tür stehen. Mir ist bewusst, dass die anderen Lords jetzt wissen, dass wir definitiv noch in der Halle sind. Dass wir hier waren, beziehungsweise sein könnten, haben sie bestimmt schon an Hand der aufgebrochenen Türen gesehen.

Mehrere Fußtritte sind zu hören und danach folgen die Schussgeräusche. Chaos bricht aus. Von beiden Seiten wird heftig gefeuert. Immer wieder ziele, schieße und ducke ich mich. Befehle werden durch den Raum geschrien und immer wieder schreit einer vor Schmerzen auf, wenn er getroffen wurde.

Die Munition im Magazin neigt sich dem Ende zu. Ich lasse mich auf den Boden sinken, nehme ein neues Magazin von meinem Gürtel und wechsle es im Gewehr aus. Das Spiel fängt von vorne an, zielen, schießen, ducken und das immer und immer wieder. Irgendwann ist auch das zweite Magazin leer und ich steige auf meine SIG Sauer um. Die Schussgeräusche werden weniger, bis sie gänzlich aufhören.

Crown, Pitt, Hater und ich verlassen unsere Deckung und sehen uns im Raum um. Überall liegen Tote oder Verwundete auf dem Boden. Mit vorsichtigen Schritten schleichen wir uns zu der anderen Ecke des Raumes. Wir müssen unbedingt eine Tür finden, durch die wir verschwinden können, bevor neue Lords auf dem Gelände ankommen. Ich kann mir gut vorstellen, dass wir noch nicht das Vergnügen mit der gesamten Brut hatten.

An der ersten Tür angekommen, spähe ich raus. Ich kann nichts Ungewöhnliches feststellen, also trete ich nach draußen. Ein Fehler, sofort wird auf mich geschossen. Gerade so eben schaffe ich es, mich hinter der Wand zu verstecken. Fuck, wir sind in einer Sackgasse. Wie die Mäuse in der Falle klappern wir eine Tür nach der anderen ab, aber die Lords haben vor jeder Tür mindestens einen Schützen positioniert.

»Fuck«, schreie ich in den Raum hinein. Das kann doch nicht wahr sein. Irgendwie müssen wir doch hier rauskommen. Draußen vor der Tür sind wieder Schüsse zu hören. Wem gelten die jetzt? Dann plötzlich Stille. Vorsichtig öffne ich den Durchgang und sehe Flame wie er von einer Hecke zur nächsten huscht und einen Lord nach dem anderen die Kehle aufschneidet. Erleichterung macht sich in mir breit.

Mit Handzeichen signalisiere ich, dass diese Tür sicher ist. Nach und nach lassen wir die Gruppen raus. Hades und meine Gruppe sichern den Weg nach vorne ab und damit sind wir die letzten, die rausgehen werden. Zu sehr nach vorne fokussiert achten wir nicht darauf was hinter uns passiert. Der zweite große Fehler am heutigen Tag.

Von hinten sind Schritte zu hören. Ruckartig drehen wir uns um. Fuck, es sind mindestens zwanzig Lords, das heißt für jeden mindestens zwei. Ich zücke meine beiden SIG Sauer und drücke ab. Die beiden Lords, auf die ich gezielt habe, weichen aus und gehen in Deckung.

Fuck, ich habe keine Munition mehr. Schnell ziehe ich mein Messer aus dem Gürtel und schleiche so leise wie möglich zu der Deckung der beiden Lords. Ich warte ein Augenblick und lehne mich dann über die Sitzbank. Die Lords bemerken mich erst, als ich, dem erstbesten von den beiden, mein Messer in den Hals ramme. Sofort spritzt Blut aus der Wunde. Der andere Lord schreit erschrocken auf, hebt seine Waffe und versucht mich damit zu erschießen. Schnell lasse ich mich unter den Tisch auf den Boden fallen und warte, bis seine Schusssalve aufhört.

Langsam und auf der Hut, krieche ich unter dem Tisch hervor und um die Sitzbank herum. Das Röcheln des sterbenden Lords ist überdeutlich zu hören, während der andere Lord vergeblich versucht, seinem Bruder die Wunde mit einem Stück Tuch abzudrücken. Es ist zwecklos. Ich krieche näher an ihn heran und bevor er realisiert, was mit ihm geschieht, lasse ich meine Klinge über seinen Hals fahren. Ein Schwall Blut läuft heraus und er sackt in sich zusammen. Dem anderem steche ich mein Messer ins Herz und beende so sein Leiden.

Ich stehe auf und sehe mich nach weiteren Feinden um, aber die anderen haben sie schon erledigt. In dem Moment sehe ich, wie ein scheinbar doch nicht toter Lord zielt und ein Schuss abfeuert. Der Schuss hallt in der nun stillen Halle nach. Der Schrei, der darauf folgt, reißt mir die Eingeweide aus dem Körper und lässt mein Blut in den Adern zu Eis gefrieren.

Kapitel 11

Faith

Der Anruf ist noch keine fünf Minuten her als Gun, Saint - die ebenfalls im Safe-Haus geblieben sind -, Heather und ich uns auf den Weg zum Clubhaus machen. Wie gehetzt rennen wir durch die Tunnel unter der Erde. Verdammt, wieso haben wir auch kein Bike am Safe-Haus stehen? Nicht mal bei der Hälfte angekommen, sind Heather und ich schon aus der Puste. Erbarmungslos treiben uns die beiden Prospects immer weiter in das Tunnellabyrinth.

Kurz vor dem Zusammenbruch, aufgrund von Sauerstoffmangel, kommen wir endlich beim Clubhaus an. Gun gibt den Code ein, der mir am Telefon noch gesagt wurde, und öffnet die Tür einen Spalt. Vorsichtig und mit gezogener Waffe tritt er durch diese. Saint steht hinter Heather und mir und sichert uns vor eventuellen Gefahren von hinten. Die kleine Verschnaufpause tut gut und lindert die Seitenstiche ein wenig.

Erst als Gun ein Zeichen gibt, dass alles sauber ist, schiebt Saint uns durch die Tür und schließt diese hinter uns. Mit der Hektik, die hier im Clubhaus herrscht, habe ich nicht gerechnet. Überall stehen Member rum, einige sind verletzt, andere sind unversehrt geblieben. Was zur Hölle ist geschehen? Wieso sind sie verletzt? Und wo zum Henker ist Tyr? Ich sehe mich im Raum um, kann ihn aber nirgends entdecken. Heather neben mir tut es mir gleich und sucht den Raum nach ihrem Mann ab. Gram sieht uns sofort und kommt auf uns zu.

»Endlich, Butcher wartet schon auf dich«, sagt er und zieht mich am Ellenbogen mit sich.

»Wo ist Tyr?«, frage ich ihn, aber er antwortet nicht auf meine Frage. Ist er derjenige, der schwer verletzt ist? Vor dem Raum, der das letzte Mal auch schon als OP-Saal gedient hat, lässt er mich los und sieht mich ernst an.

»Es ist Tyr, der da drin liegt, stimmts?«, frage ich mit leiser Stimme.

»Ganz egal, was du da drinnen siehst, gib dein bestes und hilf Butcher«, ist das Einzige, was Gram sagt, als er die Tür einen Spalt öffnet und mich in den Raum schiebt.

Im Raum sehe ich mich nicht groß um, ich weiß noch vom letzten Mal, wo alles steht, und begebe mich sofort zum Waschbecken, um meine Hände zu waschen und zu desinfizieren. Routiniert vollziehe ich die Prozedur, ziehe mir Handschuhe an und gehe zu Butcher an den Tisch.

Butcher hat den schwer verletzten Member schon vorbereitet. Der Kopf sowie der restliche Körper bis auf die betroffene Körperregion sind mit einem Laken bedeckt. Der Member auf dem Tisch hat eine Schusswunde im Bauchraum und so wie es aussieht, hat Butcher vergeblich versucht, die Blutung zu stillen. Butcher sieht zu mir hoch und seufzt erleichtert.

»Wir müssen schnellstmöglich herausfinden, was alles verletzt wurde.« Sein neutraler Ton, so als würde kein Freund vor ihm auf dem Tisch liegen, verwirrt mich ein wenig. Wie schafft er das? Er sieht mich durchdringend an.

»Egal ob es ein Freund ist oder nicht, dem Patienten auf dem Tisch gehört unsere volle Aufmerksamkeit, also schalte deine Gefühle aus und mach deine Arbeit.« Butcher hat recht, dieser Member, egal wer er ist, hat es verdient, dass wir uns konzentrieren.

Jetzt voll im Arbeitsmodus, gehe ich ihm zur Hand. Reiche ihm das Skalpell, mit dem er die einzelnen Hautschichten und das Fettgewebe im Bauchraum durchtrennt. Mit den von mir gereichten Haken spreizt er den Schnitt, sodass wir eine bessere Einsicht ins Innere haben, ebenfalls halten die Haken die Rippen.

Mit einem Sauger und Bauchtüchern versuche ich das Blut zu entfernen, aber es kommt wieder neues. Butcher ist währenddessen dabei, die Ausmaße der Verletzungen zu analysieren. Mit höchster Konzentration sucht er ein Organ und Gefäß nach dem anderen nach einer Verletzung ab.

Muskeln und kleinere Blutgefäße sind von der Kugel durchtrennt worden. Bei der Leber entdeckt er an einem Lappen eine Öffnung, an der eine Menge Blut austritt. Froh darüber, endlich die Quelle des stetig austretenden Blutes gefunden zu haben sieht er mich an, bevor er sich daran macht, die verletzten Gewebe und Gefäße zu schließen.

Wir sind gerade damit fertig, als laute Schreie ertönen. Panisch sehe ich zu Butcher. Was ist da draußen los? Wieso schreien sie?

»Faith, schließ so schnell wie möglich die Tür«, befiehlt er mir. Ich komme seinem Befehl nach. Ziehe nicht mal meine blutverschmierten Handschuhe aus, bevor ich den Schlüssel im Schloss umdrehe. Ein Schuss ist zu hören und ich zucke zusammen.

»Faith, komm wieder her, ich brauche dich«, schreit Butcher zu mir rüber. Jetzt erst bemerke ich, wie die Maschinen Alarm schlagen und unkontrolliert piepen. Schnell mache ich mich wieder steril und laufe zu Butcher. Der ist dabei dem Patienten etwas in den Zugang zu spritzen. Kurz warten wir ab, aber die Werte verbessern sich nicht, werden eher noch schlimmer. Der Herzschlag wird unkontrollierter, bis nur noch ein lang gezogenes Piepen zu hören ist. Sofort reiße ich die Tücher vom Oberkörper und Kopf, um eine Reanimation durchzuführen, stocke aber in der Bewegung.

Vor mir liegt der Mann meiner besten Freundin und ist dabei zu sterben. Butcher schiebt mich zur Seite, legt seine Hände übereinander auf die Mitte des Brustkorbs und führt die Herzmassage durch. Wie geschockt stehe ich daneben, weiß nicht was ich tun soll, wie weggeblasen ist meine Ausbildung.

»Faith, ganz egal wer jetzt hier vor dir liegt, nimm den Ambubeutel und beatme den Patienten«, schreit Butcher mich an und holt mich so aus der Schockstarre. Mit zittrigen Fingern nehme ich den Beatmungsschlauch ab und stecke den Ambubeutel auf das Mundstück. Mit gleichmäßigem und ruhigem Druck auf dem Ambubeutel pumpe ich die Luft in seine Lungen.

Butcher hört mit der Herzmassage auf, nimmt den Defibrillator, den er vorher zum Laden eingeschaltet hat, sagt »Weg vom Tisch« bevor er die Paddles auf die richtigen Stellen setzt und den Elektroschock freigibt. Ein Ruck geht durch Crowns Körper. Butcher wartet kurz ab und sieht auf den Monitor, das Piepen hält aber an.

Ich nehme meine Arbeit wieder auf und beatme Crown weiter. Als der Defi erneut aufgeladen ist, lasse ich den

Ambubeutel los und trete vom Tisch zurück. Butcher setzt die Paddles an und entlädt den Schock. Wie eben schon geht ein Ruck durch Crowns Körper, bevor er ebenso bewegungslos liegt, wie vor dem Schock. Gespannt sehen wir auf den Monitor.

»Verdammt Crown, tu mir den Scheiß nicht an, denke nur mal daran, was Heather mit mir anstellen wird, wenn ich sage, dass du es nicht geschafft hast«, schreit Butcher seine Verzweiflung raus. Es ist das erste Mal, das er, während der OP Emotionen zeigt.

Gerade als wir die Hoffnung aufgeben, bewegt sich etwas auf dem Monitor. Die gerade Linie wird wieder unregelmäßig und der durchgehende Piepton wird zu einem unregelmäßigen Piepen. Tränen der Freude bilden sich in meinen Augen, die ich sofort versuche zu unterdrücken.

»Danke, liebe Hel in der Unterwelt«, sagt Butcher leise.

Wir warten noch einen Moment, bis Crown auch wirklich wieder stabil ist, bevor wir uns daran machen, die verletzten kleineren Blutgefäße zu verschließen.

Wir sind am letzten Gefäß zugange, als etwas gegen unsere Tür knallt. Ich schrecke zusammen. Gerade noch so, bekomme ich die Schere im Flug aufgefangen, bevor sie in die Körperöffnung gefallen wäre und dort schlimmeres angerichtet hätte. Butcher sieht mich mahnend an.

»Sorry«, murmle ich und sehe ihn entschuldigend an. Ich bin es nicht gewohnt, unter solchen Umständen zu arbeiten. Dort wo ich bis jetzt im OP stand, war es immer mucksmäuschenstill.

Fertig mit dem letzten Gefäß gibt Butcher mir das Besteck wieder, fordert aber kein Neues an. Fragend halte ich ihm eine neue Nadel mit Faden hin. Er schüttelt den Kopf und sagt: »Willst du den Bauch schließen?« Ich nicke und mache mich an die Arbeit. Mit der Rundnadel dringe ich durch die Hautlappen und ziehe so den Faden durch. Mit der Klammer, Pinzette, Nadel und dem Faden schließe ich die Wunde mit einer Rückstichnaht. Stich für Stich achte ich darauf, es so wie im Lehrbuch zu machen. Anerkennend klopft Butcher mir auf die Schulter, als ich fertig bin, und klebt ein durchsichtiges Pflaster über die Naht.

»Jetzt nur noch verbinden und wir sind für heute fertig«, sage ich und mache mich daran die Utensilien zusammenzulegen.

»Ich hoffe, dass wir für heute fertig sind, aber so wie es sich vor der Tür anhört, bekommen wir noch mächtig was zu tun.«

Heather

Zur selben Zeit

Sobald wir im Clubhaus angekommen sind, suche ich panisch nach Crown. Nirgends ist er zu sehen. Verdammt, wo steckt er nur? Faith neben mir wird von Gram am Ellenbogen mitgezogen und verschwindet in der Menge. Ich schnappe mir den Erstbesten und frage ihn nach Crown.

»Nein, sorry, Süße, ich weiß nicht, wo er steckt«, sagt der Member und dreht sich wieder weg von mir. Ich ziehe meine Kutte, die ich von Crown damals bekommen habe, enger.

»Crown wo bist du nur?«, frage ich leise zum Himmel hoch.

***

Nach einer Stunde gebe ich meine Suche auf, ich finde ihn nirgendwo. Hier im Clubhaus, in der Werkstatt und selbst in den ganzen Schlafräumen habe ich gesucht, aber es war keine einzige Spur von meinem Mann zu sehen. Tyr, Hater und Pitt habe ich ebenfalls nicht gefunden. Die vier, die heute Morgen zum Clubhaus aufgebrochen sind, sind wie vom Erdboden verschluckt.

Erschöpft und müde setze ich mich an die Bar und bestelle mir ein Bier. Von einem Moment auf den nächsten bricht hier die Hölle aus. Die Member schreien sich gegenseitig Befehle zu und laufen wie aufgeschreckte

Hühner herum. Ich verstehe nicht ganz, was vor sich geht, bis mich beinahe etwas am Kopf trifft.

Wie aus dem nichts, tauchen Gun und Saint auf und ziehen mich von der Bar weg. Keine Sekunde zu spät, denn plötzlich explodiert etwas hinter der Bar.

»Verdammte Scheiße, was war das?«, frage ich Gun. Gun kommt nicht mehr zum Antworten, da er mich mit auf den Boden werfen muss, damit wir nicht von einer Kugel getroffen werden. Saint hilft uns auf und gemeinsam verfrachten mich die beiden zu der Tür, hinter der der Tunnel versteckt ist. Mit flinken Fingern gibt Saint den Code ein, öffnet die Tür und zieht mich mit rein. Gun, der hinter mir ist, schließt die Tür.

»Was machen wir jetzt?«, frage ich.

»Wir werden dich zum Safe-Haus bringen und auf weitere Anweisungen warten«, erwidert Gun. Das Adrenalin, das mein Körper ausgeschüttet hat, hindert mich daran, in Panik zu verfallen, und treibt mich weiter an. Mit schnellen Schritten folge ich Saint, der vorausgeht. Wo bist du nur Crown, wenn ich dich brauche?

Tyr

Nachdem wir Crown für eine Not-OP zum Clubhaus gebracht haben, sind Pitt, Hater, Flame und ich mit den Transportern wieder zurück zur Lagerhalle gefahren, um unsere gefallenen Männer für eine standesgemäße Beerdigung abzuholen.

Immer wieder schießt mir das Bild, wie die Kugel seinen Körper durchdrungen hat, vor die Augen. Es war schrecklich mit anzusehen, dass mein Freund wie ein nasser Sack auf den Boden fällt und dort regungslos liegen bleibt. Erst gestern Abend hat Crown mir erzählt, dass Heather und er einen Schritt weiter gehen wollen und eine Familie gründen möchten. Und jetzt soll es von einem Moment auf den anderen vorbei sein? Crown hat es nur Haters schnellen Reaktion zu verdanken, dass er keine weitere Kugel abbekommen hat. Hater hat seine Waffe sofort auf den Lord gerichtet und mehrmals abgedrückt. Vergeblich haben wir versucht, die Blutung zu stoppen, und waren froh, als Flame mit einem Transporter kam, damit wir Crown so schnell wie möglich zum Clubhaus bringen konnten.

Einen gefallenen Member nach dem nächsten sammeln wir ein und verstauen sie in den Transportern. Als wir die Letzten eingesammelt haben, schließe ich wehmütig die Türen vom Transporter.

Insgesamt haben wir dreizehn Member und Brüder verloren. Dreizehn Familien warten auf die Rückkehr ihres Mitglieds und genau den dreizehn Familien müssen wir mitteilen, dass ihr Vater, Mann, Onkel, Bruder oder Sohn es nicht geschafft hat. Dies ist das Schlimmste an diesem Krieg.

Wie mit Gram besprochen, befestigen Flame und ich die Sprengstoffpacks in regelmäßigen Abständen an und in der Halle. Als wir fertig sind, steigen wir zu Hater und Pitt in die Autos und fahren los. In einem sicheren Abstand zur Halle drücke ich den Knopf.

Die Detonation, die kurz darauf erfolgt ist enorm, ein lauter Knall ist zu hören und unsere Scheiben vom Auto vibrieren von der Druckwelle. Die eben noch stehende Halle ist jetzt nur noch ein Haufen aus Trümmern und Asche.

Froh darüber, gleich meine kleine Frozen wiederzusehen, lehne ich meinen Kopf an die Scheibe und schließe meine Augen, während Pitt den Wagen steuert. Es war ein anstrengender Tag, erst die Schießerei und dann auch noch das Einsammeln unserer gefallenen Member.

Zwei Straßen vom Clubgelände entfernt sind Schüsse zu hören. Ruckartig setze ich mich gerade hin und sehe zu Pitt.

»Fuck, was ist hier los?«, fragt dieser auch sogleich.

»Ich habe keine Ahnung«, kann ich nur antworten, denn ehrlich gesagt habe ich keinen Plan, was hier vor sich geht. Wieso hat Gram nicht angerufen? Und wie lange geht diese Schießerei schon? Pitt lenkt den Wagen in eine Seitenstraße und wir steigen aus. Wir sprechen uns kurz ab und machen uns dann gemeinsam auf den Weg, um einen Überblick der Lage zu erhalten. Mit gezückter Waffe stehe ich an der Hausecke, gucke um die Ecke und sehe, dass mehrere schwarze Transporter und Bikes vor dem Gelände stehen.

»Das sieht nicht gut aus, mehrere Fahrzeuge stehen vor dem Gelände und so wie ich es sehe, existiert das Tor nicht mehr«, berichte ich den dreien meine Beobachtung.

»Okay, wie gehen wir vor Pres?« Ich halte einen Moment inne und überlege. Wie können wir es schaffen, gegen so viele anzukommen, ohne selbst drauf zu gehen? Wie können wir sie vom Clubhaus weglocken, damit die überlebenden Member im Clubhaus fliehen können? *Schnell, denk nach, Tyr.*

»Haben wir noch Sprengstoff in einem der Autos?« Während ich auf eine Antwort warte, arbeite ich meine Idee im Kopf weiter aus.

»So vier, fünf Packs müssten wir noch haben«, überlegt Hater laut.

»Was hast du damit vor?«, fragt Flame aufgeregt wie ein kleines Kind. Das war klar - sobald etwas in die Luft gesprengt oder irgendetwas angezündet wird, ist Flame der Erste, der mitmachen möchte.

»Wartet hier, ich sehe eben nach und komme dann wieder«, befehle ich ihnen und mache mich auf dem Weg zu unseren Transportern, um die letzten Sprengstoffpacks zu holen. Einen Transporter nach dem anderen suche ich nach Sprengstoff ab und tatsächlich finde ich sieben kleine Packs. Mehr, als ich gedacht hatte. Ich schnappe mir die Reisetasche, die im letzten Transporter liegt, und packe für jeden von uns ein Maschinengewehr samt Munition ein.

Mit schnellen Schritten laufe ich zu den Jungs, die mich abwartend ansehen. Ich erläutere ihnen meinen Plan und wie ich vermutet habe, ist Flame gleich Feuer und Flamme.

Da Pitt und ich die besseren Schützen sind, suchen wir uns einen Platz, von wo aus wir Hater und Flame Rückendeckung geben können. Als wir bereit sind, geben wir den anderen beiden ein Zeichen, woraufhin die sich geduckt an die Transporter unserer Feinde schleichen und dort die Sprengstoffpacks befestigen. Ebenso schnell, wie sie zu den Fahrzeugen gelangt sind, verschwinden sie auch wieder und kommen zu uns. Wir haben von unserem Standpunkt aus einen super Blick auf die Einfahrt des Geländes. Ich vergewissere mich, dass keiner von unseren Leuten dort steht und betätige den Knopf des Zünders, den ich ebenfalls vom Wagen mitgenommen habe.

Da es kleine Sprengsätze sind, fällt die Explosion nicht so groß wie bei der Lagerhalle aus. Ein Fahrzeug nach dem anderen geht in die Luft. Die Druckwelle lässt Fensterscheiben in der näheren Umgebung zerspringen und ich bin mal wieder froh, dass die Bullen von uns geschmiert werden. Sie würden sonst in wenigen Minuten hier sein und ins Schussfeld geraten, und das können wir uns absolut nicht leisten.

Die Lords, die in der Nähe der Explosion standen, werden von dem Druck weggeschleudert und bleiben reglos liegen. Der Knall, der daraufhin folgt, lässt einem die Ohren klingeln. Verdammt tut das weh, obwohl ich mir die Ohren zugehalten habe. Flame neben mir freut sich wie ein kleines Kind, es fehlt nur noch, dass er anfängt zu hüpfen und dabei klatscht. Pitt und Hater ergeht es genauso wie mir, immer wieder versuchen sie, das Klingeln durch Reiben der Ohren wegzubekommen.

Die Fahrzeuge, die eben noch standen, liegen jetzt auf der ganzen Straße verteilt und brennen vor sich hin. Einige Bikes hat die Druckwelle ebenfalls erwischt.

Wie die Ameisen kommen Lords aus unserem Clubhaus gestürmt. Gleichzeitig heben Pitt, Flame, Hater und ich die Maschinengewehre und zielen Richtung Eingang.

»Kommt her, ihr kleinen Ratten«, rufe ich und drücke den Abzug bis zum Anschlag durch. Mit meinen Beinen muss ich den Rückstoß ausbalancieren, damit ich nicht nach hinten kippe. Als meine Munition leer ist, setze ich ab und lade nach. Während dieser Zeit übernimmt Pitt meinen Posten und schießt auf die Lords. So wechseln wir uns ab. Es schießen jeweils immer zwei, da für mehr nebeneinander kein Platz ist. Ist bei einem die Munition zu Ende, übernimmt der andere.

Irgendwann begreifen die Lords, aus welcher Richtung unser Angriff kommt und feuern zurück. Wir gehen hinter der niedrigen Mauer in Deckung und schießen zurück, sobald deren Salven aufgehört haben. Vor der Tür vom Clubhaus türmen sich die verletzten und toten Lords.

Ich muss darüber grinsen, dass mein Plan bis jetzt hervorragend funktioniert und die Lords wie die Ratten in die Falle gelaufen sind. Einige der mutigen Sorte kommen nah an unsere Deckung heran. Aus dem Augenwinkel sehe ich, dass einer eine Handgranate entsichert und zu uns wirft.

Die Granate bleibt vor der Mauer auf der anderen Seite liegen, aber die Mauer wird uns nicht schützen können. Wir sprinten wie von der Tarantel gestochen los und rennen die Gasse zur Hausecke entlang, wo wir uns dann in Sicherheit bringen. Der Knall ist ohrenbetäubend und Steine fliegen bis zur Hausecke.

»Puh, noch einmal Glück gehabt«, kommt es von Hater.

»Wie gehen wir jetzt vor?«, fragt Flame.

»Jetzt nehmen wir den Hintereingang und stürmen das Clubhaus«, beantworte ich ihm seine Frage. Die drei nicken zur Bestätigung und wir machen uns auf den Weg, sorgfältig darauf bedacht, den Lords nicht in die Arme zu laufen.

Anhand der Knirschgeräusche von Schuhen auf Kies wissen wir, dass die Lords ungefähr an der Stelle sein müssten, von wo aus wir geschossen haben. Immer nahe an die Hauswand gedrückt, verfolgen wir meinen Plan und umrunden die Lords, bis wir bei dem Tunneleingang ankommen. Mit einem Blick versichere ich mich, dass uns keiner der Lords gefolgt ist, bevor ich die Zahlenkombination eingebe. Die Tür springt mit einem ›Klick‹ einen Spalt auf.

Flame, der das Gewehr um die Schulter gelegt hat und jetzt seine Pistole aus dem Hosenbund zieht, geht als erster in den Tunnel. Mit einem Pfiff signalisiert er uns, dass keine Gefahr lauert und der Tunnel sicher ist. Nacheinander gehen wir drei hinein und verriegeln die Tür, damit uns kein Lord folgen kann.

Im Gleichschritt folgen wir Flame zum Clubhaus. Diese Tür öffnen wir diesmal mit äußerster Vorsicht. Den Code geben wir schnell ein, halten die Tür aber sofort am Griff fest. Vorsichtig schiebt Flame diese gerade mal so weit auf, dass er sehen kann, ob jemand bei der Tür steht. Weit entfernt aus einem anderen Raum sind Schüsse zu hören.

Flame kann keinen Lord ausmachen, dafür aber eine unserer Clubschlampen. Sie sieht uns mit weit aufgerissenen Augen panisch an. Nacheinander treten wir aus den Tunnel heraus und signalisieren Cindy, sich dort in Sicherheit zu bringen. Pitt erklärt ihr mit kurzen Worten, wo sie langlaufen soll, damit sie außer Gefahr ist. Sobald sie die Treppe abwärts im Tunnel verschwunden ist, schließt Pitt die Tür. Ich nehme meine SIG Sauer aus dem Hosenbund und halte sie nach unten, jederzeit bereit zu schießen, sollte mir ein Lord über den Weg laufen.

»Okay, in Zweierteams räumen wir einen Raum nach dem anderen auf. Verschont keinen Lord, helft aber unseren Jungs, sollten sie in der Klemme stecken«, befehle ich und schnappe mir Pitt. Da wir ein eingespieltes Team sind, will ich ihn in meiner Nähe haben. Einen kurzen Moment lasse ich den Gedanken an Faith zu, bevor wir uns in die Schießerei stürzen. Hoffentlich ist sie im Safe-Haus sicher.

Kapitel 12

Derek

Aus sicherer Entfernung sehe ich mir das Spektakel an. Ich habe gedacht, dass die Lords schlauer wären, aber sie verkacken es gerade richtig. Bevor sie wussten, was passiert, wurden sie schon erschossen und das von nur vier Sons.

Fasziniert habe ich dabei zugesehen, wie die vier routiniert einen nach dem anderen ausgeschaltet haben. Drei von den Sons habe ich hier noch nie gesehen, das müssen wohl die berühmt-berüchtigten Nomads sein, von denen Andrew mir erzählt hat.

Die vier Sons verschwinden aus meinem Blickfeld. Schade, denen hätte ich gerne noch weiter zugeguckt. Ich widme mich wieder der eigentlichen Aufgabe und warte bis Samuel, der President des Angel Lord MC, auftaucht. Lange brauche ich nicht zu warten. Er schleicht sich wie eine Ratte von einem sinkenden Schiff aus dem Clubhaus der Sons. So wie Samuel aussieht, läuft das Ganze nicht nach seinem Plan. Aber so wie die vier Sons hier aufgeräumt haben, kann ich mir vorstellen, dass Samuel mächtig angepisst ist. Außer Atem bleibt der Schwarze vor mir stehen.

»Du musst uns helfen«, japst er panisch. Ich ziehe eine Augenbraue hoch und sehe ihn durchdringend an.

»So muss ich das?« Ich lasse mir doch nichts von einem Schwarzen sagen.

»Ja, wir brauchen eure Hilfe, um die Sons ein für alle Mal zu zerstören.« Normalerweise habe ich nichts gegen die Sons. Wir leben schon seit Jahren Revier an Revier und hatten noch nie einen Krieg. Soll ich wirklich meine Ruhe aufgeben, nur um ein paar Lords zu helfen? Nein, aber um meine eigenen Pläne zu verfolgen.

»Hast du sie dabei?«, frage ich ihn. Ich habe erfahren, dass der Pres eine Tussi der Sons hat. Um meinen Plan umsetzen zu können, brauche ich sie lebend.

»Nein, sie ist in einem sicheren Versteck.«

»Dann hol sie her, ich brauche sie lebend«, befehle ich. Trotzig sieht er mich aus seinen dunkelbraunen Augen an.

»Erst wenn du uns hilfst, diesen Krieg hier zu gewinnen, bekommst du sie.« So ein Mist. Diesen Krieg werden sie nicht mehr gewinnen. Und genau das sage ich ihm auch. Wütend sieht er mich an.

»Und das nur, weil ihr uns nicht sofort geholfen habt.« Mit der Faust schlägt er gegen den Müllcontainer neben uns.

»Ich mache dir ein Angebot …«, er nickt und sieht mich dann abwartend an.

»Du ziehst deine restlichen Männer zurück. Denn ehrlich gesagt könnt ihr nicht noch mehr Verluste vertragen. In zwei Wochen treffen wir uns für den finalen Schlag gegen die Sons wieder. Du wirst mir aber morgen das Mädchen aushändigen, sonst werde ich dir nicht helfen«, stelle ich meine Bedingungen.

»Geht klar, morgen wird einer meiner Jungs das Mädchen bringen. Meine Bedingung ist aber, dass er bei ihr bleibt, damit ich sicher gehen kann, dass du mich nicht bescheißt.« Womit er nicht ganz Unrecht hätte. Mein Plan sieht nicht vor, dass die Lords das Revier der Sons übernehmen. Mit einem knappen Nicken verabschiede ich mich von dem Schwarzen und gehe zu meinem Auto.

Mein Fahrer hält mir die Tür auf, damit ich einsteigen kann. Sobald er auf seinem Platz sitzt, fahren wir nach Hause. Ich hoffe für Samuel, dass er mir morgen das Mädchen bringt, sonst werde ich ihm zeigen, was es heißt, einen Pureblood zu hintergehen.

Tyr

Pitt und ich gehen zuerst aus dem Raum, nachdem wir uns versichert haben, dass keiner der Lords vor der Tür steht. Mit Handzeichen gebe ich Hater und Flame zu verstehen, dass wir rechts lang gehen. Flame bestätigt mir mit einem Nicken, das er mich verstanden hat, und signalisiert Hater, dass sie nach links gehen.

Mit meiner SIG Sauer am Anschlag und immer darauf bedacht sofort abzudrücken, sollte ein Lord vor mir auftauchen, stelle ich mich neben die nächste Tür.

»Auf drei!« Pitt stellt sich auf die andere Seite und zählt mit den Fingern von drei runter. Bei null trete ich die Tür mit einem Tritt unter dem Schloss auf und Pitt stellt sich mit gezückter Waffe neben mich. Als wir sehen, dass niemand in diesem Raum ist, gehen wir zur nächsten Tür. Wieder trete ich auf drei die Tür ein und Pitt zielt mit der Waffe in den Raum.

So gehen wir von Zimmer zu Zimmer. Beim Letzten angekommen, hören wir eine Frau um Hilfe schreien. Es ist nicht das erste Mal, dass bei einem Krieg Frauen zu Schaden kommen, aber trotzdem ist es jedes Mal wie ein Schlag in die Eier. Frauen sind in einem Männerkrieg tabu. Sie haben nichts mit der Sache zu tun und trotzdem wird sich gerne an ihnen vergriffen.

Wütend gehe ich auf Position und diesmal bin ich es, der zählt. Pitt tritt wütend gegen die Tür und reißt sie komplett aus den Angeln. Ich stelle mich blitzschnell neben ihn und gebe ihm Deckung. Was wir zu sehen bekommen, lässt es mir eiskalt den Rücken runterlaufen. Einer der Lords steht mit herunter gelassener Hose hinter einer Old Lady und hat seinen Schwanz bis zum Anschlag in ihr stecken.

Missy, die Old Lady von Bruno, der im Knast sitzt, sieht uns mit weit aufgerissenen Augen an. Panik steht ihr ins Gesicht geschrieben und die Tränen laufen ihr in Strömen übers Gesicht. Mein Blick wandert zu ihren Händen, die am Bett gefesselt sind.

»Fuck!« Pitt der neben mir steht, sieht wütend und angewidert zugleich zum Lord. Dieser sieht uns nur grinsend an und stößt immer wieder in Missy, vergewaltigt sie weiter. Angewidert von dem Pisser, grinse ich ihn jetzt an, hebe meine SIG Sauer noch ein Stückchen höher und ziele auf seinen Kopf. Seine Augen weiten sich und das Grinsen fällt ihm aus dem Gesicht. Panisch sieht er sich nach seiner Waffe um, aber die liegt auf dem Boden bei seiner Hose.

»Zu spät, Wichser«, sage ich mit kalter Stimme und drücke ab. Meine Kugel trifft ihn genau zwischen die Augenbrauen, Blut spritzt gegen die Wand hinter ihm, sofort erschlafft sein Körper und er fällt in sich zusammen. Missy schreit laut und versucht von dem toten Lord wegzurutschen. Pitt eilt zu ihr und befreit ihre Hände, bevor er ihr eine Decke um den Körper schlingt. Völlig unter Schock zittert sie am ganzen Körper und kann sich kaum auf den Beinen halten. Ich sehe mich im Raum um, aber hier gibt es kein Versteck für sie. Fuck.

»Wir müssen sie zum Tunnel bringen.« Ich warte nicht auf Pitt‘s Antwort, sondern drehe mich zur Tür um. Der Gang dahinter ist leer, also laufen wir mit schnellen Schritten bis zum Tunneleingang. Pitt hat die verstörte Missy auf den Arm genommen und setzt sie auf der Treppe hinter der Tür ab.

»Geh die Treppe runter und dann rechts den Weg lang, bei der nächsten Kreuzung gehst du wieder nach rechts. Nach kurzer Zeit müsste eine Tür kommen, dahinter ist ein Raum, dort kannst du dich verstecken«, erkläre ich ihr den Weg und schließe die Tür hinter ihr.

Hater und Flame kommen den Gang zu uns gelaufen. »Sauber« ist Flames einzige Reaktion und ich nicke. Es sind immer noch Schüsse zu hören und genau in diese Richtung werden wir jetzt gehen.

»Gut, dann werden wir jetzt die Bar aufräumen.« Alle nicken und gemeinsam laufen wir zu der Tür, die in die Bar führt.

Jetzt müssen wir vorsichtig sein, denn sobald wir die Tür öffnen, stehen wir wie auf dem Präsentierteller ohne Deckung da. In Flames Augen blitzt die Vorfreude auf und er ist auch derjenige, der verrückt genug ist, die letzte Barriere zwischen dem Feind und uns zu öffnen. Wir beziehen daneben Stellung und warten darauf, dass Flame sie öffnet. In jeder Hand eine Pistole auf Kopfhöhe gerichtet, tritt er mit seinen Stahlkappenboots das Holz. Die Tür fliegt aus den Angeln und scheppert gegen die Wand. Hater, Pitt und ich springen neben ihn und gemeinsam knallen wir einen Lord nach dem anderen ab.

Jetzt kommt der zweite schwierigere Teil. Sobald wir in den kleinen Gang neben dem Raum gehen, stehen wir wieder ohne Schutz da und wie ich vermute, werden dort die meisten Lords sein. Was mir aber ein wenig komisch vorkommt, ist, dass uns so gut wie keine Sons über den Weg laufen. Wo sind Gram und die anderen?

»Holt euch die letzten Sons Pisser und bringt sie mir«, brüllt jemand. Verwundert sehe ich zu den anderen dreien. Was zur Hel geht hier vor? Mit schnellen Schritten gehen wir wieder zurück in den Gang und suchen Deckung hinter der nächsten Tür. Zwei Lords treten in den Gang und sehen sich suchend um. Pitt zögert nicht lange und knallt beide mit gezielten Kopfschüssen ab.

Wir warten auf die nächsten Opfer, denn ganz bestimmt schickt der Fremde noch weitere, nachdem er die Schüsse gehört hat. Und so ist es auch, es treten wieder zwei Lords in den Gang und ihnen widerfährt dasselbe Schicksal wie ihren Kumpels. Ein paar Minuten warten wir noch, aber es kommt keiner mehr, also beschließen wir, zurück in die Bar zu gehen.

Auf leisen Sohlen schleichen wir bis zum Ende des kleinen Gangs in der Bar, Hater sieht um die Ecke. Kaum hat er seinen Kopf ein Stück vorgeschoben, um besser sehen zu können, zieht er ihn wieder ein und ein Projektil schlägt neben ihm in die Wand ein. »Fuck«, flucht er, kniet sich hin und versucht noch einmal sein Glück. Diesmal schafft er es länger, lehnt sich dann zurück und sieht uns mit kalkweißem Gesicht an.

»Was ist los?«, frage ich streng.

»Gram und die anderen sitzen in der Falle, sie müssen sich in der Kapelle verbarrikadiert haben. Vier unserer Jungs sitzen festgebunden mitten im Raum, neben ihnen steht jeweils ein Wichser mit einer Maschinenpistole. Aber irgendwer muss auch im Doc-Zimmer sein, denn die Lords versuchen diese Tür und die der Kapelle zu öffnen«, erstattet Hater Bericht.

Ein lauter Rums ist zu hören und kurz darauf noch einer. Dann hören wir Kugeln von Metall abprallen. Fuck, sie versuchen, mit allen Mitteln die Türen zu öffnen, schießt es mir in den Kopf. Das müssen wir verhindern. Aber wie? Wir können nicht einfach zu viert in die Bar stürmen und die Lords abknallen, sie wissen, dass wir hier sind, und sind somit vorgewarnt. Bevor wir überhaupt einen von denen erwischt haben, werden sie die vier Gefangenen abknallen und noch mehr Member zu verlieren, kommt gar nicht in Frage. Ein Plan entwickelt sich in meinem Kopf, den ich auch sofort den anderen mitteile.

»Das kannst du nicht machen, Pres«, braust Pitt auf, Flame sagt nur: »Lass mich das machen, Pres.« Hater schüttelt über meinen Plan nur den Kopf. Entschlossen, selbst das riskante Vorhaben durchzuführen, lege ich meine beiden SIG Sauer auf den Boden und trete mit erhobenen Händen um die Ecke. Einige Lords sehen mich verwundert an und richten ihre Waffen auf mich. Ich kann nur hoffen, dass sie mich nicht einfach abknallen, aber wenn, wird es wenigstens ein schneller Tod.

Ich sehe jedem einzelnen Lord nacheinander in die Augen und mein Blick bleibt dann an einer geöffneten Tür hängen. Die Lords haben die Tür vom OP-Raum aufgebrochen. Aber was ich dann zu sehen bekomme, lässt das Blut zum zweiten Mal am heutigen Tag in meinen Adern gefrieren. Einer der Wichser zerrt eine kleine schwarzhaarige, tobende Frau aus dem Raum. Panik macht sich in mir breit. Was macht sie hier?

»Frozen«, flüstere ich ihren Namen und sehe ungläubig zu, wie der Lord ausholt und ihr eine Ohrfeige verpasst. Wut löst meine Panik ab, als ich den Schmerzensschrei meiner Kleinen höre. Nicht mehr klar denkend, ziehe ich mein Bowiemesser aus meinem Hosenbund und werfe es dem Lord in die Brust. Sobald das Messer meine Hand verlassen hat, lasse ich mich auf den Boden fallen.

Hater, Flame und Pitt reagieren blitzschnell, kommen hinter der Wand hervor und geben mir Rückendeckung, damit ich wieder hinter der Ecke in Sicherheit gehen kann. Froh, dass sie so schnell geschaltet haben, nehme ich meine beiden SIG Sauer, die noch auf den Boden liegen, hoch. Wütend und vollkommen außer mir lade ich die Pistolen und stürme in den Raum. Mir ist es egal, ob mich eine Kugel trifft, denn nur ein Gedanke zählt: Ich muss Faith beschützen.

Faith

Alles geht ganz schnell, die Tür wird aufgebrochen, zwei Männer stürmen in den Raum und schnappen sich Butcher und mich. Außer mir vor Wut tobe ich und zerre an dem Wichser, der mich grob festhält. Meine Haare versperren mir die Sicht und so bekomme ich erst mit, dass er mich schlägt, als seine Hand in meinem Gesicht landet. Ich schreie laut auf vor Schmerz. Fuck, tut das weh.

Der Angreifer, der mich fest im Griff hat, lässt mich los und fällt rückwärts wie ein Baumstumpf zu Boden. Ich schiebe mir meine Haare aus dem Gesicht und drehe mich zu ihm, um zu sehen warum er mich auf einmal losgelassen hat. Der Anblick, wie er dort mit einem Messer in der Brust liegt, ist nicht schön, aber ich bin froh, dass der Werfer so gut getroffen hat.

Schüsse ertönen, sofort ducke ich mich und rolle mich am Boden zu einer Kugel ein. Ich versuche mich so klein wie möglich zu machen und meinen Bauch zu schützen. Panisch sehe ich immer wieder hoch und suche nach einem Versteck. Verdammt, das Nächste ist zu weit weg. Egal, schnell springe ich auf meine Füße und renne so schnell, wie ich nur kann, wieder zurück in den OP-Raum.

Butcher steht über seinem Angreifer und hat ein blutiges Skalpell in der Hand. Gerade noch so kann ich den Schrei zurückhalten. Wenn ich eben dachte, dass das Bild mit dem Messer in der Brust kein schöner Anblick gewesen ist, dann habe ich mich geirrt. Dieser Anblick, wie der Angreifer mit aufgeschnittener Kehle auf dem

Boden liegt und über ihm Butcher mit einem blutigen Skalpell thront, ist viel schlimmer. Am liebsten würde ich wieder rückwärts rausgehen und so schnell wie möglich von hier verschwinden, aber das würde bedeuten, ich müsste wieder zurück zu der Schießerei und das kommt noch weniger in Frage.

Vorsichtig laufe ich zu dem auf dem Tisch liegenden Crown, dabei habe ich Butcher die ganze Zeit im Auge. Crown sieht, so wie er auf dem Tisch liegt, friedlich aus ... *Sei froh, dass du von dem Ganzen hier nichts mitbekommst*, sage ich im Stillen zu ihm. Butcher kommt auf mich zu und ich trete immer einen Schritt zurück, wenn er einen nach vorne macht.

»Faith, glaubst du wirklich ich werde dir etwas tun? Du gehörst Tyr und somit gehörst du zu uns Sons, bist also so etwas wie eine Schwester für mich.« Ich glaube ihm, weiß auch dass er sich nur verteidigt hat, aber das Bild von eben ist noch zu präsent in meinem Kopf, um keine Angst zu haben.

»Verdammt, Faith, ich würde dir nie etwas antun können«, schreit er verzweifelt gegen den Lärm der Schießerei an. Ihm scheint es egal zu sein, dass draußen ein Krieg tobt und er mit seinem Geschrei die Aufmerksamkeit auf uns lenkt.

»Psst.« Ich halte mir einen Finger vor dem Mund, während ich ihn ermahne leise zu sein. Butcher lacht laut auf.

»Wer glaubst du wohl, rettet uns gerade den Arsch?« Keine Ahnung, aber ich hoffe, es ist jemand von den Sons of Hel. Erst haben mir meine Haare die Sicht auf die Helfer versperrt und danach wollte ich nur so schnell wie möglich weg von dort. Ich zucke mit den Achseln.

»Oh Kleine, so wie es sich anhört, sind es Tyr und Pitt«, sagt er stolz. Das kann nicht sein, oder? Und zum ersten Mal wird mir klar, dass das Töten von Menschen nichts Schlimmes für die Sons ist. Es gehört zu ihrem Leben dazu. Aber wieso stört mich der Gedanke, dass Tyr jemanden das Leben nimmt nicht? Was sagt es über mich aus? Als würde er wissen, dass ich an ihn denke, taucht er plötzlich in der Tür auf.

Butcher nimmt das Skalpell, das er gerade zum Wurf angesetzt hat, wieder runter und sieht zu Tyr. Beide sehen sich in die Augen und nicken dann. Verwirrt sehe ich sie an, verstehe deren Kommunikation nicht. Hinter Tyr tauchen Pitt, Flame und Hater auf. Die Blicke von allen fallen auf mich und Pitt fängt an zu lächeln, als er mich sieht. Nichts hält Tyr mehr und er kommt auf mich zugelaufen.

Wie auch schon bei Butcher zuvor, trete ich immer einen Schritt zurück, wenn Tyr einen Schritt auf mich zukommt. Er bleibt stehen und sieht mich mit tausend Fragen in den Augen an. So wie er dort steht, von oben bis unten mit Blut besudelt, macht er mir Angst. Er muss mir das ansehen, denn er lässt seine Schultern hängen und sieht mich verzweifelt an.

»Ernsthaft, Faith? Du hast wirklich Schiss vor mir, obwohl ich dir gerade deinen süßen Knackarsch gerettet habe?«, lacht er verzweifelt auf. Mist, daran habe ich gar nicht gedacht, wenn er mir wirklich etwas antun wollte, hätte er die Chance gerade gehabt. Meine Hand wandert an meinen Bauch, hätte er uns etwas antun können, korrigiere ich mich in Gedanken. Dass ein neues Leben in mir wächst, ist immer noch so surreal für mich.

Ich sehe Tyr tief in die Augen, versuche herauszufinden, was er denkt, aber das einzige, das ich ausmachen kann, ist seine Traurigkeit. Eine tiefe Traurigkeit, die er meinetwegen hat. Zärtlich lächle ich ihn an. Das veranlasst ihn, vorsichtig einen Fuß vor den anderen zu setzen. Keine Sekunde lässt er mich aus den Augen, um ja keine Reaktion von mir zu verpassen. Diesmal bleibe ich stehen, um ihm mein Vertrauen zu vermitteln. Obwohl, ein kleines Quäntchen Angst behält immer noch die Oberhand. Vor mir bleibt er stehen und sieht mich mit einer Zärtlichkeit an, die ich ihm nie zugetraut hätte.

»Oh Hel, ich hatte solche Angst um dich, als der verdammte Lord mit dir aus dem Raum kam«, beichtet er mir mit brüchiger Stimme und nimmt mein Gesicht in seine Hände.

»Tu mir das nie wieder an, meine Schöne. Wie soll ich mich auf meinen Job konzentrieren, wenn du in Gefahr bist?« Mit großen Augen sehe ich ihn an. Er hatte Angst um mich? Wäre jetzt der richtige Zeitpunkt ihm von dem Jelly Bean zu erzählen? Ich will zur Beichte ansetzen, als er meine Lippen mit seinen zu einem leidenschaftlichen Kuss verschließt.

Die Anspannung weicht aus meinem Körper und ich seufze auf, werde zu Wachs in seinen Armen, und vergesse was ich ihm gerade beichten wollte. Ich verliere mich in diesen Kuss, möchte mehr. Ein Piepen dringt in meine Ohren, sofort lasse ich von Tyr ab und schaue zu den Monitoren.

Crowns Herzschlag verändert sich, wird schneller, aber nicht unregelmäßig. Ein Krächzen kommt aus seinem Mund und seine Finger bewegen sich leicht. Sofort eilen Butcher und ich zum OP-Tisch, auf dem Crown liegt.

»Was ist mit ihm?«, fragt Hater, der sich zu uns gestellt hat.

»Die Narkose lässt nach«, antworte ich ihm, während ich eine Spritze mit Schmerzmittel aufziehe.

»Ist das schlimm?«, kommt es diesmal von Pitt.

»Nein, er wacht jetzt nur langsam auf.« Butcher schiebt Flame ein Stück beiseite und entfernt den Beatmungsschlauch aus Crowns Mund.

»Mal sehen, ob er schon selbstständig wieder atmen kann.« Gespannt sehen wir auf seinen Brustkorb und warten darauf, dass er sich selbständig erhebt und wieder senkt. Quälende Sekunden später erlöst uns Crown und sein Brustkorb hebt sich.

»Das ist ein gutes Zeichen. Gib ihm die Spritze und dann warten wir, bis er vollständig wieder da ist.« Ich nicke und verabreiche ihm das Schmerzmittel durch den Zugang in seinen Arm. Nachdem ich die Spritze wieder aus dem Zugang gezogen habe, gehe ich zwei Schritte nach hinten. Tyr, der hinter mir steht, zieht mich in seine Arme und legt sein Kinn auf meinen Kopf. Es gibt bestimmt ein lustiges Bild ab so wie wir dort stehen. Der Zwerg vor dem Riesen.

»Wird er wieder?«, flüstert er seine Frage, sodass nur ich sie hören kann.

»Ja«, flüstere ich genauso leise zurück. Die ganze Zeit stehen wir so in der Umarmung, bis Crown endlich seine Augen öffnet. Ich löse mich von Tyr und gehe zum Tisch. Butcher testet Crowns Pupillenreflexe mit einer kleinen Taschenlampe, während er ihm sein Handeln erklärt. Ich stehe daneben und reiche Butcher die Utensilien, die er für seine Untersuchungen benötigt.

Nachdem alle Untersuchungen abgeschlossen sind und ich mich versichert habe, dass Butcher meine Hilfe nicht mehr benötigt, gehen Tyr und ich in die Bar. Dort sind alle unverletzten Sons of Hel versammelt und bringen wieder alles auf Vordermann. Hand in Hand packen sie an, räumen auf und richten die Bar Schritt für Schritt wieder her, soweit es bei dieser Verwüstung und Zerstörung überhaupt möglich ist. Das alles geht geordnet und routiniert vonstatten, sodass sich mir der Gedanke aufdrängt, dass dies bestimmt nicht die erste Schießerei war, die die Member miterlebt haben. Tyr zieht mich weiter, bis wir vor einer Tür stehen und klopft an.

»Herein!«, ertönt es und Tyr drückt die Klinke runter, um sie zu öffnen. Gemeinsam treten wir ein und ich sehe mich um.

Es ist ein recht großer Raum ohne Fenster oder eine weitere Tür. Die Wände sind mit unzähligen Bildern behangen und eine riesige Sons of Hel Flagge ziert die eine Wand. In der Mitte des Raumes steht ein großer Tisch mit bequem aussehenden Stühlen, an dem mindestens zwanzig Personen Platz finden. Am Kopf sitzt Gram und brütet über einige Zettel. Als er hochsieht, treffen sich unsere Blicke, bevor seine weiter runter wandern und an Tyrs und meinen verschränkten Händen hängen bleiben.

»Du weißt, dass keine Frauen die Kapelle betreten dürfen«, brummt der Pres erschöpft. Tyr drückt meine Hand fester und macht keine Anstalten mich loszulassen.

»Ich lasse sie heute nicht mehr von meiner Seite«, stellt er auch sogleich klar. Gram nickt und sagt: »Ausnahmsweise, aber nur heute.«

»Ich kann auch gehen«, sage ich und will mich von ihm lösen.

»Nein, du bleibst bei mir«, ist die knappe Antwort von Tyr. Er zieht einen Stuhl heran und bittet mich, Platz zu nehmen. Ich komme dem nach und setze mich hin. Tyr nimmt neben mir Platz und verschränkt wieder unsere Hände miteinander. Es ist ein eigenartiges, aber gutes Gefühl, händchenhaltend mit ihm hier zu sitzen.

»Was gibt es, mein Sohn?«, fragt Gram mit fester Stimme.

Tyr

»Ich wollte fragen, was du jetzt vorhast, denn wir können den Angriff nicht einfach so hinnehmen« antworte ich auf seine Frage.

»Ich weiß es noch nicht, mein Sohn, aber eins kann ich dir sagen: wir werden die Lords zu Hel schicken.« Gram sieht müde und erschöpft aus. Von dem sonst so selbstsicheren Pres ist nicht viel zu sehen.

»Was ist hier eigentlich los?«, fragt meine kleine Frozen in die Stille hinein.

»Nichts, worüber du dir Gedanken machen musst, meine Schöne.« Ich beuge mich zu ihr und gebe ihr einen Kuss auf die Schläfe. Die Angst, sie zu verlieren, die vorhin von mir Besitz ergriffen hatte, ist noch nicht verschwunden und somit brauche ich sie in meiner Nähe.

»Tyr hat recht, Kleine, du brauchst dir keine Gedanken darüber zu machen.« Man kann es Faith ansehen, dass sie mit den Antworten nicht zufrieden ist, aber wir können ihr nichts erzählen. Noch ist sie eine Fremde und gehört nicht offiziell zu den Sons of Hel, auch wenn ich das so schnell wie möglich ändern werde. Ich sehe sie schon vor mir, mit einer Kutte, die sie als meine Old Lady auszeichnet, und jedem klar macht, dass sie zu mir gehört.

»Wie seid ihr überhaupt ins Haus gekommen?«, fragt Gram mich plötzlich. Ich sehe zu Faith und dann zu Gram. Soll ich das jetzt wirklich vor meiner kleinen Frozen sagen, sie eventuell noch mehr verschrecken als vorhin schon? Nein. Ich wende mich an Faith und sage:

»Magst du uns zwei Whisky von der Bar holen?« Sie nickt und steht kommentarlos auf. Verwundert sehe ich ihr nach, hätte nicht gedacht, dass sie sich so schnell abwimmeln lässt.

Während meine Kleine die Getränke holt, erkläre ich Gram, wie wir ins Haus gelangt sind. Er staunt nicht schlecht darüber, wie wir das gemeistert haben.

»Ich vergesse immer wieder, dass mein Sohn jetzt ein Nomad ist, der sich regelmäßig mit diesem Scheiß rumärgern muss.«

»Ich bin nicht nur ein einfacher Nomad, ich bin der Pres dieser Truppe«, sage ich mit einer großen Portion Stolz in der Stimme und zwinkere meinem Vater zu. Es ist selten, dass er von mir, als seinen Sohn spricht. Seitdem ich alt genug war, um meinen Spitznamen zu erhalten, werde ich auch nur mit diesem von ihm angesprochen. Meinen richtigen Namen Dean Ward nutze ich nur in Ausnahmefällen.

»Du meinst es ernst mit der Kleinen, oder?«, verwirrt sehe ich ihn an. Wie kommt er denn jetzt auf dieses Thema? Eben waren wir noch beim Krieg und jetzt bei Faith?

»Ich will sie zu meiner Old Lady machen«, platzt es schließlich aus mir heraus. Gram reißt seine Augen auf und sieht mich erstaunt an.

»Du willst was?«

»Sie zu meiner Old Lady machen. Oh, und wenn wir schon bei dem Thema sind, könntest du mir ein Patch machen lassen? Ich möchte in den kommenden Tagen auch noch zu Ernando, um für mein Mädchen eine Kutte machen zu lassen«, teile ich ihm mit, als wäre es das Normalste auf der Welt, dass Tyr, der Weiberheld, eine Frau zu seiner Lady macht.

»Mach mal halblang, Tyr. Bist du dir absolut sicher, dass du das willst? Und vor allem, dass sie es auch möchte?« Ob sie es auch möchte, weiß ich nicht, aber ich für meinen Teil bin mir zu eintausend Prozent sicher. Allein der Gedanke, ohne sie zu sein, lässt mich unruhig werden.

»Ja, ich bin mir sicher.« Entschlossen sehe ich meinen Vater an, während ich ihm das mit fester Stimme mitteile.

»Gut, dann werde ich ein Patch machen lassen, auch wenn es mir widerstrebt. Aber denk daran, sobald sie dieses besitzt, sind andere Frauen für dich tabu. Die Kleine wird es nicht dulden, weitere Frauen neben sich zu haben. Also solltest du weiterhin auch noch ans Vögeln mit Clubschlampen interessiert sein, dann gebe ihr das Patch nicht.« Was denkt mein eigener Vater eigentlich von mir? Das ich nicht weiß, was es bedeutet, eine Old Lady zu haben?

»Ich habe kein Interesse an anderen Frauen. Während meines letzten Auftrages ist es mir deutlich klar geworden, dass ich nur diese eine Frau brauche«, gestehe ich ihm. Vor Pitt und den anderen würde ich nie zugeben, dass ich allein schon beim Gedanken, eine andere Frau zu vögeln, keinen mehr hochkriege.

»Sollte es doch anders kommen, werde ich hinter Faith stehen und ihr dabei helfen, dich zu kastrieren. Sie ist ein liebes Mädchen, die es nicht verdient hat, wie Scheiße behandelt zu werden. So ein Mädchen wie sie gehört auf Händen getragen.«

»Und genau das werde ich auch tun.« Mit einem Knarren wird die Tür geöffnet.

»Gut, dann haben wir das geklärt und ich besorge dir eines«, sagt Gram und beendet so das Thema. Glücklich sehe ich meiner Kleinen dabei zu, wie sie die beiden vollen Gläser in ihren Händen balanciert und zu uns an den Tisch kommt.

»Sorry, ich musste erst eine Flasche suchen, die noch unbeschadet ist.« Entschuldigt sie sich dafür, dass es so lange gedauert hat. Sobald die Gläser auf dem Tisch stehen, ziehe ich meine kleine Frozen auf meinen Schoß, wo sie sich auch gleich an mich schmiegt. Ihre Nähe ist wie Balsam für meine Seele. Gram sieht uns beide mit einem wissenden Lächeln an.

***

Seit knapp einer Stunde sitzen wir bei Gram in der Kapelle, Faith ist auf meinem Schoß eingeschlafen und hat nichts mehr von der Unterhaltung zwischen Gram und mir mitbekommen.

»Ich glaube wir machen Feierabend für heute, deine Kleine könnte ein richtiges Bett gebrauchen.« Er nickt zu der friedlich schlummernden Faith. Er hat recht. Wir können uns morgen über das weitere Vorgehen gegen die Lords besprechen. Dass die restlichen Wichser nicht ungeschoren davonkommen, ist klar, aber wie wir es ihnen heimzahlen werden, wissen wir noch nicht.

Vorsichtig stehe ich mit Faith in meinen Armen auf und verabschiede mich von Gram. Die Member, die noch annähernd fit sind und sich auf den Beinen halten können, sind unermüdlich dabei, unser Clubhaus aufzuräumen und auf Vordermann zu bringen. Pitt, Hater und Flame kommen zu mir.

»Wollen wir los?«, fragt Pitt und sieht Faith auf meinen Armen an. Ich bin froh, dass ihr anscheinend alle Nomads verfallen sind, so wird es leichter, wenn sie auf den Touren mit uns unterwegs ist.

»Ja, Faith braucht ein richtiges Bett.« Ich laufe zu der Tür des Tunnels. Bis die Zimmer alle komplett geschrubbt und gewienert sind, bleiben wir im Safe-Haus. Der Weg zieht sich unendlich in die Länge, aber dann haben wir es endlich geschafft.

Im Safe-Haus gehe ich sofort mit Faith, die auf dem Weg wachgeworden ist, ins Schlafzimmer. Völlig müde und erschöpft legt sie sich in voller Montur ins Bett und schläft sogleich wieder ein. Ich streife ihr die Schuhe von den Füßen und anschließend die Hose von den Beinen. Sie gibt ein kleines Brummen von sich, wacht aber nicht auf. Glücklich, dass sie eine schwarze Kapuzenjacke und keinen Hoodie angezogen hat, öffne ich den Reißverschluss und ziehe einen Arm nach dem anderen heraus, bevor ich die Jacke vorsichtig unter ihr wegziehe. Nur im T-Shirt und Unterwäsche liegt sie auf dem Bett und schläft seelenruhig weiter.

Ich gehe ins Bad, packe ihre Sachen in den Wäschekorb, bevor ich mich ebenfalls meiner Kleidung entledige und unter die Dusche springe. Das heiße Wasser lockert meine verkrampften Muskeln auf. Am Boden der Dusche sammelt sich das mit Blut gefärbte Wasser zu meinen Füßen. Bei dem Anblick muss ich an den Moment denken, als Faith Angst vor mir hatte. Ich kann sie verstehen, bei dem ganzen Blut, das sich hier sammelt, muss ich schrecklich und beängstigend ausgesehen haben. Kein Wunder, das sie es mit der Angst zu tun bekommen hat.

Fertig geduscht, hülle ich meinen Körper und meine Haare in jeweils ein Handtuch ein. Mit dem Turban auf dem Kopf und dem Handtuch um meine Lenden gehe ich ins Schlafzimmer, um mir Unterwäsche aus der Kommode zu holen. Faith dreht sich um und fällt fast aus dem Bett. Mit einem Sprung bin ich bei ihr und schiebe sie sanft in die Mitte des Bettes zurück. Sie bekommt von dem Ganzen nichts mit, schläft zu tief, um irgendetwas zu merken. Mit einem Schmunzeln decke ich meine kleine Frozen mit der Bettdecke zu.

Schnell ziehe ich mir meine Boxershorts über, nehme das Handtuch vom Kopf und binde meine Haare zu einem Knoten hoch.

Erschöpft steige ich zu Faith ins Bett und nehme sie in den Arm. Sie seufzt zufrieden und schmiegt sich noch näher an mich.

»Sobald das Patch und der richtige Moment da sind, meine Schöne, wirst du offiziell meine Old Lady und dann kann uns niemand mehr trennen. Du wirst dann mir gehören, genauso wie ich dir gehören werde. Ich liebe dich, meine kleine Frozen«, flüstere ich, wohl wissend, dass sie es nicht hört, in die Dunkelheit. Zart küsse ich sie auf die Schläfe und falle in einen tiefen, komatösen Schlaf.

Kapitel 13

Peach

Ich weiß nicht wie lange ich schon bei dem Angel Lord MC und in der Gewalt von Samuel bin, aber so langsam schwinden meine Kräfte. Samuel behandelt mich, als wäre ich seine Hure. Jedes Mal, wenn er in den kleinen Raum kommt, in dem ich eingesperrt bin, verlangt er von mir, dass ich die Beine breit mache. Wenn ich mich weigere, schlägt er mich oder droht mir, dass er mich umbringt.

Sollte er mich heute wieder vergewaltigen, entscheide ich mich für den Tod. Ich kann und will nicht mehr. Mein Körper ist ausgelaugt, verlangt nach Schlaf und Nahrung. Das Tageslicht habe ich seit ein paar Tagen gar nicht mehr zu sehen bekommen und das schlägt gehörig auf mein Gemüt.

Verdammt Peach, was hast du dir nur dabei gedacht, auf diese Party zu gehen? Wäre ich doch bloß woanders hingegangen oder bei den Sons geblieben. Aber dort durfte ich ja nicht mehr bleiben, Gram hat mich des Hofes verwiesen und dass nur wegen dieser verfickten Clubschlampe Faith, die sich als etwas Besseres sieht und der Meinung ist, sie könne sich unseren Tyr unter den Nagel reißen. Jeder von uns hat davon geträumt, irgendwann Tyrs Old Lady zu werden.

Ich meine, er ist mit Abstand der heißeste der Sons. Er strahlt eine unglaubliche Stärke und Macht aus und wird von einer schon fast mystischen Aura umgeben. Mit seinen langen blonden Haaren, dem längeren Bart und den ebenmäßigen Gesichtszügen sieht er aus wie ein Model. Aber diese Bitch hat alles zunichtegemacht. Nun bin ich eine Gefangene des verfickten Lords und die kleine Fotze trägt die Schuld an allem. Und sollte ich jemals lebend hier rauskommen, werde ich mit ihr abrechnen.

Die Tür wird geöffnet und das Geräusch reißt mich aus meinen Gedanken, sofort spannt sich mein ganzer Körper an und Angst nimmt Besitz von mir. Einer von Samuels Handlangern kommt in den Raum. In der Hand hat er nicht, wie ich gehofft habe, etwas Essbares, sondern frische Kleidung. Mit großen Schritten kommt er auf mich zu und ich drücke mich weiter an die kalte Wand, die hinter dem Bett ist. Ich bin ihm hilflos ausgeliefert, das Bett und die Nasszelle mit Toilette sind das Einzige hier im Raum und beides bietet mir keinen Schutz. Beim Bett angekommen, schmeißt er mir die Kleidung entgegen und sagt mit gelangweilter Stimme: »Anziehen, wenn du nicht nackt gehen willst.«

»Gehen? Wo wollen wir hin?« Hoffnung, dass wir raus an die frische Luft gehen, keimt in mir auf.

»Geht dich nichts an, entweder, du ziehst dir diese Sachen an oder du kommst nackt mit. Mir egal.« Hastig schnappe ich mir die Klamotten. Es ist ein Kleid und ein Cardigan, aber es ist keine Unterwäsche dabei. Verdammt, soll er mich abholen und zu Samuel bringen? Gerade will ich Samuels Wasserträger nach der Unterwäsche fragen, als mir seine gierigen Blicke auffallen, die meinen Körper schier verschlingen. Ich sitze splitterfasernackt zusammengekauert auf dem Bett und bin seinen Blicken ausgeliefert. Bevor er auf falsche Gedanken kommt und seine Triebe nicht mehr kontrollieren kann, streife ich mir flugs die Kleidung über. Nicht eine Sekunde hat er seine Drecksaugen von meinen Brüsten genommen und sabbernd auf meine Pussy gestarrt.

Er nickt zufrieden, als ich fertig angezogen aufstehe. Das viel zu kurze Kleid bedeckt so gerade meine Blöße und lässt der Fantasie nicht viel Spielraum.

»Komm«, fordert er und geht vor zur Tür. Mit vorsichtigen Schritten laufe ich ihm hinterher und hoffe, dass ich nie wieder in diesen verhassten Raum zurück muss. Der Lord bleibt nicht stehen und geht weiter, bis wir draußen vor der Tür sind. Gierig atme ich die frische Luft ein, fülle meine Lungen mit dem kostbaren Sauerstoff und kann nicht genug davon bekommen.

»Bist du fertig?«, fragt der Handlanger neben mir und sieht mich mit finsterer Miene an. Ich nicke und folge ihm zum Auto, das vor der Lagerhalle steht. Er hält mir die Tür auf und meine Sicht fällt auf Samuel, der auf der Rückbank sitzt.

Ich bleibe erstarrt stehen und will nur noch fliehen. Der Handlanger steht mittlerweile hinter mir, packt mich und schubst mich ins Auto. Mit einem entsetzten Quieken falle ich auf Samuel, der sofort dreckig lacht. Wichser! Wenn ich nur die Kraft hätte, würde ich ihn jetzt sofort auf der Stelle umbringen oder zumindest schlagen.

»Nicht so stürmisch, kleine Schlampe, dafür haben wir jetzt nicht die Zeit«, amüsiert er sich über meine Lage. Erleichtert atme ich aus. Er will mich also nicht ficken. *Glück gehabt, Peach*, sage ich in Gedanken zu mir, rapple mich auf und setze mich anständig neben Samuel.

»Wo fahren wir hin?«, traue ich mich nach zehn Minuten Autofahrt, zu fragen.

Derek

Wie vereinbart kommt Samuel, der Pres des Angel Lord MC mit der Tussi, die bis vor kurzem noch bei den Sons war. Angewidert sehe ich mir das Mädchen genauer an. In dem viel zu kurzen Kleid sieht sie einfach nur billig aus. Hat diese Frau keinen Geschmack oder wieso zieht sie so etwas an? Als sie näherkommen, fällt mir auf, wie erschöpft und verängstigt sie aussieht. Samuel, der neben ihr steht, scheint es nicht zu interessieren, denn er sieht nur mich an.

»Du hast dich an unsere Abmachung gehalten, dann werde ich mich auch an meine halten«, sage ich zu dem Anführer der Schwarzen. Ich bitte sie in mein Arbeitszimmer und lasse sie auf dem Sofa Platz nehmen. Ich selbst setze mich ihnen gegenüber auf einen Sessel.

»Wann geht's los?«, fragt der Pres der Lords auch sofort.

»Wie viele Mitglieder von eurem Clan leben noch?«, stelle ich eine Gegenfrage. Er überlegt kurz, bevor er antwortet: »Der Krieg hat viele Tote gefordert. Dreizehn oder vierzehn sind noch einsatzfähig.« Das ist wenig, aber je weniger, desto besser für mich, denke ich, sage aber: »Gut, damit lässt sich was machen.«

»Was schwebt dir vor? Wie werden wir gegen die Sons vorgehen?«, unterbreche ich das unangenehme Schweigen, das sich nach meinen letzten Worten über uns gelegt hat.

»Mir ist es egal, wie unser Gegenschlag aussieht. Hauptsache am Ende sind alle vernichtet.« Ich nicke. Wie stellt er sich das eigentlich vor? Die Lords sind nur noch insgesamt fünfzehn Leute und meine Bruderschaft hier vor Ort ist um die vierzig Mann stark, das heißt, wir sind nur fünfundfünfzig Mann. Viel zu wenig, wenn wir gegen ein Club kämpfen wollen, der mit Sicherheit nach der gestrigen Schlacht weitere Chapter zur Unterstützung angefordert hat.

»Ich überlege mir einen Plan und gebe dir dann Bescheid«, sage ich schließlich. Samuel versteht anscheinend den Wink mit dem Zaunpfahl nicht, denn er bleibt sitzen und sieht sich in meinem Büro um.

»Schön hast du es hier, würde mir auch gefallen.« Ich hebe nur eine Augenbraue und sehe ihn an. Wird der Kerl jetzt noch übermütig? Erst legt er sich mit den Sons an und jetzt will er auch noch mein Büro haben? Wird Zeit, dass er geht, bevor ich meine Geduld verliere und ihm den Kopf wegpuste. Er muss meinen Blick richtig gedeutet haben, denn er steht schnell auf und reicht mir seine Hand. Ich mache keine Anstalten, diese Geste zu erwidern. Nach einigen Sekunden versteht er auch diese Ablehnung und lässt seine schmutzigen Griffel wieder fallen.

»Bis Ende der Woche will ich einen Plan haben, sonst hole ich diese Schlampe wieder ab«, stellt er seine Forderung und geht aus dem Raum. Sein Handlanger bleibt bei der Tür stehen und sieht teilnahmslos durch die Gegend.

»Ist er immer so?«, richte ich meine Frage an ihn, aber es kommt keine Antwort. *Gut, dann nicht*, denke ich und wende mich an das Mädchen. Sie hat während der ganzen Zeit keinen Mucks von sich gegeben.

»Und jetzt zu dir, meine Liebe.« Sie zuckt zusammen und sieht mich ängstlich an. Was denkt sie denn von mir? Dass ich sie hier und jetzt vergewaltigen werde? Nein danke, ich vögele keine Schlampen, in denen schon duzende Schwänze steckten, und vor allem keine, in der schon ein Schwarzer war. Mir ist es ja schon zuwider, überhaupt Geschäfte mit einem Lord zu machen, aber es bringt mich in meinen Plan weiter.

»Willst du den Widerling loswerden und frei sein?«, frage ich sie und weiß jetzt schon ihre Antwort. Das Bisschen Hoffnung, das in ihren Augen aufblitzt, verrät sie. Ein kaum zu verstehendes »Ja« kommt aus ihrem Mund.

»Ich helfe dir, frei zu kommen, aber im Gegenzug musst du mir Informationen über die Sons geben.« Sie versteift sich bei meinem Angebot.

»Das kann ich nicht machen«, sagt sie mit heiserer Stimme.

»Keine Infos, keine Freiheit.« Sie spreizt ein wenig ihre Beine, als sie auf dem Sofa nach vorne rutscht und mein Blick fällt auf ihre unbedeckte Pussy. Holy Shit, sie hat nicht mal Unterwäsche unter diesem Fetzen von Stoff an und sie weiß ganz genau, dass ich freie Sicht habe. Ich hebe meinen Blick und sehe in ihr Gesicht. Sie lächelt mich lasziv an und leckt sich über die volle Unterlippe. Denkt sie, mit dieser kleinen Show verdreht sie mir meinen Kopf und ich helfe ihr ohne, dass sie mir die Infos gibt? Da ist sie aber schief gewickelt. Ja, es ist einladend, so wie sie sich mir präsentiert, aber wie schon erwähnt, waren in dieser Pussy ein Schwarzer und Dutzend anderer Schwänze, was mich wiederum anekelt.

»Kannst deine Beine wieder schließen, ich ficke keine Schlampen. Sag mir lieber etwas über die Sons, bevor du dich hier noch lächerlicher machst«, stelle ich klar und sehe sie abwartend an. Sie sackt in sich zusammen.

»Na gut, aber nur wenn du mir versprichst, dass ich nie wieder in die Fänge von Samuel komme.« Kleinlaut und demütig knickt sie letztendlich ein.

»Versprochen, und jetzt rede.« Und sie erzählt mir alles über die Sons und deren Geschäfte. Alles, was sie über die Jahre erfahren hat, plaudert sie aus. Sollte das je eine meiner Schlampen machen, werde ich sie eigenhändig foltern, bevor ich sie umbringe.

»Ich habe die Nomads in Aktion gesehen, wie kann ich die ausschalten?«, frage ich sie, als sie ihre Schilderungen beendet hat. Sie fängt an zu lächeln und in ihren Augen blitzt etwas auf.

»Das ist ganz einfach, die Nomads haben einen neuen Liebling. Schnappt sie euch, tötet sie und schon ist deren Aufmerksamkeit durch ihre Trauer empfindlich geschwächt.« Ah, es gibt also eine Achillesferse bei den Nomads, gut zu wissen, aber ich brauche mehr Angaben zu diesem Mädel.

»Ich brauche mehr Infos! Wer ist sie? Wie sieht sie aus ...?« Das scheinen genau die richtigen Fragen zu sein, denn die Sons-Schlampe blüht mit einem Mal völlig auf. Sie kann nicht mehr stillsitzen und steht auf, bevor sie durch mein Büro auf und ab läuft. Sie erzählt mir alles, was sie über dieses Mädchen weiß, erzählt mir sogar, wo wir sie am besten antreffen können.

»Woher weißt du das alles?«, frage ich erstaunt darüber, dass sie so viel über diese Faith weiß.

»Ich habe ihr, nachdem ich wegen ihr aus dem Club verjagt wurde, nachspioniert. Ich habe versucht, Infos über sie herauszufinden, aber mehr als ihren vollständigen Namen konnte ich noch nicht herausfinden.« Mehr nicht? Keine Lebensgeschichte, keine Vergangenheit? Das ist merkwürdig, denn jeder Mensch hat eine.

»Wie heißt sie denn richtig? Ist Faith nicht ihr richtiger Name?«, frage ich schließlich neugierig.

»Doch, doch aber sie heißt mit vollständigem Namen Mila Faith Andersen.« Mir fällt die Kinnlade runter. Den Namen habe ich schon einmal gehört. Ist es ein gewaltiger Zufall, dass das Mädchen, das der deutsche Pureblood President sucht, denselben Namen hat, wie das Mädchen, das seit neusten bei den Sons ist oder ist das ein und dasselbe Mädchen?

Ich stehe auf und gehe zu meinem Computer. Schnell rufe ich die Mail des deutschen Pureblood auf und öffne das anhängende Bild.

»Sieht sie zufälligerweise so aus?« Ich zeige auf meinen Bildschirm. Die Schlampe kommt um den Schreibtisch gelaufen und sieht sich das Bild genauer an.

»Ja, sie hat mittlerweile schwarze Haare, aber das ist sie eindeutig. Woher hast du ein Bild von ihr? Kennst du sie etwa?« Ich kann mein Glück kaum fassen, wir haben dieses Mädchen schon überall gesucht und nicht gefunden. Auf die Idee, dass sie bei den Sons sein könnte, sind wir nicht gekommen, denn mal ehrlich, wer würde schon freiwillig zu diesen primitiven Kakerlaken gehen? Ich klicke auf den Antwortbutton und tippe eine Nachricht für Julian. Ich teile ihm mit, dass wir sein Mädchen gefunden haben und wo sie sich aufhält. Peach, die neben mir steht und immer noch auf eine Antwort wartet, ignoriere ich.

Als ich die Nachricht abgeschickt habe, ziehe ich die Schublade vom Schreibtisch auf, hole meine Waffe raus und ziele auf den Handlanger, der immer noch an der Tür steht. Die gesamte Zeit über habe ich ihn beobachtet. Er hat das Gespräch zwischen Peach und mir genau verfolgt und seine Infos direkt per Handy weitergegeben. Ich drücke mit dem Zeigefinger den Abzug und ein Knall ertönt. Der Lord, der von seinem Handy abgelenkt war, sackt in sich zusammen und schlägt mit einem dumpfen Geräusch auf dem Boden auf. Peach neben mir kreischt laut und macht keine Anstalten, damit so schnell wieder aufzuhören.

»Hör auf zu schreien oder willst du die Nächste sein?«, fahre ich sie genervt an. Prompt verstummt sie und sieht mich ängstlich an.

»Keine Sorge, solange du machst, was ich will, werde ich dir nichts tun. Und jetzt erzähle mir mehr über die Sons und ihre Geschäfte.«

Faith

Knapp zwei Wochen ist die Schießerei im Clubhaus her und seit einer Woche wohnen wir wieder dort. Der blaue Fleck, den ich dank dem Angreifer in meinem Gesicht hatte, ist mittlerweile so verblasst, dass er kaum noch zu sehen ist.

Tyr ist mir in den zwei Wochen kaum von der Seite gewichen und wir sind uns näher denn je. Was mir auf einer Seite sehr schmeichelt und mein Herz höherschlagen lässt, aber auf der anderen Seite auch ein schlechtes Gewissen beschert, da ich ihm immer noch nichts vom Jelly Bean erzählt habe.

Für heute Abend habe ich mir aber fest vorgenommen, es ihm zu sagen, auch wenn ich ein wenig Angst davor habe, wie er reagieren wird. Aber erst muss ich meine Schicht im Tattoostudio hinter mich bringen.

Gemeinsam mit Gram, Hater und den beiden Prospects Gun und Saint bin ich im Studio und berate einen Kunden nach dem anderen. Seit Gram letzte Woche bekannt gegeben hat, dass wir wieder zur gewohnten Zeit geöffnet haben, kommen die Kunden in Scharen. Ich habe kaum noch eine freie Minute, um einmal kurz durchzuatmen. Aber so ist es besser, als den ganzen Tag hier zu sitzen und Däumchen zu drehen.

Kurz vor Feierabend höre ich schon aus einiger Entfernung das mir nur allzu bekannte Knattern eines Motorrads. Mein Herz schlägt sofort ein paar Takte schneller und die Schmetterlinge in meinem Bauch fangen an, wie wild herumzuflattern. Gun und Saint müssen ebenfalls das Motorrad gehört haben, denn sie sehen mich mit einem Lächeln an.

»Dein Freund kommt«, zieht mich Saint auf. Er weiß genau, dass Tyr nicht mein Freund ist. Genau genommen weiß ich nicht einmal, was wir sind. Sind wir jetzt fest zusammen oder will er mich immer noch nur so lange behalten, wie er hier ist? Ich hoffe nicht, denn ich habe mich in ihn verliebt und könnte es nur schwer ertragen, ihn zu verlieren. Nicht einmal mehr an eine Flucht habe ich gedacht, obwohl die Angst, von Julian, gefunden zu werden, immer noch groß ist.

Tyr kommt mit seinem Helm auf dem Kopf in den Laden. Er weiß ganz genau, wie heiß es aussieht, wenn er den Helm vom Kopf streift und seine Haare wie ein seidiger Wasserfall über seine Schultern fallen. Und genau das tut er jetzt auch und sieht mich dabei mit seinem sexy Lächeln an. Mit einem Haarband bindet er seine Mähne zu einem Knoten hoch. Verdammt ist das heiß. Es bringt meine momentan sowieso schon verrücktspielenden Hormone durcheinander.

»Hey, meine Schöne«, begrüßt er mich und kommt hinter den Tresen, um mir einen Kuss zu geben.

»Hey, Tyr«, erwidere ich seine Begrüßung atemlos und sehe ihn sehnsuchtsvoll an.

»Hey, Tyr«, äffen mich die Prospects synchron nach. Und Tyr der Arsch fängt auch noch an zu lachen. Das gibt es doch nicht! Arschgeigen.

»Hey, ihr beiden«, begrüßt er Gun und Saint während des Lachens. Witzig! Angepisst sehe ich von einen zum anderen, bevor ich ihnen allen meinen Mittelfinger zeige, was sie natürlich gleich noch lauter lachen lässt.

Ich stehe vom Stuhl auf und gehe in die Kaffeeküche, wo ich das Geschirr der Gäste in die Spülmaschine stelle.

»Ach komm schon, Schöne, wir wollen dich doch nur ein bisschen ärgern«, ertönt es auf einmal hinter mir. Ich zucke erschrocken zusammen, da ich nicht mitbekommen habe, dass Tyr in die Küche kam.

»Ja, macht euch ruhig lustig über mich«, pampe ich ihn an. Erstaunt zieht er eine Augenbraue hoch.

»Was ist dir denn über die Leber gelaufen?« Was mir über die Leber gelaufen ist? *Das Baby in meinem Bauch, das mit meiner Stimmung spielt und ihr, die mich verarsch*t, würde ich am liebsten schreien, sage aber nur: »Ach, lass mich einfach in Ruhe.« Mit den Worten: »Okay, sag Bescheid, wenn du dich wieder beruhigt hast«, verschwindet Tyr aus der Küche. Mir steigen Tränen in die Augen. Verdammt, das wollte ich nicht. Eigentlich wollte ihn nicht so anpampen, aber was soll ich machen? Schniefend räume ich das Geschirr weiter ein. Nachdem ich die letzte Tasse verstaut habe, habe ich meine Gefühlsschwankungen auch schon wieder soweit unter Kontrolle, dass ich wieder zu den Anderen gehen kann.

Sobald ich hinter dem Tresen bin, frage ich Gun und Saint wo Tyr ist. »Bei Gram im Zimmer«, antwortet Saint und schaut wieder in die Zeitschrift, die er in der Hand hat. Zerknirscht gehe ich zu der Tür und klopfe. Als ich das »Herein« von Gram höre, öffne ich diese und trete in den Raum. Gram und Tyr stehen nahe beieinander, Tyr versteckt schnell etwas hinter seinem Rücken und tut so, als hätte ich das nicht gesehen. Na gut, dann spiele ich das Spielchen mit und tue so, als hätte ich nichts bemerkt.

»Ich bin fertig, wir können also los«, gebe ich ihm in einem versöhnlichen Ton Bescheid. Tyr nickt und verabschiedet sich von Gram mit einem »Danke«. Wofür bedankt er sich bei seinem Vater? Etwa für das, was er schnell versteckt hat, oder für etwas anderes? Er geht an mir vorbei und durch die Tür hinaus, ohne mich weiter zu beachten. Traurig sehe ich ihm nach und verabschiede mich dann ebenfalls von Gram.

Im Empfangsbereich ist nichts von Tyr zu sehen, also schnappe ich mir meinen Helm vom Regal und gehe nach draußen. Tyr, Saint und Gun stehen bei ihren Bikes und warten auf mich. Unentschlossen, ob ich wirklich bei Tyr mitfahren soll, will ich zu Saint laufen, aber Tyrs »Wage es ja nicht« hält mich davon ab. Also gehe ich zu Tyr, ziehe meinen Helm auf und steige auf den Sozius.

Mit Vollgas rast er los, sodass ich mich in seine Jacke krallen muss. Mein »Fahr langsamer« scheint er nicht zu hören. Mit einem Blick nach hinten, stelle ich fest, dass Gun und Saint versuchen, den Vorsprung wieder einzuholen.

Beim Clubgelände angekommen, parkt er sein Bike an seinem Stammplatz. Schnell springe ich ab. Mein ganzer Körper zittert und eine unbändige Wut nimmt von mir Besitz. Er hat mich und unser Jelly Bean in Gefahr gebracht. Wutentbrannt stapfe ich ins Gebäude, achte nicht darauf, ob er mir überhaupt folgt.

Eigentlich wollte ich ihm direkt nach unserer Heimkehr von der Schwangerschaft erzählen, aber so wie wir beide gerade drauf sind, ist es kein guter Zeitpunkt. Ich möchte, dass wir unserem Kind später einmal sagen können, dass sein Papa sich über diese Nachricht gefreut hat. Ich will die Eröffnung dieser Neuigkeit nicht unter einen schlechten Stern stellen.

In der Bar achte ich nicht auf die Member, die dort sitzen, sondern will nur noch hoch ins Zimmer. Heathers »Hey Süße, ich habe hier Post für dich« hält mich jedoch davon ab, einfach durch den Clubraum zu stiefeln. Also gehe ich zu ihr hin und schnappe mir den Brief. Verwundert sehe ich ihn an. Von wem kann der nur sein? Ich drehe und wende ihn, aber es steht kein Absender drauf. Merkwürdig, es weiß doch eigentlich niemand, dass ich hier bin. Neugierig, was das für ein Brief sein könnte, öffne ich den Umschlag und entfalte den Brief. Sobald ich die Schrift sehe, gefriert mir das Blut in den Adern und mir entweicht alle Farbe aus meinem Gesicht. *Nein! Nein! Nein! Das kann und darf nicht sein*, schreie ich innerlich.

Kapitel 14

Faith

»Was ist los Süße? Du bist ganz blass um die Nase. Geht's dir nicht gut?«, reißt mich Heathers Stimme aus meinen Gedanken. Was hat sie mich gefragt? So ganz sind ihre Worte nicht in meinem Kopf angekommen. Sie muss es bemerkt haben, denn sie fragt mich noch einmal. Wie es mir geht, fragt sie? Wie soll es mir schon gehen? Beschissen natürlich.

»Sorry, mir ist ein wenig schlecht, ich glaube, ich lege mich besser hin«, antworte ich ihr endlich und lasse sie mit den Fragen, die sie noch hat, stehen. Ich kann jetzt nicht mit Heather reden. Ich muss jetzt erstmal allein sein und überlegen, wie es weiter gehen soll.

Hastig renne ich hoch ins Zimmer und gleich weiter ins Bad. Vor der Toilette lasse ich mich auf die Knie fallen und übergebe mich. Als ich fertig bin, spüle ich, stehe auf und wasche mir meinen Mund am Waschbecken aus. Mit einem Blick in den Spiegel stelle ich fest, dass ich wie der Tod auf zwei Beinen aussehe.

Mein Gesicht ist leichenblass. Meine Augen sind groß und vor Panik geweitet. Die Frau, die jetzt in dem Spiegel zu sehen ist, ist die Frau, die vor ein paar Monaten aus Deutschland geflohen ist. Im Schlafzimmer nehme ich noch einmal den Brief, den ich aufs Bett fallen gelassen habe, als ich ins Zimmer gekommen bin. Immer wieder lese ich die Zeilen, die dort stehen.

Ich habe dich gefunden, Mila, oder soll ich lieber ›Faith‹ sagen? Es war wirklich schlau von dir, deinen Zweitnamen zu benutzen. Ich bin stolz auf dich, aber das wird dir jetzt auch nicht mehr helfen. Ich werde dich für das, was du mir angetan hast, leiden lassen, meine Süße.

In Liebe, dein Julian

PS: Und falls du auf den Gedanken kommen solltest, wieder unterzutauchen, lass es lieber! Ich finde dich, so oder so!

Wie konnte er mich finden? Immer wieder stelle ich mir diese Frage, während ich im Zimmer auf und ab laufe. Wie?

Ich habe darauf geachtet, dass keine Bilder von mir im Netz landen oder irgendjemand meinen ersten Namen kennt. Alle hier kennen mich nur als Faith und diesen Namen kannte Julian bisher nicht. Es war der Name, den meine Eltern mir als Baby gegeben, aber nie wirklich benutzt haben.

Die Tür öffnet sich und ich stecke den Brief schnell in meine Hosentasche. Tyr kommt ins Zimmer und sieht mich grimmig an, was sich aber ändert, als er meinen Zustand sieht. Zärtlichkeit löst seinen Ärger ab.

»Geht es dir nicht gut, meine Schöne?« Er kommt auf mich zugelaufen und nimmt meinen Kopf zwischen seine Hände. »Sieh mich an, Faith, was ist los?« Ich kann ihm das nicht sagen. Er würde zu viele Fragen stellen, auf die ich ihm keine Antworten geben kann. Er würde mich danach mit ganz anderen Augen sehen und das will ich nicht.

»Verdammt, Faith, rede mit mir! Was ist los?«, fragt er mit Nachdruck.

»Mir geht es ein wenig schlecht. Ich glaube die Fahrt hierher und unser kleiner Streit ist mir auf den Magen geschlagen.« Auch wenn es nicht ganz stimmt. Klar ging der kleine Streit nicht spurlos an mir vorbei, aber dass er mir gleich auf den Magen schlägt? Nein, letztendlich war es doch nur eine blöde Plänkelei. Tyr zieht mich in seine Arme.

»Entschuldige, meine Schöne. Ich verspreche dir, dass es nicht nochmal vorkommen wird. Ich war nur so sauer, weil du mich sofort ohne Grund angezickt hast.« Er haucht immer wieder Küsse auf meinen Scheitel. Ich nicke an seiner Brust.

»Du zitterst ja«, stellt er fest und drückt mich noch näher an sich. »Komm, leg dich ins Bett und ich hole dir einen Tee, damit es dir wieder besser geht.« Tränen treten mir in die Augen und ich kann sie nur noch mit Mühe und Not zurückhalten. Er ist so süß zu mir und entschuldigt sich sogar, obwohl er nicht einmal der Grund meines Gemütszustandes ist.

Zärtlich hebt er mich hoch und trägt mich zum Bett, wo er mich auch gleich hinlegt und zudeckt.

»Ich komme gleich wieder«, sagt er und verschwindet aus dem Zimmer. Mein schlechtes Gewissen meldet sich immer mehr. Nicht nur, dass er immer noch nichts von der Schwangerschaft weiß, nein, jetzt kommt auch noch dazu, dass ich ihn angelogen habe.

Kurze Zeit später kommt Tyr mit einer Tasse Tee ins Zimmer zurück und stellt diese auf den Nachtschrank.

»Heather meinte, der ist gut für den Magen.« Ich setze mich auf und nehme die Tasse. Vorsichtig nippe ich an dem heißen Tee, damit ich mir die Zunge nicht verbrenne. Meine Nerven beruhigen sich Stück für Stück und ich kann wieder einen klaren Gedanken fassen. Okay, Faith, du musst dir einen Plan überlegen.

Julian hat mich gefunden und er wird mich auch holen, also bleibt mir nur noch die Flucht. Ich muss von hier verschwinden und hoffen, dass er nicht so schnell wieder meine Spur aufnehmen kann. Ich möchte nicht wissen, wie er reagieren wird, wenn er erfährt, dass ich etwas mit einem anderen Mann habe. Er wird ihn umbringen und Tyr wird nicht einmal wissen, wieso. Tyr! Bei dem Gedanken, ihn verlassen zu müssen, zieht sich mein Magen schmerzhaft zusammen.

Schnell springe ich auf und renne wieder zur Toilette, um mich zu übergeben. Tyr läuft mir nach und hält mir die Haare hoch. Als ich fertig bin, und erschöpft an der Wand neben der Toilette lehne, streichelt er meinen Rücken.

»Geht's?« Ich nicke nur, kann nicht antworten. Tyr hebt mich hoch und trägt mich zurück ins Bett, wo er mich wieder hinlegt und zudeckt. Ich sehe dabei zu, wie er seine Kleidung bis auf die Boxershorts auszieht und sich danach zu mir legt. Wortlos zieht er mich an seine Brust und spendet mir, die dringend benötige Wärme. »Danke«, hauche ich mit krächzender Stimme.

***

Ich muss eingeschlafen sein, denn als ich aufwache, ist es stockduster im Raum. Sofort prasseln wieder alle Gedanken auf mich ein, aber nur ein Wort schafft es wirklich in meinen Kopf. Flucht! Ich muss von hier fliehen, muss Tyr, unser Jelly Bean und mich vor Julian schützen. Ich muss versuchen, von hier wegzukommen, ohne dass Tyr aufwacht und mein Vorhaben verhindern wird.

Der Plan in meinem Kopf nimmt immer mehr Gestalt an und so löse ich mich vorsichtig von Tyr. Ich verharre kurz in der Bewegung, um zu sehen, ob er auch wirklich seelenruhig weiterschläft. Ich stehe auf und packe meine Sachen leise in den Rucksack, den ich damals bei meiner Ankunft im Clubhaus bei mir trug. Immer wieder schaue ich zu Tyr, um mich davon zu überzeugen, dass er nicht aufgewacht ist. Nachdem alles Notwendige im Rucksack verstaut ist, schaue ich Tyr lange an, um mir sein Gesicht unauslöschbar einzuprägen.

»Ich liebe dich, Tyr und ich hoffe, du wirst es mir eines Tages verzeihen und eine Frau finden, die dir das geben kann, das du verdienst. Ich werde dich vermissen und immer im Herzen tragen. Lebe wohl«, flüstere ich ihm zu, wohlwissend, dass er es nicht hört. Mit einem letzten Blick auf ihn schließe ich die Tür hinter mir. Die Tränen fließen wie aus geöffneten Schleusen über meine Wange.

Derek

Seit einigen Stunden sitze ich mit Peach und dem Pres des Angel Lord MC in einem Van und beobachte den Tunnelausgang auf der Hinterseite des Sons of Hel‘s Gelände. Julian, der Bruder aus Deutschland, hat mir noch am selben Tag zurückgeschrieben, dass wir uns sein Mädchen schnappen sollen. Er kommt in zwei Wochen in die USA und nimmt sie sich dann vor.

Seit einer Woche schon bewachen wir das Gelände und hoffen auf eine Gelegenheit, um Faith schnappen zu können. Sechzig Brüder inklusive Lords wechseln im zwölf Stunden Takt die Schichten. Peach hat uns Gott sei Dank alle Ausgänge verraten. Damit ich mir sicher sein kann, dass sie mich nicht verarscht, habe ich kurzerhand beschlossen, dass sie jede Schicht mit mir zusammen machen muss.

Auf Samuel dagegen hätte ich getrost verzichten können, aber er war der Meinung, dass er nur mit mir die Schichten abhält und nicht mit einem niederen Bruder. Bei seiner Aussage konnte ich nur die Augen verdrehen.

Jeder meiner Brüder ist mehr wert, als er es ist. Ich glaube, er vergisst manchmal, dass wir Herrenmenschen sind und keine Schoßhündchen, die man rumschubsen kann, wie er es möchte.

Die ganze Woche geht er mir schon mit seiner Anwesenheit auf den Sack. Peach dagegen ist eine angenehme Begleitung, sie ist ruhig und schläft die meiste Zeit. Für sie ist es sterbenslangweilig, das hat sie schon in der ersten Schicht gesagt. Ich will gerade das Fenster ein Stück öffnen, um frische Luft in den Van zu lassen, als sich etwas an der Luke des Tunnels tut.

Die Luke geht erst vorsichtig und dann mit einem „Rums“ auf. Peach neben mir muss es mitbekommen haben, denn sie setzt sich sofort kerzengrade hin und späht nach draußen. Nur Samuel bekommt mal wieder nichts mit und sabbelt munter weiter. Mit einem »Pssst« versuche ich ihn zum Schweigen zu bringen, aber bei ihm ist Hopfen und Malz verloren, der Typ kann nicht eine Sekunde die Klappe halten.

Eine kleine Gestalt tritt aus dem Tunnel und sieht sich um. Ich lehne mich ein Stück weiter nach vorne, um besser sehen zu können. Von der Größe her kann es kein Son sein, dafür ist die Person viel zu klein. Die Person zieht etwas aus dem Tunnel und schultert es. Ah, sie hat einen Rucksack dabei, also versucht sie wohl, sich gerade heimlich davonzustehlen.

»Das ist sie«, sagt Peach ganz aufgeregt neben mir und windet sich auf ihrem Sitz.

»Bist du dir sicher?«, hake ich lieber noch einmal nach.

»Ganz sicher, sie hat schon mal versucht, sich aus dem Staub zu machen, hat aber leider nicht geklappt.« *Zu unserem Glück,* denke ich, sonst hätten wir sie nie gefunden und Julian wäre immer noch auf der Suche nach ihr. Mein Glück kaum fassend, beobachte ich, wie Faith alias Mila die Luke wieder schließt. Schade, hätte sie diese aufgelassen, hätten wir die Sons sogar hinterrücks noch angreifen können. So what, scheißegal! Unser Plan zum Angriff ist seit Tagen in trockenen Tüchern.

Faith kommt mit hängenden Schultern in unsere Richtung. Immer wieder hebt sie ihren rechten Arm und wischt sich übers Gesicht. Weint sie etwa? Warum das? Sie ist doch diejenige, die von sich aus das Weite sucht. Peach fängt bei dem Anblick an zu lachen. Frauen! Wieso müssen sie sich immer über das Leid eines anderen freuen?

Samuel bekommt immer noch nichts von dem Ganzen mit, also schiebe ich ihn beiseite, damit ich in den hinteren Bereich des Vans komme. Ich schnappe mir die Waffe und warte darauf, dass Faith an dem Van vorbeigelaufen ist. Peach, die anscheinend verstanden hat, was ich vorhabe, gibt mir ein Zeichen, als sie den Van passiert hat. Schnell öffne ich die Hintertüren, springe raus und halte meine Waffe an Faith´s Kopf. Ihr Körper spannt sich an und sie fängt laut an zu schreien. Schnell halte ich ihr mit der freien Hand den Mund zu.

»Wenn du mich beißt, Miststück, knalle ich dich ab.« Sie nickt. »Wenn ich jetzt meine Hand wegnehme, schreist du nicht, sonst kneble ich dich.« Wieder nickt sie nur, da ich meine Hand immer noch vor ihren Mund habe und sie somit nicht reden kann.

»Schön, dass wir uns verstehen. Mach was ich dir sage und dir passiert nichts. Ganz einfache Regel.« Langsam nehme ich meine Hand von ihrem Mund. Sie holt tief Luft, schreit aber nicht. Braves Mädchen. Ich packe ihren Rucksack und ziehe ihn ihr grob vom Rücken, bevor ich ihn wegwerfe. Ein Schmerzensschrei löst sich aus ihrer Kehle, aber sie bekommt ihn noch schnell genug abgedämpft. Sie lernt fix, das muss man ihr lassen.

»Hände auf den Rücken«, befehle ich und sie gehorcht. Ich binde den Kabelbinder, die ich im Van in meine hintere Hosentasche gesteckt habe, um ihre Handgelenke und befestige sie miteinander. Zur Sicherheit ziehe ich ein-, zweimal dran, es hält. Grob packe ich die Kabelbinder und ziehe sie hinter mir zum Auto. Vor dem Van bleibe ich mit ihr stehen und taste sie ab. Das Handy, das sie in ihrer Hosentasche hat, ziehe ich raus und schmeiße es auf den Boden. Mit Wucht trete ich drauf und ein Knirschgeräusch ist zu hören.

Als sie sauber ist, schubse ich sie in den Van. Samuel ist in der Zeit auf den Fahrersitz geklettert und startet das Auto. Sobald die Hintertüren geschlossen sind, fährt er los. Peach, die die ganze Zeit über nichts gesagt hat, sieht nur triumphierend dabei zu, wie Faith versucht, sich ohne Hände aufzusetzen. Faith schafft es und sieht mich grimmig an.

»Wer seid ihr?«, fragt sie mit brüchiger, kraftloser Stimme.

»Wir sind die Purebloods«, beantworte ich ihre Frage.

»Und Angel Lords«, ergänzt Samuel meine Antwort. Sofort verspannt sich Faith wieder und sieht mich ängstlich an. Fuck, hätte er nicht die Fresse halten können? Ich hasse es, wenn Frauen mich so ansehen.

»Was wollt ihr von mir?«

»Unsere Rache«, sagt Peach das erste Mal etwas, seit Faith im Van sitzt, und lehnt sich zur Seite, sodass man sie sehen kann. Wenn Blicke töten könnten, wäre Peach auf der Stelle gestorben.

»Warum? Warum Peach? Warum verrätst du deine Leute?«, schreit die Kleine vor mir. Mamma Mia, hat die ein Temperament. Ich habe noch nie in meinem Leben eine Frau gesehen, die so schnell und oft ihre Gefühle wechselt.

»Weil es nicht mehr meine Leute sind, und das ist deine Schuld. Jetzt gehöre ich zu den Purebloods!«, sagt das Mädel auf dem Beifahrersitz ganz stolz. Ähm … Habe ich irgendetwas verpasst? Seit wann gehört sie zu meiner Bruderschaft? Zumal sie auch eine Frau und kein Mann ist? Ich sehe sie grimmig an, aber sie zuckt nur mit den Schultern.

»Verräterin!«, speit Faith durch den Van und spuckt in Peachs Richtung. Schade, dass sie Julian gehört, sie wäre definitiv etwas für mich, aber Frauen, die an meine Brüder vergeben sind, sind tabu. Echt jammerschade.

Gerade noch denke ich, sie könnte mein Kaliber sein, da macht sie auch schon einen Fehler. Sie spuckt mich ebenfalls verachtend an. Ich hole aus und schlage ihr ins Gesicht. Ihr Kopf fliegt zur Seite und knallt gegen die Metallverkleidung des Autos. Blut läuft ihr die Schläfe runter.

»Ich habe dir gesagt, wenn du dich an die Regel hältst, tue ich dir nicht weh«, brumme ich wütend. Wie kann das Miststück das nur wagen? Peach lacht nur und setzt sich wieder richtig hin. Faith dagegen lehnt sich erschöpft in den Sitz zurück und nickt. Tränen laufen ihr das schöne Gesicht herunter. Ich wende meinen Blick ab und sehe nach, wo wir mittlerweile sind.

Keine fünf Minuten später sind wir am Clubhaus der Purebloods angekommen. Ich zerre Faith aus dem Auto und hinter mir her ins Clubhaus. Meine Brüder, die inzwischen per Handy von Samuel auf den Stand der Dinge gebracht wurden, sitzen im Raum verstreut.

Die Blicke richten sich auf mich und unser Mitbringsel. Einige gucken gierig und andere wiederum verabscheuend. Vor den Augen aller laufe ich mit ihr weiter, bis wir an einer Tür ankommen. Ich öffne die Tür und der Raum gibt all seine kostbaren Einrichtungen preis. Ein Foltergerät reiht sich neben dem anderen ein. *Sorry Süße, aber wir haben keinen anderen Raum*, denke ich und schubse sie hinein. Unsanft landet sie auf dem Boden und knallt mit dem Kopf auf den Betonboden. Ich schließe die Tür von außen und drehe den Schlüssel im Schloss um, ehe ich mich zu meinen Brüdern wende.

»Macht was ihr wollt, aber keiner rührt dieses Mädel an, bis Julian was anderes sagt«, belle ich in den Raum. Ein einstimmiges »Ja« ertönt und zufrieden wende ich mich ab.

Peach steht da und sieht mich wütend an. »Du hast mir Rache versprochen.« Ja, das habe ich, aber ich verspreche vielen Menschen viele Dinge, die ich nicht einhalte, zu ihr sage ich aber nur: »Die wirst du auch noch bekommen.« Zufrieden nickt sie und rauscht ab.

Samuel, der uns gefolgt ist, setzt sich auf einen freien Stuhl und fragt ungeduldig: »Wann beginnt die Vernichtung der Sons?«

Tyr

Das Sonnenlicht scheint durch das Zimmerfenster und weckt mich auf. Verschlafen reibe ich mir die Augen und öffne sie einen Spalt. Mit der Hand taste ich neben mir nach Faith, aber ich greife ins Leere. Ich setze mich hin und sehe nach, ob die Tür vom Bad geöffnet ist. Da sie sperrangelweit offen ist, kann sie nicht dort drin sein. Sie wird höchstwahrscheinlich unten in der Küche bei Heather sein und ihr mit dem Frühstück helfen, wie in den letzten Tagen auch.

Hellwach steige ich aus dem Bett, um mich im Bad fertig zu machen. Wieder im Zimmer ziehe ich meine Klamotten an und nur, um sicherzugehen, dass ich es noch habe, ziehe ich das Patch, das ich gleich meiner kleinen Frozen überreichen werde, aus der Tasche und sehe es mir an. Ich kann es immer noch nicht fassen, dass ich wirklich dazu bereit bin, sie zu meiner Old Lady zu machen.

Fröhlich pfeifend gehe ich runter zur Küche, bleibe aber in der Tür stehen. Von Faith ist weit und breit nichts zu sehen, nur Heather und Cindy werkeln dort herum.

»Guten Morgen, Tyr. Kommt Faith auch gleich runter zum Helfen?«, fragt Heather, als sie mich sieht. Sie zerschlägt mit der Frage meine Hoffnung, dass Faith nur mal eben auf die Toilette gegangen ist und gleich wiederkommt.

»Guten Morgen, ihr beiden. Ich dachte, sie wäre schon hier unten, denn oben ist sie nicht.«

»Nein, hier war sie noch nicht«, sagt diesmal Cindy. Verdammt, wo ist sie denn? Oder muss sie heute im Studio arbeiten und ich habe verpennt sie dorthin zu bringen?

Ohne ein weiteres Wort zu den Frauen mache ich mich auf den Weg nach draußen, um zu schauen, ob die Bikes von Gun und Saint noch da sind. Die beiden Prospects sitzen in der Bar, aber von meiner Kleinen ist weit und breit nichts zu sehen.

»Hey Babys, habt ihr Faith zufällig gesehen?« Synchron verneinen sie. Die beiden sollten öfter getrennt voneinander etwas unternehmen, so langsam kommt es ziemlich schwul rüber, wie sie aufeinander glucken.

Okay, wo könnte sie noch sein? *Überlege schneller, Tyr*. Ach ja, bei Crown könnte ich noch nachsehen. Seit er vor zwei Wochen angeschossen wurde kuriert er sich aus, deshalb wohnen er und Heather zurzeit auch im Clubhaus. Aber auch dort ist sie nicht. Langsam bekomme ich Panik. Wo ist sie nur? Geht sie mir mit Absicht aus dem Weg, weil wir uns gestern ein kleines Bisschen gestritten haben?

Ich beschließe, zu Gram und Pitt zu gehen. Beide sitzen in der Kapelle, ich setze mich dazu.

»Und, hast du sie zu deiner Lady gemacht?«, fragt mein Vater, ohne seine Gefühle zu verraten. Pitt sieht mich erschrocken an.

»*Was* wolltest du machen?«

»Nein, habe ich noch nicht, sie ist wie vom Erdboden verschluckt. Im ganzen Club habe ich schon nach ihr gesucht«, erwidere ich enttäuscht und lasse meine Schultern hängen. Vor den beiden kann ich ruhig zeigen, dass es mir nicht besonders prickelnd geht, schließlich kennen sie mich am längsten von allen.

»Ach, sie wird wieder auftauchen, bestimmt schnappt sie nur ein wenig frische Luft oder ist mit den Babys unterwegs«, versucht Gram, mich aufzubauen.

»Nein, die Babys sitzen in der Bar, sind also nicht mit ihr unterwegs«, erwidere ich geknickt. Gram runzelt die Stirn.

»Sie geht doch nie ohne die beiden weg. Immer und überall sind sie dabei, wenn du nicht bei ihr bist.«

»Das weiß ich auch, aber diesmal ist sie ohne die beiden weg.« Pitt steht auf und geht mit den Worten »Ich frage noch einmal herum, ob sie jemand gesehen hat.« Ich nicke und lasse meinen Kopf auf den Tisch fallen.

»Das wird sich alles klären, Tyr.« Hoffentlich!

***

Eine halbe Stunde später kommt ein völlig aufgelöster Pitt in die Kapelle.

»Seit gestern hat sie niemand mehr gesehen und ihre Sachen sind weg. Sie ist wirklich wie vom Erdboden verschluckt«, sagt er ganz aus der Puste und muss zwischendurch immer wieder tief Luft holen, um sprechen zu können. Gram springt von seinem Sitz hoch, geht zur Tür und brüllt: »Alle Sons und Ladys in die Bar.« Sobald alle versammelt sind, fragt er in die Runde, ob irgendjemand Faith heute schon gesehen hat. Ein einstimmiges »Nein« ertönt. Meine Ängste werden wahr. Sie ist abgehauen, anders kann ich es mir nicht erklären, dass sie ihre Sachen mitgenommen hat und plötzlich nicht mehr aufzufinden ist.

»Slater, überprüfe alle Kameras auf dem Gelände und suche jeden noch so kleinen Winkel nach Faith ab.« Slater nickt, steht auf und macht sich sofort an die Arbeit.

»Du, Butcher«, er zeigt auf den Angesprochenen »wirst alle Krankenhäuser nach ihr abtelefonieren. Nicht, dass ihr etwas passiert ist und sie deswegen verschwunden ist.« Butcher sieht uns mit blassem Gesicht an, setzt sich dann aber ans Telefon. Dass Butcher es ebenfalls mit der Angst zu tun bekommt, ist kein Wunder, in den letzten zwei Wochen sind Faith und er zu wahren Freunden geworden. Gemeinsam haben sie sich um Crown und die anderen Verletzten gekümmert und so eine freundschaftliche Beziehung aufgebaut.

Gram brüllt noch weitere Befehle durch den Raum, aber ich hänge nur meinen Gedanken nach. Hat sie mir die ganze Zeit etwas vorgespielt, nur um in einem unbeobachteten Moment verschwinden zu können? Ich dachte, sie würde mich ebenfalls lieben, aber wie es scheint, waren ihre Zärtlichkeiten nur gespielt. Wut übernimmt meine Angst, breitet sich immer weiter in meinem Körper aus und lässt mich zittern. War ich wirklich so dumm, zu denken, dass sie nach ihrem ersten Fluchtversuch es nicht noch ein weiteres Mal versuchen würde? Mit einem wütenden Schrei stoße ich den Tisch vor mir um.

»Gram, hör auf mit der Scheiße. Sie ist abgehauen und basta«, schreie ich meinen Vater an. Im ersten Moment sieht er mich mit einer Mischung aus Verwirrtheit und Verletztheit an, bevor er mich nur noch mitleidig und wütend ansieht.

»Tyr, jetzt beruhige dich, wir werden deine Lady schon finden«, versucht er, mich ohne Erfolg zu beruhigen. Der Gedanke, dass sie mich nie geliebt und mich jetzt verlassen hat, sitzt zu tief.

»Sie ist und war nie meine verdammte Lady. Sie hat uns allen nur etwas vorgespielt und die Gunst der Stunde, in der sie unbeobachtet war, genutzt, um abzuhauen.« Ich lasse meinen ganzen Frust in diesem Satz mit raus.

»Tyr, jetzt beruhige dich wieder.« Heather ist neben mich getreten und legt ihre Hand an meinen Arm.

»Sie wird schon ihre Gründe gehabt haben, wieso sie verschwunden ist«, versucht sie, mit sanfter Stimme auf mich einzureden.

»Ja, den kann ich dir auch nennen. Sie ist eine verlogene Schlampe, die mir vorgespielt hat, dass sie mich liebt.« Das Wort liebt, spucke ich verachtend aus. Liebe? Was ist das schon? Ich hätte bei meinen Prinzipien bleiben und Faith nur ficken sollen. Aber nein, ich wusste es ja besser und habe mich in diese Schlampe verliebt. War nur eine Frage der Zeit, dass mir das Herz gebrochen wird.

»Sie liebt dich, Tyr, das hat sie mir gesagt. Außerdem sieht man es ihr an. Sie sieht dich mit diesem bestimmten Blick an«, versucht Heather, nochmal mich zu überzeugen, aber ihre Mühen prallen nur so an mir ab.

»Wenn sie mich lieben würde, würde sie hier bei mir sein und dieses beschissene Patch tragen.« Ich ziehe das besagte Patch aus meiner Tasche und werfe es vor meine Füße auf den Boden. Ein ungläubiges Raunen geht durch die Runde. Sie wissen genau, was das für ein Patch ist, jeder kennt dessen besondere Bedeutung.

»Du … Du wolltest sie zu deiner Old Lady machen?«, stottert Heather erstaunt.

»Ja verdammt, das wollte ich, aber die Betonung liegt auf wollte. Sollte sie mir je wieder unter die Augen treten, werde ich ihr …« Ich beende den Satz nicht. Kann es nicht, denn ich werde ihr nie im Leben etwas antun. Sie ist und bleibt auf ewig meine Liebe. Keine Frau davor hat es geschafft mein Herz so zu öffnen.

Wütend darüber, was ich verloren habe, wische ich Heathers Hand von meinem Arm und gehe zu der neuen Clubschlampe, packe ihren Arm und ziehe sie hinter mir her in mein Zimmer.

Kapitel 15

Faith

Mit höllischen Kopfschmerzen wache ich auf. Verdammt, wieso tut der so weh? Ich versuche meine Hände vom Rücken zu nehmen, um zu fühlen, was mir da die Schläfe herunterläuft, aber es geht nicht. Sie sind aneinander festgebunden. Aber wieso? Hat Tyr mich gefesselt? Nein, das würde er nicht tun.

Ich sehe mich um, aber mir kommt der Raum mit den unzähligen Werkzeugen nicht bekannt vor. Angestrengt versuche ich nachzudenken, wo ich hier sein könnte. Die Kopfschmerzen werden schlimmer, aber Stück für Stück kommen die Erinnerungen zurück.

Ich wurde entführt, kaum dass ich aus dem Tunnel war, Peach saß mit zwei mir unbekannten Männern in einem Van. Was wollen die nur von mir? Und was hat Peach mit denen zu schaffen? Tausend Fragen ohne Antworten geistern in meinem Kopf umher.

»Hiiiiilfeeeee!!«, schreie ich, so laut ich kann, zucke aber im nächsten Moment zusammen. Mist, das tat weh im Kopf. Ich lausche, ob sich jemand der Zimmertür nähert. Nach unendlichen Sekunden atme ich die angehaltene Luft aus. Langsam und umständlich drehe ich mich auf den Rücken. Alles schmerzt. Anscheinend muss ich schon länger hier liegen so steif, wie meine Glieder sind.

Kaum liege ich auf dem Rücken, versuche ich mich aufzusetzen, was sich mit gefesselten Händen als umständlich erweist. Nach mehreren Versuchen funktioniert es allerdings. Ich sehe mich im Raum nach etwas Brauchbarem um, womit ich die Kabelbinder durchschneiden kann. Leider ohne Erfolg. Verdammt!

Mein Körper wird steif vor Angst, als ich in der Nähe Schritte vernehme. Die Tür wird schwungvoll geöffnet und ein schmieriger, kleiner, kahlköpfiger Mann kommt in den Raum. Sein ekelhaftes Grinsen, das er mir nur allzu gerne zu zeigen scheint, würde ich ihm am liebsten aus dem Gesicht schlagen.

Ohne mich weiter zu beachten, geht er um mich herum und werkelt an einem Schrank herum. Laut quietschend zieht er an einem Band, das ich vorher nicht gesehen habe, und zum Vorschein kommt ein Bett. Angst kriecht an meiner Wirbelsäule hoch und nistet sich in meinem Kopf ein. Was hat der Mann vor? Er wird mich doch etwa nicht vergewaltigen ... Ich führe den Gedanken nicht weiter aus, will ihn nicht ausführen, denn umso realer macht er das Ganze hier.

Er muss meine Angst gesehen haben, denn er sagt: »Keine Angst Süße, heute werden wir beide noch keinen Spaß miteinander haben.« Heute nicht? Nie! Würde ich am liebsten schreien.

»Warum bin ich hier?«, krächze ich mit zittriger Stimme.

»Das wirst du noch früh genug erfahren«, antwortet er knapp auf meine Frage und macht sich daran eine Vorrichtung ans Bett zu montieren. Mist, hätte ja klappen können, dass wenigstens eine Frage von meinen tausend beantwortet wird. Skeptisch sehe ich die Vorrichtung an. Was ist das? So etwas habe ich noch nie gesehen.

Als der Mann fertig ist, kommt er zu mir und bleibt vor mir stehen. Sein penetranter Schweißgeruch dringt in meine Nase und lässt mich beinahe würgen.

»Schade, dass ich dich nicht anrühren darf. So wie du vor mir hockst, könntest du mir gut einen blasen. Und jetzt steh auf, nicht dass ich wirklich noch auf dumme Gedanken komme.« Wie stellt er sich das vor? Wie soll ich mit den Händen auf dem Rücken aufstehen? Ungeduldig sieht er mich an, kommt aber nicht auf die Idee, mir zu helfen. Na gut, dann versuche ich halt allein auf die Beine zu kommen.

Ich lehne mich mit den Rücken nach hinten und hole Schwung. Schnell ziehe ich meine Beine an, aber es klappt nicht, ich plumpse wieder auf meinen Hintern. Okay, einmal tief durchatmen und nochmal von vorne. Wieder hole ich Schwung und tatsächlich schaffe ich es auf die Knie und von denen aus geht es ohne Komplikationen auf die Beine.

»Wird auch Zeit, Süße, und nun ab zum Bett.«

»Könnte ich vorher noch auf die Toilette?«, bitte ich ihn. Meine Blase meldet sich schon, seit ich aufgewacht bin, und so langsam wird es echt dringend.

»Meinetwegen. Dort vorne ist die Nasszelle.« Er zeigt an die gegenüberliegende Wand, wo eine Toilette und ein Waschbecken, wie in einem Gefängnis, stehen. Ist das sein Ernst? Ich soll mich vor ihm erleichtern? Ich sehe ihn bittend an, aber er realisiert es nicht, er sieht mich nur weiter ungeduldig an.

»Ich habe nicht ewig Zeit, also gehe auf die Toilette oder lass es.« Na gut. Geschlagen schlurfe ich zur Nasszelle und stehe vor meinem nächsten Problem. Wie soll ich die Hose ohne Hände aufbekommen? Ich sehe zu dem Mann und frage kleinlaut: »Könntest du meine Hände los machen, damit ich auf die Toilette kann?«

»Im Leben nicht! Der Boss hat gesagt wir sollen dich nicht anrühren, also mache ich es nicht.«

»Und wie meinst du, soll ich auf die Toilette gehen? Soll ich durch die Hose in die Toilette pinkeln? Denn wenn es so ist, hätte ich gar nicht erst nach einer Toilette fragen brauchen«, brause ich auf. Meine Geduld ist ebenfalls zu Ende, denn mir kommt der Urin gleich aus den Augen raus, wenn ich nicht schnellstens auf die Toilette komme.

»Ist ja gut, kein Grund zur Panik, ich hole ja schon eines der Mädels.« Augenverdrehend geht er aus dem Raum, lässt dabei aber die Tür auf. Meine Chance. Mit schnellen Schritten eile ich zur Tür und trete hinaus. Bestimmt zwanzig Männer drehen ihren Kopf in meine Richtung und sehen mich an. Fuck, sind das viele.

»Wo willst du denn hin, Schätzchen?«, schnurrt ein großer Kahlkopf neben mir. So ein Glück kann auch nur ich haben, dass ausgerechnet eine ganze Kompanie vor der Tür herumlungert.

»Ich wollte nur auf die Toilette, aber mit meinen gefesselten Händen geht das nicht und da dein Kumpel nicht wiederkam, wollte ich fragen, ob einer von euch mir die Fesseln abnehmen könnte.« Ich klimpere mit den Wimpern und sehe ihn unschuldig an.

»Ja, dann komm her, ich helfe dir.« Er dreht mich an den Schultern um, sodass er an meine Hände kommt. Meine Hoffnung wird aber jäh zerstört, als er um mich herumgreift und die Hose mit einem Ruck runterzieht. Nur noch im Slip stehe ich vor der Horde Männer, alle fangen an zu Lachen.

Wut, unbändige Wut, lodert in mir auf. Mit meinem Kopf presche ich nach hinten und gebe ihm eine Kopfnuss. Fluchend taumelt er zurück.

»Was soll das, Bitch?«, fragt er mit zusammengepressten Zähnen. »Fass mich noch einmal an und du kannst was …« weiter komme ich nicht, denn ich werde von einer wütenden Stimme unterbrochen.

»Habe ich nicht gesagt, ihr sollt die Finger von ihr lassen? Habe ich das nicht?«, schreit diese Stimme durch den Raum. Alle hier anwesenden Männer sind auf der Stelle still.

»Genau, wieso hört ihr nicht auf euren Daddy«, platzt es aus mir heraus. Mist! Das wollte ich nicht sagen, sondern nur denken. Der Mann, der eben noch geschrien hat, sieht mich wütend an. Es ist der, der mich entführt hat. Wie hieß er noch gleich? Hat er überhaupt seinen Namen genannt? Nein, nur das er von den Purebloods ist. Was sind überhaupt Purebloods?

»Zu dir komme ich gleich, aber erst mal …« er zieht seine Pistole aus dem Halfter, zielt und drückt ab. Ein Knall ertönt und der Mann, der mir eben die Hose runtergezogen hat, fällt zu Boden. »Bestrafe ich ihn fürs nicht Einhalten eines Befehls.« Mit großen Augen sehe ich von dem Toten zu dem Mann, der geschossen hat, hin und her. Er hat ihn einfach so umgebracht, ohne mit der Wimper zu zucken, als würde er kein Mensch, sondern bloß ein tollwütiges Karnickel sein.

»So, und nun zu dir.« Er zeigt mit seiner Waffe auf mich und tritt mir entgegen. Ängstlich und zitternd versuche ich mit der Hose um meine Knöchel einen Schritt nach hinten zu machen. Aber er ist schneller bei mir, als ich laufen kann.

»Dich werden wir wieder ins Zimmer bringen und festbinden, nicht, dass du wieder versuchst, meine Männer zu bezirzen.« Er schiebt mich nach hinten und ich stolpere über meine Hose. Ohne mich abfangen zu können, falle ich nach vorne und schlage mit dem Kopf auf den Boden. Ein Schmerz explodiert in meinem Kopf und lässt mich aufschreien. Etwas zieht an meinen Füßen und ich werde von meiner Hose befreit.

»Steh wieder auf«, befiehlt mir der Mann, der wohl der Anführer der Purebloods zu sein scheint. Ich schaffe es nicht, aus eigener Kraft aufzustehen. Die Sterne, die ich dank des Aufpralls vor Augen habe, verschwinden nur langsam. Wenn ich dachte, dass ich eben schon höllische Kopfschmerzen hatte, habe ich mich getäuscht. Sie sind wesentlich schlimmer geworden. Irgendwann hat der Anführer Erbarmen mit mir, hebt mich hoch, sodass ich auf meinen Beinen stehen kann, und schiebt mich zur Toilette. Ohne ein Wort zu sagen, dreht er mich um und löst die Kabelbinder mit einem Messer, das er aus der Hosentasche gezogen hat.

»Komm auf keine dummen Gedanken, es gelten immer noch dieselben Regeln, die ich dir im Van erklärt habe.« Ich nicke, ziehe meinen Slip herunter und erleichtere mich endlich auf der Toilette. Sobald ich fertig bin, ziehe ich den Slip wieder hoch, laufe an dem Mann vorbei, werde aber von ihm an der Schulter gepackt.

»Wo willst du hin?«, fragt er neugierig.

»Na da, wo ich hinsollte«, erwidere ich mit zuckersüßer Stimme. Er nimmt seine Hand von meiner Schulter und ich laufe weiter zum Bett. Der Aufprall eben hat mir den letzten Rest gegeben. Mein Körper ist ausgelaugt und schmerzt. Ich hoffe nur, dass dem Baby in meinem Bauch nichts passiert ist, aber solange einer dieser Typen in der Nähe ist, will ich meinen Bauch nicht abtasten. Sie sollen nicht wissen, dass ich schwanger und damit verletzlicher bin. Ermattet lasse ich mich auf das Bett sinken. Erstaunlicherweise riecht es frisch und nicht muffig, wie ich es erst vermutet habe.

Der Typ tritt neben das Bett, schnappt sich, bevor ich weiß, was er vorhat, meine Handgelenke und befestigt sie nacheinander an der Vorrichtung, die der andere Mann angebracht hatte. Jetzt verstehe ich auch, wofür die sind. Als er mit seinem Werk fertig ist, dreht er sich um, schaltet das Licht aus und verlässt anschließend den Raum.

Allein im Dunkeln liege ich auf dem Bett und die Angst kommt mit voller Wucht zurück. Was haben sie mit mir vor? Werden sie mich vergewaltigen, töten oder noch schlimmer, foltern? Tränen laufen mir die Wangen hinunter. Wäre ich bloß nicht einfach abgehauen, dann wäre das hier auch nicht passiert.

Meine Gedanken wandern zu Tyr, den ich ohne einen Abschiedsbrief verlassen habe. Was er wohl gerade macht? Ob er mich sucht? Ich hoffe es. Meine Augen werden schwerer und ich flüstere noch »Tyr, vergiss mich nicht« bevor ich in einen unruhigen, traumlosen Schlaf falle.

Tyr

Die Clubschlampe, die neben mir herläuft, freut sich einen Keks darüber, dass ausgerechnet der berühmte Tyr sie ausgesucht hat, aber es ist mir scheißegal. Seit Faith mir das Herz gebrochen hat, fühle ich nichts mehr, außer dieser unbändigen Wut in mir. Ich hätte ihr die Welt zu Füßen gelegt, ihr alles gegeben was ich zu geben habe, aber ich war ihr nicht gut genug.

Vor meinem Zimmer, wo ich noch bis heute Morgen mit Faith gewohnt habe, öffne ich die Tür und ziehe die Schlampe mit hinein. Sie grinst mich mit ihren künstlichen Lippen an und reibt sich mit beiden Händen über ihre Atomtitten. Es törnt mich Null an, es nervt einfach nur. Faith hatte so etwas nie nötig, sie ist von Natur aus schon eine Schönheit. Und zack, wieder ist Faith in meinem Kopf, das kann doch nicht sein.

Ich drücke die Clubschlampe, deren Name ich nicht einmal kenne, gegen die Wand und küsse sie. Ihre Silikontitten drücken unangenehm gegen meinen Oberkörper und ihre etwas zu groß geratenen Schlauchbootlippen verschlingen meinen Mund regelrecht.

Angewidert drücke ich sie von mir weg und befehle ihr, auf die Knie zu gehen. Mit flinken Fingern und nur dem Ziel vor Augen, Faith aus meinem Kopf zu vertreiben, öffne ich meinen Gürtel und lasse die Hose samt Boxershort ein Stück nach unten. Gierig mustert das Miststück meinen halb aufgerichteten Schwanz und leckt sich über ihre Schlauchbootlippen. Ich halte ihr auffordernd meinen Schwanz hin. Schließe die Augen und denke natürlich, wie soll es auch anders sein, an meine kleine Frozen.

Kleine Hände mit spitzen Fingernägeln fahren über meinen mittlerweile harten Schwanz. Es fühlt sich falsch an, Faith hatte nie künstliche Nägel. Ich will sie gerade von mir schieben, als plötzlich die Tür gegen die Wand knallt.

Sofort in Alarmbereitschaft drehe ich mich zur Tür, dort steht ein mächtig angepisster Pitt, der sich das Schauspiel kurz ansieht, zu mir kommt und die Schlampe an den Haaren von mir wegzerrt.

»Dein Ernst? Du weißt nicht einmal, was mit Faith ist, und lässt dir schon von einer der Schlampen einen blasen? Bist du von allen guten Unterweltlern verlassen? Du wolltest vor einer Stunde der Frau, die verschwunden ist, ein Patch geben. Bedeutet dir das denn gar nichts?«, schreit er mich an und schubst mich nach hinten. Gerade noch so kann ich den Stoß ausgleichen, damit ich nicht auf meinem Hintern lande.

»Verdammt, Pitt, checkst du es nicht? Sie ist abgehauen. Sie und nicht ich. Sie ist diejenige, die mich nicht liebt, denn sonst wäre sie an meiner Seite geblieben«, brülle ich zurück. Versteht es denn keiner, dass ich hier das Opfer bin? Ich wurde von ihr verlassen und nicht umgekehrt. Und jetzt meckert er mich an, nur weil ich mir Ablenkung suche? Nicht mit mir. Ich habe ein verdammtes Anrecht, die Schlampe zu ficken.

»Hörst du dir eigentlich selbst zu? Na und, dann ist sie halt abgehauen, also schwinge deinen fetten Arsch aufs Bike und such sie, verdammt nochmal. Hol sie dir zurück und ficke sie solange, bis sie nur noch dich in ihrem Hirn hat. Aber nimm dir keine billige Schlampe, um eine Frau mit Klasse aus deinem Kopf zu vertreiben. Es wird nämlich nicht funktionieren.«

Ein Räuspern lenkt unsere Aufmerksamkeit auf sich. Gram steht in der Tür. Warum lassen sie mich nicht einfach Faith vergessen?

»Wir haben eine Spur«, sagt er nur und geht. Eine Spur? Na und? Sie ist abgehauen, da ist es doch klar, dass es eine Spur gibt.

»Komm mit, Alter, und höre dir an, was Gram herausgefunden hat.« Ich nicke ergeben, ziehe meine Hose wieder an. Den enttäuschten Blick der Clubschlampe ignoriere ich und gehe mit Pitt wieder in die Bar, wo alle versammelt sind. Heather sieht mich anklagend an. Die Enttäuschung ist ihr in die Augen geschrieben.

»Da unser Hitzkopf auch wieder hier ist, kann ich euch endlich erzählen, was wir herausgefunden haben.« Nur mit halbem Ohr höre ich Gram zu, viel zu sehr bin ich damit beschäftigt nicht an Faith zu denken.

»… sie ist aus dem hinteren Tunnelausgang geflohen und ab da verliert sich die Spur.« Der Satz zieht allerdings doch meine Aufmerksamkeit auf sich. Sie ist also durch die Tunnel geflohen, aber woher hat sie die Codes? Und die wichtigere Frage lautet: Wieso verliert sich ihre Spur?

»Was meinst du mit ›verliert sich die Spur‹?«, frage ich schließlich. Mir kommt eine Vorahnung in den Sinn, was Gram gleich sagen wird.

»Keine weitere Kamera in ganz Bellfort hat sie aufgenommen.« Bestätigt er meine Vorahnung. Aber wie zur Hel hat Faith das geschafft? Sie kennt die Standorte der Kameras nicht, also wie soll sie diese umgehen?

»Slater und Butcher sind weiterhin dabei, irgendeinen Hinweis zu ihrem Verbleib zu finden und in der Zeit werde ich drei Männer zum Ausgang schicken, damit sie sich dort umsehen können. Vielleicht hatte sie dort ein Auto stehen oder sonstiges.«

»Ich komme mit«, brumme ich, stehe auf und stelle mich schon mal an die Tür.

»Gut, Pitt und Hater werden mitgehen«, befiehlt Gram. Die besagten Member stehen auf und kommen zu mir.

»Sicher, dass du in deinem Zustand mitwillst?«, fragt Hater mich. Mehr als ein Nicken habe ich nicht für ihn übrig. Es ist doch selbstverständlich, dass ich mich selbst von ihrer Flucht überzeugen will, oder nicht?

Nicht darauf achtend, ob die beiden mir hinterherkommen, gehe ich zur Tür, gebe den Code ein und betrete den Tunnel. Die Lichter springen an, sobald der Bewegungsmelder mich registriert. Entschlossen schreite ich den Tunnel entlang, Hater und Pitt folgen mir, bis wir an der Luke, die nach draußen führt, stehen bleiben. Ich atme einmal tief ein und aus, bevor ich die Luke öffne.

Frische Luft schlägt uns entgegen und fröhliches Vogelgezwitscher ist zu hören. Wie trügerisch die Welt sein kann. Es wirkt alles so lebendig und bunt, aber in Wirklichkeit ist sie grau und tot. Wir treten aus dem Tunnel raus und sehen uns um.

»Lasst uns die Umgebung abklappern, vielleicht finden wir einen Hinweis«, schlägt Hater vor. Wenn er meint, etwas zu finden, dann bitte, aber ich glaube nicht daran.

Ich laufe geradeaus weiter, Pitt geht nach rechts und Hater nach links. Keine zwanzig Schritte weiter entdecke ich Reifenspuren. Sie hatte tatsächlich ein Fluchtauto. Das erklärt aber noch lange nicht, wieso sie auf keiner Kamera ist.

»Ich habe hier was«, rufe ich den beiden anderen Membern zu. Sofort eilen sie zu mir, Hater geht in die Knie und sieht sich die Spur genauer an. Es scheint ihm nicht zu genügen, denn er kommt wieder hoch und folgt der Spur, bis er plötzlich stehen bleibt.

»Hier sind mehrere Fußabdrücke in der Erde«, sagt er und verfolgt der kleineren der beiden Spuren. Wie die Enten laufen wir ihm hinterher.

»Merkwürdig, bis hier ist die kleine Spur alleine, dort kreuzt sie sich mit einer größeren, ich schätze mal, die kommt von einem Mann und geht dann gemeinsam wieder zurück bis zu den Autospuren.« Ich gehe einen Schritt näher an ihn heran und will nachschauen, was er meint, als es unter meinen Füßen knirscht. Langsam hebe ich meinen Fuß. Glassplitter. Hater hat das anscheinend auch gehört, denn er geht neben den Splittern in die Hocke. Mir ist es zu dumm, es kann genauso gut auch nur ein Glasstück von einer Flasche gewesen sein.

Während ich mich von Hater entferne, ziehe ich mein Handy aus der Hosentasche und achte nicht darauf wo ich hintrete. Mit einem Mal bleibt mein Fuß irgendwo hängen und ich stolpere über etwas. Angepisst sehe ich nach, was mir im Weg lag. Es ist ein Rucksack! Und der kommt mir bekannt vor. Ich beuge mich vor und hebe das Teil auf. Tatsächlich ist es, wie vermutet, der von Faith. Mit dem Rucksack in der Hand laufe ich zu den Jungs.

»Schaut mal, was ich eben in dem Gebüsch gefunden habe.« Triumphierend halte ich das Teil hoch. Pitt sieht mich mit großen Augen an.

»Mach ihn auf und sehe nach wem der gehört«, sagt Hater.

»Es ist der von Faith, das erkenne ich an dem Blumenaufkleber hier an der Seite.« Mit dem Finger zeige ich auf den besagten Aufkleber, öffne danach trotzdem den Rucksack.

Unordentlich und ohne System sind ihre Sachen darin verstaut. Pitt reißt mir den Rucksack aus der Hand und öffnet einen Reißverschluss. Zum Vorschein kommt ein Batzen Geld und ihre Papiere. Mir entweicht alle Farbe aus dem Gesicht. Wieso sollte Faith ohne ihre Papiere verschwinden? Vorsorglich sehe ich in ihren Reisepass und staune nicht schlecht, als ich dort Mila Faith Andersen, statt nur Faith Andersen lese. Sie heißt Mila? Wieso hat sie das nie gesagt? *Okay, vielleicht, weil sie den nicht mag, du Volltrottel*, beantworte ich mir meine Frage selbst.

Aber eins will mir noch nicht so wirklich in den Kopf gehen, wieso hat sie ihre Papiere und das Geld nicht mit? Es sind bestimmt einige tausend Dollar, die sie hier hat. Hater kommt mit einem anderen Gegenstand in der Hand zu uns. Ich habe gar nicht mitbekommen, dass er gegangen war.

»Ich habe ihr Handy gefunden. Das Glas ist kaputt, aber ansonsten funktioniert es noch.« Er hält mir das Gerät hin und ich sehe es mir an. Hinter den Splittern kann man das Hintergrundbild, das sie den einen Morgen vor einer Woche von uns beiden gemacht hat, sehen. Jap, es ist eindeutig ihr Handy.

»Was ist, wenn sie gar nicht freiwillig gegangen ist?«, grübelt Hater laut und zum ersten Mal wird mir klar, dass sie mich vielleicht gar nicht verlassen wollte, sondern dazu gezwungen war. Panik breitet sich aus.

»Wo bist du nur, kleine Frozen?«

Faith

Seit drei oder vier Tagen - so genau weiß ich es nicht - bin ich schon in Gefangenschaft. Meine Fesseln werden mir nur losgemacht, wenn ich auf die Toilette darf oder sie mir mein Essen bringen. Tageslicht oder auch nur frische Luft habe ich seit dem Tag, an dem sie mich geschnappt haben, nicht mehr gesehen. Aber am schlimmsten ist die Zeit, in der ich allein bin und mir tausend Gedanken mache.

Wie geht es Tyr? Hat er sich mit einer Clubschlampe getröstet? Sucht er mich, oder bin ich ihm egal? Meine Gedanken kreisen unaufhörlich um ihn und jedes Mal fährt mir ein Stich ins Herz. Ich vermisse ihn so unerträglich und könnte mir selbst dafür in den Arsch treten, dass ich einfach so abgehauen bin. Mittlerweile glaube ich, dass Tyr mir mit Julian auch geholfen hätte, aber nun ist es zu spät, ich sitze in einem kalten Zimmer mit Unmengen an Werkzeug und weiß nicht, wieso sie mich gefangen genommen haben.

Irgendwann, ich weiß nicht wie spät, geht die Tür auf und ich freue mich darauf, endlich wieder auf die Toilette gehen zu können, meine Blase drückt schon seit gefühlten Stunden. Ich höre Schritte, die näher zu mir kommen und hebe den Kopf, um nachzusehen, wer heute für mich zuständig ist. Als ich sehe, wer es ist, läuft es mir eiskalt den Rücken runter und ich bekomme es gehörig mit der Angst zu tun.

Julian steht neben mir und sieht mich mit einem überheblichen Grinsen von oben herab an. Nein! Nein! Nein!

Das kann und darf nicht sein. Wieso ist er hier? Was hat er mit den Leuten hier zu tun? Ich zerre verzweifelt an meinen Fesseln und versuche, mich zu befreien, aber es gelingt mir natürlich nicht. Sie sind viel zu fest.

»Hast du mich vermisst, mein Liebling?« Er beugt sich runter zu mir und ich versuche, so weit wie möglich, von ihm wegzurutschen. Die Fesseln um meine Handgelenke schnüren sich schmerzhaft in meine Haut.

»Ich habe dich jedenfalls vermisst. Ich habe dich überall gesucht und was erfahre ich dann? Du hast einen neuen Kerl an deiner Seite. Das akzeptiere ich nicht, mein Liebling. Ich teile nicht. Entweder gehörst du mir oder keinem.« Meine Angst wird immer größer, aber jeder Versuch, mich von den Fesseln zu lösen, scheitert. Bis jetzt habe ich noch kein Wort gesagt, um seinen Hass auf mich nicht weiter zu schüren. Aber seine Aussage, dass nur er mich besitzen darf, macht mich wütend.

»Ich gehöre nicht dir und werde es auch nie. Ich hasse dich und daran wirst du nichts ändern können«, schreie ich ihn an. Er holt aus und schlägt mir mitten ins Gesicht. Trotzig sehe ich ihn an, zeige ihm nicht, wie weh das getan hat.

»Sag so etwas nicht, mein Liebling. Wir beide gehören zusammen, bis das der Tod uns scheidet.« Sanft streichelt er mir über die Wange, die er eben geschlagen hat. Seine nun zärtliche Geste verwirrt mich. Eben noch schlägt er mich und jetzt streichelt er mich? Ich verstehe nichts mehr und versuche, mich seiner Berührung zu entziehen.

»Wir gehören nicht zusammen«, speie ich ihm entgegen. Wütend funkelt er mich an, schnappt sich ein Büschel meiner Haare und zerrt mich daran zu sich.

»Du gehörst mir, Mila, und niemand anderem, das werde ich dir zeigen.« Er lässt von meinen Haaren ab.

»Ich befreie dich erstmal von diesen Fesseln, mein Liebling. Du hast ja schon ganz wunde Handgelenke«, sagt er wieder zärtlich. Ich nicke nur und warte ab, bis er mir eine Fessel nach der anderen öffnet. Endlich befreit springe ich aus dem Bett und renne Richtung Tür, will nur weg von dem Psychopathen. Mit einem Ruck werde ich an meinen Haaren zurückgezogen und finde mich in den Armen von Julian wieder. Ich schreie auf vor Schmerz, einige Haare werden mir ausgerissen und Tränen sammeln sich in meinen Augen.

»Wo willst du hin, Schlampe?«, raunt er mir ins Ohr. Ich versuche mich, aus seinem Griff zu befreien, aber er zieht nur noch schmerzhafter dran.

»Lass mich los, du Psycho«, schreie ich, während ich die Tränen nicht mehr zurückhalten kann. Die Schleusen sind geöffnet und eine heiße Träne nach der nächsten verlässt meine Augen.

»Warum rennst du immer nur vor mir weg?«, fragt er verwirrt, dreht mich um und sieht mich mit einer Sehnsucht in den Augen an, die mir die Nackenhaare aufstellt.

»Weil du mir Angst machst.« Er lässt endlich von meinen Haaren ab und streichelt mir über die Wange. »Du brauchst keine Angst haben, mein Liebling, ich liebe dich doch. Als du einfach so verschwunden bist, hast du mir ganz schön wehgetan.« Oh Gott, er ist doch wahnsinnig. Weiß er denn nicht mehr, wieso ich verschwunden bin? Er wollte mich umbringen. Welcher normal denkende Mensch wäre da nicht abgehauen? Und jetzt spricht er darüber, dass er mich liebt. Wie krank ist er denn bitte? Das kann doch keine Liebe sein, was er hier mit mir macht.

»Dann lass mich frei, wenn du mich liebst«, versuche ich ihn zu überreden.

»Wie soll ich dich gehen lassen, wenn wir zusammengehören? Liebst du mich denn nicht? Bedeute ich dir denn gar nichts?«

»Nein, weder bedeutest du mir etwas, noch liebe ich dich.« Sein Gesichtsausdruck ändert sich innerhalb weniger Sekunden von zärtlich zu wütend und ich bemerke meinen Fehler. Ich hätte es ihm nicht sagen sollen, hätte ihm etwas vorspielen sollen.

»Julian, Schatz, das war nicht so gemeint, ich habe nur so große Angst und da ist es mir einfach so rausgerutscht. Natürlich bedeutest du mir etwas«, versuche ich mich zu retten, aber es ist zu spät, das sehe ich in seinen Augen.

»Ich glaube dir kein Wort, du miese Schlampe.« Mit diesen Worten schubst er mich in Richtung des einzigen Stuhls in diesem Raum. Ich falle auf alle viere, im nächsten Moment hebt er mich grob hoch und setzt mich auf den Stuhl.

Wie gelähmt sehe ich ihm dabei zu, wie er meine Füße an den Stuhl bindet und anschließend meine Hände hinter dem Rücken fixiert. Ich zerre an den Fesseln, aber sie geben kein Stück nach, schnüren sich eher noch weiter zu. Panik macht sich in mir breit, ich werfe mich in meinen Fesseln hin und her und schreie aus Leibeskräften um Hilfe. Mir ist bewusst, dass mir die anderen Männer höchstwahrscheinlich nicht helfen werden, aber ich hoffe darauf, dass Peach zur Vernunft kommt und mir hilft. Aber es kommt keiner, die Tür bleibt geschlossen und ich somit allein mit einem Psychopathen in einem Raum. Sein kalter Blick trifft mich und lässt mich sofort innehalten. Was hat er vor? Ich mustere ihn, versuche herauszufinden, was er vorhat.

»Wenn ich dich nicht haben kann, dann darf dich auch kein anderer haben«, murmelt er kalt und geht zu dem Tisch mit den Werkzeugen. Mit einer Tube kommt er zu mir. Was ist das?

»Mila mein Liebling, du musst jetzt ganz brav sein und mir alles erzählen, okay? Wenn ich dir Fragen stelle, antwortest du darauf, verstanden? Ich will dir nicht wehtun, aber du sagst mir anders ja nicht die Wahrheit.« Ich nicke nur panisch, ich würde alles tun, damit er mich endlich frei lässt.

»Gut, was wolltest du damals in meinem Büro, obwohl du wusstest, dass du da nicht reindurftest?« Ich schlucke meine Angst runter und sehe ihn trotzig an.

»Ich war in deinem Büro, weil ich ein Blatt Papier brauchte. Ich wollte dir ein Bild von mir zeichnen, das du zum Geburtstag bekommen solltest. Ich hatte den falschen Block dabei«, sage ich die Wahrheit, aber wie schon damals, glaubt er mir nicht. Er schlägt mir mit der flachen Hand ins Gesicht und mein Kopf fliegt schmerzhaft zur Seite.

»Habe ich nicht gesagt, du sollst mir die Wahrheit sagen?«

»Verdammt Julian, das ist die Wahrheit«, schreie ich verzweifelt zurück. »Ich weiß nicht einmal, was ich in deinem Büro sonst hätte suchen sollen.« Er mustert mich genau, versucht herauszufinden, ob ich die Wahrheit sage oder nicht.

»Du hast also nur ein Blatt Papier gesucht und keine Unterlagen von den Purebloods?«, fragt er verwirrt. Purebloods? Das Wort habe ich schon einmal gehört. Ich überlege und da fällt es mir wieder ein. Der Typ, der mich geschnappt hat, sagte das Wort auch schon.

»Wer oder was sind die Purebloods?«, frage ich ihn deshalb. Vielleicht erklärt er es mir. Mit großen Augen sieht er mich an.

»Du hast noch nie etwas von uns Purebloods gehört? Wie kann das sein, mein Liebling, du warst doch mit mir, dem Anführer der Hamburger Purebloods zusammen und da willst du mir weiß machen, dass du noch nie etwas von denen gehört hast? Ich glaube dir nicht.« Wieder trifft mich der Schlag unvorbereitet. Zur Hölle, wieso glaubt er mir nicht endlich?

Tyr

Seit vier Tagen sind wir auf der Suche nach Faith, aber alle Spuren verlaufen im Sande. Wir haben keine Ahnung, wer sie entführt hat und wo sie sich aufhält. Slater arbeitet schon auf Hochtouren, um etwas über sie zu finden, aber es scheint, als würde sie nie wirklich existiert haben. Er vermutet, dass irgendjemand wollte, dass man genau das glaubt, und sucht deshalb weiter. *Wo steckst du nur, meine kleine Frozen? Und wer zur Hel hat dich entführt?*

Wir haben die uns bekannten Plätze der Angel Lords beschattet, aber auch sie selbst scheinen wie vom Erdboden verschluckt zu sein. Gram geht davon aus, dass sie sich versteckt haben, um ihre Wunden zu lecken, aber eines Tages wieder auftauchen werden. Sollen sie nur. Wenn ich erfahre, dass sie meiner Kleinen etwas angetan haben, werde ich jeden Einzelnen höchstpersönlich kalt machen.

Wie ein gefangenes Raubtier laufe ich in der Kapelle hin und her und warte darauf, dass wir neue Informationen von unseren Spitzeln erhalten. Wir haben nicht nur Spitzel arrangiert, sondern auch andere MC´s um Hilfe gebeten.

Heather, die immer noch sauer auf mich ist, öffnet die Tür und bringt uns etwas zu essen und zu trinken. Da momentan der Ausnahmezustand herrscht, dürfen selbst die Frauen in die Kapelle, was ihnen sonst untersagt ist.

»Habt ihr was Neues?«, fragt sie den Tränen nahe. Erst wird ihr Mann lebensbedrohlich verletzt und jetzt ist ihre beste Freundin entführt worden. Ich möchte gar nicht wissen, wie es in ihr aussieht. Mich allerdings sieht sie mit dem Arsch nicht an. Für sie ist es unbegreiflich, dass ich mir sofort eine Clubschlampe nehmen wollte, ohne zu wissen, was mit Faith ist. Wäre sie an meiner Stelle, hätte sie auch gedacht, dass sie verlassen worden wäre. Zu diesem Zeitpunkt konnte ich doch noch nicht ahnen, dass meine Kleine entführt wurde. Davon mal abgesehen, wollte sie mich trotzdem verlassen, ohne jemandem ein Wort zu sagen, denn sie ist freiwillig durch den Tunnel gegangen. Der Stachel sitzt noch tief und ich hoffe, dass ich es Faith irgendwann verzeihen kann, dass sie mich verlassen wollte.

Die Frage, ob sie mir in den zwei Wochen ihre Zuneigung nur vorgespielt hat, bleibt ebenfalls. Es ist die reinste Qual, in der Nacht einzuschlafen und sich zu fragen, ob es alles echt war. Und dann frage ich mich, wo sie jetzt ist, ob es ihr da gut geht oder ob sie schon irgendwo tot im Straßengraben liegt. Letzteres darf ich mir gar nicht genauer ausmalen, denn dann weiß ich nicht, was ich machen werde. Ein Leben ohne sie kann und will ich mir nicht mehr vorstellen. Sie gehört zu mir wie die Kutte der Nomads.

»Nein, Heather, leider noch nicht«, antwortet Gram irgendwann. Das erste Mal, seit dem Vorfall mit der Clubschlampe, sieht sie mich mit ihren traurigen Augen an.

»Tu was, Tyr.« Mit diesen Worten geht sie aus der Kapelle. Mein Herz zieht sich zusammen. Was soll ich denn tun? Was, Heather? Am liebsten würde ich ihr die Fragen hinterherschreien, aber sie würde es eh nicht mehr hören. Alle im Raum sehen mich an.

»Was?«, frage ich sie genervt. Ich weiß, alle denken, dass ich jeden Moment durchdrehe und genau das werde ich auch bald tun, wenn wir keinen Hinweis finden. Sie wenden sich wieder ab und nehmen ihre Arbeit auf. Ist auch besser so, mir gehen nämlich alle gehörig auf den Sack.

Ich gehe aus der Kapelle, schnappe mir an der Bar einen Whisky und verschwinde in meinem Zimmer. Alles hier erinnert mich an meine kleine Frozen und endlich gebe ich mich meinen Gefühlen hin. Ich drehe die Flasche auf und nehme einen tiefen Schluck, bevor ich mit der freien Hand eine Faust bilde und diese gegen die Wand donnere. Der Schmerz, der meine Hand durchdringt, lenkt von dem in meinem Herzen ab. Wieder hole ich aus, schlage diesmal aber auf den Schreibtisch ein.

Immer wieder nehme ich einen Schluck vom Whisky, betäube mich. Als meine Hand blutig ist, trete ich auf alles Mögliche ein oder schubse Sachen von den Schränken.

Vollkommen ausgepowert schmeiße ich mich auf das Bett und vergrabe meinen Kopf in ihr Kissen. Es riecht noch nach ihr und beinahe hätte ich ihren Duft von Vanille und Kokos mit dem von einer Clubschlampe verfälscht. Tief atme ich den Duft ein und zum ersten Mal lasse ich den Tränen freien Lauf.

***

Ich muss eingeschlafen sein, denn ein Hämmern an der Tür weckt mich. Mein Kopf dröhnt, mein Fuß tut weh und ein stetiges Pochen geht von meiner Hand aus. Fuck! Langsam rapple ich mich auf und sehe mich im Raum um. Als ich das Ausmaß meiner Verwüstung sehe, könnte ich mir selbst in den Arsch treten.

Ich habe fast alles demoliert, kein Schrank und keine Kommode ist heil geblieben. Fuck! Fuck! *Fuck!* Was habe ich nur getan? Wieso konnte ich meine Gefühle nicht wie sonst auch immer einfach unterdrücken? Verzweifelt fahre ich mir durch die Haare. Wenn Faith wieder hier ist, wird sie mich umbringen, sobald sie das Chaos sieht.

Das Hämmern an der Tür erinnert mich wieder daran, wieso ich wach geworden bin, also stehe ich wankend auf. Auf dem Weg zur Tür dreht sich alles vor meinen Augen und ich bin kurz davor auf den Boden zu kotzen. Ich hole tief Luft, reiße mich zusammen und öffne die Tür einen Spalt. Pitt steht davor.

»Was willst du?«, frage ich ihn genervt. Kann man denn nie seine Ruhe haben? Bemerken die nicht, dass es mir scheiße geht, ich Faith vermisse und sie dafür hasse, was sie mir angetan hat?

»Du sollst in die Kapelle zu Gram kommen.« Ich versuche in seinem Gesicht zu lesen, was los ist, aber er hat sein Pokerface aufgesetzt. Verdammt!

»Es ist wichtig«, sagt er mit Nachdruck. Mir ist egal, was Gram oder wer auch immer etwas möchte, denn ich möchte wieder ins Bett und ihren Geruch inhalieren, also schließe ich die Tür vor der Nase meines besten Freundes.

Er donnert dagegen und ruft: »Verdammt, Tyr, es geht um Faith.« Sofort hat er meine Aufmerksamkeit und ich öffne die Tür ganz. Sein Blick wandert durch den Raum und heftet sich dann auf mich.

»Fuck, was ist denn da drinnen passiert?«, fragt er fassungslos über mein Chaos.

»Das ist nicht wichtig, wichtiger ist, was mit Faith ist.«

»Da ist jemand in der Leitung, der dich unbedingt sprechen will, ein Andrew oder so.« Andrew … Andrew … Irgendwie kommt mir der Name bekannt vor. Der Pureblood, den ich am Leben gelassen habe, hieß so, aber was will er von mir? Das werde ich jetzt herausfinden, ich schiebe Pitt zur Seite und laufe wie ein Berserker zur Kapelle.

Gram dreht sich um und hält mir den Hörer des Clubtelefons entgegen. Ich nehme es ihm aus seiner Hand und halte es an mein Ohr.

»Was willst du, Andrew?«, donnere ich in die Sprechmuschel.

»Ich weiß, wo dein Mädchen ist.«

Kapitel 16

Julian

Sie sieht so schön aus, wie sie so auf dem Stuhl gefesselt sitzt. Ihre Fesseln habe ich extra enger geschnürt, damit sie kaum einen Spielraum hat und im Hohlkreuz sitzen muss, was ihre schönen Brüste zur Geltung bringt. Aber eins muss mein Liebling noch begreifen, sie sollte mich nie anlügen. Dass ich ihr deswegen wehtun muss, schmerzt auch mich, aber anders kommt sie nicht zur Vernunft.

Mein letzter Schlag hat seine Spuren auf ihrer seidig gebräunten Haut hinterlassen. Seit sie auf der Flucht ist, hat sie sich äußerlich sehr verändert. Von meinem schönen blassen Engel mit blonden Haaren und ihren eisblauen Augen sind nur noch die Augen wie vorher. Ihre Haare sind jetzt in einem tiefen Schwarz gefärbt und ihre Haut ist dunkler geworden. Sie sieht jetzt eher aus wie ein böser Engel und genau das muss ich ihr austreiben. Sie soll wieder so werden, wie ich sie lieben gelernt habe.

»Mila, mein Liebling, sage mir endlich die Wahrheit über diesen Tag. Ich bin dir auch nicht böse«, versuche ich sie zu überreden, mit der Sprache rauszurücken.

»Ich weiß nicht, was du von mir willst, Julian, ich kenne keine Purebloods, weder hier, noch in Hamburg.« Sie schwindelt mich schon wieder an. Langsam verliere ich meine Geduld mit ihr. Wieder hole ich aus und gebe ihr eine kräftige Ohrfeige. Ein Stich fährt durch meinen Körper. Zu sehen, dass ich schuld daran bin, dass sie Schmerzen hat, tut mir weh, aber es ist nötig. Diesmal hole ich mit der anderen Hand aus und schlage ihre andere Wange. Ihr Kopf fliegt zur Seite. Sie weint bitterliche Tränen und das bereitet mir seelische Schmerzen. Solange sie mir aber nicht endlich die Wahrheit sagt, lässt es sich nicht vermeiden. Zärtlich streiche ich eine Träne nach der nächsten von ihrer Wange.

»Mein Liebling, mach etwas dagegen, damit ich dir nicht weiter wehtun muss.« Es ist ein innerer Kampf, den ich da führe. Einerseits muss sie für ihr Vergehen, mich zu bespitzeln und mich anschließend zu verlassen, bestraft werden. Anderseits liebe ich diese Frau über alle Maßen.

»Dann hör doch einfach auf«, fleht sie.

»Das kann ich nicht«, flüstere ich zurück. Das Feuer in ihren Augen kommt wieder zurück und macht mich wütend. Seit wann hat meine kleine Mila so ein Feuer in sich? Daran ist bestimmt dieser Typ schuld. Er hat sie verdorben und das werde ich ihm und ihr niemals verzeihen. Sie gehört zu mir, so wie ich zu ihr. Wir sollten gemeinsam eine Familie gründen und bis zu unserem Tod zusammen sein. Ich schlage ihr mit der Faust in den Magen. Mila keucht erschrocken auf und hustet.

»Was hat er nur mit dir gemacht? Du bist eine Abscheulichkeit geworden. Die Mila, die ich kannte, hätte mir die Wahrheit gesagt und mich angefleht sie wieder zu nehmen«, schleudere ich ihr wütend entgegen.

»Mila existiert dank dir nicht mehr«, antwortet sie zwar kraftlos, aber dennoch mit hasserfüllter Stimme.

»Daran ist nur dieser Biker schuld, er hat dir schöne Augen gemacht und du konntest wie immer nicht widerstehen.« Es war schon immer so, sobald Milas Freundinnen sie mit einem Hundeblick angesehen haben, wurde sie weich wie Butter und hat alles für sie gemacht. Mir selbst hat es nur gefallen, wenn sie etwas für mich gemacht hat. Sie war so leicht zu manipulieren und hat mir jeden Wunsch von den Augen abgelesen, so wie ich es am liebsten mag. Eine Frau, meine Frau, muss devot und gehorsam sein. Jetzt ist sie nur noch aufmüpfig.

»Nein Julian, Tyr ist daran nicht schuld, du bist es, der mich dazu getrieben hat keine schwache Maus mehr zu sein«, kontert sie. Sie gibt mir jetzt die Schuld an ihrer Veränderung? Das kann nicht sein. Wäre sie bei mir geblieben, wäre sie immer noch die brave kleine Mila und nicht so ein unverschämtes Luder. Was mich aber am meisten an ihrem Satz stört, ist, dass sie seinen Namen erwähnt hat und das mit einer Zärtlichkeit in der Stimme, die mich rotsehen lässt. Drei Mal hintereinander schlage ich ihr ins Gesicht, bevor ich ihr in die Rippen trete. Sie schreit vor Schmerz auf und versucht sich zu krümmen, aber durch die Fesseln ist es nicht möglich.

»Erwähne nie wieder seinen Namen in meiner Gegenwart.« Ich lasse sie kurz in Ruhe und nehme mir die Tube, die ich von dem Werkzeugtisch genommen habe, und schmiere mir den Inhalt auf die Knöchel. Es ist so ähnlich wie Vaseline und verhindert, dass meine Knöchel zu schnell aufplatzen. Die ganze Zeit schaut sie mir mit ihren mittlerweile geschwollenen Augen dabei zu. Ihre Tränen sind versiegt und nur dieser Trotz ist in ihren wunderschönen Augen geblieben.

»Ich werde ihn so oft erwähnen, wie ich will«, antwortet sie mir trotzig.

»Warum? Du gehörst mir und nicht ihm.« Sie fängt hysterisch an zu lachen und treibt mich damit in den Wahnsinn.

»Julian, dir habe ich noch nie gehört, er ist der Mann, den ich liebe.« Sie liebt ihn? Diese Worte, aus ihrem Mund zu hören, lassen meine Sicherungen durchbrennen. Ich schnappe mir ein Messer vom Tisch und schneide ihre Fesseln durch. Danach trete ich sie vom Stuhl, woraufhin sie mit einem Schrei nach vorne fällt. Gerade so eben kann sie sich mit den Händen abfangen.

Mit langsamen Schritten gehe ich auf sie zu. Die Angst steht ihr in den Augen geschrieben, aber das ist mir egal. Mir ist klar geworden, dass sie mich nicht mehr liebt, sondern diesen Tyr und das akzeptiere ich nicht. Für das was ich gleich vorhabe, verdränge ich meine Gefühle in die hinterste Ecke und werde zu dem Anführer, der ich bin.

»Ich habe dir gesagt, wenn ich dich nicht haben kann, darf es auch kein anderer«, drohe ich ihr emotionslos und folge ihr. Auf allen vieren versucht sie, vor mir wegzukrabbeln.

»Glaubst du, du kannst mir so entkommen?« Ich lache kalt auf und trete eins ihrer Beine weg. Sie knickt kurz ein, schafft es dann, aber weiter zu krabbeln. Ich hole mit meinem Bein erneut Schwung und trete ihr die Hand weg. Diesmal kann sie sich nicht abfangen und stürzt mit ihrem Gesicht voran auf den Betonboden. Mit Genugtuung sehe ich, dass sie blutet. Mila versucht aufzustehen, aber ihr Arm, gegen den ich getreten habe, knickt immer wieder weg.

So wie sie jetzt da liegt, kann ich nicht anders und will ihr in den Bauch treten, aber ihre nächsten Worte lassen mich innehalten. »Nicht in den Bauch, Julian, ich bin schwanger.« Ich stelle mein Bein wieder hin und kann nicht glauben, was sie da gerade gesagt hat. Sie ist schwanger? Wir können doch noch eine Familie werden. Meine Gefühle dringen mit einem Schlag wieder hervor. Ich gehe neben ihr in die Knie und streiche ihr die Haare aus dem blutverschmierten Gesicht.

»Wieso, mein Liebling, hast du es mir nicht gleich gesagt? Glaubst du, ich würde mein Kind nicht anständig erziehen?« Sie reagiert kaum, bleibt nur teilnahmslos liegen und starrt irgendwo hin. Vorsichtig, um ihr und dem Baby nicht noch mehr wehzutun, hebe ich sie auf meine Arme und trage sie zum Bett.

»Es tut mir leid, dass ich euch wehgetan habe.« Ich streiche ihr immer wieder über die Stirn, aber es kommt keine Reaktion von ihr. Auf einmal ist ein Tumult zu hören und die Tür wird aus den Angeln gerissen.

Tyr

Wie ein Irrer renne ich durch das Clubhaus der Purebloods. Mir ist es egal, ob mich eine Kugel trifft oder nicht, achte nicht einmal darauf, ob überhaupt Schüsse fallen. Mein einziges Ziel ist es, so schnell wie möglich zu meiner kleinen Frozen zu kommen.

Nachdem Andrew, der Kerl, den ich damals am Leben gelassen habe, mir erzählt hat, wo Faith sich aufhält, konnte mich nichts mehr halten. Sofort habe ich mir meine Waffen geschnappt und bin zu meinem Bike gerannt. Dass es sich um eine Falle handeln könnte, war mir egal. Die meisten Sons haben es mir gleichgetan und sich auf ihre Bikes geschwungen, nur ein paar sind im Clubhaus geblieben, um es zu schützen, falls es angegriffen wird.

Vor der Tür, hinter der sich nach Andrews Beschreibung meine Faith befinden soll, bleibe ich stehen und sehe mich nach einem Gegenstand um, womit ich die Tür öffnen kann. Die anderen Sons sind währenddessen mit den Purebloods in eine Schlägerei geraten. Ein Wunder, dass noch keine Schüsse gefallen sind. Ich finde nichts Geeignetes. Daher hole ich mit dem Fuß aus und trete mit gezieltem Schwung unterhalb des Schlosses zu. Die Tür gibt nicht nach. Fuck! Pitt taucht plötzlich neben mir auf und hält einen Schlüssel in die Höhe.

»Schöne Grüße von Andrew, er kann es nicht haben, wenn Frauen gefoltert werden. Hiermit soll ich dir ausrichten, dass ihr jetzt quitt seid.« Dankbar schnappe ich mir den Schlüssel aus seiner Hand und schließe damit die Tür auf. Pitt fängt einen Schlag eines Purebloods, der plötzlich neben uns stand, ab und verwickelt ihn in einen Faustkampf. Ich beachte ihn nicht weiter und öffne die Tür mit einem Stoß, woraufhin sie beinahe aus den Angeln reißt. Das gibt es doch nicht, einen Tritt kann diese Scheißtür ab aber einen Stoß nicht? Mein Blick wandert durch das Zimmer und bleibt an einem Bett hängen.

Auf diesem Bett liegt eine blutüberströmte Faith. Angst fährt durch meinen Körper wie ein Blitz und schaltet mein Gehirn aus. Ohne weiter auf die Umgebung zu achten, renne ich auf das Bett zu. Im letzten Moment kann ich noch ausweichen, als etwas auf Höhe meines Kopfes auf mich zufliegt. Fuck, was war das?

Ich drehe mich in die Richtung, aus der das Flugobjekt kam, und sehe einen Pureblood mit wutverzerrtem Gesicht. Wer zur Hel ist das? Den Pureblood habe ich noch nie gesehen. Er sagt etwas, aber ich kann es nicht verstehen. Was will er von mir? Ich lasse ihn links liegen und richte meine Aufmerksamkeit wieder auf meine kleine Frozen.

Ein Fehler, wie sich sofort herausstellt. Der Typ kommt mit einer Eisenstange auf mich zugestürmt und verfehlt mich mit dieser nur ganz knapp. Mit Schwung drehe ich mich in seine Richtung und boxe ihm in seine Rippen. Ihn scheint es kaum zu stören, denn sofort schwingt er die Eisenstange wieder und trifft mich diesmal in der Magengegend. Für einen kurzen Moment bleibt mir die Luft weg. Gekrümmt gehe ich auf die Knie und huste, bis ich wieder genügend Luft in die Lungenflügel bekomme. Fuck! Das tat weh.

Der Pureblood gönnt mir keine Verschnaufpause, sondern holt wieder zum nächsten Schlag aus. Ich rolle mich zur Seite weg und nutze den Schwung der Bewegung, um aufzustehen. Sein Schlag geht ins Leere und gibt mir so die Möglichkeit, ihm einen Tritt in den Rücken zu geben. Er fängt sich auf, verliert aber zu meinem Glück seine Eisenstange. Klirrend fällt diese zu Boden und unsere beiden Blicke heften sich daran. An seinem Gesichtsausdruck erkenne ich, wie er überlegt, wer von uns beiden die Stange zuerst in die Finger bekommt. Er steht näher, also versuche ich mein Glück erst gar nicht.

Er stürzt sich auf die Stange und ich nehme eine Eisenkette, die nicht unweit von mir liegt. Ich binde sie in Windeseile um meine beiden Hände und spanne sie. Der Typ holt zu einem Schlag auf meinem Kopf aus. Ich spanne die Kette, fange diesen ab und wickle dann die Kette um die Eisenstange. Er zieht an der Stange, aber ich habe sie fest im Griff. Mit einem Ruck reiße ich sie ihm aus der Hand und schleudere sie samt Kette in die hinterste Ecke des Zimmers. Der Typ geht mir langsam auf die Nerven.

Ich stürme auf ihn zu, habe aber nicht mitbekommen, dass er plötzlich ein Messer in der Hand hält. Er erwischt mich am Arm und die Schneide durchtrennt meine Haut wie eine überreife Banane. Ich knurre wütend auf.

Tyr konzentrier dich, ermahne ich mich und überlege, welchen Schritt ich als Nächstes machen soll. Mit dem Messer voraus kommt er auf mich zu und schreit diesmal auf Englisch: »Du wirst sie niemals bekommen, sie gehört mir.« Ich weiche seiner Attacke aus und trete ihm die Füße weg. Mit einem „Rums“ liegt er auf dem Bauch. Blitzschnell springt er in den Stand und steht kampfbereit vor mir. Das gibt es doch nicht, nicht nur, dass er mir tierisch auf die Nerven geht, er treibt mich langsam auch zur Weißglut.

Wieder stürmt er auf mich zu, diesmal lasse ich ihn näher an mich herankommen, bevor ich ausweiche und er sein Gleichgewicht beim Zustechen verliert. Ich lache auf und stoße ihn von hinten. Er landet auf dem Boden und schlägt unsanft mit dem Kopf auf. So wie er gelandet ist, bleibt er liegen und rührt sich nicht mehr. Ich beachte ihn nicht weiter und renne zum Bett.

Faith liegt wie ein Engel im Bett, ihre Haare sind auf dem Kissen gefächert und umrahmen so ihr blutverschmiertes Gesicht. Sie so zu sehen schmerzt mich. Wieder habe ich es nicht geschafft, auf sie aufzupassen. Obwohl sie mich verlassen hat, habe ich ein Versprechen ihr gegenüber gebrochen.

Zärtlich berühren meine Finger ihre Wange. Sie öffnet flatternd ihre Augen, sofort weiten sie sich und sie schreit panisch: »Julian«. Ein Stich fährt durch meinen Körper und rasende Eifersucht gleitet durch meine Venen. Wie kann sie einen anderen Männernamen schreien, wenn ich vor ihr stehe und sie retten will? In dem Moment merke ich, wie eine spitze Klinge in meine Seite eindringt.

Mit vor Schock geweiteten Augen sehe ich meine kleine Frozen an. Sie hat nach keinem anderen Mann geschrien, sondern wollte mich damit warnen und ich Idiot habe es nicht verstanden. Ich sacke in mich zusammen und halte mir die Wunde an der Seite. Fuck!

Faith schreit wie am Spieß und versucht sich gegen diesen Julian zu wehren, der sie gewaltsam vom Bett zerren will.

»Tyr, hilf mir«, schreit meine Faith voller Panik und ich sehe in seinen Augen den Moment, als er die Geduld mit ihr verliert.

Er greift nach seinem Messer und will es ihr ins Herz rammen. Ich sehe rot, ziehe meine Waffe aus dem Hosenbund, ziele auf seinen Kopf und drücke ab. Meine Kugel trifft seinen Kopf. Leblos und ohne jede Körperspannung fällt er nach vorne auf Faith. Sie gibt keinen Ton von sich, sondern liegt nur auf dem Bett unter der Leiche. Hat er sie mit dem Messer getroffen?

Meine letzten Kräfte mobilisierend, ziehe ich mich auf die Beine und lehne mich über das Bett zu Faith. Panisch fühle ich an ihrem Handgelenk nach ihrem Puls, aber ich finde keinen.

»Neeeeein«, schreie ich aus Leibeskräften und sacke kraftlos auf das Bett. Tränen sammeln sich in meinen Augen und laufen schließlich über. Ich höre, wie sich schnelle Schritte nähern. Mir ist es egal, sollen sie mich doch umbringen. Mein Leben hat eh keinen Sinn mehr ohne sie.

Faith

Schritte nähern sich und ich schaffe es, immer noch nicht etwas zu sagen. Ich hoffe, dass es noch weitere Sons sind und keine Purebloods. Als Tyr erst an meiner Hand gefummelt hat und dann laut aufgeschrien hat, hätte ich ihm nur zu gerne geantwortet, aber der Körper von Julian auf mir schnürt mir die Luft ab und ich kann mich nicht bewegen.

»Tyr?«, fragt eine nur allzu bekannte Stimme. Es sind Sons! Erleichterung durchströmt meinen Körper. Hoffnung macht sich in mir breit.

»Tyr, was ist los?«, fragt Pitt eindringlicher.

»Sie … sie … Faith lebt nicht mehr.« Schluchzen ist zu hören. Am liebsten würde ich schreien, dass ich noch lebe, aber es kommt kein Ton raus, nicht mal meine Hand bekomme ich bewegt. Mist! Julian muss so schnell wie möglich von mir runter, sonst sterbe ich wirklich gleich.

»Das kann nicht sein, bist du dir sicher? Wo ist sie?«

»Dort auf dem Bett.« Tyr muss auf die Stelle gezeigt haben, denn Pitt kommt näher und hebt endlich Julian von mir. Wie eine Ertrinkende atme ich panisch die Luft in meine Lunge ein. Mit weit geöffneten Augen sehe ich Pitt, der vor mir steht, an. Erschrocken ist er einen Schritt zurückgetaumelt, hat nicht damit gerechnet, dass ich noch lebe. Tyr, der am Fußende auf dem Bett lag, robbt zu mir. Ungläubig sieht er mich an.

»Du lebst, du … verdammt noch mal lebst«, flüstert er, so als könnte er es nicht glauben. Ich nicke, zische aber im nächsten Moment schmerzhaft die Luft aus.

Mein Gesicht schmerzt und ich will gar nicht wissen, wie es aussieht.

»Sie lebt Pitt, sie lebt. Wieso habe ich ihren Puls dann nicht gespürt?«

»Ist doch egal, sie lebt, also schaff dein Mädel hier raus, bevor noch eine Schießerei losgeht.« Tyr nickt und steht schwerfällig vom Bett auf. Er muss tierische Schmerzen haben, da wo Julian ihn getroffen hat. Pitt geht zu Tyr und stützt ihn, damit er nicht hinfällt, und hilft ihm das Bett zu umrunden. Neben mir setzt er Tyr ab. Die ganze Zeit habe ich noch kein Wort rausbekommen, konnte mich immer noch nicht voll bewegen, der Schock und die Schmerzen sind immer noch zu groß.

»Rede mit mir, Kleine, hat er dich mit dem Messer erwischt?« Ich sehe ihm in die Augen und schüttle ganz leicht meinen Kopf. Erleichtert atmet Tyr aus und gibt mir einen hauchzarten Kuss auf die Stirn.

»Pitt, kannst du sie nehmen?« Man sieht Tyr an, wie unangenehm ihm diese Frage ist, aber in seinem momentanen Zustand würde er mich keine zwei Schritte weit tragen können. Pitt nickt und schreit nach Saint und Gun. Beide kommen im Gleichschritt angetrabt und als sie mich entdecken, stürmen sie auf mich zu. Erleichterung steht in ihren Gesichtern geschrieben.

»Wie können wir helfen?«

»Ihr nehmt Tyr, er ist verletzt, also passt auf und ich nehme Faith«, befiehlt Pitt und kaum hat er das ausgesprochen, werde ich auf den Arm genommen. So vorsichtig wie möglich hebt er mich hoch. Saint und Gun stützen währenddessen Tyr.

»Lasst uns hier schnell verschwinden, bevor die restlichen Purebloods kommen.« Saint und Gun nicken und gehen mit Tyr voran, um eventuelle Gefahren sofort zu eliminieren. Im Hauptraum sind noch weitere Sons und halten die Purebloods, die sich hier aufgehalten haben, in Schach. Auf beiden Seiten gibt es genügend Verletzte, aber so wie es aussieht, ist Julian der einzige Tote.

Aus dem Augenwinkel entdecke ich Peach, die ängstlich Richtung Tür schleicht. Ich hebe meine Hand und zeige in diese Richtung. Pitt muss meine Bewegung gesehen haben, denn er schaut in die Richtung.

»Peach!«, brummt er. Die angesprochene Clubschlampe bleibt ertappt stehen, dreht sich um und versucht, dann panisch zu flüchten, als sie sieht, wie grimmig Pitt sie ansieht.

»Hater, schnapp sie dir und bring sie ins Clubhaus.« Es ist erstaunlich, wie leicht es Pitt fällt. Deswegen verstehe ich auch nicht, wieso er nicht der Vize ist. Tyr vertraut ihm mehr als jedem anderen und trotzdem ist er nur ein ganz normaler Nomad. Ob Pitt kein Vize sein wollte? Bei Gelegenheit werde ich ihn mal fragen, aber jetzt will ich einfach nur nach Hause.

Nach Hause, wie sich das anhört, aber genau das ist das Clubhaus für mich geworden. Da ich jetzt in Sicherheit bin, tritt die Erschöpfung mit voller Wucht ein und ich kann meine Augen nicht länger offenhalten.

Kapitel 17
Faith

Eine zuschlagende Tür lässt mich erschrocken hochfahren. Sofort zucke ich vor Schmerz zusammen. Mist, wo bin ich? Ich sehe mich um. Ich liege in einem Transporter. Habe ich das alles nur geträumt und Julian war gar nicht hier? Nein, dann hätte ich die Schmerzen in meinen Körper nicht. Langsam prasseln wieder alle Erinnerungen auf mich ein und sofort lege ich meine Hand auf den Bauch. Hoffentlich ist dem Baby nichts passiert.

Als Tyr mich gerettet hat, war ich noch so unter Schock, dass ich gar nicht daran gedacht habe, dass dem Baby etwas zugestoßen sein könnte, aber jetzt hat mich die Angst nur umso mehr gepackt. Eine Tür wird geöffnet und Butcher sieht mich an.

»Scheiße Faith, wie siehst du denn aus?«

»Vielen Dank auch«, krächze ich. Meine Stimme kommt so langsam wieder und dafür bin ich dankbar. Es ist schwer, jemanden mitzuteilen, wenn man nicht reden kann. Butcher sieht zu meiner Hand und weitet seine Augen.

»Wir werden sofort nachsehen, keine Angst, dem Baby ist bestimmt nichts passiert«, versucht er mich zu beruhigen. Ich nicke und rede mir gut zu, dass Butcher bestimmt recht hat. Pitt, Saint und Gun kommen zum Auto und haben eine Trage dabei. Wo haben sie die denn her?

»Die haben wir aus meiner Praxis«, erklärt mir Butcher, so als hätte er mir die Frage angesehen, die mir auf der Zunge brannte.

»Okay.« Butcher und Pitt heben mich vorsichtig auf die Trage und schnallen mich fest, damit ich nicht herunterfallen kann. Vorsichtig, aber trotzdem schnell, rollen sie mich ins Clubhaus. Die Sons, an denen wir vorbeikommen, sehen mich mit einer Mischung aus Erleichterung und Freude an. Es ist schön sie wieder zu sehen. Als Julian vorhin das Zimmer betreten hat, habe ich nicht mehr damit gerechnet, überhaupt lebend aus dieser Situation zu kommen. Egal wie zärtlich er zwischendurch war, die Mordlust stand ihm trotzdem in den Augen geschrieben.

Die Tränen schießen mir in die Augen, als ich Heather sehe. Sie kommt auf mich zugestürmt und greift meine Hand.

»Was machst du nur für Sachen? Wir haben dich überall gesucht und uns Sorgen um dich gemacht. Eigentlich müsste ich sauer auf dich sein, aber ich bin so froh, dass sie dich gefunden haben«, plappert Heather drauf los und läuft neben der Trage her bis wir im Arztzimmer sind.

»Heather, du musst Faith jetzt loslassen, ich muss sie untersuchen. Muss prüfen, ob es nur die oberflächlichen Verletzungen sind, oder auch innere. Ihren Arm muss ich mir ebenfalls genauer anschauen.« Heather sieht Butcher an, als wäre er ein Alien. Ich muss lachen, so richtig befreit. Jetzt sehen beide mich an als wäre ich verrückt, fallen dann aber mit in mein Lachen ein. Tyr räuspert sich und tritt in den Raum.

»Tyr«, flüstere ich und sehe ihn entschuldigend an. Er kommt zu mir und umfasst mein Gesicht, achtet aber darauf mir keine Schmerzen zu bereiten.

»Jage mir nie wieder so eine Angst ein, meine kleine Frozen. Für ein Moment ist mir das Herz stehen geblieben und ich wollte nicht mehr leben. Denn was wäre ein Leben ohne dich?« Entschlossen sieht er mir in die Augen. Schon wieder bin ich den Tränen nahe und kurz davor wie ein Schlosshund zu heulen.

»War das eine Liebeserklärung? Wenn ja, war sie schlecht«, versuche ich ihn zum Lächeln zu bringen, und es funktioniert.

»Ja verdammt, Faith, genau das war es. Ich liebe dich und kann nicht mehr ohne dich existieren.« Die Schmetterlinge in meinem Bauch führen einen Tanz auf und mein Herz schwillt vor Glück an, wäre da nicht die Tatsache, dass ich ihm noch etwas beichten muss. Zuerst muss ich aber die Gewissheit haben, dass dem Baby nichts passiert ist. Bevor das nicht geklärt ist, kann ich ihm nicht meine Liebe gestehen. Die missglückte Flucht hat mir deutlich gemacht, dass Tyr ein Teil von mir ist. Ein Seelenverwandter und noch viel mehr darüber hinaus. Er sieht mich abwartend an, aber ich drehe meinen Kopf von ihm weg und sehe Butcher an. Er nickt.

Ich schiebe Tyr ein Stück von mir weg und ignoriere die Enttäuschung und den Schmerz in seinen Augen, und schiebe mein T-Shirt über den Bauch nach oben. Butcher nimmt das Ultraschallgerät und das Kontaktgel, verteilt dieses auf meinem Bauch und fährt mit den Schallkopf darüber. Erst sieht man auf dem Monitor nichts, aber dann hat Butcher die Stelle gefunden, wo mein kleiner Jelly Bean ist. Das stetige Schlagen des winzigen

Herzchens ist deutlich zu sehen. Leise, fast kaum wahrnehmbar, werden sie über den Lautsprecher des Gerätes übertragen. Gespannt sehe ich zu Butcher, dieser sieht aber konzentriert auf den Monitor. Heather neben mir keucht erschrocken auf und Tyr fragt, was das ist. Die beiden können von ihrer Position noch nicht auf den Monitor sehen, bis Butcher den in ihre Richtung dreht.

»Mit dem Baby ist alles in Ordnung, Faith. Dem ist nichts passiert.«

»Bist du dir sicher?«

»Ja, zu neunundneunzigkommaneun Prozent.« Vor Erleichterung und Freude fange ich an zu weinen. Heather fängt an zu kreischen, nimmt mich in den Arm und danach Tyr.

»Herzlichen Glückwunsch euch beiden.« Tyr sieht überfordert aus, sein Blick wandert immer wieder zwischen mir, dem Bauch und dem Monitor hin und her, bis er schließlich leise fragt: »Ich werde Vater?« Ich schlucke meine Tränen runter.

»Ich wollte es dir schon früher sagen, aber immer, wenn ich den Mut dazu hatte, kam etwas dazwischen«, erkläre ich ihm reumütig.

Wortlos steht er auf und geht aus dem Raum. Die Tränen, die mir eben vor Freude und Erleichterung über die Wange gelaufen sind, laufen jetzt vor Enttäuschung. Das Butcher mich weiter untersucht und mir mitteilt, dass ich nur wieder Prellungen und Blutergüsse habe, interessiert mich nicht. Nichts ist so schlimm, wie das, was Tyr mir antut.

Tyr

Ich werde Vater, verdammte Scheiße, ich werde Vater. Die Schmerzen der Stichwunde, die Butcher bestens versorgt hat, sind vergessen. Ich spüre nichts anderes als nur vollkommenes Glück.

Erst gestehe ich meiner Kleinen, dass ich sie liebe, auch wenn die Erklärung mehr als schlecht war, und dann erfahre ich, dass wir Eltern werden.

Vor dem Arztzimmer atme ich einmal tief durch und räuspere mich laut. Alle Sons sehen mich an, warten darauf, dass ich ihnen mitteile, wie es Faith geht. Es ist erstaunlich, wie schnell sie sich in die Herzen der knallharten Biker geschlichen hat.

»Zur Hel, ich werde Vater«, rufe ich in den Raum. In der Bar ist es plötzlich mucksmäuschenstill. So leise war es in dieser Bar noch nie, man könnte eine Stecknadel zu Boden fallen hören. Einen Sekundenbruchteil später grölen alle wie von Sinnen los. Alle wollen sie auf mich zustürmen und mir ihre Glückwünsche mitteilen, aber bevor es so weit kommt, gehe ich wieder in das Zimmer, aus dem ich kam, zurück.

Heather sieht mich wütend an, während Butcher nur den Kopf schüttelt und sich hinter dem Monitor versteckt. Mein Blick wandert zu Faith und ihr Gesichtsausdruck lässt mein Herz schmerzhaft pochen. Sie sieht mich mit einer Enttäuschung an, die mir schlichtweg den Boden unter den Füßen weg zieht. Was habe ich getan? Wieso ist sie enttäuscht? Und wieso ist Heather wütend auf mich? Ich überbrücke die Distanz und setze mich neben meine Kleine.

»Was ist passiert?« Geht es dem Baby doch nicht gut? Bei dem Gedanken schnürt es mir die Luft ab. Das darf nicht sein, ich weiß doch seit eben erst das es das Baby gibt.

»Was passiert ist? Ich sage dir, dass ich schwanger bin und du hast nichts Besseres zu tun als abzuhauen?«, schreit mich meine Kleine an. Verständnislos sehe ich sie an.

»Ich fasse es nicht, du kapierst es wirklich nicht, oder?« Ich schüttle den Kopf, weiß wirklich nicht, was sie von mir will. Bis eben habe ich mich gefreut, dass wir eine kleine Familie werden.

»Bist du so dumm oder tust du nur so?«, kommt es von Heather. Ich sehe sie sauer an.

»Was mischst du dich denn jetzt ein?«

»Was ich mich einmische?! Meine beste Freundin sagt dir, dass du Vater wirst und du verschwindest, sagst nichts zu ihr oder hast nur einen Funken Freude gezeigt«, schreit sie mich fuchsteufelswild an.

»Wie kannst du sagen, dass ich mich nicht über das Baby freue, natürlich tue ich das«, stelle ich klar, aber es scheint ihre Wut nur zu verschlimmern. Faith neben mir weint und ich nehme sie in den Arm. Sie wehrt sich und versucht sich aus meinem Griff zu befreien, aber ich halte sie fester. Immer wieder hauche ich ihr einen Kuss auf ihre Stirn, achte aber darauf, dass ich keine ihrer Verletzung treffe. Ihre Tränen werden weniger, dafür schluchzt sie herzzerreißend.

»Faith, was ist denn los? Tut dir etwas weh? Geht es unserem Baby nicht gut?« Sie antwortet mir nicht, also sehe ich zu Butcher.

»Geht es unserem Baby nicht gut? Ist etwas mit ihm?«

»Nein, mit dem Baby ist alles gut.« Dankbar, dass er mir wenigstens eine Antwort gibt, sehe ich ihn an. Aber was ist dann mit Faith?

»Kleine, du musst mit mir reden, du machst mir Angst.«

»Ach, jetzt soll ich mit dir reden? Eben wolltest du es auch nicht, sondern bist abgehauen. Freust du dich überhaupt?« Sie so leiden zu sehen geht mir an die Nieren.

»Natürlich freue ich mich über unser Baby, wie kommst du denn darauf, dass ich mich nicht freuen würde?«

»Du bist einfach abgehauen, kaum dass du von dem Baby erfahren hast«, schnieft sie.

»Doch nur, um den Sons mitzuteilen, dass ich Vater werde, was dachtest du denn?« Tröstend lege ich meine Hand auf ihren immer noch mit Gel beschmierten Bauch.

»Wie könnte ich mich auch nicht über das freuen, was hier drinnen ist. Es gehört uns beiden und macht uns zu einer kleinen Familie, Faith.« Sie zittert in meinen Armen.

»Meinst du das ernst?«

»Faith, ich liebe dich und dieses kleine Wesen in deinem Bauch macht es nur noch vollkommener.« Sie schluchzt auf und drückt sich enger in meinen Arm. Sie muss dabei unendliche Schmerzen haben, aber es scheint ihr egal zu sein. Tröstend streiche ich über ihren Rücken und hauche immer wieder Küsse auf ihren Scheitel.

»Ich liebe dich auch, Tyr«, sagt sie die drei Wörter, die ich mir so von ihr erhofft habe. Mein Herz setzt einen Schlag aus, nur um danach doppelt so schnell zu schlagen.

Ich horche in mich rein, aber der Gedanke an eine Familie mit Faith verursacht nicht den Drang abzuhauen, so wie es noch vor wenigen Monaten gewesen wäre. In mir wächst immer mehr das Verlangen, ihr endlich das Patch zu überreichen. Aber dafür muss meine kleine Frozen wieder vollständig gesund sein. Faith beruhigt sich langsam wieder und sieht mich aus ihren geschwollenen Augen an.

»Was machen wir jetzt?« Ich verstehe ihre Frage nicht ganz und sehe sie deshalb mit schief gelegtem Kopf an.

»Du bist ein Nomad, die reisen immer von einem Chapter zum nächsten, und ich bin schwanger.«

»Was spielt das für eine Rolle?«

»Eine Große! Ihr Nomads seid gewöhnlich nur Männer und da ich schwanger bin, kann ich auch nicht Stunden auf einem Bike sitzen.« Ich rolle mit den Augen. Mir ist bewusst, dass sie nicht stundenlang auf dem Bike sitzen kann, deswegen verstehe ich ihr Problem auch nicht.

»Verdammt, Tyr, soll ich die Schwangerschaft allein durchstehen und mich später ohne dich um das kleine Wesen kümmern oder wie stellst du dir das vor?«, schreit sie mich wieder an. Ich grinse sie an, mag es, wenn ihr Temperament mit ihr durchgeht.

»Da du scharfsinnig kombiniert hast, dass du mit dem Babybauch nicht stundenlang auf dem Bike sitzen kannst, bleiben wir natürlich hier.«

»Ihr seid Nomads, ihr fahrt doch immer herum.« Will sie es nicht verstehen, oder habe ich mich nicht klar genug ausgedrückt? Heather neben uns verkneift sich ein Lachen, sie hat es anscheinend verstanden, also habe ich anscheinend keine außerirdische Sprache verwendet.

»Kleine, ich bin der verdammte Pres der Nomads, wenn ich sage, wir bleiben hier, dann bleiben wir hier, denn nichts auf dieser beschissenen Welt kann mich davon abhalten, gemeinsam mit meiner Lady die Schwangerschaft zu erleben. Klar kann es sein, dass wir für eine Woche mal wegmüssen, weil in einem der Chapter die Luft brennt, aber wir werden jedes Mal wieder hierherkommen. Nach Hause zu meiner schwangeren Lady.« Ich hole kurz Luft, bevor ich weiterspreche. »Was dann ist, wenn das Baby auf der Welt ist, kann ich noch nicht sagen, aber eins ist sonnenklar, ich werde nirgends ohne euch hingehen.«

Epilog

Tyr

3 Wochen später

Drei Wochen sind vergangen, seit ich erfahren habe, dass ich Vater werde und ich will keine Sekunde davon missen. In diesen Wochen bin ich Faith keinen Schritt von der Seite gewichen, viel zu groß war meine Angst, dass ihr und dem Baby etwas zustoßen könnte.

Jetzt sitzen wir wieder beim Ultraschall, um unser Baby ansehen zu können. Angespannt warte ich darauf, bis Butcher so weit ist und ich endlich wieder die Herztöne von meinem kleinen Schatz hören kann.

Jede Woche schaut Butcher nach, ob es dem Baby gutgeht. Bisher konnte er nichts Nachteiliges feststellen, aber aufgrund der Misshandlungen durch diesen Brutalo Julian möchte er auf Nummer sicher gehen. Faith macht sich selbst immer noch Vorwürfe, weil sie so dumm war und geradewegs in seine Arme gerannt ist und damit nicht nur sich selbst, sondern auch das Ungeborene in Gefahr gebracht hat.

Ihre Verletzungen sind so gut wie abgeheilt, nur ihre seelischen Wunden werden noch eine Weile brauchen, bis sie heilen. Zudem ist sie immer noch skeptisch, was die

Zukunft angeht. Sie hat immer noch Angst, dass ich einfach verschwinden werde, sobald ich genug von ihr und dem Jelly Bean - wie sie das Baby nennt - habe. Meinen Beteuerungen, dass es nicht geschehen wird, glaubt sie nicht, aber genau das werde ich ihr nachher unwiderruflich klar machen.

Nachdem ich das erste Patch, das für sie gedacht war, entsorgen ließ, bin ich wieder zu Gram gegangen und habe ihn um ein neues gebeten. Natürlich wieder heimlich, damit meine kleine Frozen es nicht mitbekommt, schließlich will ich sie überraschen.

Butcher ist soweit und schiebt das Ultraschallgerät näher ran, nimmt das Kontaktgel und verteilt eine Menge davon auf dem freigelegten Bauch meiner kleinen Frozen. So langsam sieht man schon eine leichte Wölbung. Jedes Mal, wenn mein Blick auf ihren Bauch fällt, erfüllt es mich mit Stolz. Stolz darüber, dass wir bald eine kleine Familie sein werden.

Mit dem Schallkopf fährt Butcher über den gewölbten Bauch, bis er auf einer Stelle anhält, näher an den Monitor rutscht und mit der anderen Hand an der Maus des Gerätes hantiert. Angespannt sehe ich ihn an. Wieso sagt er nichts? Von meinem Platz aus kann ich noch nicht auf dem Monitor sehen. Aber so wie auch bei all den anderen Untersuchungen wird er den drehen, sobald er fertig ist. Endlich erlöst er mich und dreht den Monitor. Jetzt ertönt auch der kräftige Herzschlag.

»Sorry, ich hatte den Ton aus und musste den Menüpunkt erst finden, schließlich wollen wir doch das Herz des Babys hören«, entschuldigt er sich. Ein Stein fällt mir vom Herzen und ich greife nach Faith's Hand. Glücklich sehen wir uns an und schauen dann gemeinsam auf den Monitor.

Butcher klickt wieder auf der Maus herum und druckt die Bilder des Standbildes aus. Er nimmt drei Bilder aus dem Drucker und gibt Faith und mir jeweils eins. Das Dritte hängt er an die Wand hinter ihm, wo mit diesem jetzt vier insgesamt hängen. Es ist das erste SoH Baby, das er betreut und es ist ihm eine Ehre, hat er mir zumindest in einer sehr alkoholhaltigen Nacht erzählt. Ich starre auf das Bild in meiner Hand.

»Ich freue mich schon darauf, dich auch mal spüren zu können, mein kleiner Schatz«, flüstere ich und küsse den Bauch von Faith. Wie immer bekommt sie eine Gänsehaut. Seit ein paar Tagen ist sie sehr empfindlich an ihrem Bauch, sobald ich ihn berühre oder küsse, bekommt sie eine Gänsehaut und ihre Nippel stellen sich auf. Nicht selten kam es auch dazu, dass wir im Bett gelandet und vor dem Abend nicht mehr hinausgekommen sind. Sie ist ein kleiner Nimmersatt geworden und ich genieße es jede Sekunde.

»Tyr, du musst mich loslassen, sonst kann ich nicht aufstehen.« Verdattert sehe ich sie an. Sie hat bereits das Ultraschallgel abgewischt und ihr T-Shirt wieder runtergezogen. Das Ultraschallgerät steht an seinem Platz und Butscher notiert alle wichtigen Daten in Faith´s Akte. Ich war so in Gedanken an die letzten Tage vertieft, dass ich das alles nicht mitbekommen haben.

Statt Faith loszulassen, hebe ich sie vom Stuhl hoch und lasse sie an meinem Körper hinabgleiten, bis sie sicher auf ihren Füßen steht.

»Tyr«, sagt sie in einem gespielt anklagenden Ton und haut mir leicht gegen den Oberarm. Ich fange an zu lachen und gebe ihr einen Kuss auf den Mund, den sie bereitwillig entgegennimmt. Sie wird weich wie Butter in meinen Armen und schmiegt sich an mich. Wir intensivieren den Kuss und sie stöhnt in meinen Mund. Lust wallt in mir auf und ich könnte sie hier und jetzt auf der Stelle nehmen. Als Butcher sich neben uns räuspert, ist der Zauber gebrochen. Enttäuscht lasse ich von meiner Kleinen ab und kassiere von ihr einen angepissten Gesichtsausdruck, bevor sie sich zu Butcher dreht und ihn fröhlich anlächelt. Dieses kleine Biest.

»Hier, dein Untersuchungsbericht.« Er reicht ihr die Kopie von seinem Bericht und geht an uns vorbei, raus aus dem Raum. Toll, dafür hat er uns jetzt unterbrochen, nur um ihr diesen beschissenen Wisch zu geben? Hätte er nicht einfach raus gehen und uns unseren Spaß lassen können? Manchmal hasse ich meine Brüder. Ich weiß ganz genau, dass er es mit Absicht gemacht hat, um mir die Tour zu versauen, aber es spielt mir auch in die Karten. Denn hätten wir jetzt weiter gemacht, wären wir eine Zeit lang nicht mehr aus diesem Raum gekommen, dabei habe ich doch etwas ganz anderes mit Faith vor.

»Komm, lass uns zu den anderen gehen«, schlage ich vor und nehme ihre Hand. Gemeinsam gehen wir aus dem Arztzimmer und in die Bar. Wie geplant sind alle Sons hier versammelt und tun so als wäre es nichts Besonderes. Faith sieht sich erstaunt um und fragt: »Warum sind alle hier? Ist etwas Besonderes, von dem ich nichts weiß?« Ohne ihr zu antworten, schiebe ich sie ein Stück von mir, sodass sie in der Mitte von der Bar steht, und knie mich vor ihr nieder. Verwundert sieht sie mich an.

»Tyr, steh wieder auf, die gucken alle schon ganz komisch.« Ich lache laut auf und halte mir den Bauch. Beinahe kippe ich zur Seite weg, kann mich aber gerade noch abfangen. Versteht sie denn nicht, was ich im Begriff bin zu tun?

»Faith, für das was ich jetzt vorhabe, muss ich vor dir knien.« Sie legt ihren Kopf schief und sieht mich fragend an.

»Warum?« Ist das ihr Ernst? Versteht sie das wirklich nicht?

»Verdammt Faith, jetzt halt den Mund und lass mich dich bitten, meine Lady zu werden«, sage ich verzweifelt und will endlich anfangen, bevor es peinlich wird. Erst als sie mich mit riesigen Augen ansieht und alle in der Bar anfangen zu lachen, bemerke ich meinen Fehler. Fuck! So sollte es doch nicht ablaufen. Ich fahre mir durch die Haare und sehe sie entschuldigend an. Faith steht immer noch da und sieht mich aus ihren wunderschönen eisblauen Augen an.

Wieso sagt sie nichts? Wartet sie darauf, dass ich noch etwas sage? Für meine eigentliche Rede ist es jetzt zu spät. Wie ein Trottel knie ich hier, habe den unromantischsten Old Lady Antrag ever gemacht, und weiß nicht, was meine kleine Frozen denkt.

»Faith, so sollte es nicht ablaufen, glaube mir …« fange ich an, werde aber von Faith unterbrochen.

»Ja, ich will. Ich will deine Old Lady sein.« Tränen der Freude laufen ihr übers Gesicht den Hals hinunter und sie sieht mich mit dem schönsten Lächeln auf der ganzen Welt an. Mit einem Ruck stehe ich auf und nehme sie stürmisch in den Arm, ehe ich ihr einen Kuss auf die Lippen drücke. Sie schiebt mich nach dem Kuss ein Stück weg.

»Ich hätte aber eine Bedingung.« Vorsichtig nicke ich und sehe ihr dabei in die Augen.

»Ich will auch richtig heiraten. Mit weißem Kleid und allem Drum und Dran.«

»Alles was du willst, meine Old Lady«, sage ich voller Stolz und meine es auch so. Wenn sie eine Hochzeit will, dann bekommt sie die prunkvollste Hochzeit, die ein Son jemals gefeiert hat. Ich werde ihr die ganze Welt zu Füßen legen.

Heather kommt mit der Kutte in der Hand zu mir und überreicht sie mir. Sie war so nett und hat mir den Patch angenäht. Zwar kann das jeder Member, aber da Faith die ganze Zeit bei mir war, konnte ich es nicht heimlich machen. Dankbar nicke ich ihr zu, falte die zusammengelegte Kutte auseinander und halte sie meiner Old Lady hin.

Ohne dass ich etwas sagen muss, schlüpft sie geschmeidig hinein. Als diese richtig sitzt, lasse ich sie los. Kurz präge ich mir das Bild von Faith in der Kutte, ein und drehe sie dann zu mir, bevor ich sie küsse.

Unsere Lippen teilen sich und unsere Zungen tanzen zärtlich miteinander. Um uns herum bricht der Jubel aus und einige Schreien »Fick sie endlich.« Hinter Faith´s Rücken zeige ich der Gruppe meinen Mittelfinger und lasse dann von Faith ab. Meine Hände lege ich auf ihre Wangen und hauche: »Ich liebe dich, Faith.«

»Und ich liebe dich Tyr, für immer und ewig.«

»Versprich mir, dass ich nie wieder ohne euch sein werde.« Ich nehme eine Hand von ihrer Wange und lege sie auf die leichte Wölbung.

»Nie wieder.«

Ende

SoH Member

Sons of Hel - Texas

President: Gram (Hank Ward)

Vize: Crown

Sergeant at Arms: Dozer

Road Captain: Roadie

Secretary: Cash

Treasurer: Keeper

Member: Butcher (Arzt)
Hater
Slater
Bruno (sitzt im Knast)

Prospect: Saint
Gun

Old Lady: Heather (Crown)
Missy (Bruno)

Freundin: Alessia (Keeper)
Jazz (Roadie)

Clubschlampen: Cindy
Peach
Camilla (die neue)

Sonstige: Ernando (Zuständig für die Kutten)

Sons of Hel - Nomad

President: Tyr (Dean Ward)

Vize: Hades

Sergeant at Arms: Rage

Member: Pitt/ Pittbull
Terror
Flame

Old Lady: Faith/ Mila Faith Andersen (Tyr)

Glossar

President (Pres):
Der President ist der Anführer des Clubs und übt die Befehlsgewalt aus. Das Wort des Presidenten ist innerhalb des Clubs Gesetz.

Vize:
Stellvertreter des Presidents und führt dessen Befehle aus. Er übernimmt meist repräsentative Aufgaben und ebenfalls die Verantwortung und Pflichten des Presidents in dessen Abwesenheit.

Sergeant at Arms:
Verantwortlich für die Sicherheit und Verteidigung des Clubs, seiner Mitglieder und Prospects. Er ist ebenfalls zuständig für Waffen, Munition und sonstige Ausstattungen und Geräte.

Road Captain:
Organisiert und plant Ausfahrten und Treffen. Ist ebenfalls für den Fahrzeugbestand des Clubs zuständig.

Secretary:
Ist verantwortlich für die Kommunikation mit anderen Chaptern und Supportern, ebenfalls ist er Schriftführer bei Treffen (Gottesdiensten) und erledigt die Buchhaltung des Clubs.

Treasurer:
Führt Buch über alle Einnahmen und Ausgaben, ebenso führt er Buch über jeden Patch des Klubs.

Member:
Normale Mitglieder, die meist normale Jobs besitzen und über diese das erwirtschaftete Geld aus den Waffengeschäften waschen.

Prospect:
Anwärter auf den Mitgliedsposten. Er erledigt meist niedere Arbeiten im Club und bewacht oft die Türen bei Veranstaltungen. Darf an Treffen teilnehmen, aber nicht an den Gottesdiensten. Es dauert ein bis drei Jahre, bevor er ein Member wird.

Old Lady:
Die Frau eines Members. Wird von ihrem Partner beschützt und ist tabu für andere Clubmitglieder. Sie wird ebenfalls vom Club beschützt und unterstützt.

Clubschlampe:
Eine Frau, die zwanglosen Sex mit den Membern hat. Meist wohnen sie im oder in der Nähe des Clubhauses. Manche haben Aufgaben im Club und bekommen dafür ein Zimmer gestellt.

Mother Chapter:
Bei dem Mother Chapter handelt es sich in der Regel um das Gründungschapter. Ein Gründungschapter ist die erste Niederlassung des Clubs.

Chapter:
Lokale Gruppe des MC's.

Kapelle:
Dort wird der Gottesdienst oder das Treffen abgehalten. An diesem Gottesdienst dürfen nur bestimmte Clubmitglieder teilnehmen. Frauen und Prospects ist der Zutritt verboten.

Kutte:
Ist eine Lederweste mit den Insignien ihres Clubs und wird von den Membern getragen.

Sozius:
Der Sozius ist der zweite, hintere Sitz auf einem Bike.

Danksagung

Woah, ich habe es geschafft ... Ich habe es tatsächlich geschafft, bis hierher zu kommen. Es ist immer noch so unglaublich für mich. Nachdem ich bei knapp 30% alles über den Haufen geworfen und komplett von vorne begonnen habe, habe ich nicht mehr damit gerechnet, die Geschichte von Tyr und Faith zu Ende zu bekommen. Aber der Neuanfang war das Beste, was ich machen konnte. Die Ideen sprudelten nur so aus mir heraus und nach knapp eineinhalb Monaten war die Rohfassung komplett fertig. Wahnsinn, oder? Das alles hätte ich aber nicht ohne die großartige Unterstützung geschafft.

Zuerst möchte ich mich bei meinem Freund bedanken, auch wenn er dies wahrscheinlich nie lesen wird. :D Ich weiß, dass ich vieles liegen lassen habe und du kurzfristig an mir verzweifelt bist. Trotzdem hast du mich unterstützt, mich zum Beispiel daran erinnert, dass ich irgendwann mal ins Bett muss, auch wenn ich noch nicht »fertig« war oder mir das Essen vor die Nase gestellt, damit ich nicht verhungere. Vielen Dank dafür.

Natürlich danke ich auch meiner Mutti und Kim. Ihr musstet jeden Samstag, wenn nicht sogar öfter, mein Gelaber anhören, egal ob ihr wolltet oder nicht. :D Und ich bin euch wirklich dankbar, dass ihr es einfach über euch ergehen lassen und mich in allem unterstützt habt.

Dann danke ich meinen Freundinnen Lucky, Ann-Christin und Kerrin. Ohne euch wäre ich durchgedreht. Ohne euch hätte ich es nie geschafft, Tyr und Faith aufs Papier zu bekommen und ohne euch wären die beiden nicht die, die sie jetzt sind. Ich danke euch, dass ihr immer ein offenes Ohr für mich hattet, mich in allem unterstützt und mich mal wieder getriezt habt, wenn ich euch nicht schnell genug Nachschub geliefert habe. :P Ihr seid einfach die besten Freunde, die man sich vorstellen kann. Danke dafür! :*

Dir, Kerrin, danke ich noch einmal besonders, du hast meine Rohfassung nicht nur zu einem Manuskript gemacht, sondern dich auch in Gefahr gebracht. Denn ich kann mir vorstellen, dass du wegen mir jetzt Komma-Albträume hast. :D

Auch euch, Sylvia und Claudia, danke ich für eure Geduld mit meinem Buch. Ihr habt diesem den letzten Feinschliff gegeben. Vielen Dank dafür.

Außerdem danke ich Mimi alias Maya. Mimi, du bist in der kurzen Zeit, die wir uns jetzt kennen, zu einer Freundin geworden, die ich nicht mehr missen möchte. Egal welche Frage oder Probleme ich hatte, du hattest ein offenes Ohr für mich. Ebenso hast du mich, ohne es zu wissen, ein stückweit beruhigt, als ich meine Zweifel hatte, ob ich auch wirklich das Richtige mache. Dafür danke ich dir sehr.

Und natürlich gibt es da noch meine Testleser. Danke an Angelina, Franziska, Katharina und Angelique für eure ehrliche Meinung. Ich bin so froh, dass euch mein Buch gefallen hat.

Last but not least, danke ich auch dir, lieber Leser dafür, dass du Tyr & Faith eine Chance gegeben und das Buch gekauft hast.

Die Autorin

© Daphne Bühner

Daphne Bühner, geboren im Jahre 1991 auf der Nordseeinsel Sylt, hat ihrer Heimat nie den Rücken gekehrt und lebt zusammen mit ihrem Freund und Kater „Damjon“ noch immer dort. Durch ihren Beruf als Bürokauffrau ist ihr der Umgang mit Wörtern nicht fremd, schließlich entdeckte sie durch ihre Begeisterung zum Lesen und dem Sammeln von Literatur im November 2017 das Schreiben. Sie schreibt mit sehr viel Leidenschaft und Interesse für das Genre Romance sowie Fantasy.

Ihr findet sie auch unter:
www.facebook.com/daphnebuehner/
www.instagram.com/daphnebuehner/

Sons of Hel - Nomad: Flame & Rose
Band 2

Seit einem Jahr ist Rose eine Clubschlampe bei den Sons of Hel in Texas. Der President höchstpersönlich beschützt sie und wahrt ihr Geheimnis.
Nach einer schicksalshaften Nacht zwischen Flame und Rose muss der Pres handeln. Er zwingt sie dazu ein Paar zu spielen und stürzt beide damit in ein Chaos aus unterdrückten Gefühlen, alten Wunden und verletzten Stolz. Um ihre Haut zu retten, fügen sich die beiden. Aber was ist, wenn die Grenzen zwischen Theater und Realität vermischen? Ist es dann noch ein Spiel?

Und was ist mit den Purebloods? Werden sie Rache nehmen oder den Tod des Bruders einfach so hinnehmen?

Printed in Poland
by Amazon Fulfillment
Poland Sp. z o.o., Wrocław

54554393R00201